Beside

Myself

Ann Morgan

Beside Myself

Ann Morgan

抢走我
名字
的人

[英] 安·摩根 ——— 著

刘媛 ——— 译

北京联合出版公司
Beijing United Publishing Co.,Ltd

献给 妈妈

目录

Contents

PROLOGUE 序 幕

花园里，阳光灼人。艾丽正在我身后笨拙地追赶着。"你们俩去玩吧，别搞恶作剧。"苹果树叶斑驳的影子在我们身上掠过。

我们冲出窗帘低垂的昏暗屋子。门垫瑟瑟抖动。小声的嘀咕和叹息逐渐变成沸腾般的叫喊，就连玻璃杯底都荡起了一圈圈水纹。又闯祸了。闯祸的从来不是我——总是艾丽。我从不犯错。我比她先出生，注定更棒。

我们一路跑到花园的低洼处，跑到蓝莓丛后面，然后回过头，看看有没有被其他人盯上。还好，山坡上没有人。拉开门闩，门开了，小路上的温暖阳光倾泻而入。艾丽咯咯笑着，像急着去厕所似的。

"嘘，艾丽，"我对她说，"你是打算让所有人，包括妈妈都听到吗？"

艾丽的眼神变得严肃。有人说，我出生后，脐带缠住了艾丽的脖子，所以她时常表现得没有我好。可我知道她是故意的。她犯懒被老师捉到时，会给我使眼色。

"我们一定要瞒着妈妈跑出来吗？"她问。

"闭嘴，"我说，拉着她穿过门，"我们只是去找玛丽。"

要给艾丽一点教训，就得去找玛丽。玛丽年长，总能想出最棒的花招。就像有一次，没人去学校接我们，我们就带着艾丽去了公园，把她一个人留在那儿，然后一路跑回家。我大笑着，几乎上气不接下气，这教训太棒了，简直比在家中踮着脚绕着那些不存在的家具舞蹈还要让我开心。

还有一次，我们在车站附近的墙角发现一个塑料袋，便想让艾丽吃掉塑料袋里的酸奶。我们在盒子上做了手脚，但那泛着泡沫、臭烘烘、硬邦邦的东西还是流了出来，她碰都不想碰。我们只好威胁她，还使出所有法子，骗她那是奶酪。

玛丽的家要沿着路走到另一头。她家和我们家不一样，她家整个建在一块平地上，那块地就像有人用擀面杖擀过一样平。在那些应该撒些佐料的地方，还点缀上草地和花坛。和我家一样的，那屋子里只有一个大人——玛丽的父亲，他会在花园里用锤子和扳手鼓捣些东西，偶尔也会在浴室里敲敲打打。除此之外，玛丽还有一个哥哥，算是半个大人。

我们敲了敲门，很快圆涡形的玻璃孔后出现了一道影子，看起来就像龙睁开了眼睛。门打开了，一股酸味飘了出来。

她的哥哥低头看着我们，他的瘦脸看着就像长着绒毛的狼脸。

"你好。玛丽在家吗？"我问。

"啊，"他的语调又平又硬，玛丽说这是因为他们曾经在曼彻斯特生活过，"她出去浪了。"

我气得直抖，却还是压住火气，抬起头盯着他狼似的眼睛。

"那去哪儿浪了？"我问。

他哥哥讪笑着，一会儿看艾丽，一会儿看我。他身后的屋子里，有什么正闪闪发光。

"双胞胎，是吗？"他问，"姑娘们，你们几岁了？"

他伸出手，用一根手指在我耳后摩挲着，抚摸那儿的头发。

"你是个美人儿，不是吗？"他说。

微风拂过。

"再给我念一遍'浪'。"他说。

倒霉的日子总是猝不及防，我心里顿时一团乱麻。我转身抓住艾丽的手。

"我们得走了。"我说着，拽着她沿着小路往回奔跑，她的嘴里还嘀咕着"别，别，别"，听起来就像炸了一路的气泡。

我想要离开这里——恨不得褪下我这身皮囊，躲进另一个身体里。可就在小路上，那个身上总有股挥之不去的卷心菜味的邓克丽夫人出现了，她刚买好东西，在过马路。

"好呀，姑娘们，"她说，"是海伦和艾丽诺，对吗？可谁是谁呢？我分不出来——你们就像一个豆荚里的两粒豌豆。"

我暴躁极了，但还是很礼貌地告诉她谁是谁，尽管每次见她，我都不得不这么做一次，尽管每个人都知道我们是谁，尽管没人会把艾丽叫成艾丽诺。

"不觉得这么叫很可爱吗？"邓克丽夫人的反应和过去如出一辙，"好吧，现在，姑娘们要不要去我家，喝点茶，吃点饼干？"

我知道邓克丽夫人说的那种饼干。它们放在冰箱上的锈罐子里，有些醋栗夹心饼干还长了毛。

"不了。谢谢您，邓克丽夫人。"我用最友善的语气说，"我们已经吃过了。"

"吃过了，真的吗？"邓克丽夫人说，"老天爷。但是你们确定不顺道喝杯茶？"

"恐怕不能了，邓克丽夫人，"我说，"我们得去帮妈妈干活儿了。"

"啊，好吧，如果是这样，"邓克丽夫人说，当我牵着艾丽的手把她往门边拽时，她的声音突然抬高，"你们下次来，好吗？带上你们的朋友！"

门在我们身后砰地关上。我们站在荆棘的影子里。

"妈妈打算要我们干什么？"艾丽问。

"老天——啊，"我说，重音落在了"天"上，听起来就像学校音乐房里大低音鼓被猛地一击，"艾丽，你今天怎么了？简直比其他时候还要蠢。妈妈没有要我们做任何事。我为了不去邓克丽夫人家喝茶才这么说的。"

"噢，"艾丽说着，眼神平静。我知道她在想什么。她想的是邓克丽夫人的相思鹦鹉比尔。她喜欢看比尔在笼子里打颤、鞠躬。她总是坐着，脸贴到栏杆边上，露出温和又傻气的表情，好像比尔是她世界上唯一的朋友，有一天他们会一起逃跑。那表情让我恨不得好好教训她一通。

艾丽在泥地里趿拉着鞋走着。她看着我。

"为什么他会让你说'浪'？"她问。

就像被刺中一样。我停下脚步，看着穿着短裤的她，她的红短袖上衣还有从嘴巴里漏掉的午饭的印渍。我眯着眼，直到她变成我眼里一抹昏暗的影子，只剩脸颊两边模糊的阴影和身后耀眼的光线。我的脑子里，像去年被艾丽刮坏的妈妈最爱的唱片一样，开始一遍又一遍回响着邓克丽夫人的话，"就像一个豆荚里的两粒豌豆，就像一个豆荚里的两粒豌豆。"

"来吧，艾丽，"我说，"我们来玩个游戏吧。"

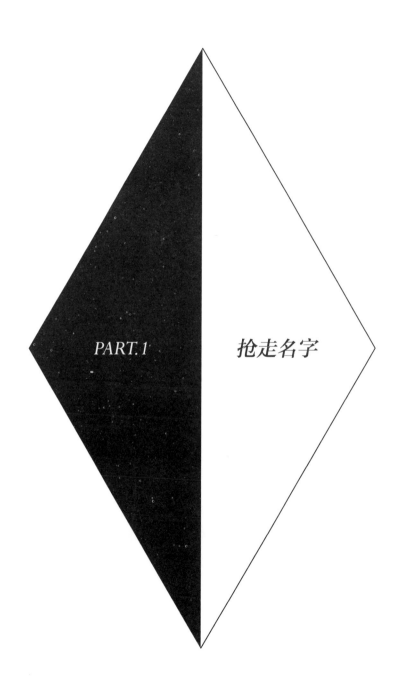

PART.1　　抢走名字

1

声音似缤纷的丝带一样交缠着。孩子们咯咯的傻笑像明亮的饰带，冰激凌车招摇的回旋曲如同昏暗中的烟火，当然还有其他的声音，人们还在喋喋不休地谈论一场早已结束了的比赛。鸟儿歌唱着，嘤嘤地盘旋，伴随着凄厉的叫声落回地面，那声音就像机械摩擦发出金石声般刺耳。循环。停止。循环。

斯玛吉疲倦地睁开双眼，光线穿过她那条挂在窗前的扎染围裙射了进来，死苍蝇、塑料袋，还有躺在一边的伏特加酒瓶十分扎眼。早上吗？噢，不，已经到下午了，下午太阳才会从这个角度晒过来。又荒废了一天。

笔、火柴和卫生棉条在桌上散落着。一根抽了一半的香烟正慢慢地烧进桌面的塑料板里，板子被烫出伤疤般的皱褶。一把牙刷横躺在制冰的冰格旁边，冰格里盛满了凝固的玫红和紫色颜料，看上去像干涸的血。

她深陷在躺椅里，眼睛紧紧盯着画布，画布撑在已经坏掉的煤气炉上方的架子上。画面是这样的：一张报纸钉在椅座上。因为这幅画，昨夜，前夜，又或者从很久之前开始，她就没法入睡，脑袋里嗡嗡响着，搜肠刮肚，想找出赋予这个平面汹涌的颜色和造型的手法。她希望自己能再次抓住那种感觉，灵感到来时，就像巨浪，冲碎她意识的堤墙，将她拽进那灰色的大海中飘荡，浪潮消失后，只剩一堆残骸。这张画布见证了这一切——右上角那一抹纷扰的亮色意味着即将消逝的波浪。椅座上报纸的头条写着："领低保的老人在街头巷子里遭遇抢劫。"

迷人的想法终会逝去，但总有一些声音重新涌入她的内心，填补空白，挥之不去——有时是喃喃自语，有时是严厉的呵斥。好吧，也算是有点意思。至少，有那么点意思。

她举起手，揉了揉眼，这时，铃声又响起来。电话？她还有些迷糊。怎么还没停机？堆在玄关那儿的信里，起码有二十封是电信公司的催缴单吧。

她一动不动，任由电话铃响着，没有一点去接的意思。未接留言又多了一条。可能是那些所谓的"热心人"打电话来问候她的近况。不管怎样，她压根儿没想过明天再给他们回复，更不会想如何编造借口搪塞过去。

当然，这通铃声也可能是她的幻听。不过，她觉得自己已经同糨糊一般的大脑不会再玩什么新花招了。

她继续睡眼蒙眬地盯着墙上被撕得凌乱的日程表。今天到底是哪天？日子已经过糊涂了。在搞清楚之前，星期四插在了原本应该是星期二的地方，你正盯着的是属于星期五的那个格子。还有那些该死的星期一，混乱得令人作呕。从日程表里看不出一丝日程。根本弄不清楚哪天是兑账日。从来就没弄清楚过。她深深地吸了口气，肚子咕咕叫了起来。

她觉得该去弄点吃的。她站了起来，地板在缓缓倾斜，就像走进参加主题公园花车游行的马车的门。视野里所有东西的边缘都泛着烟火般的闪光，她牢牢抓紧一把椅子。（"别犹豫！"一个声音在她脑中的一个角落突然响起。）稳住。

她走出房间，穿过走廊，剥落的墙纸上挂着三三两两的钉子，厨房的门厅中弥漫着变质牛奶的酸臭味。厨房里，鼓鼓囊囊的塑料袋，扎紧了口，挨个儿摆在厨房的地板上，就像养鸡场里的母鸡。垃圾从垃圾桶漫出来，像瀑布一样，水槽里的餐具堆积如山。

斯玛吉打开冰箱门，电话铃声又凄厉地响起来，她一个踉跄失去了重心。她试着伸出一只胳臂撑住自己，却被电线绊住了。她重重地摔进那堆垃圾袋里，有什么东西被她从墙上扯了下来。头顶的天花板已经裂开了，好在大部分被托住了，不会直接砸到她脑袋上。

她听见另外一个声音，这一次，声音似乎是从身外的某个地方传来。

"艾丽？"一个微弱却严厉的声音，"艾丽？"

她环顾四周。厨房的龙头滴滴答答，一如往常。她把头埋进手里，脸上磨出皮屑。她摇摇头，努力赶走那些幻觉。

"艾丽？"那声音再次飘来。

她转过身从指缝中偷瞄。声音从她身旁的电话听筒里传来。她小心翼翼地抓起电话，举到耳边。

"艾丽？"电话那头的人说道，"是妈妈。嗯，听着，我可没时间跟你傻了吧唧地捉迷藏，我知道是你，尼克给我了你的号码。"

死一样沉默。头顶上，冰箱门因为长时间敞开着，发出了哔哔的警告声。

"行，你要这个样子，我也没办法。"电话里的声音继续说道，"要不是海伦的事，我才不会打这个电话。"一声轻叹，"出了一场事故，我想海伦大概陷入了昏迷。那个，按道理还是应该告诉你。说真的，我可不愿打这个电话，不过……还是……反正就这样了。我告诉你，总比你看新闻才知道要好。"

她感觉厨房里似乎有暗影涌动着，蔓延着，仿佛一朵畸形的毒花。各种声响在角落里嘲笑她，随时准备扑过来。她却从未像此刻这般麻木和虚弱。

"没什么好说的了，现在这个样子我们都伤透了心。"电话里的声音说，

"贺瑞斯还能撑住。理查德已经请好了假。"

那团暗影朝她涌来，像烟雾一样翻滚着，穿过塑料的吊顶，这一切让她毛骨悚然。她想动一动，可某种感觉将她牢牢地固定在那里，她有些手足无措，躁动从指尖一直蔓延到脖颈儿。伴随着冰箱报警器的节奏，恐惧潮水般袭来。

"现在大家都争取每分每秒待在医院里。"电话里的声音继续说道，"当然，很多媒体也在关注这件事。"

那声音稍稍停顿了一下，接着是一声咆哮："你难道吐不出一个字吗？！"

暗影彻底包围了她，她感觉无法呼吸，眼冒金星。她咽了咽口水，深呼吸，紧紧抓着电话，眨着眼。

（"碎嘴婆子，"她心里炸开一个声音，"才最该死！"）

斯玛吉闭上眼，深呼吸。"恐怕您打错电话了。"她说，语气平静，每个字都得像会计们桌上的硬币一样排列得整整齐齐。

就在话筒中愤怒的声音几乎要冲出来将她撕碎的时候，话筒掉了。她跌坐回那堆袋子中。一个纸盒正往她的肩膀上漏着什么，但她已经什么都感觉不到了。她脑中乱成一团。冰箱里的灯光从天而降，阳光般洒落在她的眼睑上，跳跃着，嬉闹着。冰箱发出的蜂鸣声似乎模仿郊区的街道上的旧货车的倒车提示音。哔哔，哔哔。这一切，就发生在不久以前，某个夏日午后。

2

阳光穿过叶缝，空气中飘散着新剪过的青草味。一台剪草机不知在何处轰鸣着，嗡嗡的声音从屋外的街上传来。我们悄悄溜进小街，身上穿着对方的衣服——对方的鞋子、对方的袜子、对方的发圈，所有对方的东西。我甚至扎了艾丽的双马尾，然后把她的头发编成妈妈经常给我编的麻花辫，这样妈妈在闷闷不乐的时候，就不用花力气来区分我俩谁是谁了。我们只有短裤是一样的，不过谁会去看那儿？我可以穿着艾丽那条橘色的、粗糙的、皱巴巴的短裤，我低下头，看见她那件红色 T 恤上还有食物的碎屑。我只能傻笑，身体颤抖着，努力不让自己因为大笑失态，但实际上，我快要憋出病了。

我让艾丽先走，她必须走在前面，可她不断停下来，用那种"可怜可怜我"的表情回头看着我，只有在学校里被教训得很惨时，或者想要食堂大妈多打一勺饭时，她才会露出这种表情。

"不要停，艾丽！"我说，"你必须要走前面！"

可艾丽就是傻站在那里，挖鼻屎。

"我该怎么办？"她说。虽然我觉得她的样子滑稽极了，即便她现在穿着我的短裤、我那件印着小鸟花纹的绿色 T 恤，却仍是艾丽，她迷茫的眼神和颤抖的双腿出卖了她。

"呃，天啊，艾丽！"我说，"只要照着我做就行。你就是我！"

我站在小街那脏兮兮的柏油路上，低头看着艾丽的白凉鞋，还有脚上那双有雪花形状镂空图案的袜子，咯咯地笑起来。我学着艾丽在回家路上的步子摇摇晃晃地走了起来。

艾丽也学着我的样子。

"不，呃，艾丽！"我说，"不是现在。正常点。就像这样，学着我每次跟杰西卡一起去小公园的样子走，好吗？"

艾丽想了一下。

"你是这样的。"她迈起步子，绷直了腿，两手放在身体两侧，像士兵行军一样。

"好吧。"我说。我也不知道她做得对不对，但谢天谢地，艾丽至少已经在努力，"还有，记得我是怎么说话的吗？我经常说的口头禅是什么？"

"你总说：'呃，老天爷，艾丽，你今天又要捣什么鬼？'"艾丽说完，看看我，我也看看她，我俩不约而同地笑了。听见我的话从她口中说出来，实在太好笑了。

"艾丽，我真的受不了你了！"她说完，我们笑得更欢了。

过了一会儿，艾丽看着我，晃着她的手指："今天要好好教训教训你了！"她说。这回我们真的笑炸了，捂着肚子弓着背，差点要吐出来了。

她把手伸到我绿色 T 恤的领口，勾着我的领子，看着十分惬意。这是我最喜欢的动作之一，勾起了我为数不多的和爸爸有关的记忆——他曾经在购物中心的某家店里给我们买各种花花绿绿的东西，那天我们俩从公共汽车站一路晃悠回来，嘻嘻哈哈得下巴都要掉下来了，完全停不下来，直到我们到家，妈妈看见了我们的战利品。我担心艾丽这样会把我的 T 恤弄变形，领口变得像一张咧着的嘴，她把自己所有的上衣领都弄成这副样子。

于是。我上前拍开她的手。

"够了，艾丽。"我试着平静地好好说，和学校里的阿普尔比太太教艾丽做算术时的语气一样，"现在呢，你只要保持这样，放轻松就好了。"

我们俩在小街上走来走去，说说笑笑。只是，扮演艾丽，如果没人看到的话，岂不很无聊？我觉得应该结束这个自娱自乐的游戏。可就在这时，有人拎着一只大蛋糕盒子朝着邮筒旁边的房子走了过来，是克洛伊，除了她，还能是谁。克洛伊在学校的时候，一般都坐在大厅旁的小教室里，她会朝我们点头，冲我们微笑，还会拿笔把我们俩说的话记下来。

"嘿，艾丽，亲爱的。"她对我说。此时我心中的喜悦像洪水一般奔涌，哈哈，我们俩的把戏成功了。

"嘿，克洛伊！"我边说边晃荡着身子，学起艾丽的样子，鞋尖在泥土上划来划去。我望着邮筒的方向，发现艾丽正用手捂着嘴，努力忍住不笑出来。我决定无视她，看着克洛伊，把这个游戏玩下去。

"你们俩暑假过得不错吧？"克洛伊边说边腾出一只拎蛋糕盒子的手，把滑到她眼前的头发撩上去。今天克洛伊涂了亮闪闪的粉红色指甲油，手上还戴了一只浮夸的银色蝴蝶戒指。

我点点头，琢磨着，如果是艾丽，接下来可能会说什么，但今天，克洛伊似乎并没有像平常在学校的小教室里遇到时那样期待我的回答，都不用我开口，她就能独自把对话继续下去。

"妈妈在家里。"她说着，指指一旁的小屋，"她不太舒服，我买了个蛋糕给她。"

"噢。"我一边说，一边把手指放到鼻子上，就像艾丽讲话时常做的那样。突然，我很想笑，但我竭力忍住笑，若有所思地看着柏油马路上的一道道裂缝发呆。

"你怎么样，海伦？"克洛伊望着艾丽，说，"暑假过得很不错吧？

我知道，你一定把你妹妹照顾得很好，对吗？"

　　我想象着艾丽可能给出的各种愚蠢透顶的回答，或者干脆傻笑，又或者彻底沉默不语，但出人意料的是，她看向我，用劲地咽了口口水。我发现她眼中闪过一丝狡黠，她接着说："当然啦，非常谢谢您问起，今天天气真好啊！"

　　她用一种阴阳怪气的、老太太似的语气，我觉得克洛伊马上要识破我俩的把戏了，但她什么都没有发现。她把蛋糕盒子换到另一只手里，打了个哈欠。

　　"很好，再好不过了。"她说着转头，看着木屋，"那么，我得赶快进屋了，不然我妈该奇怪我跑到哪儿去了。你们俩要乖，下个学年见啦。"

　　她嗖嗖地朝前门跑了过去，掏出钥匙，然后消失在我们的视野中。

　　屋子前的草坪又恢复了宁静，艾丽和我对视一眼，哑然失笑，我们的肚子就像蹦床，任由笑声从我们的喉咙里蹦出来。我大摇大摆地勾住艾丽的肩膀，一边笑一边喘。

　　"我们真的骗过她了。"我说。

　　"她以为你才是需要照顾的那一位。"艾丽笑着说，"她觉得我才是咱俩的头儿。"

　　"她完全没发现有什么不对劲。"我说。

　　"她觉得我才是我俩的头儿。"艾丽又说了一遍。

　　我觉得她没有必要说两遍，但我只顾着笑，笑声越来越大，这个游戏实在太成功、太有趣了，我几乎快乐得发狂。

　　"你做得很好，艾丽，你做得很棒。"我边说边把我俩缠到一起的头发分开，"你要是总能表现得这么好，我就不会想法子吓唬你了，我们可以像以前一样，一起找乐子。"

　　当时，我真的这么想，戏弄克洛伊是那段日子里最有趣的事了，胜过小丑躲在学校的柜子里模仿学迷路的小狗，用搞笑的声音说"你好！"；胜过和玛丽一起上课。老实说，这个游戏是从"不幸的决定"之后，最有趣的事了——我们曾经最爱去的公园已经关门了，我们过去最爱坐的旋转木马也已经被重新上漆，妈妈谈起这事儿，就会情不自禁地露出微笑。

说到妈妈，我的脑袋中蹦出一个新念头。这个把戏或许可以让妈妈走出之前的阴影，让家里重新充满欢笑。我们能不能发挥聪明才智给她惊喜、让她开心呢？想着想着，我就知道该怎么做了。

"来吧！"我说着，牵着艾丽的手往花园门口走去，"我们也捉弄一下妈妈。"

"什么？"艾丽说，"是去告诉妈妈我们捉弄了克洛伊吗？"

"呃……不是！"我说，有点不耐烦，我真怕她又显出那种傻乎乎的样子，"我们交换身份，唬住她，再给她一个惊喜，让她知道这是个游戏。"

艾丽抠着鼻孔说："你确定妈妈会喜欢吗？"

"当然！"我说着，把她推进花园里，砰地关上门，"她会觉得这是世界上最有趣的事情！"

我非常肯定，我都能想象出妈妈笑着把我们拥入怀中的情景，还能看见那些天紧闭着的卧室门和难以下咽的人造黄油面包，它们切得歪歪扭扭的，是我们的晚饭。

艾丽把头歪向一边："会比我们那次在圣诞节扮成宇航员还要棒吗？"

我很仔细地想了想。"起码一样棒。"我说，"但我们必须严格遵守游戏规则，不然就没有效果了。不要一个不小心做了你自己，那样会搞砸的。"

我竖起一根指头，表示这不是玩笑。艾丽一脸严肃地看着我，点点头。

我们走进花园，穿过杂草丛生的草坪，艾丽小心地扮演着我，我跟在她身后。当她走到前庭跟前时，停了下来，盯着通向饭厅的玻璃门发呆。

"继续啊！艾……海伦！"我说，带着一丝严厉的语气，只有这样艾丽才会意识到一旦开始游戏，就无权要求退出了，"咱们进屋吧。"

我们走到露台上。屋里传来砰砰声和重重的脚步声，听起来好像有人在打扫卫生。我想象着妈妈看到我们之后被我们唬住的情形，一种刺激的兴奋感袭来，我的喉咙里随时都会蹦出笑声，身体里还有种想去洗手间的冲动，我不禁夹紧了双腿。

艾丽回头看着我，笑了。我皱起眉头，现在不是笑的时候。

我们穿过露台，进了屋。饭厅里有一张从来没有出现过的宽宽大大的柜子，它立在那些细细的桌腿和椅子腿后，显得特别滑稽，像只癞蛤蟆，我知道，如果我打开它，肯定会发现一大堆令人好奇的东西。但现在不是干这事儿的时候，因为我和艾丽要把这个游戏进行下去。

我们听见走廊外有咳嗽声，那种想去洗手间的感觉更强烈了。我推着艾丽朝走廊尽头走去。

"你先看！"我说。

艾丽站在饭厅的棕色地毯和走廊的亮彩色天使地毯相接的那条金色边线上，乖乖地把头伸进去，瞧了瞧。她回头，看着我。

"有个男人。"她说。

"什么男人？"我问。艾丽又伸头看了一眼。

"一个很壮的男人。"她说，"戴着眼镜，像是老师。"她突然猛地退回房间里，"他走过来啦！"

接着，我们听见了沉重的脚步声。

"嘿！孩子们！"那声音说，"是奈丽，还是艾伦？"

一个身影穿过走廊，首先出现的是一个男人的头。他的脑袋很大，看起来像橡皮泥做的从衣领里冒出来的粉肉球，有人花了很大力气才把它从那儿挤出来。

"嘿，姑娘们好。"男人的声音像圣诞老爷爷，"那么，哪位是奈丽，哪位是艾伦呢？"他说话的腔调逗得我们想笑，因为奈丽和艾伦是故事书里的名字，在书里，她们总是参加郊游和野餐，喝姜汁啤酒，这些根本不是我俩的名字。我正准备告诉他我俩谁是谁时，发现他脸有点怪怪的，所以我选择闭上嘴，转而研究起他圆嘟嘟的鼻子和眼镜后葡萄一样的小眼睛，我的脑袋里一直转个不停。

厨房的地板传来一阵嘎吱声，妈妈正看向我们。但她和平常不一样，现在是百分之两百，不，还要再多一百的妈妈。她的头发烫成了大波浪，嘴唇红艳娇美得如同玫瑰花蕾。她以前常穿的那件法兰绒连衣裙也不见了，换成一件帅气的夹克，看着就像医生诊所的前台小姐。

"来啊，姑娘们！"她说，"出来问个好吧。"

于是，我俩走进走廊，这个地方碰巧非常适合说"你好"或"拜拜"。妈妈分开我俩，径直走到那个男人身边，挽着他的胳膊，空气里有一股刺鼻的柠檬香气。

"这位是格林尼先生。"她笑着说，边说边看着男人那大大的粉脑袋。我仔细观察了很久，并没有发现任何"你到底想知道什么"的样子或是"为什么是我"的沮丧。那些郁郁寡欢的日子仿佛是很久之前的事了，已经被扫进了楼梯间的柜子里，上了锁。

"叫我贺瑞斯。"那个男人说。

"格林尼先生。"妈妈又说了一遍，十分坚决，格林尼先生的胳膊微微抖了一下。

这是第一个谎言，此刻从厨房窗户透进来的光正好照在他的脸上，我突然想起他是谁了——童子军的团长阿卡拉，我们在公园里参加女童子军活动时，他就在一旁打板球。他今天没戴童子军的领结环，但我肯定是他——阿卡拉，他很努力地假扮自己是格林尼先生。

　　"这是海伦，这是艾丽。"妈妈说，她瞥了一眼艾丽头顶的辫子，果然像我们计划的一样，她完全把我俩弄反了。只不过我现在一点都不兴奋了，因为我的余光扫过走廊，看到客厅里有好多新东西，它们似乎正举着小手叫嚷着"看我啊！看我啊！"，所以，实话实说，没什么好开心的。收纳箱和包裹着塑料布的东西一个一个摆在那里，电视的另一边摆着一张宽大的漆皮靠椅，靠椅坐垫鼓鼓囊囊的，正对着阿卡拉的头。这个房间自从爸爸做出了他的"不幸的决定"后就一直空着，现在，又被各种各样的东西堆满了，完全没有呼吸的空间。

　　"格林尼先生要搬过来，和我们一起生活。"妈妈用着一种陌生的春风般和煦的语气说，接着笑着转了转脖子，凝视着阿卡拉的脸，"是不是很有趣呢？"

　　我身边，艾丽的双腿开始发抖。

　　"但……但是，"她说，"格林尼先生难道没有自己的家吗？"

　　阿卡拉和妈妈相视一笑。

　　"我觉得你的家更好呀。"阿卡拉说着，一手揽过妈妈，他的肥手指紧紧掐住妈妈的腰。我身体里涌起一股冲动，把双腿夹得更紧了。

　　"为什么？"艾丽说。

　　我的心里只有另外一个问题，从我们的房间到妈妈的房间，再到那个像砌墙一样堆满箱子的房间，所有的房间都没有一点地方可以腾给阿卡拉。我开始担心，到最后，他不得不睡我们的房间，在我和艾丽的床之间打地铺。

　　"那么，阿卡……格林尼先生睡哪里呢？"我说。

　　妈妈稍稍抿了抿嘴唇。"这就不用你担心了。"她带着一丝丝怒气补充道，"我真的受不了，艾丽，你为什么总会破坏气氛呢？"

　　瞬间，我有些搞不清楚状况了。我猛然想起，我正穿着艾丽的衣服和短裤，而艾丽打扮成我的样子。我盯着他们，把脑袋里那些乱七八糟的事情整理一下：我看见妈妈在向阿卡拉比着口型，使着"赶快死过来"的眼色，而"艾丽"给大家制造出了某种莫名的尴尬气氛。这种感觉很陌生，因为这一切，是我——海伦，那个一直都很优秀的姑娘引起的。

阿卡拉对妈妈还真是体贴，他一只手轻轻拍着妈妈的脸，另一只手拍着她的胳膊，在旁人看来这个动作很是肉麻，但不可否认，他的确让妈妈敞开了心扉，重拾笑脸。过了一会儿，阿卡拉转过身，看着我们。我身体里的冲动再一次沸腾，不禁颤抖起来。

"哦，我差点都忘了。"依旧是那个圣诞老人一样的声音，一双笨手伸进裤兜里，摸索了一阵，"来，给。"他说，从里面掏出了两根巧克力棒——士力架给了艾丽，吉百利给了我。

"谢谢。"艾丽说，还没获得允许，她就迫不及待地撕开包装纸埋头吃了起来。

我倒是觉得这是块烫手的山芋，因为吃了它也不能保证我能撑到吃晚饭，于是我看向妈妈，她正紧紧盯着我。

"你又怎么了，艾丽？"她说，"难道格林尼先生给你巧克力，你还要他撕开包装，送到你嘴边吗？"

"不用不用。"我说，"谢谢您。"

阿卡拉从裤兜里拿出来的吉百利巧克力还带着他的体温，我身体里的冲动又开始横冲直撞了，我不得不交叉双腿，才不让那股热浪喷涌出来。我担心巧克力的碎屑掉在地毯上，慢慢撕开包装，小心翼翼地吃了起来。很快，我的口腔里就被糊了一层厚厚的巧克力。

前门开了，进来了一个妖怪。

"你们想把它放哪儿？"他嘟嚷着。我这才发现他不是妖怪，而是一个男人，男人的脸上镶着一小块金属，手臂上还缠绕着蓝色的文身。

"放到往里走的第二个卧室吧。"妈妈边招呼着边说。男人迈上台阶走了进来，进屋的时候，还把墙面给蹭了。

"那么……好吧，"阿卡拉说，边说边搓手，一副很舒服的样子，"姑娘们，不如我们今晚就让妈妈休息一下，咱们叫中餐外卖庆祝一下，怎么样？"

"好啊！"艾丽上蹿下跳地叫道，"吃左宗棠鸡！左宗棠鸡！"

中餐外卖是我的最爱，但我才不会为此蹦蹦跳跳。我就站在我该站的地方，紧紧抓着门框。那个男人爬上台阶，再次从我身旁走过时，我的身子又颤抖起来，那股冲动像刚才一样从我的身体中喷涌而出，一股暖流，沿着我的腿往下淌，流进艾丽的袜子里，在那条傻了吧唧的橘黄色短裤里留下一条深色痕迹。

所有人都看着我，我靠着墙蹲下，想要遮住那条痕迹。

"噢，艾丽！"妈妈压低嗓门，语气中满是失望，"我以为我们早就不会出这种岔子了。"

"可能是午饭的时候喝了太多柠檬水！"这个时候艾丽插了一句嘴，尽管这个时候没有人问她。

"贺瑞斯，我很抱歉。"妈妈说，"我向你解释，曾经有一些……"她的嘴巴张得很大，比她说话时要大得多，"……问题。"

我站着，感觉屁股从热变冷，几乎同时，脸从冷变热。

妈妈叹了一口气，这时那个男人走下台阶，出了院门。妈妈耸了耸肩，我非常担心她的忧郁会不请自来。但她只是抽了抽嘴角，摇了摇头。

"海伦。"她对艾丽说，语气比之前还要轻快温柔，"你能带妹妹上楼，去浴室给她换件干净衣服吗？然后，我们就可以一起吃晚饭了。"

艾丽牵起我的手，带我走出房间，上了楼，然后把我推进浴室。我立刻尿在了裤子里，用尽全力试图将我体内的那股冲动冲走。当我弄完时，艾丽回来了，手里拿着一堆衣服：一件领子那儿有条纹的蓝色 T 恤，那些条纹是她每次脱衣服时乱拉乱扯的杰作，还有一条橘黄色条纹短裤、一双袜子和她那条有小叮当精灵的内裤。

"你应该拿我的内裤。"我说，"没有人会知道的。"

艾丽看着我。

"拜托，艾丽！"我说，"我想，没人会发现我们的内裤有什么不同。"

可艾丽只是呆站在那儿。我看见她的眼睛里映出浴室窗户的光影，夕阳正在缓缓下沉，一天就要结束了。

"好吧，我觉得是该结束了。"我说，"这个把戏我们玩得很好，但现在不一样了，格林尼先生在这儿，我们要换回来。"

艾丽把手指放上嘴唇。"嘘！艾丽！"她说，"妈妈会上来的，如果你这个样子，只会让她难堪。"

"艾丽！"我说，"咱们俩就不要再开这样的玩笑了！把我的裤子拿给我！"

我伸手捅她，好让她听懂我的话，照我说的去做。但这次，她退了出去，走到楼梯台面上。我又听见那个男人上楼梯时噔噔的声响，一阵恐惧袭来，我的肚子开始抽搐。我不想让那张妖怪一样的脸看见我一丝不挂的样子。

"好吧，好吧。"我急忙说，"把衣服给我，但只有今天，听见了吗？艾丽！今天过后一切都要回到原来的样子！"

我接过衣服，穿了起来。

3

卧室里除了光秃秃的床垫以外，什么都没有；走廊里，那堆无人拆阅的信，在门口堆成一座小山；起居室的桌子上，放着那包烟。去你妈的！已经空了。

视野中有一张椅子，她稍稍愣了一下。刺耳的金属摩擦声、日光和孩子笑声的模糊记忆在她的脑袋里拉扯着。什么事？发生了什么事情？她本来需要做一些事，一些意义重大的事。焦虑突然爆发开来，像嘉年华的烟火，瞬间将所有的思绪炸得灰飞烟灭。

她想要抽根烟，在桌上的垃圾堆里苦苦摸索，指甲在布满灰尘的桌子上划出一道道新月般的痕迹。钥匙、面巾纸、卷烟纸……啊！烟盒在这儿——虽然空了，但希望底部还有一点碎屑。但不够卷一支了。她必须出门去趟超市了。

摸索着经过壁炉台，几罐颜料被碰翻在地，还有什么硬东西也随之掉到地上，在麻毡上摔成一摊。她低头瞥了一眼。一堆碎片，那是她从阿姆斯特丹带回来的风车杯子，那是最后一件属于从前那个她的东西了。她的心隐隐作痛，但她没有放任这种感受。都是五百年前的事了，离了这个杯子，地球还是一样转，太阳还是一样升起。该死的！

钱在这里。她从架子上抓了一把钱，一张纸币、几枚硬币，一共十一块一毛三。她的神经被狂躁占据了。应该有更多的！怎么会没有呢？其余钱呢？她的手指敲着架子上恐怖的图腾花纹。

她试着恢复理智。是不是之前出过一次门，那时就已经花掉了？她的大脑里，某个画面正在循环播放：挂在蜘蛛网上摇摆不定的叶子，救济金办公室那位女士胖嘟嘟的脸，沾着泥巴的婴儿袜。

和对香烟的渴望一起降临的，是恶心，她的胃开始翻江倒海。再不出门，她可能会为了找烟头把厨房里的垃圾翻个底朝天。她急急忙忙冲进走廊，把脚塞进拖鞋里，套上冲锋衣。围巾挂在楼梯间尽头的栏杆上，那里黑咕隆咚的，栏杆钉在尽头的顶板上，大概在这座房子被拆掉前，它都会在那里。想到这里，她犹豫起来，她已经很久很久没有走出那房间了。她的脸颊和嘴唇灰蒙蒙的，暗淡无光，看不出本来的颜色了，就连伤疤和文身都有些看不清了。她在商店橱窗里看见自己的影子时，几乎认不出来了。还好，还有这条围巾让她感到一丝安全，还能帮她抵御二月该死的寒风——那从未有过的冷到骨子里的寒风。她用这条黑色羊毛围巾紧紧包住脸，其他人只能看见她上半张脸。

（"很有型，"耳边传来浮夸的赞许，"潮流先锋。"）

呼啸的狂风裹挟着老肯特街上来来往往的车辆和行人，一齐涌来。她走出屋子，下台阶，走上人行道。真他妈的冷，一切都和她的心情一样灰蒙蒙的。小区的大门突然耸立她面前，灰色的砖块气势汹汹地暴露在外，砖块一层层升高，像腐烂的牙齿。她快步走过，把头藏进冲锋衣里，眼睛盯着脚尖。一群小女生从街旁的巷子里挤出来，侧身走过她。其中一位女生吐了一口痰，正好落在她的拖鞋边，她没有理会，任由她们叽叽喳喳地走远了。

超市藏在那幢最高的楼附近的水泥墙下。这时候，只有它还开着，橱窗的玻璃已经碎成蜘蛛网状，透过玻璃的裂缝打量里面的瓶瓶罐罐和各色包裹，感觉诡异极了。

她推开门，走了进去，撞到了门口装塑料儿童雨伞的颜色醒目的篮子。店员听到动静，抬起头，一看是她，脸马上就拉下来了，目光扫过她外套上的污渍，还有藏在围巾下的左眉上方依稀可辨的文身。他的注意力很快转到柜台角落里正在播放的半岛电视台的小电视机上。但她觉得他仍在留意着自己，等着她出糗。她走到货架边，拿了一包切片白吐司和一块花生黄油。接着她走到柜台边，把它们放在收银机旁的报纸上。

"拿一瓶伏特加、一小包琥珀手卷烟丝和一包卷烟纸，谢谢。"她说。

店员张了张嘴想要说什么，但又闭上了嘴，转身打开专门用来放烟草和酒的柜子。接着，他瘦瘦的手指在收银机上敲了几下。

"十二块五毛六。"他说。

她一把掏出口袋里的钱，先看看钱，再看看他。

"能不能——"她开口。

"不行！"他板着脸，举着手说，"我可不是搞慈善的。"

她耸耸肩。脑袋里，一个声音正在嘲笑电视里关于步行区的长篇大论。

"好吧，我只好把黄油放回去了。"她急忙说。

他盯着她把东西放回货架上。

"十块零九分。"当她走回柜台时他说。

她递过钱，等他把东西装进一个蓝色塑料袋里。就在他把面包放进袋子时，她愣住了，她看见了自己的脸——本来属于她的完美脸孔，看上去阳光灿烂的脸孔——正在报纸的头版盯着自己。"晨间节目明星萨里斯车祸昏迷"，头条新闻写着。

仿佛超市门口的电暖气要热爆炸了，她一阵不安：之前的电话、妈妈的语气……她喘着气，身体像被车撞了一样颤抖起来。脑中的那个声音早已消失。

"我能拿份那个吗？"她指着报纸说。

店员冲她皱了皱眉头，眼睛飘向门口，担心会遭遇打劫之类的勾当。

"行吧。"他说，就算帮帮忙。

她递过硬币，抓着袋子和报纸，匆匆走出超市。她的心跳像鼓点一样，手紧紧抓着报纸上海伦的脸。超市外面，小女生的笑声从她看不见的地方传来，在空无一人的街道上回荡着。

4

    第二天，我比其他人起得都早。艾丽还睡在我那张靠窗的床上，盖着我的被子，妈妈昨天才给我套上彩虹仙子被套。我悄悄爬到我的抽屉前，穿上我——海伦的衣服，那件印着"骆驼艾丽丝"的 T 恤，艾丽丝的驼峰上还带有一点绒毛。摸着那团熟悉的毛，感觉海伦又回来了。我笑着把头发梳成海伦式的辫子，就像妈妈经常梳的那样。梳这种辫子不容易，因为脑袋挡住了视线，我没法看见手在后面的样子。我对着镜子的时候，辫子总是往一边歪，而不是在脑袋正中间，不过无所谓，大家都知道那是我。接着，我走到书箱边坐下，等待着，偷笑着，现在艾丽睡得沉沉的，完全不知道我们的游戏结束了，我就在她鼻子底下回到了原来的样子。

    妈妈走进屋子，我朝她露出我最得意的"海伦式微笑"。但我发现了一件很奇怪的事：妈妈没有穿她以前老穿的那条扣到脖子的大长袍。她穿着一件傻里傻气的淡粉色的东西，透透的，衬得她前凸后翘。她脸上露出奇怪的笑，带着盐、泥土和花朵气息，如果你看着她的眼睛，就会发现这双眼睛并没有打量眼前的一切。

    "哦，艾丽！"她说，"你躲在那里干什么呢？你把头发怎么啦？我没见过这么乱的头发，简直和鸟窝一样。"

她拉过我的手，抓住我。"你又穿海伦的衣服了。我们说了多少遍了，你的衣服在左手边的抽屉里，海伦的在右边。左边就是当你看自己的手，看到上面有 L 形状痕迹的那一边。"她深深地吸了口气，然后闭上眼说，"表现好点，你是个好姑娘，我希望你可以自己动手搞定这些，虽然你现在彻底弄反了。"

"但是——"我说。

妈妈根本没有听进去。她开始哼哼——小号般明朗的调子，拍子越来越快。我从来没有听过妈妈哼这样的曲子，我太惊讶了，所以当她脱下我的"骆驼艾丽丝"的 T 恤，给我套上艾丽那件笨笨的"鸽子街"上衣时，我完全忘记了抵抗。直到她把我的头发分成两股，开始编艾丽的麻花辫时，我才扭动身子，还打了她的手。

"不！"我叫道，"不是这样的！我的头发不应该是这样的！"

妈妈没有继续哼歌，弯下腰，凑近我的脸，打量着我。我看见她背后，艾丽从我的床上坐了起来，眨着眼。

"哦，我的艾丽，小丽丽。"妈妈叹了口气，皱着眉头，仿佛试着看破重重迷雾，"今天别这样好吗，格林尼先生准备了一个大大的惊喜，我们要度过非常美妙的一天。别毁了它，好吗？"

"但我不是你的艾丽，小丽丽！"我说，倔强的声音不住地颤抖着，艾丽已经起床开始穿我的衣服了，她那傻气十足的头就要穿过"骆驼艾丽丝" T 恤的领口了。

妈妈双手捂脸。"噢，不！不要再这样！"她说，"这都多少次了？"

现在，我真的被吓到了，艾丽以前扮演过我吗？我们一直都是这样，从来没有变化。怎么互换身份，玛丽也没有教过我们。

"但是——"我说。

"还有你，海伦。"妈妈一边说，一边风姿绰约地直起腰，走上前，给艾丽梳了我的辫子,"我可就靠你了,你要做讲道理的、长大了的那一个哟。你明不明白?"

"好的,妈妈。"艾丽说着,微微点头,就像电视剧里好不容易被给予重任的小秘书一样。她瞥了一眼门上画着毕翠克丝·波特的钟,完全不看我,而我的双眼正冲着她喷出责备的火焰,都是她的错。

我们下楼。吃早饭的时候,我的手指一直蠢蠢欲动,想要把头上的辫子拆了,但我发现妈妈正举着冒着热气的咖啡杯满是责备地冲我摇着头,只好把手乖乖放下了。这时,我想到另外一个计划:我竭尽全力把每件事都做到最好,这样我就能成为那个表现得更好的海伦了,即使我穿着一身艾丽才会穿的垃圾,真正的海伦气质还是会由内而外散发出来,这样妈妈就没法否认我才是真的我了。

所以接下来的早餐时间里,我都规规矩矩,坐得直挺挺的,胳膊也夹得紧紧的。我预料这不是一件轻松的事,因为艾丽也表现出了她应有的海伦的样子——微笑、礼貌地交谈以及很有心机地在大家提出请求之前就把桌上的糖递了出去。她还擦掉了阿卡拉的杯子里溅出的咖啡,甚至把抹布在水槽边拧干。我目瞪口呆地看着这一切,直到妈妈叫我闭上嘴。而艾丽只是嘟了嘟嘴,看着其他地方,好像我根本不存在一样。仅凭外表,完全看不出她其实是个笨蛋。你完全想不到她在课间喝水的时候会吧唧嘴,上体育课时胆怯到需要老师的帮助才能爬上体育馆的攀爬架。

过了好久,我们才知道,阿卡拉一直藏着掖着的惊喜是带我们去索普游乐园。我们俩都点头微笑,表现得非常激动。我特别努力地看向妈妈,让我的眼睛显得又大又亮,好像街上随处可见的那种让你忍不住掏钱的广告里的孩子一样。我期待妈妈的脑中或许会灵光一现,然后突然意识到我是谁。但是她只是说着:"哦,艾丽,求你帮帮忙。"然后就出门丢垃圾了。这让我很紧张,我担心我的海伦属性被艾丽同化,在她眼中变得毫无差别。但我暗暗呼了一口气，给自己鼓劲，慢慢地咀嚼，不发出声音，只是当我发现阿卡拉正咧开塞满水煮蛋的嘴朝我们微笑时，桌子下的双腿忍不住发抖。我告诉自己，只要我坚持做海伦，真相迟早会水落石出，大家都会发现是怎么一回事的。只是艾丽太蠢了，以为这个游戏还在继续。过段时间她就会露出狐狸尾巴的，然后一切就会回到正轨。我才是那个更聪明的，大家都这么说。我需要做的，只是等待。

开车去索普游乐园的路像是没有尽头，先是家附近的小路，再是高架桥，再是往游泳池的那条路，再是另一条开满了店的路，再是环岛，再是一条旁边车都呼啸而过的大路，再是一条更大的路。后来，我们发现妈妈看错了地图，我们一开始就应该走另外一条大路。但阿卡拉并没有生气，他只是大笑一声，然后一打方向盘，进了路边的加油站，他在那儿给我们买了两根雪糕，然后掉头往回开。

我坐在车里，舔着雪糕，看着车窗外的汽车唰唰地驶过。我最喜欢吃这个牌子了，我知道巧克力脆皮和冰激凌里有一整根的巧克力。每次吃的时候，我都想着能留着里面的巧克力，最后把它完完整整地从棍子上咬下来，巧克力挂在嘴边就像舌头一样，但我从来没有成功过，因为巧克力会化掉，我只能把它吃掉。

我们继续上路。我把吃剩的棍子塞进包装袋，小心翼翼地放在脚边，这样我就不会把巧克力都弄到阿卡拉的车上了。艾丽早吃完了她的雪糕，把棍子扔在一边睡着了。我能听见她在打呼，我很高兴她这样，因为这意味着妈妈能注意到她到底是谁了，这正是我希望看到的。但妈妈正忙着看地图，用她尖尖的浮夸语调和阿卡拉说着什么，语调比当年那个"不幸的决定"发生后，好心人来家里慰问时，她那些水晶吊灯般华而不实的说辞还要可怕，还要尖厉，听起来随时会破音。收音机里传来的噪音把艾丽的鼾声都掩盖了。很快，睡意弥漫在车厢里，我把头倒向一边，睡了过去。

　　索普游乐园不仅仅是个公园。它有盛装游行和过山车，还有工作人员扮演的胖嘟嘟的大象。当我们到达的时候，入口处密密麻麻的车正排着队等着进园，我说现在这里更应该取名叫"索普停车场"。大家都笑了，而我很仔细地看着他们，想知道有没有人注意到这才是机智的我。

　　我们走进游乐园，阿卡拉问："现在你们想玩什么？"这时，那个动不动就傻激动的艾丽嚷着要去坐旋转茶杯。于是，我们一起坐进了一个"茶杯"，然后机器开动，我们就一直转啊转。真的很好玩，大家都忍不住要喊出声，不过也让我想呕吐。不只是我有这种感觉，我看向艾丽，只见她一声不吭地坐在那里，鼻头白白的。当我们下来时，她走得非常慢，手扶着头跟跟跄跄的。妈妈和阿卡拉在前面走得有些快，他们在找中午吃饭的地方。我故意放慢脚步和艾丽拖在后面，因为我觉得这是次机会，可以跟她好好谈谈停止这个游戏的事了。

　　不久，我们路过洗手间，进门的地方有一排高高的篱笆，于是我伸出手，一把拉过艾丽的手腕，把她拉到篱笆后面。

　　"听着，艾丽！"我看着她惨白的脸说，"够了！足够了！我们已经玩过了，现在是时候说出真相了，你必须换回来，做你自己；我也必须换回去，做我自己。"

　　她用一种呆滞的疑惑的眼神看着我，嘴唇在颤抖，我想好好地教训教训她。

　　"而且，艾丽！"我说，"他们已经知道你想要干什么了。昨天晚上你睡着后，我听见他们在讨论你的事情了。他们准备等你干够了所有傻事后再好好地惩罚你。这是他们现在还不来收拾你的原因。所以，你现在最好还是想想自己怎么才能逃过那些惩罚。"

　　艾丽闭着眼，身子向前一倾，向我微微点了点头。我伸出胳膊，搂住她的背和脖子。

"这就对了，艾丽。"我说，"我相信，你知道这样继续下去最后是没有好果子吃的。有些人从来就不适合当主心骨。"

这个时候，艾丽应该开口对我说她多么抱歉，再也不会违抗我了之类的话，但实际上，她嘴里吐出来的不是令人愉悦的语句，而是一坨黏稠的巧克力色的令人作呕的呕吐物，喷得我一身都是，还弄脏了艾丽的白袜子和白凉鞋。我手足无措地站在那儿，酸臭的气味像阴影一样笼罩着我们。

"你们在这儿呢！就知道你们俩肯定会到处乱跑！"妈妈说着，然后发现了我，"噢，上帝啊！你又在搞什么鬼！"

"艾丽好恶心啊，吐了自己一身！"艾丽马上接上话茬儿，用手背捂着嘴，另一只手指着我说，"真的臭死啦！"

"噢，艾丽！"妈妈吼道，蹲下来擦干净我的手，"你哪天才能照顾好自己啊，你行吗？"她把我从篱笆里拉出来，我看见阿卡拉就等在外面，手里还拿着两只可爱的小老虎玩具。

"不好意思啊，贺瑞斯。"她说，嗓音尖厉又响亮，路过的游客都能听见，"我们这儿出了点状况，她吐了自己一身。能不能请你，亲爱的，请你去找件她能穿的衣服？喷泉那边有个亭子卖的那种宽大的 T 恤就行。我就带她在这儿想办法弄干净。"

阿卡拉一路小跑着去头衣服，妈妈转过身把我重新拖进厕所，但我的双脚一点都不想动。突然，这两天来的种种在我脑中像放电影一样闪过：交换游戏、怪物一样精壮的搬家工人、玛丽哥哥让我说"浪"、巧克力雪糕的气味……这些情景像石头一样一个挨着一个在我脑中垒起来，越垒越高，直到它们在我脑中隆隆作响，直到没有空余的地方给它们，必须要喷涌出来，就像是心灵在作呕，马上就要喷得到处都是。

"不！"我尖叫着，拽着妈妈的胳膊往回走，"不！不是我！是她吐的！都是她干的！是她感觉恶心吐了出来，不是我！都针对我，这不公平！"

妈妈抱住我，我看见她眼中闪过一丝我从未见过的神色。所有的嘟囔、尖刻和愁云惨淡都凝聚成了一个锐利的黑点。

"艾丽，"她压低声音说，"你不能在这儿发脾气。今天大家出来玩应该都开开心心的，你不能这样随随便便发脾气，你不能这样出去。"

但是愤怒来得如此猛烈和迅速，洪水一样在我的喉咙里作了呜咽。

"我不是艾丽！"我叫道，"我不是艾丽！我不是她！那才是她！我是海伦！我是那个不犯错的人！我是海伦！"

喉咙里呜咽的怒气让我很难说话，语句都是断断续续的，就像过山车从你头边呼啸而过时，你听见车上的人对你喊话一样。

妈妈瞥了一眼艾丽，皱了皱眉头，目光一闪。

"你这又是哪一出？"她说。

我尽量在脸上表现出所有的海伦气质，我确定她看见了，我确信我的特质正内而外散发出来。

"这又是怎么回事？"妈妈说，皱着她的鼻子，像是有人放了个臭屁却不愿承认。

艾丽深深地吸了口气。她看看我，然后看向妈妈。有那么一分钟，我觉得我的世界就像坐在魔毯上一样上下摇摆。

"哦，艾丽嘛，"她用一种刻薄的语调说，"你知道的，她老是满口假话，还会假装自己不是自己，不是吗？而且她每次都停不下来，我也是受够她了。"

我呆呆地站在原地，看着她，惊讶得合不上嘴，因为她说的没有一句是真话。原来的那个艾丽可是无聊至极，根本不可能编出这样的故事。这是一个全新的艾丽——一个为了顶替我而存在的艾丽。

妈妈翻了个白眼："我就知道！"她叹了口气，然后又来拉我。

"不！"我叫道，用力拉扯着抗拒着，"她是个骗子！她在骗人！骗人的不是我！"

打耳光的声音听起来像一声枪响。我一屁股坐到地上。一个戴着棒球帽的男孩从我身边走过，我听见了他嘲弄的笑声。他指着我，他所有的朋友都转过身来看我。我的双眼立刻涌出了泪水。

"艾丽。"妈妈说，双唇抿得紧紧的，"我其实不想这样。但是你必须注意你的行为。这很重要，不能让那些傻了吧唧的游戏毁了你。你明白吗？"

我啜泣着，泪眼朦胧，朝着面前的妈妈点点头。"好的。"我说。

"这就对了。"妈妈说，"那么，来吧，做个好女孩。"

我跟她进了洗手间，满脚都是那黏黏的呕吐物。经过门口的时候，我回过头，看见艾丽就站在篱笆前。她的脸因为难受依旧惨白惨白的，嘴角却挂着一抹冷笑。

5

　　她在客厅里的桌上摊开那张海丽的照片，用绘画图钉钉住四角，照片里的人对着镜头，笑容灿烂，灰蓝色的眼睛闪着光。她往后退了几步，紧紧地盯着它。照片中的脸仍旧看着她，眼神里却充满紧张——还可以嗅到些许熟悉的"艾丽气质"。她把那段关于车祸的报道看了一遍又一遍，看了整整三个小时，也抽了三个小时的烟，一根接一根，终于，她知道接下来该做些什么了。她的神经随之紧绷。她听见自己脑中各种声音都达成一致。"对！"声音们叫嚷着。"对！"声音们支持自己，她感到欣慰。

　　"别担心，海丽，"斯玛吉轻声低语，"不是你想的那样。"

　　当然不是那样。那不是龌龊，不是报复或恶毒，那是智慧，一些全新的而且完全不同的东西，最终会使一切都回归其意义。她不知道为什么她以前从来没有想到过。

　　她开始准备她的道具：颜料、水、用来画白色部分的涂料、画笔、镜子。她甚至找出了一些旧粉底液和颜色浮夸的眼线笔。她其实不知道该怎么把这些东西混搭在一起，但是她喜欢使用它们这个想法本身。毫无疑问，批评家们肯定对她使用的材料说三道四——中世纪才会有的肤浅评价。

　　（"难能可贵。"一个威严的属于女人的声音从她脑袋的某个角落冒出来。）

她不禁放声大笑。批评家！哈！她现在甚至能看见那场景——人群、大奖和来自国家级媒体的记者。会有相关的展览，还会出版图书。他们甚至会用她的名字来命名一个艺术流派——"海伦派"，也许吧。这种事情以前也不是没发生过，对吧？哦，对了，这种事情还是留给别人操心吧。她已经有太多事情需要操心了，作为一个天才，还有很多事情要忙。话说，历史上曾经有人想到这么绝妙的点子吗？一幅画着别人脸的自画像。真他妈的有想法！

这个点子可以成就一整个系列。《玛丽琳和我》《皇后和我》——有各种各样的可能。她可以衍生出许多可能。也许这会成为一种全新的艺术范式。

她握紧拳头，激动得颤抖起来。她脑洞大开，突然明白这一切该如何组织起来构成一个主题。一切都被赋予了意义。她感觉自己在和整个世界沟通，大脑的回路就像布满灰尘的房间突然被璀璨的光线照亮，变得无比明朗。必须报复这一切。经历过伤痛，经历过这些讨厌的岁月后，她的灵魂被重塑，愈加纯净、轻盈、敏捷，被创造力、能量还有意志引领，升华到全新的高度，这一刻终于降临了。就是现在，她的机遇来了，她必须把握这个瞬间，绽放光芒。最棒的是，此时此刻，她没有丧失理智。此时此刻，她没有发疯。这一切都是真实存在的。

（"和草莓酱一样实在。"女人的声音应和道。）

海丽正看着她，充满警惕。

"好了，海丽，好了。"斯玛吉说着，拍了拍她潮湿的脸。

可怜的海丽。现在她为她感到遗憾，这耗掉了她一整天的力气。她以为她会哭一会儿，但很快就过去了。

她用一只手揉了揉脸。现在该做点什么？噢，是的，音乐。她需要音乐。她跳到角落的 CD 播放器边上，在堆在一边的箱子里翻捡着。琼尼·米歇尔？啊，不过是昙花一现的歌手。电台司令乐队？太消沉了。涅槃？见鬼了。甲壳虫乐队、绿洲乐队、还是卡罗尔·金……她把它们扔到一边，她需要激动人心的音乐，要实力派，这样才能激发她的才华。莫扎特的《魔笛》？的确很不错，但现在不合适。贝多芬的《第九交响曲》？啊——过于亢奋了。另外这也不是合适的版本。是她在跳蚤市场某个卖家的后备箱里随手淘到的木琴乐队演奏的版本，拿回家她才发现。拉赫玛尼诺夫的《第二钢琴协奏曲》？现在终于找到可以和自己对话的人了。她把 CD 放进播放器，把音量调到最大。喇叭被音乐震得抖动起来——在这个夏末的傍晚，乐曲饱含的情感就像冲出乌云的光线一样一扫空气中的危险而阴郁的气息。

她回到桌边，好尽快进入状态，自顾自地点头。这让她振奋。在拉赫马尼拉诺夫的作品的巨大冲击下，她越过自我怀疑的峰顶，抵达了更高的天地。她体会到宇宙的自在、星辰的运转。她已经准备好了，已经敞开心扉，她可以适应一切。

音乐越来越澎湃，一个个音符小溪般流淌，她拧开粉底液的盖子，在纸页上涂抹起来。褐色的液体滴了出来，而透明的液体拉成丝，粉底液在过去的几星期里一直躺在走廊里，粉和油脂已经分离了。她伸出手，将它涂在纸上，在手指下流淌的感觉像触摸丝绸一样，终于海丽那张虚弱的脸显出了大致的模糊的轮廓。搞定了！她用眼线笔勾勒出了面部的轮廓。她把她隐藏在妆容之下的特征也突显出来了，画出了颧骨的斜面和颧骨下的凹陷，眼睛也画小了些，为了更上镜，海丽的化妆团队颇有技巧地把眼睛画大了许多。

音乐辉煌极了，就在她画文身时，仿佛有明朗的光线流淌在她的脑海之中。为了画好对技巧要求最高最麻烦的这部分，她在浴室仅剩的那片镜子碎片前，研究了很久她太阳穴附近的文字。关键是找到合适的角度。似乎可以打破规则，把两个字全印上去，这样无论谁看这幅画，都能倒着把这个词念出来。但从前面看，只能看到"怪"字。如果她想要创作一幅写实的绘画，她必须解决这个问题。这幅画的主题正是真实。

她选了一罐靛蓝色颜料，往制冰块盒子似的托盘里挤了一点蠕虫脑袋般大小的颜料。音乐包围着它，各种各样的形状就像纸牌屋似的一股脑儿涌来，而她只是画着，沉醉其中，全然忘我。

一开始她以为那雷鸣般的声音是第三乐章愤怒的高潮，但当喧闹的交响逐渐退去，只剩下意犹未尽的钢琴演奏主旋律时，雷鸣般的声音还在，甚至更加坚决、更加急迫。这个时候会有什么事？是养罗特韦尔犬的邻居家的声音吗？还是楼上新搬来的那一家？交响乐队的伴奏再次如潮水般涌来，钢琴声迎来乐曲的压轴高潮，雷鸣声也随之淹没。她耸了耸肩，注意力重新回到画上。"一幅自私的自画像"，她考虑是否应该叫这个名字。这是一个不错的标题，标题逐渐确定下来——这意味着这幅画可以被谈论，将产生意义了。

"艾丽？"走廊里传来一个男人的声音。

她紧张起来。她感到恐惧，脑袋里像弹珠一样蹦出许多念头：是社工服务吗？尊敬的先生来吹嘘他的功劳，帮她解决了房租问题？还是警察？还是孩子们在外面放爆竹啦？还是贝立夫来了？不，他们不会这么称呼艾丽。究竟是谁呢？

嘭嘭声重新响起，听起来信箱也在抖个不停。音乐进入尾声，她贴着墙走到起居室的门廊处，窥了一眼黑魆魆的走廊。透过前门的猫眼，可以看见一个昏暗的身影，不过轮廓已经扭曲，就像打量万花筒里的花纹。

接着影子消失了。但邮箱被打开了。

"艾丽？"终于看清说话的那张嘴了，那张嘴属于某个男人，那男人的脸很光滑，刚刚刮过。

很快那张嘴也消失了，取而代之的是一双大大的棕色眼睛。她三步并作两步跳回起居室，音乐戛然而止。

"艾丽？"那张嘴又开始叫喊了，"我知道你在里面。我听见音乐声了。我能看见你的影子。你能开一下门吗？"

斯玛吉低下头，发现桌子上方光秃秃的灯泡将她黑色的轮廓投影在走廊上。她的动作太慢了，没法像折一张纸把自己藏起来。她蹲下来，抱住膝盖，仿佛音乐消失之后，自己就会赤身裸体地出现在人前。寂静中，就连呼吸声都显得嘶哑刺耳。

（"枉费心机。"女人说道。）

"嘘。"斯玛吉说。

她听见信箱另一边传来叹息。"听着，艾丽，你不认识我，但我是海伦的丈夫尼克。"那张嘴继续说道，"我知道你很为难，但现在我有话和你说。事情很重要。请你开一下门，好吗？"

他还在说着什么，但她根本听不见。因为从屋顶到被大火烧得残缺不堪的油毡地毯，屋子里的一切都再次沉浸在拉赫马尼拉诺夫的音符之中，接下来的半个小时里，空气中的音符不断回荡着，直到她的脑中也开始回荡起隆隆的响声和无尽的琴弦的叹息。她突然站起来，犹如恒星爆炸般的巨响不断靠近，冲击着她，她不得不发出一声高亢响亮的尖叫，而墙壁和窗户则用更尖锐的声音回应她。

她冲到桌前。还是那一幅画。现在，这幅画愚蠢，用笔拙劣，就像魔鬼的作品，像在嘲笑她。完成的时候，她还胜券在握——她以为这一次终于只剩她一个人了。但一切还是和从前一样。海丽仍旧阴魂不散。甚至现在她已经去了鬼门关，仍旧不让自己消停一会儿。她瞄准画中人的眼睛，抓了过去，她瞎了，接着是嘴巴，于是笑容也消失了，画纸扯破了，多了一道伤口。她撕扯个不停，直到手开始疼，手掌被指甲抓破了，开始流血，至于画的是什么，已经分辨不清了。

6

九月就要来了，我开始兴奋。兴奋得无以复加，身体里那些按捺不住的恶魔准备撒野，准备造反。首先，骗别人我就是艾丽，让我兴奋。我还可以坐在克洛伊妈妈家门口的小路上，好在克洛伊出现的时候告诉她真相。另外，虽然现在还没有线索，但我怀疑那个有龙眼的屋子把玛丽吃掉了，所以还在公园里努力地寻找玛丽。除此之外，妈妈和阿卡拉还是那副傻样子，好像明天就是世界末日，妈妈在屋子里飘来飘去，好像不是活在现实中，而是电影里的女神。只是，夜幕降临之后，猝不及防的眼泪和潜伏在屋顶的暗影会嘲笑我。

九月的第三天，是令我激动的日子。这一天，我的心情不可能像过去一样平静，因为假期终于到头了，这是开学的第一天，而且这一天太特别了，因为错误马上就会暴露出来。有三个机会可以拆穿谎言。首先，杰西卡、夏洛特还有其他人会看到我，她们知道我究竟是谁。其次，我比艾丽聪明多了，任何人都会发现她只是模仿我的行为举止，会告诫她："艾丽，你太傻了。你在做什么？你该脸红，识相点，滚回你的地盘吧。"最后，我们还会见到克洛伊，她会让艾丽吃不了兜着走的。

一想到错误马上就要被纠正，我就高兴得无法呼吸了。艾丽一旦把我故事书上的词拼错，肯定会有老师走过来，大手拍拍艾丽的肩——比如"人"这个词吧，除了艾丽，谁都知道怎样拼写是对的。我们会被带去马歇尔小姐总是充满烟味的办公室，坐在摆着一盆蕨类植物和 1986 年全国十岁以下组跳远冠军奖杯的架子前，说出整件事的来龙去脉。艾丽不得不承认她使诈了，所有人都会对她嗤之以鼻。接着，他们会叫来妈妈，马歇尔小姐会扶着眼镜，说"很遗憾，出了件大事"，就像汤姆·琼斯被车撞了一样，那次，我们被迫沿着小小的跑道开了很久卡丁车，学习道路安全法则。之后，他们可能会把艾丽送进监狱，或是罚她打扫游戏里需要用的碗橱，同时，大家还会可怜我、同情我，虽然我没有绑石膏或是摔倒在地，但我经历的和断了胳膊没什么差别。

走进学校大门，我就看到杰西卡和夏洛特还有其他人都站在扫帚形状的树下。我的心漏跳一拍，身体恨不得马上跑过去，和我的朋友们站在一起。我还没来得及走过去，身旁的艾丽已经加速，学着我的样子，迈着矫健的步子，甩开胳膊，大步跑过草坪，因为妈妈给她穿的是裙子和上衣，艾丽十分自信，很快他们就把艾丽团团围住了。远远望去，她有些高高在上，就像明星一样。

而穿着艾丽的衣服的我靠近的时候，她们的神态却很轻慢。"噢，你好，艾丽。"杰西卡说。

杰西卡的脸更长了，皮肤晒成金黄色。她在西西里的舅舅家过的暑假，那里有游泳池、网球场，还可以骑驴。

我摇了摇头。

"是我啊，海伦。"我说，"艾丽在使诈。"

杰西卡看看我，又看看艾丽。空气在颤动。只见她们都眯起眼睛打量起来，我真希望阿卡拉给我的那些可乐还有剩下的，这样我就可以拿出来分给大家了。这样就能证明我是海伦了，因为艾丽总是很自私，一个人吃零食，从不分给大家。这是她最糟糕的地方，所有人都知道，私下里议论她。我想明天我应该带一些来给他们。这可是海伦最擅长的事。

艾丽用手拍了拍屁股，骄傲地挺直身子，说："老天，艾丽，现在该结束了。你还没有玩够角色扮演游戏吗？我们现在在三班，你知道的。"

夏洛特和其他人突然爆发出笑声，好像有什么搞笑的事让她们直不起腰。我看着杰西卡的笑容就像被篝火点着的纸一样扭曲，想等她们笑完。但当我张开嘴想说出真相的时候，她们已经吹着口哨，尖叫着跑开了，她们变成了一伙的。

一开始所有人都站在艾丽那一边，但我下定决心要笑到最后，于是我快速跑到最受欢迎的那张桌子附近，和杰西卡一起坐下来。这时纳蒂亚翻了个白眼，西玛则把手在鼻子前扇了扇，嘀咕着："这儿怎么这么臭？"她们只会在艾丽面前说这些话，我只好微笑，因为我知道这不是真的。最后艾丽和凯蒂挽着手进来了，这张桌子旁已经没有她的位置了，她必须坐在萝丝和汉娜旁边，汉娜会咬指甲，身上还有奎沃思泡芙的味道。一切都回到正轨，我满意极了。

新老师名叫因西班德小姐。她年轻，骨瘦如柴，外套的衣领就像用卷笔刀削过一样尖。她走了进来，第一件事就是说"早上好"，然后在黑板上写下自己的名字："现在三班的同学们，看，我的额头很光滑啊，对不对？一点皱纹都没有。我希望这一年结束的时候，我也不会长出皱纹来，你们得向我保证会乖乖的。"

接着，就是点名了。顺序还是和原来一样，不过新来了一个男孩——帕斯卡，他从法国来。他听见自己的名字的时候，很焦虑，四下张望，想知道该怎么做。很快，他就意识到大家之前都会说"到"，于是也用可笑的法国口音喊了一声"到"，大家哄堂大笑。于是，他猛地举起手，好像刚刚得了一分一样，仿佛他并不是新来的，已经是我们中的一员了。

接着念到了艾丽的名字。

"艾丽诺·萨里斯。"因西班德小姐念到。没有人回答。大家面面相觑。

因西班德小姐用笔点了点纸上的空格，每人每天有两个空格。接着，她抬起头。

"艾丽诺·萨里斯。"她又念道。

在她喊出这个名字之前，我身边的人就有些躁动了。

"她在这里，小姐。"杰西卡说着，其他人也应和道，"她在这里！她在这里！"

因西班德小姐透过举成森林似的胳膊看着我。"嗯。"她回应道，然后意味深长地看了我一眼，在艾丽名字后面的空格里打了一个勾。

名单上下一个名字就是海伦了。我恨不得立即举起手来，但杰西卡抓住了它，死死地按在桌子底下，我只能看着艾丽点了点头，微笑着领走了我的名字。

报到之后，我们开始写假期里做了些什么。新的学年意味着有新的练习册，我期盼着早点拿到自己的，好一口气全写上我的名字。另外，我还特别期待能够把艾丽的淘气事写出来，告诉大家她是如何骗了所有人的。然而，因西班德小姐走了过来，牵着我的手，把我带到放着艾丽去年没有写完的练习册的角落。那本练习册上有图画，需要把图画和单词连起来，写出正确的拼写顺序，好学会如何拼写单词。我不得不坐在总是尿裤子的詹姆斯和全家刚刚从孟加拉搬来的帕维斯之间，帕维斯到现在还以为"你好过得好吗"是一整个长长的单词。我从书本中抬起头，看见艾丽昂首阔步地走到杰西卡身边，就像抱着泰迪熊一样抱着我的新练习册和我的铅笔盒，我被某种邪恶的感觉驱使着，开始在原本需要我配对的狗呀、猫呀、家用汽车之类的图片上乱涂乱画。我拼了命地画呀画，根本不知道身边站着人，直到一只手出现在课桌边上。我知道这是谁的手：柔软的手掌，指甲涂成紫色，所有手指都戴着戒指。

我抬起头。"克洛伊！"我大声喊道。我就像会瞬间转移的达寇拉伯爵[1]一样，转眼就从桌子后面跳起来，钻进了她的怀里，脸贴在她柔软的粉红色绒毛套头衫上，嗅着她身上的花朵香气。

"好啦。"克洛伊说着，摸了摸我头上的艾丽专属发型，"好啦。艾丽，很高兴见到你。"

现在连她都觉得我是艾丽了，但我觉得没什么，我知道，只要克洛伊在，一切都会好起来。

我们走进过道后的小房间，房间的墙壁上挂着毯子，毯子后面是装了滑轮的电视机。克洛伊掏出她的笔记，看到那沓纸的时候我很吃惊，因为去年我只有一张成绩单，成绩那一栏写着"优秀"。我很确定，因为是我看着克洛伊填上去的，虽然有点远，还是倒着看的，但我还是认出了那两个字。

"现在，艾丽。"克洛伊说着，露出了和走廊头顶上投影仪的一样明亮的笑容，整张脸都容光焕发，金色的耳环熠熠闪光，"怎么不和我说说你暑假都干了些什么呢？"

委屈一股脑儿涌上来：杰西卡紧紧按住我的手，夏洛特和其他人的嘲笑，无论我怎么反抗，妈妈一而再、再而三地给我梳艾丽的发辫，还有阿卡拉，还有索普公园。就在这个墙上挂着臭烘烘的毯子的小小的电视房里，我觉得肚子里有什么东西沸腾了，紧接着爆发出一阵啜泣，眼睛和鼻子里开始不断涌出大滴大滴的泪水。

克洛伊弯下腰从包里取出一张手帕。

---

1 达寇拉伯爵，Count Duckula，英国65集动画《怪鸭历险记》的主角，达寇拉伯爵是一只鸭子，他居住的城堡可瞬间移动，他能够随心所欲地到世界各地冒险。

"给你，拿着。"她说，"可怜的小东西。"

我点点头，的确我是可怜的小东西，这么多年了，除了我自己，其他人都不这么认为。我用手帕擦了擦鼻子，手帕上画着粉红色的蝴蝶，然后我又哭了一小会儿。克洛伊走了过来，伸出双手搂住我，我们就这样待了好几个小时。

"很抱歉，没想到你还是这么难过。"她说，"那天我在去妈妈家的路上遇见你的时候，你似乎好多了。"

我差点摔倒在地，我想起就是在那条小路上，我们玩了那个游戏，骗了克洛伊。

"没错。"我想拆穿这一切，"事情就是从那时候开始变得糟糕的！"

但悲伤淹没了所有词语，这时候，我只能发出断断续续的抽噎。

最后，克洛伊坐回桌子后面，抽噎也逐渐平息，我张开嘴，准备说话。我要和盘托出：她看见我们时，我们在玩交换游戏，格林尼先生其实是阿卡拉，艾丽逼我继续扮演她。说到一半的时候，克洛伊拿出一张卷子，开始打分。她似乎很重视这件事，这让我很高兴，很快所有人都会知道。于是我继续说个不停，想到什么就说什么，甚至说了许多和这件事没什么关系的小事。比如，邓克丽女士和她的相思鹦鹉比尔，比如我们已经许多年没见过玛丽了，比如在走廊里搬东西的怪物。我唯一没说的是玛丽的哥哥和他要我说"浪"，因为我觉得这件事不太适合在这间屋子里说。

终于说完了，我口干舌燥，脸上的眼泪已经干了，眼泪流过的地方有点疼，克洛伊还在写着什么。我在一旁等着，希望她能一字不落地记下全部。克洛伊的笔在纸上来来回回，就像舞厅里优雅地旋转着的淑女。最后，她终于写完了，笔顿了顿，谢幕。

"好的。"她说，"不错的故事，对不对？"接着她挑起一缕头发在手指上绕了绕圈，大概是想弄得更卷一些，"说说你爸爸吧。"她说，"你还在想他吗？"

　　我觉得这个问题很奇怪，因为很久之前爸爸就做了那个"不幸的决定"，这件事发生在我和艾丽交换身份之前，为什么还要讨论这件事呢？还有，我已经忘记他长什么样了。关于他的记忆，就像很久之前咽下去的糖果，已经没有味道。我只记得烟味，还有他把商店里每个颜色的上衣都买了一件的画面，我们一路跳着笑着回家。这个故事我回忆过无数遍，以至于自己都不确定是不是真的了。我最喜欢的那件绿色上衣甚至已经变成芥末色了，就在艾丽扮成我的那天还把它扯变形了，把领口撕破了。我知道他是一个真实存在的人，因为房子的顶楼最靠前的房间里还放着那些《虚空的造物》——有时我会走进去看看，用手抚摩那些粗糙的画布，打量那些犹如爆炸的星辰般的色彩——但我并不觉得他还在。他的一部分已经化作烟尘。

　　葬礼上，妈妈的朋友苏珊读过一篇东西，提到爸爸去了另外一个空间。长久以来，我和艾丽一直在寻找前往那个空间的大门。我们找遍了走廊、起居室的角角落落，艾丽甚至钻进楼梯下的橱柜的后面，但除了蜘蛛，我们一无所获。所以现在，我无比肯定爸爸不会从那个空间回来了，这也意味着妈妈会觉得谈论爸爸是"不合时宜"的。但我觉得克洛伊并不想听我说这些，所以我挤了挤眼睛，就像艾丽常做的那样，想象着爸爸推开门走进了另一个房间。

　　"我觉得，他如果知道现在发生的事，肯定会不高兴的。"我说，"他会狠狠地惩罚艾丽，罚她一星期不许看电视。我想他会说：'艾丽是个坏孩子、淘气包。去外面，站在角落里，别挡着我的路。'"

　　克洛伊深吸了一口气，用指甲敲着桌子，耳环嗒嗒作响。

　　"艾丽，你知道我怎么想吗？"她说，"我觉得如果你把刚才说的那些事画出来，或许更好？这里有足够的纸。坐下，把你脑袋里想的那些全都变成画，画好了，我们可以把它们和你去年画的那些故事放在一起。"

现在，我重新打量那卷纸，有些惊讶，我看到的不是克洛伊书写整洁的笔记，而是被蜘蛛网般的涂鸦覆盖的方格纸。上面有宇宙飞船，有对人念咒语的女巫，在最上面，我还看见了一个满脸泪痕的女孩，眼泪从她的眼睛里涌出来，变成一条长长的摇晃的丝线。现在我才意识到艾丽总是缠着妈妈讲的那些故事到底是什么样子了，这些故事突然展现在我面前，我有些不知所措。虽然那都是垃圾，但艾丽的脑子里居然会蹦出这些东西，仍旧让我有些吃惊。真的是那个闻手指的艾丽吗，真的是那个年复一年看着名叫比尔的相思鹦鹉发呆的艾丽吗？

我太惊讶了，以至于都没有意识到克洛伊叫错了我的名字，终于，她从桌子那边伸出手，重复了一遍。

"可以吗，艾丽喜欢吗？"她问。

"可是，可是，可是……"我嗫嚅着，听起来就像在吐泡泡，"可我不是艾丽呀。"

"我知道，小可怜。"克洛伊说着，站起身走到门边，"有时候，我们都会这么想。人都会这样。画画吧，这样会好受些，我保证。"

说完这些，她走了出去，留下我看着格子纸发呆。小小的方格在我面前越变越大，最后占据了我全部的视线，我再看一眼，几乎就要相信它们就是那些大门，只要我推开，就能走进另一个世界了。

7

之后的几天，他都会出现。一开始他站在前门附近，磨砂玻璃上映出他暗淡的身影，影子不时弯下腰打量，冲着邮箱喊叫。后来，不知道为什么，他的胆子越来越大，绕过前门，透过起居室的窗户，从窗帘缝往里面看。

有时，她都分不清那个冲自己大喊大叫的到底是自己脑子里的各种声音还是他了。那些声音学得很快，时不时吵到她，夸大他声音中冷酷的那部分，在她暴跳如雷的时候嘲笑她。尼克一来，这些声音会更放肆——更下流，更加无所畏惧。

第三天早上，他发现这幢两层建筑周围有一条小路，于是沿着小路走到了后面那个低洼处的花园。那儿有烧焦的痕迹，还有附近的孩子藏起来的自制威士忌的空酒瓶和巴克法斯特酒瓶。他透过厨房的窗户向里面望去，狠狠地砸着后门。他这么做的时候，斯玛吉便蜷缩着身子，躲在厨房的垃圾袋后面，她真希望自己上次跌跌撞撞地走进来时记得锁门。幸运的是，他没想进来——至少现在没有——他只是砸门并且大喊着什么，他的声音越来越刺耳，越来越大。

"滚开。"她平静地呻吟着，双手抱着脑袋不住地前后摇晃着，"你——他妈的——给我滚！"

第五天早上，他仍旧砸门，砸了好几个钟头，在那附近来来回回晃荡了好久，终于她拿起电话。

"你好，请问是救援队吗？"

（"你好，自以为是的小人物。"脑袋里的声音冷笑道。）

"他又出现了。"斯玛吉说，"他想进来。只有我一个人在家，他不肯走。"

"请稍等。"女人回应道。

（"竭尽全力。"那个声音不依不饶，"这事儿就交给她了。"）

斯玛吉深吸一口气，想要集中精神。她是一位年轻的志愿者。大概是一位初中老师，或者一位图书管理员，十分温柔，就像许多年前在公寓里照顾她的安格，她竭力表现得友善。

"只是，"她用颤抖的声音说，"我想我已经做了我该做的事。"

（"你也得到了你应该得到的。"那个声音说，"你这个自私的婊子。"）

一阵沉默。

（"毫无人性，你这家伙。"那声音嘀咕道，"不能善罢甘休。"）

"你说你已经做了你该做的事，是什么意思？"那个女人说，就像安格常做的那样。

斯玛吉按捺住脾气。沉默就像一扇敞开的大门，矗立在她面前。

（"你觉得我们需要用钱解决？"那个声音问。）

"他打我。"她慌忙补充道，"他虐待我。他完全不让我消停。我摔伤了——胳膊上都是伤。我谁也没法告诉。这简直是噩梦，无尽的噩梦。"

"这太可怕了。"那个安格回应道。

（"把你的眼睛擦干净，睁眼看看！"那个声音大喊着。）

斯玛吉点点头。太可怕了。这简直是噩梦。她受不了了。她受伤了，在外面传来的一阵阵嘶喊中，她一边抽泣一边断断续续地讲述过去三年来受虐的感情。她把他赶走了，他还是会回来。现在他在外面，砸着门，简直就是世界末日。他不让——根本不让——她一个人待着。不，她没有自杀倾向，她不耐烦地对那个安格说——她只是累了，有些沮丧，孤独。太孤独了。她一个人生活了很久。所有人都想伤害她。事情就是这样。没有一个例外，甚至她信任的人也不例外。尤其是那些人，他们也在全力以赴地伤害她。

过了一会儿，撞击声平息了。她听见邮箱最后一次关上了，另外有什么东西轻轻掉在了走廊里。沉默如潮水般袭来。阳光穿过窗帘后面变形的板条，斜斜地照了进来，她坐在垃圾堆里，感觉平静极了。

从没有过这样的沉默。接下来的几分钟里，她们只是静静地坐着，一句话都没有说，甚至连脑袋里的声音都安静了。

"你现在感觉怎么样？"那个安格问。

斯玛吉差点忘记电话那边还有人。她差点忘记自己还在扮演某个角色。

她一阵躁动。她讨厌这样笨拙的自己，靠谎言来博取那个声音温柔的陌生人的同情，让她觉得自己恶心。

"哦，好了。"她说，"他现在走了。我想他今天不会来了。"

"那你今晚一个人可以吗？"那个安格问。听起来她没有刚才友善，她的语调充满同情。伪君子。斯玛吉恨不得马上挂掉电话。

"哦，是的。"她说，"谢谢你。是的，我能行，你帮了我很大的忙。"

她把听筒朝上放了下来，抱膝坐下。白天金色的光线正在褪去，变成灰色。有狗叫声，隔壁一家人回来了，孩子们正在走廊里蹦跶，尖声说话。她感到一阵麻木。（"玩烂了的花招。"那个声音说道。）经历了这些之后，她觉得自杀或许不是件愚蠢的事。

8

秋天送来了各种各样的红色、金色和棕色，你只要置身公园那棵躺着长的树下，就能感受到了。那棵躺着长的树很久之前就长成了一条巨大的淑女裙形状了，她往右倒在了地上，如果你藏在树下，外面的人就发现不了你，除非是在冬天，淑女把衣裳脱掉了，那会儿，天气让人冷得发抖。

今天，我们得在躺着长的树这儿待一会儿，因为妈妈和阿卡拉晚上要办派对，需要地方做准备，派对邀请了阿卡拉的同事还有妈妈的朋友苏珊，苏珊的笑声就像电话铃一样干脆、响亮。需要地方做准备的意思是，需要摆脱我俩的胡搅蛮缠。我们想帮忙，但被看作胡搅蛮缠。我们也是最近才发现的。有 次妈妈午饭的时候做了烤肉，肉汁洒在了地板上，我拿起擦茶杯的抹布准备帮忙，就像海伦过去常做的那样。但这一次不一样了，妈妈任由肉汁洒在地上，一点也不介意——她过去可没这么说过。那天，我们就像艾丽的作业本中被撕下来扔掉的那一页一样，被抛弃了。午饭的时候，阿卡拉把我们推出门，往艾丽的手里塞了五块钱，告诉我们想怎么花就怎么花。艾丽用它买了一个小泪娃娃，接着，我们就坐在躺着长的树下，盯着小泪娃娃发呆，看她会不会活过来，但她一直躺在盒子里，直到天黑都没有动过，我们猜她大概被吓到了。

这个星期六安排得满满当当的。早上我们去超市。妈妈的心情很好，冲着所有人微笑，鞋子噔噔直响，走得飞快，我们一路小跑，才能追上她。我们先去了卖化妆品的地方，她和一个穿橙色衣服的女人聊了很久，讨论什么颜色最适合她。妈妈的信用卡插进机器，发出吱吱的声响，接着吐出一张纸，你得在纸上签你的名字。接着我们又去了美甲店，那儿可以用小刷子蘸各种各样的颜色把每片指甲画成舌头那样。

艾丽在一旁看着，兴奋起来，跃跃欲试。

"能把我的指甲也涂上颜色吗？"她问。

妈妈笑了，虽然艾丽有点没大没小的，但妈妈还是拍了拍她的脑袋。

"等你再长大一点才可以，小甜心。"她说。

"我可以吗？"我也附和道，我也是小甜心。

妈妈狠狠瞪了我一眼。"看在老天的分上，艾丽，"她接着说，"我刚刚不是说了不行吗？"

接着就该给我们买衣服了，我们简直长得和拓普西牌爆米花一样快，时间总是一眨眼就溜走了。过去，在妈妈心情好的时候，我特别喜欢买衣服。她会拿着购物篮在商店里转来转去，然后把她觉得好看的东西都扔进篮子里，还会特别为我挑些东西，因为我很可爱。但今天，妈妈特意挑了东西给了另一个海伦，她以为艾丽是我，给我的只有一件实用的内衣和看起来为五岁小朋友准备的裙子。我默默地穿上它们，但艾丽从试衣间里出来的时候穿着一件有浅粉色蝴蝶结的公主裙，所有人都在为她鼓掌惊叹，仿佛她是辛德瑞拉，我却忍不住不停地用手撕扯蝴蝶结，直到蝴蝶结被我撕烂。

妈妈拿着另一篮衣服回来的时候，正好看见我抓着蝴蝶结，上面还挂着蜘蛛腿似的丝线，她顿时脸色发白，二话不说，就带着我们离开："不许还嘴，我警告你，你要是再说一个字，就有好戏看了。"她不得不买下所有东西，甚至包括那些不合身的。开车回家的路上，车一路轰鸣，好心情一扫而空。

现在我们在躺着长的树这儿，艾丽在自说自话，只剩我们俩的时候她总这样，说个不停，没有一刻消停。她不断旋转，炫耀她美丽的新裙子，裙子背后钉着扣子，电影里的新娘也穿这样的衣裳。她说过几天她要问问妈妈能不能给自己买一双"魔法脚步"鞋，夏洛特还有其他人就有这种鞋，她想知道是不是鞋底真的藏着一把有魔力的钥匙，能带她去另一个世界。

我知道这是假的，因为去年纳蒂亚一到午休时间就想瞬间移动到其他地方，但什么事都没发生。我们甚至让她转了三圈，鞋跟都发出了咔嗒声，但最后她还是站在原地。但我什么都没说，她穿着本该属于我的裙子在落叶、烟蒂和看起来像是爆炸了的粉红色糨糊弹的破气球上翩翩起舞，而我只能穿着普通得不能再普通的衣裳看着她。突然间，我意识到，这才是最悲伤的事。

"当然啦，你不可能有和我一模一样的鞋。"艾丽说着，转着圈，把手伸到头顶，好像她是芭蕾舞演员，"你只能穿其他的鞋子，这样人们才能把我们区分开。我希望妈妈给你买上面有横杠的回力鞋，或者——"

她顿了顿，看着我。

"你哭了。"她说。

我点点头，吸了吸鼻了。她走过米，看看我，好像在参加学校组织的去动物园的活动，而我就是那只困在展柜里，眼睛周围长着菱形鳞片的蜥蜴。

"你为什么哭了？"她说着，伸出手指擦掉了我的眼泪。

我张开嘴巴，想一吐为快，但所有词都搅在了一起，最后，我爆发出一阵大声的哀号。

她叹息一声。"如果你真的想要'魔法脚步'鞋，我可以和妈妈说，让她给你买一双。"她的语气像在对待婴儿。

我摇了摇头。"不，不是为鞋子。"我想说清楚，但发出的是艾丽式的呜咽，"为了所有的事情。我一直在扮演你。我不想继续下去了。我希望一切恢复原状，和阿卡拉来之前一样，和游戏开始前一样——那天之前。"

艾丽的表情就像被关掉的电视机一样不动声色。她开始旋转，想重新像芭蕾舞演员一样转圈，却被我攥住了胳膊。

"求你了，艾丽。"我说，"我没有和你开玩笑。我真的很不开心。求你了。"

艾丽看着我，眼睛眨了眨，脸上散落着一缕怎么编也编不进发髻的头发。

"求你了，艾丽。"我又请求道，这是最后一次了，否则我会无地自容，"求你了，只有你能帮我。"

艾丽静静地看着我。她伸出手，手指在我眼睛周围画着圈。我能感觉她的手指划过我的皮肤。

"你希望我做什么？"她问。

就像阿卡拉躺在沙发上，迷迷糊糊地呼噜着说他还不想睡觉，我的胸口有什么要炸开了。我把手攥成拳头，按捺住心中的狂喜。我深吸一口气。

"向我保证，再有人看见我们，我们就说出真相，告诉他你是我、我是你。"我说。

艾丽就像面对邓克丽夫人的鹦鹉比尔时那样把脑袋转向一边。

"好的。"她用一种奇怪的陌生的语气说，"再见到一个人，我们就这么对他说。"

现在我很兴奋。我终于要回到正轨了，我们要出去，四处晃荡，在公园里找一个人，结束我们的游戏。但我不能让艾丽意识到我有多开心，所以我只是跳了跳，在落叶上做了一个传球的假动作。接着，我坐在一根躺在地上的木桩上，看着艾丽旋转啊跳啊，我的身体却像气球一样就要飞起来了。

我们该走了。我从躺着长的树下钻出来,看见坐在操场上的人不是别人而是玛丽时,你知道我有多兴奋吗?现在我需要做的不过是忍住心中的尖叫,因为我知道煮熟的鸭子飞不了了。

"是玛丽。"我说,我看见艾丽的脸上充满忧虑。接着她就像鸟抖动羽毛一样摇了摇身子。说到就要做到,这是艾丽都懂的道理。

"好吧。"她说,"我们走吧。"

我们走上前。玛丽坐在一架秋千上,双腿蹬着沥青地面,直愣愣地看着远处的树木。她似乎没有看见我们走过来了。我们上次见到她,是好几年前的事了,但我知道她和我一样,已经准备好惩罚和教训艾丽了,尤其是她知道艾丽干的这件淘气事之后。

"你好,玛丽。"我走过去,"你还好吗?"

玛丽朝我们转过脸来,顿了顿。"噢,你好。"她看着我们俩之间的某个地方说,好像我们还站在公园的那一边,正从池塘附近走来。

"我们一直在找你。"我说,"你去哪儿了?你是去曼彻斯特的舅舅家了吗?"

玛丽耸了耸肩。"度假。"她说。但奇怪的是,玛丽说"度假"这个词的语气,让你觉得这是最阴暗悲伤的词。九月过后,暑假就结束了,树丛里也开始有冬季的风低语,但为什么玛丽还穿着短裙和短袖上衣?

但我没有问这些,我太激动了,脑海被最重要的那件事占据了。我张开嘴想要谈论那个游戏,说出所有秘密,但我还没开口,艾丽就问:"你的腿怎么了?"

这时我才发现,玛丽的腿上都是青紫色的痕迹,手腕上也是,就像嵌进皮肤里的手镯。玛丽的膝盖上还有一块大的伤疤,像是追赶校车的时候摔了一跤。

玛丽看着艾丽，一言不发。接着她的目光又转向树木。她身后，一只可乐罐子滚过操场，仿佛正急着赶往哪儿，仿佛它还有许多该去但没有去的地方。

我想讲游戏的事，我有些躁动，大喊道："玛丽，玛丽，我们有秘密要告诉你。"

接着我看着艾丽，因为这也是她的秘密，不是我一个人的秘密。"说吧。"我说，"你得兑现承诺。"

艾丽咳嗽一声，恨不得眼珠子都要飞出来了。

"老天，我知道了。"她说，"好——嗯——"她指着我，"这是海——艾——海伦。我是艾丽。我们交换了身份，大家都搞错了，但现在海伦哭了，要我向她保证说出真相。"

我不喜欢艾丽把我的名字说的像是有一个"艾"字，我希望她能够哭着喊出来——毕竟这是玛丽呀——但总算真相大白了，我很高兴，咧嘴笑了。玛丽看着我们两个人。她的眼睛突然亮了亮。

"噢，我知道了。"她说着，就像猫一样伸了个懒腰，那个熟悉的玛丽终于回来了。她看着我。"好啦，海——艾——伦。"她说，"既然你是领导，为什么不想一个我们都能玩的游戏呢？"

现在我的心怦怦直跳，脑袋里充满了各种教训人的把戏，我感觉身体里有一个气球，越升越高，就要顶到我耳朵这儿了。

我的嘴巴轻轻张开了。"教艾丽飞过大沟吧。"我说。一说完，我就知道这是一个错误的选择，事实上，这是去年就玩腻了的老把戏，要知道，我们现在大了。但是，现在，我们没的选，游戏一旦选定了，我们就得玩下去。

玛丽点点头，好像这是个好主意，她站了起来。

"好的。"她说着，露出一抹在课桌下传字条时特有的笑容，"你先示范，我和学生在这儿等着。"

现在，喜悦的感觉让我觉得脑袋里正进行一场舞会，完全没有理会玛丽和艾丽交换了一个微笑，虽然脑中的低语已经提醒我了，因为玛丽过去也是这么做的，我想现在一切终于恢复正常了。我太高兴了，甚至没来得及找到合适的起跑线。我从草坪上就开始助跑，越跑越快。为了能跑得更快些，我甚至喊道"耶哦耶"，骑马般狠狠地跺着脚，黄昏的光线落在我身上，风在耳边低语。

在树丛边缘，我耍了那个总能骗过艾丽的把戏。我还没有跑到沟边就猛地跳了起来，好像我直接跑了过去，只有我和玛丽才明白其中的道理。我开始站在一边，咯咯地笑起来。我想象着艾丽又会像过去一样懒懒地走过去，然后掉进沟里。我期待她这次能流点血，如果我和玛丽告诉她多使点力，她说不定能躲过去，但她相信只要飞就可以越过那条沟，那就是她的错了，不是我们不愿教她。我特别希望能给她上一课。

我站在一边，在树丛间打量着，等着艾丽在草地上奋起直追。一分钟过去了，接着，又过去了一分钟。树枝上，一只黑色大鸟尖叫一声，接着就像受了惊吓一样飞走了。微风拂过，轻弹着我的耳朵。

我大叫一声："准备好了！"我喊着，"准备好开始了！"

但没有回应。

我在树丛边四下张望。公园很安静，空旷的草地上，树影似乎向我缓缓爬了过来。玛丽不在秋千附近，艾丽也没有在草地上奔跑。只有我竖起耳朵，发现空气中回荡着一丝轻笑。也可能是临近的街道有车在报警。我眯起眼睛，渐渐地树桩也变成了站立的人影。森林里，就像点燃煤气灶腾起的火焰，有东西火光一闪，烧起来了。

9

　　那个女人——她的胸牌上写着"尚泰勒"——说她很荣幸，因为半小时后她将接受教育改革团体联合会的访问。她说，目前关于两位失踪人员的工作取得了显著进展，所有迹象表明，事态正在往好的方向发展。斯玛吉在想，如果要花招让尼克相信自己愿意和他见面，她会不会就有机会脱身了，但她实在不知道该说什么。想要说明实在太烦琐了。长话短说，这才是最好的对策。

　　她坐在昏暗的小房间里，看着女人的嘴巴就像机械娃娃一样一张一合。她猛然意识到，她所谓的准备并非完全可信。显然，她在说谎。这个女人努力表现出让人信赖的样子。一两分钟后，斯玛吉很高兴她没有说关于尼克的事情，她十分肯定，会有摄影机记录这一切。

　　他们排除了各种通常的假设。她现在可以去吃饭了？

　　她想起冰箱是空的，已经见底了。"是的。"她说，就在尚泰勒慢慢用别扭的手写出答案的时候，斯玛吉则盯着房间的角角落落，想找到摄影机的红眼睛。但她什么都没发现，看见的不过是一张蜘蛛网和一张废弃的放射镜的包装。一无所获……

　　还有喝的吗？她不是一直在限制自己的酒量吗？

她交叠双腿，避开伤口，因为就在出事的前一天，她踩到了碎的伏特加酒瓶，把自己割伤了。"是的，现在好多了。"她坚定地说。

尚泰勒身体向前，十分友好地坐在椅子上，静静地握着笔。她究竟为什么会想着摔酒瓶的呢？

他们就是这样逮住你的：假装是你的朋友，假装和你一样。教科书般经典。她可不是一个偏执狂。

她想了一会儿。"我要去公园里，喂鸭子。"她说。

这样做太蠢了，她几乎笑出来，但是尚泰勒点了点头，微笑着，奋笔疾书，好像她说的那些正是自己期待的。

这时候斯玛吉突然意识到尚泰勒的外套太小了。最上面的扣子几乎要裂开了。太明显了，这衣服不是她的。

那些声音呢？现在她还能听见吗？

"哦，没有。"她肯定地说，"好久没有听到了。"

（她本以为会有反驳的声音，但什么声音都没有。）

有偏执的想法吗？

斯玛吉耸了耸肩，露出一副过分夸张的笑脸（在镜头前一定很美）："没有啊。"

"好极了。"尚泰勒说着，手指在写着"你没有必要卖命工作，但卖命工作确实有用"的杯子上滑动，"真不错，真的。"

斯玛吉在社区公园做志愿者的事，他们讨论了五分钟。斯玛吉已经六个星期没去了，但她不想揭穿。她甚至说了些违心的话，比如呼吸新鲜空气、观察万物生长，有趣极了。她有些激动，开始担心是不是说得太多了，但她打量着尚泰勒，发现并没有什么异常。这个女人一直盯着五个月前的《伦敦南部新闻》上刊登的志愿者们的合照，其中有斯玛吉，文身中的怪字没有被头发挡住，她的眼睛睁得大大的，站在一丛红菜花豆下，标题是

《格林·秀斯丁的社区医疗》。那张照片被剪下来，钉在了靠门的公告牌上，尚泰勒对这张照片很满意。它为中心的员工赢得了上层领导的奖励，在很长一段时间里，掩盖了他们其他的过失。尚泰勒不是唯一一个搅浑水的家伙，因为那位本来应该负责监管这个项目的胖桑德拉也只是坐在后台办公室吃薯片，炮制冠冕堂皇的报告，把斯玛吉写成一位"模范"志愿者。这里白纸黑字写着呢，是"模范"，确切地说，打成了"莫范"，还被印在了咖啡杯上，还特地画了一个圈。这根本不是实话，但斯玛吉兴致勃勃地打量着这张照片，照片上的斯玛吉可真蠢呀。

尚泰勒微笑着，递给她一只装着薄薄的淡色纸的盒子。她说，这些都是天然的，她会喜欢的。她们取得了不错的成绩。她明白此刻她的感受。

最糟糕的是对话即将结束的时候，尚泰勒本来已经兴致高昂地说了最后一句话，但顿了顿之后，她竟然开始演讲。她提到，在整个中心，最让她感到骄傲的就是她了，她是失业救济计划帮助的对象。重新翻阅她的简历，她几乎不敢相信面前这个自信乐观的女人过去竟然是一位焦虑、抑郁、酗酒的人。她简直是所有人的榜样。毫无疑问，她现在不再需要帮助，可以开始工作，开始全心全意为社会做贡献了。听见自己的现状被作为别人炫耀的谈资，斯玛吉感到一阵短暂的痛苦，但她忍住了，露出了不置可否的微笑。她不会被恐惧吓倒。

最后，她离开了中心，清了清嗓子，在马路牙子上吐了口痰。谢天谢地，总算结束了。谢天谢地，她能够全身而退——他们以后再也不会干涉她了。她掏出一根手工卷烟，这是她特地留到现在的，她可以畅快地大吸一口了。

她没有钱坐公交车，只能走回去。走到住处时，天已经黑了。她手脚发抖，伤口在流血，她不得不一瘸一拐地走路。她盯着双脚，每走一步都很小心。每个看到她的人都会觉得她喝醉了。她倒非常想大醉一场。

她没有发现有人正坐在墙边，直到那人起身挡住了她的路。她本来想绕过去，但他伸出手拦住了她。

"艾丽，"他说，声音像从邮箱那边传过来的那个一样，"是你吗，艾丽？尽管过去这些年了，但你看起来跟她长得真像，甚至——"

他顿了顿，想着怎样来描述她的状态比较合适。她没等他继续说，转身快步走上马路，忘了脚上的疼痛，耳朵里都是惊恐的抽泣声。

"等一等。"那个叫尼克的男人在她身后叫道，"艾丽！等等！我想和你聊聊！艾丽！"

她听见他的脚步声就在身后，一下一下就像敲在自己的心上。他就要追上自己了。她几乎感觉到了他不断靠近的体温。

"求你了，艾丽。"他又喊道，每个字仿佛都落在她的后脖颈儿上，"你至少要给她一个交代！求你了！"

她不欠她什么，她什么都不是，她恨不得喊出来，但她的肺隐隐作痛，喉咙也被疼痛的感觉封住了。

她继续跌跌撞撞。这混蛋怎么就不能让她一个人静一静呢？他紧紧跟着她。突然她感觉自己的胳膊被他抓住了。

她猛吸一口气，钻进了停在路边的两辆车之间，走到了马路上。接着只见两盏车灯向她照过来，一声尖叫，接着是撞击声，整个世界都掉了个儿。

10

再走一小段楼梯，就是诊疗室了。你只需要走进去，报你的名字，他们就会让你等着。接着，你会看见人们进进出出。等到最后，你几乎以为自己再也出不去了，这时，他们终于喊你进去了。其实，你并不介意等太久，这样你就不用上学了，换句话说，今天你就不用担心自己会变成艾丽，或者至少你穿着艾丽的外套，戴着她的围巾，沿着小路走进大门时，不会遇到教室里那种充满警惕地盯着你的目光。

我在等位，妈妈则看起了杂志。我们都坐着，我双脚蹬着前面的沙发的靠背，直到妈妈露出"你别在我面前丢脸"的眼神。我只得想出另一个游戏，我看着屋子里的每个人，给他们一个身份。正对面，是一个吃薯片的胖女孩，她的妈妈也很胖。女孩吃了太多薯片，她自己都快变成一颗土豆了，如果我们不多加小心，很快这里就会出现一种穿着她的校服的蔬菜，我们可能会用她做汤。我想象着一颗大土豆从带黄色边线的蓝色套头衫里伸出脑袋的场景，差点笑出声来，但我没有笑，因为怕妈妈嫌弃我。

鱼缸附近坐着一个脑袋很大的男孩，他妈妈陪着他。他妈妈穿着一件柔软的裙子，裙子颜色和玫瑰草莓巧克力的夹心一模一样，每隔一两分钟，她就会冲小男孩笑笑，抚摩他的大脑袋，好像他身上每一处都是宝贝一样。

她是哈尼萨克女士[1]。（真的是人如其名。）

接着是两个脾气暴躁的男孩，他们坐在那儿咬牙切齿，不停地吸着嘴巴好像要把自己的脑袋吃掉。我对妈妈说到这些，她却对我说，这么指指点点很粗俗，而且他们很可能是在嚼口香糖。于是接下来的时间里，我也就坐着，和他们一样嚼着我的口香糖，我的嘴巴一开一合，发出农场上的牛一般的咀嚼的声音，直到妈妈发出嘘声："看在老天的分上，艾丽诺，别丢人了。"

这时，我才意识到事情的严重性，因为只在重大节日之类的严肃场合才有人喊"艾丽诺"。我只好安静下来，把手指从嘴巴上方拿下来，静静地等着。

进去之后，先要等一会儿。会有一个穿着西装的长者出现，问妈妈一些问题，填一张很复杂的表格。他填得很仔细，仿佛马上会有老师来，他要确保所有信息正确无误，否则会被老师批评。我四下打量着房间，看见了许多玩具。架子上摆着书，书前面是玩具，地板上则是用箱子装着的玩具。要在平时，我一定高兴极了，但现在我有些难受，真希望这些玩具并不属于这地方。比如，妈妈身边的架子上的芭比娃娃就缺了一条胳膊，再比如有人用蓝色的圆珠笔在薯头先生[2]的脑袋上乱涂乱画，你往盒子里面看了看，发现饥饿的河马[3]里的游戏球一个都不剩了。所有的玩具都像是被玩坏了，现在没人把它们放好，让它们晚上好好睡上一觉。

我很想问我能不能起身去看一下角落里的《威力在哪里？》，但很快他们话锋一转，好像我们是坐在电视里，有人摁了摁某个按钮，我们就切

---

1 哈尼萨克，honeysuckle 的音译，原意为金银花。

2 薯头先生，Mr Potato Head，卡通人物。

3 饥饿的河马，Hungry Hippo，一种 2 至 4 人玩的桌面游戏。

65 Beside Myself
Ann Morgan

到了另一个频道。

"那么。"那个被称作帕林医生的男人把手在膝盖上拍了拍，靠近我，"有什么问题吗？"

"我们有许多烦心事。"妈妈说，"今年开始，她的学习成绩突然下滑，其实，从小到大，她做什么事都比姐姐落后一步，但过去的几个月里，她似乎落后太多了。"

"哦——嗯。"帕林医生说着，开始在另一张纸上记录起来。

"另外还有一些古怪的举动。"妈妈说着，她脑袋后面的芭比娃娃对我使了个眼色。

"哦？"帕林医生抬高声音，用余光打量我。

"是这样的，比如，上星期她躲在公园里，不肯回家。"妈妈说，"那天晚上有朋友来探望我们，你能想象到有多尴尬吗？贺瑞斯和我整晚都在找她。"

"贺瑞斯？"帕林医生有些疑惑。

"我的——男朋友。"妈妈说。

"我知道了。"帕林医生说，"那么贺瑞斯住在——"

"我们同居了，是的。"妈妈用尖细的声音回应道，通常她会用这样的语气说"厕所"一类的词，所以这时像是有什么人在屋子里喷了空气清新剂一样。

那个芭比娃娃也摇了摇头，露出拉屎一样的表情。

"我明白了。"帕林医生说着，头也没抬，奋笔疾书，"有多久了？"

妈妈的脸红了，摇了摇头。我还以为妈妈会对帕林医生说"别多管闲事"，但她只是压低声音回答道："从八月开始。是的，八月份。"

"哦——嗯。"帕林医生一边回应，一边继续写，"那么这些问题——"

"就在这个学年开始之前，"妈妈说，"但我肯定这和刚才提到的那件事没关系。贺瑞斯是个好人。他很善良，值得信赖。遇见他，简直是我们的福气。"

"嗯。"帕林医生一边说，一边翻了翻笔记，"有多久了，从你丈夫——？"

"你是指自杀吗？"妈妈说着，皱了皱鼻子，"到今年春天就三年了。"

我又抬起头看了一眼芭比娃娃，现在她一动不动。

"我知道了。"帕林医生说，"艾丽诺经常谈起他吗？"

"事实上，并没有。"妈妈说着，用涂成红色的指甲捻住裙子上脱掉的一根丝，"我们都不常说起。那天还有那天的许多事，如今在我的脑海里不过是一片空白。我想，两位小姑娘记得的只会更少。那件事发生的时候，她们才四岁，在那之前，他也不是一个称职的父亲，所以……"

"嗯。"帕林医生放下笔，犹豫了一会儿。

"她现在还会编故事了。"妈妈急忙补充道。

"哦？"帕林医生问，重新拿笔记录起来。

"都是些疯话，她一直说姐妹两人互换了身份，说得像真的一样，我们的耳朵都快长茧了。"

"嗯。"帕林医生看着我，"那么她的姐姐——"

"很棒，"妈妈说，"就像金子一样闪闪发光。如果要说有什么变化，实际上，今年她的学习成绩又进步了。"

"哦——嗯。"帕林医生说，"还尿床吗？"

"哦，是的。"妈妈回答，"有好几次。"

我的脸不禁红了，仿佛妈妈未经允许就掀起我的裙子，把我的底裤露出来给帕林医生看。而且，过去，尿床次数更多的是艾丽。我抱着胳膊，怒气冲冲地看着帕林医生。

"哦——好的。"帕林医生继续问，"会大便失禁吗？"

"没有。"妈妈回答。

他们若无其事地聊着，好像根本没有冒犯谁，也没有谁会觉得尴尬，只有我的脸上一阵红一阵白。

突然帕林医生向我凑过来，他的手又重新放回腿上，这一次他点点头，冲我微笑，好像他真的希望听我告诉他什么，而不是任由妈妈继续说下去。

"现在，轮到艾丽诺了。"他用歌唱般的语调说着，就像儿童电视节目里的角色那样，"全都告诉我，怎么样？"

我抬起头，凝视着他的眼镜和鼻子，它们让我觉得恶心。我想告诉他，关于艾丽、阿卡拉、妈妈、玛丽、克洛伊的一切，还有所谓的病，但它们就像某种不可言说的东西，哽在喉咙里。这些事，三言两语说不清，就像蚂蜂一样挤成一团，刺痛着它们能触及的一切。最后，我只是坐着，看着帕林医生的臭嘴，还有那双洞悉一切的双眼。

"说吧，艾丽诺，"妈妈说，"告诉医生发生了什么事。"

她脑袋后面的芭比娃娃脸色一变，本来友善的脸变得很严肃，像是在思考什么：我大概也出问题了，但好在我不是她。

我张开嘴，但什么也说不出来，词语似乎扭打在一起，被帕林医生的无聊问题难住了，只能沉默以对了。于是，我又把嘴巴闭上了。

"嗯。"帕林医生说。他又在纸上奋笔疾书起来。"说说交换身份的故事吧。"他说，"这种事也不是没可能发生的，对吗？"

妈妈的脸红了，芭比娃娃也躲到了她额头后面。我怒火中烧，那些没能说出的词语累积在身体里，像气球一样越胀越大。

"你是在说我连自己的孩子都分不清吗？"她用那种"立刻把你们经理找来"的声音回应道，"这七年里，我一手把她们养大，自从她们的父亲……生病，不是吗？我牺牲了自己的利益和幸福，只为她们能够干干净净、吃饱穿暖，从没有向别人请求过帮助，不是吗？我都这样了，还算不上称职的妈妈吗？"

房间里就像有橡皮圈砰的一声断了，空气不停地震荡。就在我的耳膜被弹到、不知所措的时候，帕林医生举起了手。

"不是这个意思，不是这个意思，萨里斯女士。"他说，"这很重要，因为我们要排除各种可能性……"

"好吧，你现在可以开始研究其他更实在的可能性了。"妈妈说，"我的意思是，没有人能真的弄清楚那件事到底造成了怎样的影响。现在又发生了这样的事——"

但是不管妈妈接下来说的是什么，都不会被人听见了，因为突然间词语的气球爆掉了，变成了一连串咆哮，从我的嘴巴里奔涌而出，充斥着整个房间。我起身，奋力冲到书架边，坏掉的玩具正在那儿窃窃私语，我双手一挥，把它们狠狠地摔到了地上，它们在地上滚动着，后面的书也掉了下来。之所以这么做，不过是我一厢情愿地觉得，这样一来它们过去犯的错就会一笔勾销，它们的处境也会因此改善。一次又一次。一把又一把。芭比娃娃、被涂得乱七八糟的薯头先生，还有被孩子的手摸过太多次而变得黏糊糊的积木，都掉在了地上。有人伸出手想要牵住我，也被我打开了，我大喊着，挥着手，不想停，不想放手，不想再保持安静，不想重新坐回去。没有什么能让我静下来，没什么能阻拦我。我不想，不想，一点也不想。

11

眼前，一双巧克力色的手调整了一下托盘。周围一股消毒水的味道。

"你好。"一位尼日利亚口音的护士用唱歌般的语调说，床那头的窗户透进的光照在她的脸上，"你醒了，真好。我想，你大概饿了。"

她匆匆离开，鞋发出啪嗒啪嗒的声响。哔的一声，荧光灯打开了。

"是你的兄弟选的。"护士继续说，"马铃薯肉饼和树莓馅饼。"

"我兄弟？"斯玛吉说着，摇了摇头，她感觉脑袋里似乎塞满了棉花，想把它们摇出来。

"哦，他很好。"护士说，"他一整晚都守在走廊里。他给你带了换洗的衣服和巧克力。一切都很好。他现在回家洗个澡换身衣服，我想，待会儿他就回来了。"护士笑了，"你们一家的感情很好嘛。"

她挣扎着想要坐起身来，但感觉右半边身子一阵刺痛，斯玛吉甚至觉得自己醒来之后变成了另一个人。她摸了摸前额，发现一块薄薄的布条粘在自己左边的眉毛上，正好挡住了文身。该死的。她四下找镜子，但什么都没发现——她不知道自己发生了什么事，也不知道伤势究竟如何。

"提醒你，他那么担心你，我一点也不奇怪。"护士继续说，手正在摆弄床边的装置，"在你营养不良且严重脱水的情况下，竟然只是撞到了脑袋，断了两根肋骨，已经是死里逃生了。你该好好照顾自己。"

她突然回忆起一连串的画面：一路上的对话，汽车前灯，还有那个男人——他叫什么来着？危险人物，不速之客。巴立夫？不，更糟糕。是和海丽有关的某个人。

她打了一个激灵。"我不想见他。"她说。

"别胡闹了。"护士说着，打消了她的念头，"你真的不知道自己有多幸运。这么说吧，如果谁有这样的亲戚，估计这里的床就会空了。他甚至和警察沟通过，等你恢复好了再来见你。"

斯玛吉吃了一惊。"警察？"她问。

"哦，是的。"护士说，"司机汇报了这次事故。他说是你的过失。他说是你过街的时候没有看马路。警察希望向你核实情况，如果你同意这种说法，就不需要上诉了。"

斯玛吉倒在枕头上。"哦，是的，是这样。"她说，"管它呢。"

护士发出嘘声，开始强调过马路时左顾右盼的重要性，但斯玛吉根本没听。她感到一种似曾相识的冲动在身体里酝酿。她四下寻找外套，但没有看到。烟在她的口袋里——她记得自己留了一点打算回家抽的。她真希望能找到它，来一点，好理清思路。

"对不起。"她对护士说，"你知道我的外套在哪儿吗？我想要抽烟——"

"噢，不行。"护士说着，晃动着一根手指，"你哪里也不能去。你得在这里待着，直到我们确认头部的撞击没有造成更加可怕的后果。我们要排除一切可能。"

她的神经颇为紧张，这让斯玛吉很意外。

"但——"她说，"但是你们总得考虑到有些人想抽烟啊？"

"你指什么？"护士说着，一只手叉着腰。

于是轮到她发难了："比如吸烟室？或者尼古丁贴？"

"哈！"护士拍了拍大腿，大声笑了出来，"尼古丁贴？你以为你是谁？你享受的是国家义务健康制度。我们又不赚钱。很抱歉。"

说完，她离开了病房，鞋发出的声响让人想到篮球场上跑来跑去的运动员。

斯玛吉攥住被子，手指感到一阵粗糙。她知道，疯狂随时都会降临，她将失去理智。她必须有所计划。

她打量着整个病房：床上躺着五位老人，再有就是她自己了；窗户上方的电视机正在播报新闻，伦敦一幢名为"发夹"的新潮建筑举行了开幕仪式。没什么亮点。

她把被子拉高了些，腿伸到床边。她以为这样就能起身，溜出去，去停车场那儿找人讨根烟。但当她的脚放下来的时候，地板令人担忧地摇晃着，接着她感觉手背被狠狠拽了一下，有点疼，似乎上面有什么东西连着床边的仪器——大概是输液瓶一类的东西。她感觉自己的那半边身子又开始痛了。

该死的。很快，欲念又袭来。新的欲念。她抓耳挠腮，像一只想要打洞钻到门那边的狗。烟瘾淹没了她的其他所有想法，迷惑了她的神经，那些无用的念头一次次从烟雾中透出来：起来，去外面，向停车场的人乞讨一支烟抽。

一个穿着深色皮夹克的男人走到她床尾，男人鬓角有几缕白发，棕色的大眼睛下是大大的黑眼圈。她带着某种混着疯狂和期待的表情看着他。

"谢天谢地。"她说，"你有烟吗？"

男人皱了皱眉，拒绝了。

"嗯，我想——"

他看了看床附近的奇怪装置。

"你确定要抽烟吗，在你——"

"别给我讲道理。"她低声抱怨道,"我有些喘,脑子有点乱。真的,一分钟之内如果抽不到烟,我肯定就不行了。"

男人若有所思地点了点头。他四下打量了一下病房,接着放下小间的帘子。他从外套里掏出一盒万宝路特醇:"给你。"

她伸出手,拿了一根,出于某些原因,她不得不放弃过去的习惯,没有再拿一根留到待会儿抽——这习惯还是罗恩教她的,他们是在公寓认识的。她的手指摸到饱满的烟纸时,激动极了,对烟草的渴望从未像此刻这般强烈。

"好吧。"她说,"现在帮我把床和这个输液瓶往窗户那边搬一下吧,这样我就能把身子伸到外面去了。"

男人摇了摇头。"不。"他说,"绝对不能在这儿抽烟。这里有规定。"

"该死的。"斯玛吉说着,翻了个白眼,"要么你帮我,要么我就自己把它拔掉。"

男人往前跨了几步,伸出胳膊。"噢,别,你千万别。"他说,"但是——好吧,你就不能坐轮椅出去吗?"

"啊哈。"她低声说,"他们不让我出去。他们说,我只能待在原地一动也不动,因为我的脑袋被撞了。护士如果发现我想出去,一定会杀了我的。"

男人点点头:"哦,'那个'护士呀。好吧,你最好别和她对着干。她看见我往咖啡机做出来的咖啡里放了糖,就唠叨个不停,至少有三个小时。"

"嗯。"斯玛吉说。她的手指在病床的护栏上敲来敲去,接着开始咬嘴唇。

"这或许算不了什么。"他说,"这里的消防报警系统用的是那种老掉牙的点型探测仪。如果你的身体伸出去了,没有人会发现的。"

"你是干什么的？健康安全检察员吗？"她说。她眯起眼睛看着他，这个轮廓分明、干净利落的男人，衬衣叠好扎进了牛仔裤里。

（"红色警报！"一个声音尖叫道。）

"你是谁？"她问。

他回避着她的眼神，走到窗户那儿。片刻的摸索之后，传来一声脆响，塑料窗户被推开了大概三英寸，一阵清晨的凉风吹进病房里。细雨的低声呢喃传来。春天还要很久才离开。

"现在，"他说着，走回床边，使出蛮力推了起来，"如果能推到那里就好了——"

离窗更近了些，视野更开阔了，可以看见对面的停车场，还有灰色大楼，她开始有些不耐烦，坐立不安。床靠近窗户了，他递给她一只打火机，她点燃了，身体前倾，尽量不妨碍她手上的输液针。

"老天，现在好多了。"她说，她吸了几口，感觉脑子立刻清醒了许多。她转过身，发现他正紧紧地盯着自己，她觉得自己得喷他一脸才好。

他摆了摆手，烟雾散开了。

"别这样。"他说，"我本来想戒烟的。海——家里人不喜欢抽烟。"

她看着她，感觉香烟似乎瞬间失去了效用，静脉血被寒意凝固了。

"该死的。你是他，对吗？"她直截了当地问，"约翰，还是戴夫吧——管你叫什么名字，你是她的丈夫。"

"是尼克。"他说，"是的，真抱歉。"

她重新转向窗外，匆匆吸完了这根烟，真爽啊，接着把还闪着火光的烟屁股扔了。

"你不该这样的。"他怯弱地说，"有车。如果有人的话——"

她再次望向他，一脸轻蔑。她有一股冲动，想做点刺激的事——刺激到让他立刻夺路而逃。她计划着把手上的针管拔出来，血溅当场。

"请听我说。我很抱歉，你还好吧？"他一边问，一边看着她的脸，"我真的很抱歉。我没想到会发生这样的事。我只是想和你说话。我得和你说话。有些事——"

她挤了挤眼睛，疯狂地摇了摇头。那些声音在她的脑袋里吵嚷着，想让他滚（"小丑！吝啬鬼！白眼狼！"）。她根本不想听他说话。

她感觉胳膊被拉了一把，睁开眼，他已经站在她身边，眼睛里充满了泪水。

"求你！"他的声音盖住了她脑袋里的那些声音，"求你！"

"滚蛋！"她用尽全力大声喊了出来，接着是沉默。

病房里突然响起另一个洪亮的声音："有人在抽烟吗？"

接着是类似篮球运动员的脚步声，像是从病室的另一边跑过来。斯玛吉和尼克交换了一个眼神，他们注意到床上还有打火机和烟盒。

帘子被打到一边，尼克走到他们面前。

护士噘着嘴，向前一步。

"有人在这儿抽烟吗？"

他们摇了摇头。

"那么为什么要把床推到窗户边？"

"我想看看风景。"她说着，用手指了指停车场，尼克则把手背到身后，把烟盒和打火机放进身后的口袋里，"想呼吸点新鲜空气。我有点头晕。"

"嗯。"护士说，"你应该和我说呀，不该擅自改变家具摆放的位置。另外开窗会冷的。隔壁床的老夫人已经九十六岁了。如果因为你，她得了急性肺炎去世，你也不会好受的吧？"

护士急忙走过去，走到两人之间，猛地关上了窗户。她的鼻子皱了皱。

"这里的烟味最浓。"她说。

斯玛吉想开口解释，但还没有编好故事。她的大脑里一片空白，她感觉累极了。她看见海丽的脸出现在窗户上方的电视屏幕上，正慌慌张张地打量她的手。这本来应该是她的脸，只有她清楚，但她不希望尼克觉察到，重新切换回祈求模式。

"说实话吧？"护士说着，摸了摸她的腿，"我在等你。"

"是我的错。"尼克说着，从喉咙开始都变红了，"我进来之前抽了一根烟。"

"你？"护士说着，抱起双臂，舔了舔牙，"所以你往咖啡里加糖了，还抽烟？小伙子，你已经老大不小了，却要我现在和你说这些。算了，你大概足够幸运，才可以撑到懂事的年纪吧。"说完这些，她转身，匆匆走出了小隔间，一边摇脑袋，一边嘀咕。

她走后，两人一阵窃喜。他们看着对方，摇了摇头。斯玛吉的表情突然僵住了。

"你必须走了。"她说。

"海伦需要你。"他几乎脱口而出，"我们都需要你。已经过去一个月了，毫无进展……每一天，没有任何变化。他们说声音是最有效的，甚至可能唤醒他们。据说人始终能听见别人说话的，即使……我不知道。我们一直在努力，但没有一点进展。我想，如果你来了——"

他从口袋里摸出一块手帕，擦了擦眼睛，吸了吸鼻子。

她对他态度冷漠。"你不过是在浪费自己的时间。"她说，"不管怎样，他们都恨我。妈妈、贺瑞斯、海——艾伦。理查德大概也恨我。我过去做的事，他们恨之入骨。他们以为我做过那些事。"

"但那都是过去的事了——都过去了。"尼克说着伸出双手，"时间会治愈一切。这也不例外。毕竟你们是双胞胎姐妹。你们有相同的 DNA，你们在同一个子宫里躺了九个月。"

她感觉自己几乎被一股恶心的感觉吞没了。墙开始震动。他的脸让她觉得恶心，还有那种连哄带骗的语气。

她艰难地吞咽了一下。"请让我一个人静一静。"她说，"这不会有任何用处。你根本不知道自己处理的麻烦到底是什么。我们没法在一个屋檐下共处——我和她。你最好给我滚。"

他往后退了退，像被她扇了一巴掌。

"滚开。"她重复道，意识到这话有些过分了。

他们头顶上，荧光灯的灯管不停闪着。尼克的嘴唇颤抖着。他的眼睛是棕色的，大大的，于是他现在看起来像一个被责备的小男孩。

"如果你真的这么想。"他深吸一口气，转身想要离开。就在这时，他停住了。

"但是——"他一边说，一边重新转向她，"回答我一个问题：如果你们不能在一个屋檐下共处，为什么那天下午你会和她说话？"

斯玛吉眯起眼睛，直到他变成她对面的一道影子，一道隔着帘布的暗影。

"你这是什么意思？"她问。

"车祸那天。"尼克说，"是在经过象堡区往 A201 方向的环路发生的车祸——前往老肯街的路上。"

"所以？"

"是这样的，那天下午，她开车经过那条街，只会是这个原因。"他说，"虽然她没有在大门处留下的便条上没有提到你，但已经够明显了，海伦是要去见你。"

12

今天，我们在公园里玩跷跷板的时候，我思考着如何找一个杀手干掉艾丽。跷跷板已经很旧了，就在秋千附近。只要你蹬腿，它就会一会儿上一会儿下，你一不小心落下来的时候，还可能跌倒在地，所以你必须抓得紧紧的。沥青地面上铺着碎石子，布满了裂缝，看起来就像蜘蛛网。C女士，就是学校里那个喜欢咬手指、身上有奎沃思泡芙味道的汉娜·C的妈妈，大概三年前就想把地面重新铺一下。她四处奔走，起草了一封更换全新的绵软材质的地板的请愿信。她呼来唤去，俨然一副老板的脸孔，最后，所有的家长都受够了，他们想让她消停一下，只好签了字。

我蹬了蹬脚，往空中升了起来，我还在想着杀手对什么感兴趣。就像许多电视节目里演的那样，有人不得不因此亲吻某个她不感兴趣的人。有时，也可能要付钱。我觉得没有人会因为被艾丽吻过就答应行凶，所以必须付钱才能把杀手打发走。不过运气来了挡都挡不住，邓克丽夫人买给我的陶瓷猪存钱罐里有成千上万的积蓄。上次我拔掉罐底的塑料盖子，数钱玩儿，我把相同大小的钱放在一起，一共有两张五英镑纸币、一张十英镑，还有一些闪闪发光的硬币。这比艾丽的陶瓷大象里存的要多得多，那里面只有两便士，因为每次电视节目里报道有些孩子没有衣服穿，不得不赤身裸体地生活在满是苍蝇的环境里，艾丽就会把所有钱都装进信封里，写上某个位于非洲的地址，上学的时候顺道扔进邮筒，即使我告诉她这些钱在那边的商店里是没法用的，她还是坚持这么做。另外，虽然艾丽偷走了海伦全部的零钱，但她忽略了陶瓷猪，这对我来说是个好消息。

我很庆幸，没用自己的钱做那些蠢事，因为那些硬币都是圣诞节的时候贝西阿姨送给我们的。它们被透明胶粘在贺卡里，卡片上点缀着猫咪和花朵。这些钱一定要花在有意义的地方。比如雇一位杀手给艾丽一点颜色看看，让我恢复本来的身份，就是有意义的事。

我快乐地蹬了一下地面，用力很猛，艾丽滑了下去，磕到了，我们不得不紧紧攥着把手，才不至于从跷跷板上掉下去。

"守规矩！"艾丽抗议道。接着她也想猛蹬一下，这样我就会掉下去。尽管她扮演了很久的海伦，但她的双腿还是艾丽的，笨拙极了，她用尽全力，仍旧只是轻轻地推了一把，我也只是慢慢地落回地面，滑到了跷跷板的一头。我眯起眼睛看着她，想着怎样的招数能够让杀手干掉她。我或许可以把钱装在袋子里挂在树梢上，让艾丽在下面展示她的芭蕾舞技。我或许可以在我们上游泳课的时候把钱放在艾丽的衣服里，杀手会在她换衣服的时候杀她个措手不及。

我最喜欢这个主意，艾丽从洗脚池里出来，发现本来该放着她衣服的地方出现了一位杀手，一想到她惊呆了的样子，我就开心地跺了跺脚。

"老天啊，艾丽，"艾丽喊道，"我差点摔倒了。你今天怎么了？请守规矩！"

我瞪了她一眼，看着她那张属于艾丽的脸，空气变得焦灼，而我怒火中烧。我感觉自己的胳膊和腿被一种强硬的力量操控住了，不由自主地动了起来。等我落回地面之后，我没有再蹬。相反地，我把全部力量都压在了我这边，于是跷跷板的那一头把艾丽送到了半空中。她低下头看着我，她还坐在原来的位置上，但手指因为紧紧地攥住面前的把手，变成了白色。我让她在空中挂了一会儿，微风轻舔着那几缕从海伦式的发髻上掉下来的碎发。接着，我感觉全身的力气都化作一枚燃烧弹，我狠狠地坐了下去，一直坐到地面上，这时跷跷板的另外一头发出了脆响，不住地颤抖，艾丽尖叫着，像被击中般抛到了空中，最后摔到我脚边，躺在了铺着碎石子和沥青的地面上。

瞬间，一切都静了，我低头看着艾丽，微风拂过，附近的街道传来刺耳的车辆报警声。艾丽动了，发出大声呼号，这时一个声音也回应着："我来了！我来了！别担心，姑娘们。我就来了。"

我转过身，是 C 女士，她跌跌撞撞地穿过草坪，像马一样吸了吸鼻子。

"我都看到了！我看到了！噢，我可怜的小宝贝们。"她发出风箱般的声音，穿过操场，"不用担心，甜心，这不是你的问题。是这该死的碎石子沥青地面。这是一个绝佳的案例，我们应该把它换掉。塑胶地面应该会安全许多。"

她跪在哭泣的艾丽身边，让她躺在她的大腿上。

"好了，亲爱的。你受伤了吗？问你呢？"她一边问，一边紧紧地抱着艾丽，好像她是市场里任她选购的芒果，"噢，你可怜的膝盖。我们马上就给你清理干净。发生了多么可怕的事呀。等一会儿。"她说着，在自己的包里掏着什么，"我看看有没有东西能缓解膝盖的疼痛。我想会有的。"她说着掏出一袋子奥帕牌水果糖，"就是它了。我想你妹妹大概也想来一颗，她想吗，恶作剧的小坏蛋？"

我们沉默地撕掉糖纸，把糖扔进嘴巴里。我吮吸着那块水果方糖，感觉它从硬到软。接着我抬起头。艾丽躺在 C 女士的臂弯里，低头看着我。我们四目相接。那一瞬间，我们都明白了。

13

　　她还没有把钥匙插进去，门就往里面打开了。她忘记关了。她以后可不能这样。任何人都可能闯进来。她四下打量着，检查尼克有没有在看她，直到发现他已经从屋子的另一边离开了，她才缓过神来。看来她成功应付了警察的质询，骑车离开医院也糊弄了所有人。现在，应该只剩她一个人了。真好。

　　她往屋里面走，却闻到一股酸臭味。天啊！真的有这么糟吗？她屏住呼吸，感觉肋骨间有一处裂开的伤口仍在隐隐作痛。该死的！

　　阳光倾泻在走廊上，走廊上散落着垃圾袋，塑料包装发胀了，外卖食物已经腐烂。她看着四周的墙壁上乱糟糟的油印子，一圈圈蜘蛛网上布满了灰尘，就像圣诞的装饰，装饰着每一个角落。

　　她只是离开了几天，但这个地方不知怎的显得陌生、狭窄、死气沉沉，仿佛陈列着某个陌生人的一生的展览馆。她想象着一群群游客带着难以置信的沉默，漫不经心地从一个房间走到另一个房间，就像她在阿姆斯特丹参观安妮之家一样，那是那段快乐时光中不和谐的插曲。

　　她的目光落在走廊楼梯扶手挂着的黄色胸罩上，仍和她拒绝尼克进来时一样。经历了这些，他待她真算好的——在纸上写下了他的电话号码，塞进了她的衣裳口袋，告诉她，如果有需要，随时打电话给他——他还从来没有处理过这种问题。善良也是有限的。

（"善良，谁告诉你这是善良的？"一个声音嘲讽道，"他别有所图，发生意外也让他内疚。这才是真相。你个蠢货。没用的东西。别人为什么要对你仁慈？"）

"闭嘴。"她喊着，拍着她的脑袋，感觉太阳穴附近的伤口一阵火辣辣的痛。

她皱了皱眉。事实如此。他的确很好。她坚持这么认为，因为她的确被照顾得不错。因为一切都很得体。因为她已经好久没有被这样照顾了。大概上一次是在阿姆斯特丹。

（"噢，你可真典型，不是吗？"那个声音反驳道，"我敢打赌，你想做爱了。发骚。我赌你会跳到他的阴茎上。他是你妹妹的丈夫！你这个不知廉耻的家伙。我恨不得用膝盖把你劈成两半。"）

她摇着头，把那个声音从脑袋里赶走，接着往走廊走去，她听见橡胶帆布鞋底和赤裸的地面之间有灰尘和细沙嘎吱作响。老天，发生了什么事！她突然觉得自己打量这幢公寓的时候像一位访客——如果那天海丽真的来了，大概就是这样吧——她感觉自己面对着无底的深渊，而她是这么污浊，无人关爱。她羞愧难当，无颜面对这一切，她想躲进垃圾堆里，自生自灭。她想找杯喝的，但胃里正在翻江倒海，她深呼吸，想要平复一些。随后她想到可以打电话，向援助会寻求帮助。但这个主意肯定毫无帮助，因为她知道无论她怎么调度下面的情节，那些声音都会继续嘲笑她，其中某个可怜的蠢货还会不断表示同情。

她把手伸进外套的口袋，从里面掏出尼克特地留给她的那根烟。至少还有烟抽。她点上火，一声叹息，接着深吸一口气。大概只有它能继续麻痹自己了。抽烟吧，一根接着一根，直到抽死。这是世界上最漫长的自杀了。

谁知道呢？如果她好好抽下去，或许能创造吉尼斯纪录。

　　她哑着嗓子咳嗽着，无意中瞥到堆在门口的那些信。更乱了——这次是从外面塞进来的，散落一地。她走过去，低头打量着这些信，拿烟的手肘抖了抖。账单，一片红。通知书。尼克的便条，让她随时联系他。还有医生的诊断书——没错，是关于涂片检查的，希望没有做过的人能趁此机会预防某些致命的疾病。她用拇指顶了顶帆布鞋，踢了踢这堆纸，一张推销廉价汽车保险的宣传单被踢开了，露出下面手写的信封。地址是海丽的笔迹——那种圆滑的女学生似的笔迹，她没有被镇住，只是蹲在原地，任凭烟灰落了下去。她一只手撑在墙上，又仔细看了看这封信。不，实在太清楚了，棕色信封，黑色笔迹。她的头脑里满是怀疑，夹杂着喜悦、恐惧和震惊，她感觉所有的情绪呼啸着向她袭来。这封信是写给海伦·萨里斯的。

14

　　有时候，我以为自己已经释怀了。日子一天天过去，我甚至觉得一切不过是我的头脑虚构出来的故事，我们没有交换过身份，没有做过类似的游戏，我就是我，我一直是艾丽。

　　但在我的脑海里，仍有许多和过去的一切格格不入的地方——某天，我们在人行道上蹦蹦跳跳，紧紧攥着购物袋，里面装着各种颜色的上衣；阳光明媚的下午，妈妈却穿着晨衣，躲在低垂的窗帘后，黯然神伤；某天，他们放下一只有一人高的箱子，告诉我们里面的大娃娃是爸爸，我们必须鼓足勇气，接受了这一切。这些事就像难以拼凑的碎片——散落在沙发的背面，等待着某天胡佛牌吸尘器从天而降，把它们全部带走。

　　一切都变得不真实。词语开始和我玩捉迷藏，我想抓住它们，但它们溜走了，被赋予了新的含义。"妈妈""爸爸""妹妹""阿卡拉""双胞胎"——它们失去了本来的意义。它们一起坐在角落里，窃窃私语，变着法子欺负我。学校的老师要我写故事，我只能呆坐着，盯着纸上的线条，想着词语是如何骗人的，我身边的汉娜·C则低着头，吐着舌头，盯着自己写出的一个个单词，编造无聊透顶的故事，比如她去米尔顿凯恩斯看爸爸啊，比如公园的跷跷板附近的沥青石子地应该重新铺上点别的什么。

因西班德小姐来收作业的时候，看着我空白的作业本，摇着头。

"噢，亲爱的艾丽，"她说，"又是糟糕的一天，你觉得呢？"

但我觉得交白卷没什么不好的，总比一团糟好，如果我真的把脑袋里的想法写出来，准是一团糟。

许多时候，我还是会悲伤。我被所有人远远地甩在身后，我感觉自己生活在隧道里，只能通过小小的出口看到外面的世界。如果我伸出手指挡住出口，世界就消失了，什么都没有了，我将置身在彻底的黑暗中。午餐时间，我只能坐在长凳上，抱着胳膊，戴上帽子，拉紧帽子上的绳子。

一旦我流泪了，就会有人时不时地问候我是不是还好。比如，过去一年里，女孩们会来看看我，其中一位长大之后想去托儿所工作。其他时候，负责食堂的卡特琳娜女士会走过来，坐在我身边。卡特琳娜从另一个国家来，她的口音和可乐瓶一样生硬，如果有人来抱怨高年级的男孩子偷了他们的球，她只会念叨着类似"找东西的人自己留下，丢东西的人自己擦泪"之类的话。

许多时候，坐到我身边的人会问我是不是还在为爸爸的事伤心。有时，我会点点头，回答"是的"，博取他们的同情，这样如果他们有糖就会分我几颗，尽管我脑海中关于爸爸的记忆只剩一道暗淡的身影，他的脸孔我也早已辨不清了，记得的只有小屋子里的《虚空的造物》。如果问我的是卡特琳娜，我会摇摇头，不再说话，接着她会对我讲她的父母是怎么失去房子的，而他们是如何为国家累死累活，还有我们根本不了解我们的国家。

但很快，我就开始讨厌人们因为爸爸的事同情我，于是，有人再问我发生了什么，我就开始编故事。比如，有时候，我是因为叔叔失业了而伤心；有时候，我是因为那个躺在医院里的小弟弟。编故事让我感觉好受些，但从某种程度上也让我更加伤心，因为我会嫉妒身处新麻烦的自己，我也希望能有自己的麻烦。我想象着自己正站在保温箱旁边，弟弟躺在里面，妈妈和阿卡拉把手放在我的肩膀上，满怀爱意地安慰我，我想象着那个站在保温箱旁的自己一定很忙碌，能派上很大用场，因为我可以轻抚弟弟的眉毛。我还会想象自己正和大人们一起吃着晚餐，这时，我突然站起身，建议叔叔找一份新工作，所有人都对我另眼相看。

有时候，故事未免太戏剧化了，有些失控，我不得不谨慎些。比如那个想去托儿所工作的吉马会翻着白眼告诉我，他们不会把长大了的婴儿放在保温箱里。我只好点了点头，说通常情况下确实如此，但我的小弟弟病得太重了，医生们技术高超，决定尝试所有办法。我的话得到了那些看起来聪明的大姑娘的肯定，她们似乎常常听到类似的事，我暗自欣喜，心里乐开了花。

如果外面人太多了，我会进来，溜到走廊里，去考特尼夫人的办公室。办公室大门上写着"福利"。我会用手摸着额头，翻白眼，说我感觉头昏眼花，脑壳里疼极了。我这么说的时候，通常头痛已经传到了背上，我不得不在那个散发着游泳池的味道和药味的床上躺下来，看着橘黄色的灯光和床尾的虫卵贴纸发呆。那是一只巨大的虫卵，看着就像长着尖牙的土鳖虫。虫卵眼神凶恶，我从床上抬起头看着它，我多么希望它活过来，把艾丽吃得一干二净。尽管这些都只是我脑海中的想象，但还是让我轻松了许多，至少我看不到她和杰西卡、夏洛特还有其他人一起东游西逛了。

不过有时，我打量着艾丽，还是能看出她在说谎。她的眼神总是躲躲闪闪的，嘴巴有点歪，好像舌头正从里面伸出来想要阻止她说什么。她会别过脸，鼻子挺得高高的，好像她就是我，但我知道在她的心备受煎熬。很快我就知道过去的一切并不是我想象出来的，因为这些事实也藏在她的记忆里。她那儿也有一份同样的记忆，无论她怎样伪装，无论她怎样顶着本属于我的名字炫耀她的舞步，也无法掩饰她偷了我的名字这个事实。过去的一切就像石头砰地滚落在草地上，无法掩饰。她永远是艾丽，假装成我的艾丽。

这些清醒的念头不时击中我，就像大海轻抚着沙滩，就像一双坚定而温暖的手轻抚我的背脊，就像有人唱出一串河流般婉转的音符，在风中飘荡。这些时刻，虽然短暂，却分外平静。

但很快又是乌云密布，一切又重新消失在迷雾中。

15

　　她整晚都呆坐着,盯着满是伤痕的桌子上的信封。她一次又一次伸出手,但每一次她的手指触到信封角落的缺口,便又缩了回来。她觉得自己还没有准备好。她心烦意乱,不管信上写了什么,她都读不下去。她需要让自己清醒清醒,只有获得身心平衡,才能读这封信。她必须呈现出最棒的自己,但她还没有准备好。再等一会儿吧,一会儿就好。来一杯茶吧(她走进厨房)。没有茶。热水也可以。接着抽一根烟。要么再出去走走?几小时过去了,她还是没有读信。它就在那儿,似乎下一秒就会被打开,却又远在她的世界之外。

　　那些声音把她吵醒了,她看见明朗的春色正透过起居室脏兮兮的窗户闪闪发光,她知道自己接下来该做点什么了。没错,打扫卫生。她得把公寓整理干净,把垃圾都扔出去。这样,她看见的东西能和她的头脑一样清清爽爽,她可以坐在干净整洁的房间里读那封信。她也有足够清醒的头脑去消化读到的一切。

　　那些声音也这么认为。("大扫除的日子!"他们学着"能为您效劳吗？[1]里的汉弗莱先生的语气欢呼着，"打扮光鲜才好见人！"）

是的，没错！就是今天。她从椅子上站起来，急忙走了出去。她精神十足地从水槽下掏出一双橡胶手套，接着把垃圾袋全都扔进了垃圾箱，然后一阵风似的穿过起居室，把所有东西都扫进黑塑料袋里，搬到屋外。将那个带轮子的垃圾箱装满后，她又找到了楼上的那一只。它正张开血盆大口迎接着，但很快就被她塞得满满当当——好吧，只要不漫出来就好。她把卧室里的家具都挪了挪——显然这样就能好好清理一下墙壁了，那些墙是和养罗特维尔犬的那家人共享的——最后还要把地上的灰尘、垃圾和碎渣搜集起来。接着是厨房，她把所有柜门都开到最大，把已经腐烂的东西都掏了出来：生锈的罐子里凝固的颜料和画笔，干了的豆子和谷物，从中国超市买来的茶粉，显然是某次疯狂购物之后的证据。浴室里本来到处是水，所有东西上本来都留着白色的长条形印子和层层叠叠的污垢。但现在污垢全部消失了，只留下必需品，还有放在起居室的扶手椅上的信封。

现在，她出门购物。救济金星期三就会到手，足够她去买清洁用品，让屋子里焕然一新，迎接全新的生活。搞定了这些，她就能坐在那张正对窗户的扶手椅上。她终于能在自己的整洁的家里准备妥当——轻松无比——准备开始阅读海丽的信。

她过马路的时候，忍不住咯咯笑了起来，所有的神经都在尖叫。该死的，活过来的感觉真好！这么活着可真棒，有意义，有计划。她真同情那些拉着窗帘昏睡的家伙，同情那些被日复一日的工作磨去棱角和激情的人。你知道早上七点起床出门呼吸新鲜空气的生活是怎样的吗？为什么不好好品味舌尖上的滋味？为什么不开怀大笑？哈！（"哈！"那些声音也齐声回应道，"哟哟！"）

---

1 "能为您效劳吗？"，*Are You Being Served？*，英国一情景喜剧。

取款机就在 7-11 便利店附近的拐角处，那家卖《伦敦南部新闻》的报摊边。《伦敦南部新闻》头版赫然印着预备在伦敦市中心建造的"发卡"的电脑合成图片，之所以叫"发卡"，因为这个饱受争议的建筑看起来就像是两个在中间交叠起来的高塔。她站在那儿，发了会儿呆。两座高塔纠缠在一起的样子让她觉得可怕，让她想到噩梦里的拥抱。她向市中心的方向瞥了一眼，碎片大厦[1]那些像匕首一样的尖顶刺破了天际线，她努力地想象那儿还有一幢别扭的叫"发卡"的建筑立在那儿。那样子让她打了个冷战。

（"噢，别再胡思乱想了。"一个声音嘟囔道。）

她从口袋里掏出自己的银行卡，按下密码，全神贯注地看着荧幕上的画面。五十镑就够了，她觉得——她觉得现在清洁用品的价格不会超过这个数。好吧，该死的，实际上钱绰绰有余，她应该每天都在外面吃早餐。她还从没有在店里吃过早餐，从来没有。一杯咖啡，一只培根卷——想到这里，她的胃咕咕作响。真的，经历了这些，她还能保持现在的状态，就该好好犒赏自己——下一个路口，她就要开始新生活。他们在公寓里畅想的不就是她现在的生活吗？不就是照顾好自己吗？放下负担，回归自我。好吧，那就是她的包袱。那就是她回归自我的标志：拿四英镑去街那头的小店里吃一顿讲究的早餐啊，但不能被人发现喝伏特加（好吧，或许她之后会来一杯，比如朗姆酒，但肯定是要在打扫卫生之后）。哈哈！有五十镑，是的。她还可以留下一半的钱，这星期慢慢花。不过今天已经是星期六了。她恨不得脚底长了轮子。

机器呼呼哔哔地响着，随后荧幕一闪，出现了提示："现金不足。"她翻着白眼，把卡片从卡槽里拔了出来。总是这样。显然他们星期五没来

---

1 碎片大厦，The Shard，是意大利建筑师伦佐·皮亚诺设计的位于伦敦泰晤士河南岸的大厦，高 309.6 米。

得及把钱放进机器里。该死的。她急着用钱。她有特殊情况。她现在什么也做不了。她四下打量着。难道要她在这里傻等着运钞车来吗？街道上空荡荡的，只有一个退休的老人正推着她的手推车在红绿灯旁等待着。还要等好几个钟头吧。

（"响尾蛇，"一个声音尖嘟囔道，"长毛狒狒。"）

该死的。她往道路尽头走，眼睛不断寻找着熟悉的蓝红相间的标志。还有一个——就在汇丰银行的墙边。她冲到街道那边，一辆车不得不猛地一刹，可她只管把卡插进卡槽里。她看着屏幕上不断闪过的画面，焦急地等待着，伸手等着钱落到手上。屏幕上显示："现金不足。"

该死的！人们昨晚都在寻欢作乐吧。发生什么事？因为是月底？结账日？她脑海中浮现星期五夜晚狂欢的画面。人们早早地离开了工作室，去公鸡和母鸡酒吧。伏特加奎宁水加柠檬。结束工作，迎接假期，你即将迎来的双休日仿佛永无止境。她按捺住这种情绪，继续赶路。

下一个取款机、再下一个取款机，都遇到这种情况。现在她站在第三台提款机前，紧紧攥着塑料框，额头靠在边上，眼睛死死地盯着屏幕。她身后的街道开始热闹起来。有人咳嗽。

"它提示你没有现金了。"一个人一五一十地提醒她。

她转身，绷直身子，那个男人不由得向后退。

"因为，你也知道的，你弄了好久。"他说着，指了指身后的长队。

"你是什么意思，你的意思是我没钱了吗？"她问，"是这该死的机器出了毛病！"

他又咳嗽了一声。"好吧，如果是这样，"他说，"为什么你前面的那位女士成功取到钱了呢？"

她顺着他的目光看到了一个金发女人，她从市场的摊子上拿了一袋食品，正用一张十英镑的钞票结账。

斯玛吉张大了嘴巴。"可是……"她说，"但是……但是我有钱的！星期三就打进去了。"

男人耸了耸肩："听起来你得去找银行的工作人员。很抱歉。"

接着他抢到她前面，把自己的卡插了进去。站在他身后的人们尴尬地躲避着她的眼神。其中有一个人死死地盯着她的额头，缝合线还在流脓。她穿过人群，站在门边，脑袋里一团乱麻。钱应该星期三就到账了。每星期三都会到账的——准确说来，有100.15英镑。有几次，她还不得不去银行取钱，用十五块买了些非处方药。那么为什么会没有钱呢？

身后的门突然推开了，打断了她的思绪，一个赶着去买东西的女人匆匆离开。她回过头，发现这正是维护那台取款机的银行。她的银行。

斯玛吉跌跌撞撞地走了进去，战战兢兢地排在队伍里，烟瘾开始啃噬她的神经。她的手指在柜台前的塑料隔离栏上敲来敲去。屋子里只有窃窃私语和纸张翻动的沙沙声。

当柜员示意她上前时，她深吸一口气。她闭上眼睛，试着平复呼吸，她按照他们在社区中心教她的方法，想象着阳光照在鹅卵石上的画面，让自己保持冷静，但这对她没什么用，她一不小心就走神了。她狠狠地咽了口口水，往柜台走去。

"哦，"她说，"是这样的，这是我的账户。星期三应该有钱打进去。但我没有收到，我想知道那笔我的钱在哪儿。谢谢。"

那个女孩——名牌上写着"莎农"——点了点头，染成金色的马尾辫也摇了摇。

"麻烦你把卡插到这台机器里。"她说。

莎农敲击着键盘，目不转睛地看着屏幕。她很年轻——二十岁上下——但化着浓妆，耳环晃来晃去的，闪着光。

"你想知道的是哪笔钱？"她问。

斯玛吉身体前倾，透过防弹玻璃上的窗口往里看，她感觉身后的队伍安静下来。"是我的失业救济金。"她说，"一百英镑又十五便士。"

女孩皱了皱眉头："你的——？"

"失业救济金。"她重复了一遍，"失业救济金……你明白的。"

女孩眯着眼睛说："哦，好的。确实没有这笔钱。没有钱进账。"

（"保持优雅！"一个声音尖叫道。）

斯玛吉紧紧抓着柜台，才不至于失控。

"那么，"她说，"能不能请你查一下这是怎么回事？"

女孩啪啪按了几个键，继续盯着屏幕。

"这个账户被冻结了。"她说。

（"保持优雅！"那个声音重复道。）

斯玛吉狠狠地咽了咽口水，才按捺住立刻对着柜台破口大骂的冲动。

"为什么？"她喊道。

女孩耸了耸肩："没有说明原因。你以后可以留意一下。"

（"请保持优雅！"那个声音咆哮着，现在是愤怒，很快又化作不祥的低语。）

斯玛吉把手指插进头发里，警告自己。那个女孩却不住地打量她。她看出了什么。斯玛吉这才想起来，她出门急着去拥抱清风微拂的一天时，因为太匆忙没有戴围巾，但已经迟了。

"你还好吗——？"女孩开口问道。

"不！我不好。"斯玛吉大喊着。其他柜台前的人也转过头看着她。女孩往后退，一个穿着夹克打着领带的男人走到她身后。

"一切还好吗？"他问。

那个女孩看了斯玛吉一眼，点了点头。"很好。"她说，"这位顾客刚刚听到了不好的消息。"

"嗯。"男人说着，看了一眼斯玛吉的文身还有她冲锋衣上的污渍，接着掉头走开了。

"那么今天我还能为你做点什么吗？"女孩又问，她的目光已经满怀期待地落到她身后的那个女人身上了。

"没有了。"斯玛吉说，"我的意思是，是的。我想，等等——一定发生了什么！"

女孩又重新看着她："你是指什么？"

（"戳！戳他们的眼睛！踢！踢他们的屁股！搞定他们！只用一只胳膊就可以搞定！"）

斯玛吉握紧拳头，全力思考着。

"是这样的……"她环顾四周，她的思绪就像铁路上的变道器一样疯狂地摇摆着，"我的意思是，你能给他们打电话问问吗？我没有电话，你看——"

（"向他们出击吧！对准他们的双腿！""微笑吧！"）

女孩摇了摇头。"办公室星期日不上班。"她说，"而且，我不能和第三方讨论你的津贴问题。这是机密。我没法为你担保。"

（"拿下它！拿下它！拿下它！"）

"但是……"斯玛吉说着，又激动又恐惧，唾沫横飞，溅到了玻璃上，"但是我现在该怎么办呢？我没到拿到钱。确切地说，我没有钱了。而且我还要参与一个项目。我昨天到现在什么都没有吃——"

天都塌下来了，她感觉整个天都塌下来了，砸在她身上。

（"可怜可怜我，先生，能再给我一点钱吗？"一个声音哀号道。）

"闭嘴！"斯玛吉喊着，一边拍打着脑袋，灼热的疼痛穿过伤口，直抵她的大脑。

女孩翻了个白眼："今天我还能为你做点什么吗？"

斯玛吉紧紧抓着柜台，看着女孩有些模糊的身影："我现在该怎么办？"

她身后，人们开始窃窃私语。她转过身，看着队伍。

"什么？"她说，"在说什么？"

他们衣冠楚楚——用的都是耐磨又值钱的料子——怒气冲冲地看着她。最前面的男人咳嗽了。

"我说，我想你应该去找一份工作。"他说着，下巴微微抬高。

她看着他。

"一份工作？"她说，"一份工作？但我是病人！我需要那笔钱！你觉得我在这儿是——"

一个穿着冲锋衣的胖女人大声喊道："是的，你有手有脚，找到来这儿的路，并且懂得为自己辩护，不是吗？你还有钱去文你脸上的那个东西。"她轻蔑地说，"实话实说，真不知道有些人是怎么活下来的。"

斯玛吉目瞪口呆地看着他们，仿佛他们是在千里之外。她的世界和他们的世界之间是越来越宽广的沉默，词语无法逾越这道鸿沟。他们根本无法交流。

她什么都没说，转身，冲出木门，清晨在门外等候她。她跌跌撞撞地走在街上，忘记了自己要去哪儿，思绪乱成一团。她的四肢因为紧张而开始疼痛。她的思绪就像在浴缸里一圈圈游着的金鱼，在大扫除和读信之间，在她怎么没有吃饭、她是多么需要钱、她为什么一分钱都没有之间，反反复复，来来回回。经过关闭的商店大门和合上的邮筒时，银行里那些人的脸孔在她面前不断浮现。

她继续走着。学校、社区中心、栏杆、一排排公寓、连栋住房、别墅区，它们眼睁睁地看着她经过，冷漠极了。生活中的一切井井有条，一丝不苟，收拾得干干净净。人寿保险、退休金还有以备不时之需的储蓄，别把它一口气花完，别大手大脚的。小洞不补，大洞吃苦。人行道的尽头是一个分叉路口，她沿着铺着沥青的路走下去。很快就到了高架桥，那里风很大，把她脚下的那些树木吹得不住弯腰。很快车流向她涌过来，她在车流间穿行，看着沥青路上补丁似的白色车道线出现又消失，消失又出现。喇叭声不停，但她根本不在意，冲着那些和她擦身而过的模糊脸孔不住地摆手，告诉他们自己一点都不担心。一辆大卡车呼啸而过，消失了，她穿过旋涡般的气流望向道路的另一边。她看到了什么，就在那儿，钉在混凝土墙上，没错，是海丽的照片，是一张印在报纸上的照片，上面有一行标题——"为她牵挂，为她祈祷"。栅栏上还绑着好几束花，车辆经过，吹起一阵阵风，它们在风中颤抖着，从这个角度看，报纸不断翻动着，海丽看起来就像在眨眼睛，冲她示意。她站在原地，看着这张和自己相似的脸孔，试着在那张不断翻卷的脸孔上读出点什么。她站在原地，任由车辆匆匆驶过，在空气中留下深深浅浅的红色、蓝色还有绿色光影。她就这么站着，直到云层变厚，开始下起雨来，喇叭声逐渐变成塞壬女妖的哭号。

16

一个星期六的下午，妈妈还有阿卡拉出门去买摆在家里房子楼上最前面的小房间里的家具。艾丽在杰西卡家玩，但我没有被邀请，只好被送到邓克丽夫人家里，因为他们不放心我一个人待着。

"没事，亲爱的。不用担心。你放心去吧。"邓克丽夫人对妈妈说，握紧双手撑着她的下巴，看起来就像老电影里送士兵上前线一样，"我们会好好的，对不对？"

我气鼓鼓地看着大人们。妈妈的眼睛像星星一样光彩熠熠，阿卡拉站在她身边，搂着她，仿佛她是他在教堂收获节庆上赢来的奖品。他们似乎会在去老约翰·刘易斯[1]百货商店的路上折腾很久。

"好啦。"邓克丽夫人说，我们和妈妈还有阿卡拉挥手道别，"我想，你知道妈咪和格林尼先生要买新家具了，一定很高兴，对吧？你们一家人现在应该都已经高兴坏了吧？"

我什么都没说。首先，因为我从来只称呼妈妈，不叫她妈咪，妈咪显然不是她真正的称呼。第二，这话听着蠢不蠢呀？好像家具会活过来，给

---

1 约翰·刘易斯，John Lewis，是英国最大的百货商店，1864 年在伦敦牛津街开办第一家店铺。

大家跳舞，或者表演魔术一样。这不过是任何人都会用、任何屋子里都会有的家具罢了，一排抽屉或者一个衣柜，它们又不会说话。其实我也不知道为什么一定要在那个房间里摆家具。爸爸自杀之后，妈妈就把那里的东西全都收进盒子里，所以那个房间一直都是干干净净、空空荡荡的，我觉得这样挺好。《虚空的造物》也被搬下楼，搬到花园里，帆布上明亮的颜色伴随着明亮的火光，穿过了一扇不存在的门，一点点消失了。

自杀。医生建议我们说出来，毫无保留，于是现在我们不再说"不幸的决定"——但没有一个人说明它和死到底有什么区别。自杀，听起来像是妈妈生日那天阿卡拉带我们去的那家法国餐厅里点的菜。"我想要自杀配沙拉酱。"我想象着妈妈说这话的样子，她一向捏着嗓子和服务员说话，"另外麻烦你帮我确认一下，肉要熟一点的，可以吗？"

小房间被清空后，我曾经趁着妈妈、艾丽还有阿卡拉在楼下看《吉姆让你梦想成真》[1]的时候进去看过。里面很安静，我喜欢墙壁沐浴在金色的阳光下的感觉，《虚空的造物》一度靠墙放了很久，在墙上留下痕迹，但现在那些线条已经模糊不清了，而《虚空的造物》也被妈妈扔进花园的角落里的篝火中，付之一炬。这里没有让我烦恼的记忆，在这里我不会要求自己表现得像艾丽。我只用站在金色的房间里，眺望街道，干净的窗帘的下缘在我面前摇来摇去，就像猫尾巴一样。我告诉自己这里是我的地盘，每当我置身喧哗，都会想着到这个房间，只有这里能让我平静。直到某天，我回到家，里面有一个男人，站在高高的梯子上，一边吹口哨，一边粉刷墙壁。过了没多久，又出现了一张带栏杆的小床，于是，这里再也不能给我带来静谧和祥和了，取而代之的是紧张和焦虑，我再也没有进去过。

邓克丽夫人打开后门，一股脚臭味袭来。我们拨开珠帘，我抬起手不

1《吉姆让你梦想成真》，*Jim'll Fix It*，一档电视节目。

让那些挂坠打在我脸上。

"好啦，"邓克丽夫人用力地笑着，好像我们刚刚翻过了一座山，"你为什么不进去，去起居室里坐下呢，我给你倒一杯茶，好吗？"

这听起来像问句，但我知道根本不是，我点了点头，走进起居室，坐在靠近比尔的笼子的那张棕色扶手椅上。电视画面定格在一个溜冰场上，一位男士和一位穿着亮晶晶的紫衣裳的女士正在表演冰上舞蹈。女士的裙子非常短，男士不断把她举起来，她飞速转着圈，露出了底裤，每当她这么做的时候，所有人都会鼓掌。

"很漂亮吧？"邓克丽夫人说着，走了过来，手里的托盘叮当作响，"没有谁比得上托维尔和迪恩。"

我觉得用漂亮来形容并不恰当，如果我是那位女士，我一定会让那位男士把我放下来，告诉他放尊重点，但电视里的每一个人似乎都觉得这是一场别开生面的演出，于是我也就微笑，优雅地接过邓克丽人的茶杯。

"要小饼干吗？"她问，摇了摇饼干罐。

我瞥了一眼，默默盘算着。那些姜饼去年就已经放在里面了吧，因为我记得圣诞节我和艾丽一起来拜访邓克丽夫人的时候，它们已经在里面了。至于那些醋栗果酱饼干，就不知道是猴年马月的了，我想邓克丽夫人会在没有人看着她的时候才吃它们，至于上面的小葡萄干，只会让我联想到苍蝇，我碰都不想碰。所有人都会觉得这东西会让人拉肚子。我伸出手，准备挑选一个，我看见一点点银色的反光，心猛地一跳。我把手指伸进去摸索，如果是在家里，我一定不能这么做，但我几乎挖了个底朝天，才掏出一块巧克力威化饼干。

"真是太谢谢你了。"我说着，有些得意，因为艾丽不在，至少这个下午她没法像我一样拿到一块这样的饼干。

邓克丽夫人穿着睡袍坐在靠近煤气取暖器的扶手椅里，因为是夏天，取暖器是关着的。"你过来。"她说。

她看着我。我身后，壁炉台上的时钟响了一声。马上就要奏乐了。

"好吧。"她说，"是海伦，对吗？"

我震惊极了。"是的。"我说。

"哦，是的。当然是海伦咯。"邓克丽夫人说，"我总算搞清楚一次了。你和你妹妹看着就像同一个豆荚里的两颗豌豆。"

尽管说这话的是邓克丽夫人，但我听到有人喊我的名字，还是很高兴的，有人认出我了，我坐着，紧紧攥着巧克力威化饼干，高兴的感觉就像端着一杯滚烫的茶，你什么都不能说，因为茶不小心就会溢出来。

电视里，另一对冰上舞者从人群中走了出来。你能够看出那个男人非常想玩那个露内裤的把戏，但是那位女士看起来很凶，不停地挥舞双手，保持那种钉子般的姿势。我真希望那个男人用力过猛，她会磕着或者摔倒。

"那么，海伦。"时钟再一次发出了呼呼的响声，邓克丽夫人问，"你觉得我的新比尔怎么样？"

我转过身，看向笼子，里面的栏杆上站的比尔变成了绿色的。时钟传来音乐声，新比尔上下跳着，邀功请赏似的鞠着躬。

"原来的比尔怎么了？"我问。

"我想它走了，小宝贝。"邓克丽夫人说着，啜了啜她的茶。

"你的意思是它死了？"我问。

"是的。"邓克丽夫人说，"它死了。它真的死了。"

我看着新比尔用嘴巴勾着栏杆，在笼子里用力俯冲。

"是自杀吗？"我问。

邓克丽夫人凝视着我，看了好一会儿。

"你知道什么吗？"她问，"我刚刚想起来。你永远也猜不到我在乐施会发现了什么。说起来我把它放哪儿啦？"

她费力地支起身子，开始在起居室里翻箱倒柜，掏出许多破玩意儿——这儿比那次"不幸的决定"之后位于二楼的小房间还要可怕，虽然那时候妈妈晨昏颠倒，白天睡觉，夜晚却醒着，四处晃荡。

"啊哈！"邓克丽夫人大叫一声，手里捧着一个硬纸板箱。那是一个四子棋游戏盘，有人用透明胶带缠住了边，这样就不会漏出来了。"你们这些小家伙喜欢这个，对吗？"

我想说在我们大概六岁的时候的确会喜欢这东西，但现在我们已经过了七岁生日，马上就要八岁了，这个游戏显得太幼稚了。但是我还记得按照海伦的教养行事，于是我说"是的，我最喜欢了"，同时还装出开心的样子。

邓克丽夫人在我们之间的小桌上摆好棋盘，我撕开巧克力威化的包装，想给自己一点奖励。我像过去一样，把小棋子塞进棋盘里，同时我大口咬了下去，但我咬到的不是柔滑的甜甜的东西，接着我听见嘎吱嘎吱的声响，感觉嘴里像有沙子，于是我低下头，威化上裹着的不是巧克力，而是青苔。

我的喉咙一紧，胃开始抽搐，但海伦绝不会被恶心到，我选择闭上眼睛，生生咽了下去，我强忍住眼泪，那眼泪一半是因为恶心，一半是因为甜美的期待化作泡影。我把剩下的巧克力威化放在了椅子的扶手上，接着专心致志地玩起游戏。即使对手是个无聊透顶的人，我还是会时不时给出"噢"或者"啊哈"之类的礼貌回应。艾丽和杰西卡在杰西卡家的游戏室里找乐子的画面浮现在我面前，游戏室在车库上，那里没有大人，可以随意爬到梯子上，说悄悄话，但我竭力忘记这些，专注于眼前的游戏。我想，我可以用海伦的方法赢回属于我的一切，即使现在，即使是在经历了一切之后，仍旧有机会真相大白。邓克丽夫人肯定会对我印象深刻，会告诉妈妈海伦是个好孩子，或许妈妈和阿卡拉会忙着想新家具的事，忘记理会谁是谁，这样在杰西卡家玩过变装之类的游戏的艾丽回家后或许就会暴露出她的本来面目了。

我专注地想着我的计划，邓克丽夫人则指了指剩下的巧克力威化说，非洲的小朋友们有东西吃就会很高兴。于是我把它拿了起来，一口咽了下去，虽然它会黏住我的牙齿，会在我的胃里翻江倒海，但我不在乎，只要它能帮我变回海伦，我做什么都可以。我要让游戏继续，一盘接着一盘，邓克丽夫人想玩多少回合就玩多少回合，只要她高兴，我乐意奉陪到底。电视里，溜冰比赛变成了《爱丽丝梦游仙境》，尽管我们在家里可以随时看这部电影，但我还是把目光瞟向那儿，这是结束这场无聊透顶的游戏最礼貌的方式。

最后，演到疯帽匠[1] 茶会还有不合时宜的生日歌的时候，穿着睡袍的邓克丽夫人站起身。

"好吧，有件事得告诉你：我喝了太多茶。"她说，"你做什么都很轻松，年轻的艾丽小姐，不会像我这把老骨头。"

说完这些，她起身走到大厅里，接着去了楼上的洗手间。我坐回扶手椅，那一声"艾丽"像一滴厕所清新剂一样落在我身上，散发着恶臭。电视里，爱丽丝从疯帽匠的茶会上溜走了，钻进了塔利森林，那片树丛很快就合上了。我开始蠢蠢欲动，我可不愿这么一个人坐着。我转身，解开比尔二世的笼子上的挂钩。比尔二世正站在秋千上。我伸出手，攥着它毛茸茸的身体。比尔二世用力地挣脱着，嘴狠狠地啄着我的手，但我比它强壮得多，它根本拿我没办法。

我们——比尔二世和我，一起坐着，看动画片，我用手指攥着它，让它不乱跑。它时不时地发出吱吱的叫声，我感觉它的尖爪子刺进我的手掌，还感觉到它的心跳。当胡子和尾巴上都沾着树枝的狗出现，在爱丽丝的脚边转圈卖萌时，我和往常一样大笑起来。不过这一次并没有那么好笑：

---

1 疯帽匠，Mad Hatter，《爱丽丝梦游仙境》中的角色。

森林里黑黢黢的，歌也有些哀伤，她似乎哪里也去不了。这个世界似乎是封闭的，所有大门都被堵死了，无论你如何握紧拳头，都没法敲开一扇通往森林之外的大门。

好在柴郡猫帮助爱丽丝重见天日，我垂下眼睛，看了看比尔二世。它一动不动地，虽然眼睛睁着，但看起来像是睡着了。我把它轻轻地放回笼子里，在它身上盖了点木屑，好让它暖和点。接着我站起身。

"再见，邓克丽夫人。"我朝着楼上喊道。

"噢，你要走了，是吗，亲爱的？"邓克丽夫人喊道，"你妈妈来了？"

"是的。"我喊道。

"好吧，甜心。"邓克丽夫人说，"随时欢迎你再来——带上你的小伙伴哟。"

我点了点头，从后门走了出去。路灯已经亮了，道路的那一边传来引擎发动的声音。

17

他们静静地开出了停车场。经过减速带的时候，她看着后视镜里的警察局抖了抖，最后渐渐消失，就像目送他们出门的管家一样被抛在身后。电台里正在播送轻松的音乐，异常轻柔。

"你可以带我回家。"她说。

尼克盯着路。

"事故是我造成的，你因此感染了，刚刚你还在路上乱逛，差点被撞死。"他说着，车穿过路牌，驶进环岛。他的声音有些颤抖，脸也红了。"你肯定是在和我开玩笑吧。你得和我一起回家。你得和我们待在一起，直到痊愈。"

她张着嘴巴想要说点什么，但什么都说不出来。她的头很沉。把脑袋摆正已经耗费了她不少的精力。刚刚的几个小时——先是填表，接着他们为了防止伤口感染给她注射了抗生素，后来又有人和她说话，安慰她，让她理智——这一切轮番上演。她感觉自己已经坚持得够久了，今天她的忍耐力尤其低。唯一值得庆幸的是，今天脑袋里的那些声音也一样疲倦。她已经几个小时没有听见它们的低语了。

转到双向车道的时候，他说："请问到底发生了什么？你为什么要走那条路？"

她鼓了鼓腮帮。"嗯，我只是昏了头了，我想。"她继续说道，"实际上，我也不知道为什么。我记得我做的最后一件事，是站在银行里——"

"银行？"

"是的，我去那儿是想取一下失业救济金——失业时领的钱。但是遇到了麻烦，我进去的时候，他们告诉我账户被停掉了。我自己也记不得之后的事了。我想之后我就失去了理智。"

"好吧。"尼克说着，踩着油门，继续向前行驶，"所以不是为了海伦？"

斯玛吉眨了眨眼："海伦？"

"你不是在找海伦吧？"他说，"我想，你知道吗，你当时站在路上，那个地方，正好有些和她有关的东西。接着就发生事故了。我以为你大概是想见她。"

斯玛吉嗫嚅道："好吧，不是的，和这个没有关系。"她看着他说，"对不起。"

他们开到中间的车道上，跟着一辆载着学生们出游的校车。那些坐在最后的位置上的孩子转过身，透过玻璃打量着他们。一个扎着领结的小男孩正捏着鼻子，透过玻璃，模仿小猪。

"那么她究竟怎么样了？"斯玛吉问，"我是说海伦？"

这个词牛硬极了，几乎是从她的嘴巴里挤出来的——像一只瓶塞猛地拔了出来。

尼克有些抗拒。"噢，你知道的，还是老样子。"他继续说，"到现在一点起色都没有。早些时候，他们还以为她的情况在转好，但这些日子她几乎没有任何好转的迹象。好几个星期了。她偶尔会咕哝一下，或者猛地一抽，但她脸上还是只有那几个表情。有的时候，你看着她，她会很快躲闪开，你几乎以为她回来了。但是她根本没有醒过来，根本没有。"

他转过脸，和她四目相接，而她却看着其他地方。

"但是，无论如何，"他说着，清了清嗓子，"你，还有钱的事——失业救济金的事，是吗？也……很重要。"

她耸了耸肩。

"是的，它弄得我焦头烂额。"

一辆轿车突然插进他们和校车中间，尼克不得不踩了下刹车。

"蠢货！"他大声喊着，但还是很温和，她吃了一惊。

"对不起。"他小声嘀咕着，又回到刚才的话题，"他们不能这样甩手不管，对不对？"

"你说什么？"

"不发钱吗？他们不能把账户停了，像现在这样。"

她吸了吸鼻子："但他们就是这么做的。"

"但你和他们沟通的时候，一定要说明情况——"

"噢，是的。"斯玛吉说着，点了点头，"当然。他们一定要了解情况。如果我运气好，大概六个星期之内，他们就会处理好。"

"六个星期！"尼克说，"欺人太甚了。你这段日子怎么办呢？"

她耸了耸肩："我想我只能靠其他的积蓄了。"

但他没意识到她在自嘲。

"六个星期。"他又重复道，摇了摇头，"对某些人来说可不好过。我的意思是，如果你有孩子该怎么办？"

她调整了一下自己的坐姿，感觉踢到了什么。她低下头，看见了一只芭比娃娃。她弯下腰，把娃娃捡了起来。

"哦，对不起。这是海洛伊斯的。"尼克说，"我们一直在找它。"

"所以你们现在有孩子了？"斯玛吉说着，看着芭比娃娃过分完美的身材，"你和海伦。"

她感到一阵恐慌，眼前浮现出一幅画面，两个女孩在草地上奔跑，辫子一甩一甩的。她把手指插进门扶手里，努力平复呼吸。

"是的。"尼克说。他顿了顿。"只有一个。海洛伊斯。她六岁了。玛格丽特一直很乐意帮忙，这些事发生后，一直在照顾她。"

解脱的感觉向斯玛吉袭来，一下下撞击着她的耳膜，以至于她没能立刻明白最后一句话的意思，没有意识到玛格丽特指的就是妈妈。

最后她终于明白了，嘴巴像鱼嘴一样张开又合上了。一想到妈妈变得乐于助人，扮演起外婆的角色，她就心烦意乱。她一点都不信。在她的印象里，妈妈应该和她最后一次见到她一样震惊：穿着睡衣站在门口，头发梳得像云朵一样，目送警察开车把她带走。

18

经历了比尔二世的事情后，一切都变了。人们对她有了某种刻板的印象，时常背着她，躲在漏出光亮的厨房门后，小声议论她。等到小理查德出生的时候——楼梯上传来一阵激动的脚步声，阿卡拉的车猛地发动了，因为邓克丽夫人再也不愿看到我，所以这一次是汉娜·C的妈妈赶来和我们玩鲁多游戏——我根本不被允许碰他。

我也感到高兴，因为还是婴儿的理查德很胖，有一只光秃秃的大脑袋，和阿卡拉一样，和他玩一定很无聊。但我也会伤心，因为我看见妈妈坐在那里，双手环抱着艾丽，教她怎么抱他和做其他事情。常常，我只是站在黑暗的走廊里，看着他们坐在明亮的燃气灯下：妈妈、艾丽、小理查德和阿卡拉，他们身后的电视机不停闪动着。他们甚至不知道我在那儿。我只好小心翼翼地走到到前门附近，溜出去，去公园，去那棵躺着长的树下坐着，根本没有人管我。

日子就像男孩子们打发无聊时光时玩的微型轨道上的小车一样走得飞快。我们先是在倒数第三个年级，接着是倒数第二个年级，然后一夜之间，就是我们在这所学校的最后一年了，马上我们就要和它道别，去一所更大的学校了。最后一天，我们要在大会堂里表演节目，每个受欢迎的女孩都会使出舞台上的绝活儿，展示她们的天分。杰西卡会同时转三个呼啦圈，夏洛特还有其他人会把自己打扮成迈克尔·杰克逊的样子，表演《拯救世界》里的舞蹈。接着艾丽会走上前，背诵一首关于在教堂集市上赌博的女人的滑稽诗，所有人都欢呼着，称赞她多么有才华。渺小的我只是坐在最后一排，也不鼓掌，只是想着曾经的海伦不会背诗，也不会用这种搞笑的语气说话——艾丽取代了海伦，让海伦变得不像海伦，所以这个人再也不是那个曾经的海伦了。现在是海丽，根本不是海伦。海伦消失了。我想，她大概再也不会回来了。

　　九月，我们来到了一所更大的学校，我希望事情有所改变。我认识的大部分人都去了购物中心后面的圣·斯蒂芬学校，杰西卡和夏洛特则去了吉尔德圣母学校，父母只要给学校一点钱，就能让孩子们穿上更好的制服，还能使用游泳池。我希望我们能去橡树桥学校，因为这样我们就能有一个全新的开始，我再也不用强迫自己躲进那个越来越小的属于艾丽的角落了。如果我不得不成为艾丽，那么我想我至少可以尽全力做最棒的艾丽，橡树桥学校会给我这个机会，离那些自认为对艾丽了如指掌的人远些。

　　但我们第一天穿着海军蓝外套、白色衬衣、系着领带出现在那儿的时候，已经有人赶在注册完成前给他们寄了信，于是有人拍了拍我的肩膀，带我去了一间有挂毯的屋子，屋子里有一个穿着大外套的胖女人，她要求我把动物的图案和动物的名称连起来。我感觉自己要气炸了，只好坐在那儿，紧紧抓着桌子，不让眼泪流出来。等到那个女人去洗手间的时候，我拿起铅笔，把整张纸都划破了，直到大象、犀牛和长颈鹿只剩下眼睛、胳膊和尾巴，我开始抽泣，随后哭了出来，直到他们不得不带我去见校长，我被领着经过体育馆的走廊，头上绑着红色蝴蝶结的艾丽正穿着新的紧身连衣裤在那儿转圈。这一幕让我哭得更大声了，因为我知道事情越来越糟了，现在我再也回不去了。

那天傍晚，我们回到家，理查德欣喜若狂地向我们展示他新画的画。艾丽拿着那幅画，说着恭维的话，理查德笑得开心极了，好像她在讲一个特别好玩的笑话，拍着自己的腿。

没有人注意我，于是我溜了出去，又是去公园，去那棵躺着长的树下，好像自己是长发公主。九月的太阳，开始藏到公园另一边的屋子后面，我穿过草地，它的影子像舌头一样吻着我。就在我走过去，拨开树丛的时候，一只乌鸦嘎嘎地叫了起来。于是我停下来，因为往日这里不过是一块空地，只有一个可以坐的树桩而已，但现在这里都是书包、腿和脸。是些大孩子。

"该死的，你想干什么？"一个脏兮兮的大男孩抬起头看着我。

一个拿着塑料袋的女孩转过身，目光迷离地望着我。

"管她呢，巴兹。"她说，"她还小。你叫什么名字，小甜心？"

我看着周围的这群人，他们弓着身子围坐在一箱罐装啤酒边上，双手藏在袖子里。

"艾——艾丽。"我缓缓地说。

那个大男孩——巴兹，眯着眼睛看着我。"你在哪个学校上学？"他问。

"橡树桥。"我说，"今天是我第一天上学——"我突然想起四周都挂着挂毯的房间，还有动物画像，眼泪就不由自主地流了下来。

"噢，可怜的小亲亲。"女孩说，"他们为难你了？好吧，你过来，坐到我旁边，小甜心，让我抱抱你。"

于是我走了过去，坐在那个女孩旁边，她身上散发着香烟、口香糖和香草沐浴露的味道。其他人都看着我。一共有六个人：四个男孩，两个女孩。他们之间的台阶上，临近那些啤酒罐的混凝土板上放着一管胶水一样的东西，就像阿卡拉修飞机模型常用的那种东西。我四下看了看，想找到他们做的模型，但除了树枝和落叶，什么都没有。

巴兹砰的一声打开一罐啤酒，扔给我。"接着。"他说着，但眼睛根本没看我。

我摇了摇头。我知道酒是用来做什么的。妈妈曾经在厨房里喝晕了，卧室门没有关好，阿卡拉的手在抚摩着她。"不，谢谢。"我说。

他翻了个白眼。"就算给点面子。"他嘀咕道。

"别管他。"坐在我身边的女孩说，"他是个坏家伙。你听我的，没错。"

巴兹抖着双腿，脚尖不停地在地上点来点去。他四下望了望。

"这样吧，沙仔。"他说着，脑袋往我的方向歪了歪，"给她点那个……你知道的。"

"巴兹……"我身边的女孩说。

"噢，别这样，吉娜，你该有点男人样儿。这会很好玩的。"他说。

吉娜看着我。"我们不会逼你做你不愿做的事，艾丽。"她说。

她非常温柔。当她说"艾丽"的时候，我几乎以为它就是我的名字了——就像有些名字属于其他人一样。不会有更糟糕的事了。我得向她证明我已经成熟了，有资格成为他们的朋友。我看着沙仔拿着的那个乐购购物袋。里面到底装了什么见不得人的东西？我思考着。我想，不管是什么，我至少要装出试一试的样子，再趁别人不注意的时候吐出来。

"噢，好的。"我说，"我想试试。"

"太棒了！"巴兹说着，双手合十。

他们把袋子递过来。我往里看了看，里面没有吃的，不过袋子里最下面有一层干净的黏糊糊的东西。

我用手指蘸了蘸。这时巴兹笑了，说道："好吧，你不用吃它。我们通常只是闻一闻它。"

于是我把鼻子凑近袋子，闻了闻。有一股让人头晕的汽油味。

"啊哈。"巴兹又开口说道，"你得这么做。把袋子放在鼻子附近，接着轻轻吹一下，你明白了吧。"

于是我把袋子的边缘贴在脸上，闭上眼睛，狠狠地吸了一口。我感觉脑子里涌进一股酸酸的气流，接着我整个人就浮起来了。我仿佛置身于深海，挥动四肢，四周都是星星，它们不断穿过我的身体。我望了眼其他人，他们已经东倒西歪，脑袋的形状是扭曲的，就像哈哈镜里的脸孔。

接着潮水开始退去，我又重新坐到了树桩上，但脑袋有点痛，身体里涌动着某种生病的感觉。

"我真该死。"巴兹说，"我告诉你去吸它，不是要你把一整袋都用完。"

"你还好吗，我的小亲亲？"吉娜说着，双手环抱着我，"是不是感觉离开了自己的身体，对吗？"

但当我看向她的时候，发现她的眼睛大得惊人，我吓得挣脱开了。

"我想我现在得回家了。"我说着，站了起来，感觉天旋地转。

"你确定吗？"吉娜说，"你为什么不再坐一会儿，等这一阵过了再回去？"

可我不敢再看她。我摇了摇头。

"我必须走了。"我重复道，接着转身拨开树枝，往公园走去。然而，此时的公园变成了一道暗影。我奔跑着，穿过草坪，就在那儿好像有人冲我用力挥手，就像餐桌马上要上菜了一样，终于我跑到了门口，路灯把前面的路照亮了。这时我才看清昏暗的树丛里走出一个人，走到了路当中。

"噢，你好。"那是一个平直的恶狼般的声音，"你跑得这么急，是想去哪里？"

我抬起头，借着身后的路灯，看清了点燃的香烟的橘色火光后面的脸孔。

"对不起。"我说着，胃猛地一抽，"我得回家。我好像病了。"

"等等。"那个声音说着，一只手伸了过来，抓住了我的手腕，"你是过去总和玛丽一起玩的小女孩吧？那对双胞胎中的一个。"

　　我点了点头，强行咽下满嘴的呕吐物。

　　"好吧，真是走狗屎运吗？"那个声音说，"我一直很想念你们这对双胞胎。尤其是你。我一直想知道你最近怎么样了。你为什么不跟我来，一起——"

　　但我就要呕出来了，随时都会呕出来。我猛地抽回手，推开了他，跌跌撞撞地继续向前走。我一路小跑，却感觉路上上下下就像跷跷板，接着又跑了一会儿，最后总算回到自家门前。我掏出钥匙，冲了进去，里面是温暖的橘色灯光，阿卡拉的超级火力模型正好朝我冲了过来，我狠狠地把它扔到了地上。

19

他们在房子外面停好车时，天已经黑了。铸铁的路灯散发着橘色的光芒，一缕缕光线照在下面正在发芽的悬铃木和葡萄似的紫藤花芽上。尼克得去打开大门的门闩，车只好绕了一个长方形，车轮下的石子嘎吱嘎吱响着。

他们终于看见房子了，上面的楼层是裸露的白色砖墙，看起来阴森森的。早期的维多利亚风格，她猜，或者更老，在伊斯灵顿区还是一个小村庄的时候就有了，那时这里有许多空地。

"你们就住在这里？"他们下了车，斯玛吉问道。

尼克带着她进门的时候，做了一个嘘声的手势。不过当他们来到走廊的时候，发现楼上起居室的灯正好照在他们身上，一个熟悉的人影正坐在乳白色的沙发上。斯玛吉感觉自己猛地被恐惧击中了，向后退了几步，头发散落在脸上，但一切都晚了：阿卡拉已经抬头看到她了。岁月将他打磨得愈加沧桑，脑袋上的头发越来越稀薄，脸颊上开始出现紫色的斑点。他更胖了，衣服并不合身，看起来就像填充过度的毛绒玩具，接缝处快要裂开了。

"你好。"他说。他面前有一张桌子，和膝盖一样高，上面摆着拼了一半的拼图。剩下的拼图放在盒子里，盒子就在地板上，在他脚边，那是一幅亮红色的色彩艳丽的照片，是《男孩故事》杂志的年度之选，记录的是飞机起飞的时刻。

"贺瑞斯。"尼克说着，往前走，"你还记得艾丽。你当然记得。她很……不好，需要一些关爱，她得在这儿待一段日子。"

"我明白了。"阿卡拉将信将疑地说，"那么玛格丽特——"

"我会跟玛格丽特说这件事的。"尼克话说到一半，就咽了下去，"她在——？"

"她已经睡了。"阿卡拉说，目光始终落在斯玛吉身上，"早些时候就睡了。"

"太好了。"尼克如释重负。他看了看他们俩。

"请坐，艾丽。"他说着，用手指了指摆在咖啡桌边的另外两张乳白色沙发，"想喝点什么？"

"茶，谢谢。"她说。她只能喝这个，咖啡因会让她焦虑。现在，正是开诚布公的时候。太愚蠢了，只是想想，她就会大汗淋漓，头脑发晕，感觉随时要病倒。她呆呆地站着，面对阿卡拉责备的眼神，感觉还是十五年前的那个夜晚，时间根本没有治愈一切——好像他们随时都会出现，拿着无线电对讲机伺机而动，最后把她押到车里带走。

"好的。"尼克说，"贺瑞斯，你呢？"

"嗯……"阿卡拉发出声音。

尼克匆匆起身去拿饮料，斯玛吉在最远的那张沙发上坐下，打量着整个房间。品位很不错，有许多别出心裁的小地方——木桌子的槽里放着工具，头顶上的枝形吊灯被拆解了，灯泡和银色支架全都暴露在外面。海丽布置得不错，她痴痴地想。

她撕掉了皮肤上已经结好的痂，紧咬着牙关。她感觉肌肉紧绷。四下一片寂静。

终于，阿卡拉咳嗽了一声，努力在她面前表现得慈眉善目。

"那么，"他说，"你过得如何，在……现在住在什么地方？西德卡彭？还是思劳傅[1]？"

"是沃尔沃兹。"她回答。

他使出巡查队队长所能使出的全部力量做出友好的样子，看着她。"很吵吧。"他说。

她耸了耸肩。"怎么说呢——"差劲？阴冷？绝望？"还好吧。"她说。

"经济衰退影响到那儿了，是吗？"

她皱了皱眉，忍住没有吐："嗯。我也不知道。"

他摆了摆手，从身边的盒子里取出一块拼图。"我们住的地方确实受到了影响。"他说，"四处的商店都关了。职业介绍所门口排了长队。于是他们拆掉了图书馆，建了一个新的乐购超市。如果你现在去那儿，肯定认不出了。"

他看了她一眼，很快又把目光转向那块拼图，举着它，和他面前已经完成的拼图左上方露出木头的那个地方比较着。他把它从一边挪到另一边，这样折腾了一小会儿，又把它放到了木框外面，弯下腰重新在盒子里摸索起来。

"现在我不做模型了。"他一边说，一边看着她，她也在看着他，"玛格丽特——我们觉得总会制造一些不必要的垃圾。还有其他许多有趣的事可以做。在木板上玩这个最棒的一点就是你想收起来就能收起来。一旦完成，我一定要用胶水把它们粘在画框里，挂在墙上。在家里，我的意思是，不是这儿。"

他又咳了咳："那么，嗯，你现在在做什么呢？"

---

1 原文为 Slough，意思为腐肉、泥沼。

斯玛吉盯着他，看着他粉红色的光秃秃的脑袋。他一个人的时候都在想些什么呢？她很好奇。他看着镜子里的自己时会说些什么？他有没有想过到底发生了什么，或者有没有可能——当然只是可能——他本可以介入其中，随后事情会往全然不同的方向发展？

她张着嘴巴。"好吧——"她的眼前闪过一连串画面，那些灰蒙蒙的日子，每个下午看着起居室地板上的太阳光线从破碎的油毡布挪到赤裸的混凝土砖上，每个夜晚都像浸没在海底，偶尔会有闪光，黑暗的洞穴仿佛要吞噬一切，压得你的骨头咯吱作响。"事实上，我业余时间在邮局做兼职。"她说。

阿卡拉的嘴唇一动不动，眼睛瞪得大大的。

"邮局。"他说，"我明白了。是怎样的工作？收银员，是吗？"

"差不多。"她说，"还有一些很基本的管理工作。我想他们有心栽培我。"

她接着又谈了谈她的工作职责，声音连贯，颇有气势。她的脑海中真的有了一家邮局，它让她不至于难堪。架子上摆着一摞摞东西——邮戳、一次性袋子、圆珠笔之类有用的东西。她看着自己在给它们定价，帮助年长的妇女给她们远在澳大利亚的孙子们寄包裹，接着她放下手头的工作，接待萨姆，他的视力受损了，每星期都来这里把他的退休金存进邮局的账户，因为这里的工作人员远比银行里的人友好。这份工作很忙很累，也很有成就感。你会觉得自己真的在为社区做贡献，在改变世界——尤其是在现在，你发现本地很多服务机构都关门了。事实上，她在考虑要不要转成正式职工。每个人都希望她这么做。她不在的时候，顾客都会问起她。她的直属经理甚至希望加长她的工时，不过她还在仔细考虑这件事。她不希望抢了别人的功劳，另外，她还需要留一些时间画画。

阿卡拉抬了抬眉毛。就在这时，他突然说："你怎么跑下床了？"

斯玛吉看着他，眼睛亮亮的，还在为她在邮局里取得的成果高兴不已。

但他的眼睛看着门口。一个穿着海绵宝宝睡衣的小家伙溜了进来。

"我想给爸爸看我的画，画里面妈妈已经好起来了。"小女孩说着，她的手不停地捏着睡衣帽子的边儿，于是海绵宝宝露出一副威胁的表情。

阿卡拉放下他正在琢磨的那块拼图，转身看着她。

"我知道你一定干得不错，海洛伊斯小甜心。"他说，"不过，画的事我们明天再谈吧。你到时再把画给他吧。"

他伸出一只手拍了拍她的胳膊，但她躲开了他的手，转过脸，看着斯玛吉。

"你是谁？"她问。

阿卡拉咳嗽了一声。"一位朋友。"他说，"是艾丽，会在这儿住一段时间，甜心。"他补充道。但是海洛伊斯已经走了过来，手指顺着咖啡桌木制桌面滑了过来。

"她看起来和妈咪很像。"她看着我说，"不过她的脸更窄，她还在自己的一只眼睛上方写了字。"她转过身，看着阿卡拉，用手摸了摸自己的脑袋，"她是一生下来额头上就有字吗？"

"够了，现在，老天爷。"阿卡拉说着，鼓了鼓腮帮子，"我不——"

小女孩继续往前走，直到她的手可以碰到斯玛吉的脸。她用手指抚摩着文身，小心翼翼地感受着它的形状。

靠得这么近的时候，你能看见她身体里的艾丽气质：艾丽灰蓝色的眼睛深处的暧昧，尽管她的眼睛里有着某种更加刚毅的东西。她的肤色比艾丽的要黑些——比她们俩都黑——注定如此。只有她们俩的时候，她会是更加自信的那一个，斯玛吉觉得，她是总是出对牌的那个人。双胞胎中更幸运的那一个。

"你睡得不好，是吗？"海洛伊斯注视着她，手指抚摩着斯玛吉的黑眼圈。

"我想，你说得没错。"她说。

"你可以在这里睡觉，我们的床又大又舒服。花园里还有蹦床。"

她退后几步，手指放在她的嘴巴上。

"你是我的家人吗？"她问。

阿卡拉站了起来，把游戏板猛地拽到了地板上，拼图散落一地。

"够了，甜心。"他说着，伸出一只手抱住海洛伊斯，好像她再往前就是悬崖，"这位女士——艾丽——已经很累了。你的问题会让她头痛的，我们可不想这样，对吗？你跟我来，让我给你重新把被子盖好。"

海洛伊斯看着他。有那么一瞬间，一种超乎年龄的成熟在她的眼睛里一闪而过——有那么一瞬间，她好像并不买账，还在权衡到底是走还是不走。但很快，那个小女孩回来了。

"好的。"她说，蹦蹦跳跳地穿过房间，牵起阿卡拉的手。

"要裹得紧紧的，不要被床上的虫子咬到。"她说着。他们经过门口的时候，她回过头，越过自己的肩膀看了眼斯玛吉，随后消失了。

过了一会儿，尼克出现了，端着摆着水杯的托盘，手不住地颤抖。

"一切还好吗？"他问。

20

今天我们一起坐车去外婆在黑斯廷斯的家，我、妈妈还有艾丽。理查德和阿卡拉待在家里。我们很少去看外婆，因为她和妈妈不是一路人，但今天我们不得不破例，因为贝西阿姨决定是时候打点好外婆的一切，为她找一个新住处，而这些事她没法一个人完成。

我们到外婆家的时候，贝西阿姨已经到了，她披散着头发，穿着可怕的花朵图案的家居服。

"实话实说，玛格丽特，"她说，"你们应该两小时之前赶到的。出租车四点就会来。"

贝西是那种会让人生出把她大卸八块再用黄油刀抹匀的冲动的妈妈。无论从那个角度看，她都显得很壮实，她整个轮廓都是圆的，眼神却很犀利。她手放在大腿上，站在那儿，好像在等待出其不意的回答，但我妈妈什么都没说，大步走进屋子。如果你站在一旁，会发现她们尽管如此不一样，但毫无疑问，她们是一对双胞胎。

屋子里，到处都是空箱子，东西散得到处都是——煎锅、眼神忧郁的陶瓷小狗、一袋编织工具——过道都堆满了。外婆躺在起居室角落的扶手椅里，像孩子一样，任由扶手椅摇来摇去。我们进来的时候，她抬起眼睛。

"你是委员会派来的吗，亲爱的？"她问。

"不，妈妈。"妈妈用尖锐的声音回答，"我们是来这儿帮你打包的。"

"噢，我明白了。"奶奶说着，背过身。她开始咳嗽，脸开始抽搐。接着她从嘴里吐出半圈假牙，放在大腿上。艾丽发出了惊恐的笑声，就像鸟叽叽喳喳的声音。

"噢，妈妈！"妈妈喊道，夺过假牙，凶狠地四下张望。她看着我。

"艾丽，去厨房，拿一杯水来。"她说。

我连忙跑过去，差点被一盒磁带给绊倒了。厨房就像《蓝色彼得》[1]买卖游戏里的场景。橱柜里的东西都拿出来了，有一半的水杯用报纸裹着，准备打包带走。厨房的另一边，有一只水壶，它已经被外婆弄得一团糟，外婆把它放在铁架上，差点引起火灾，塑料壶底已经扭曲变形，看起来就像即将融化的冰激凌。在她的世界里，水壶大概是别的什么的东西。

我四处寻找玻璃杯，但只看到那种小的作为装饰的蓝色、绿色和粉红色的杯子。我拿起其中最大的一个，灌满了水。我拿着它回到起居室，妈妈白了我一眼。她拿着那只蠢杯子，把假牙浸到水里。

"给你，妈妈。"她说着，"把它重新装回去。"

外婆就像乖孩子似的拿起假牙，把它塞回自己的嘴巴。"就是这儿。"她说着，歪嘴笑了，"可以带着它去见国王了。"

"给我搭把手。"妈妈嘀咕着。

她看着我们俩。

"现在，"她说，"海伦，你跟着我和贝西阿姨。艾丽，你留在这儿，守着外婆。别碰任何东西。"

她们走出房间，去了楼上。我呆呆地看着外婆。

1《蓝色彼得》，*Blue Peter*，英国儿童节目。

"好吧。"她开心地说，"我的小海伦。我知道你会来的。"

我一步一步地向她走去，鞋子在地毯上留下了棕色的脚印。

"你没有喊我艾丽？"我问。

外婆皱了皱眉。

"你以为我分不清我的外孙女吗？"她用妈妈那种"别给我废话"的语气说，"可能我有段时间没有见你们了，但我每天都可以看见你们。"

她挥了挥手，指了指壁炉台，上面贝壳装饰的相框上用花体字写着"爱和友情"。相框里是我和艾丽的照片，那时我们还没有互换身份，正穿着红色和黄色的雨衣站在悬崖边，风吹拂着我们的头发。我尽情地微笑着，艾丽则露出一贯的怀疑表情傻站着，你一眼就可以看出我们谁是谁。

我走到外婆身边，亲吻了她扑了粉的脸颊，闭着眼睛，忍住即将涌出来的泪水。

"到这儿来。"外婆开心地说。

她看着我，渐渐地，眼睛里的神色变了。

"发生什么了？你怎么……"她的手指一下握紧一下松开，似乎是想从空气中抓住某个短语，"像被掏空了，是吗？"

就是这个短语，不是从语文老师那儿学到的词，是某种别的表达方式，是那种磕磕巴巴的表达，却往往振聋发聩。

我坐在外婆旁边，握住她的手。就在贝西阿姨、妈妈和艾丽在楼上忙着打包，发出各种动静，准备将外婆全部人生都打理好的时候，我向外婆讲起了那个故事，这一切发生后，世界上再也没有海伦了。

外婆坐着，静静地听着。她不时用另一只手蒙住眼睛，说着"噢，老天啊，噢，老天啊"，接着不停地摇头，她不相信竟然会发生这种事。有时，她甚至会前后摇晃起来。

接着，我又讲到公园里遇到的那些大男孩和大女孩、袋子里的东西，还有玛丽的哥哥，她转过头看着我。

"回答我，亲爱的，"她说，"玛格丽特就没有发现吗？她从来没有提到过阿尔伯特叔叔的事，对吗？我一直有些耿耿于怀，但在那个时候，怎么办呢？你什么都不能说，只能保持沉默继续生活。你只能这样，只能这样。"

她摇来摇去，我只好拍了拍她的手，告诉她妈妈很好。接着我又向她诉说，每当看见艾丽成为学校里受欢迎的女孩，而别人看我的眼光却像看锁在动物园的笼子里的怪物时，我是多么寂寞。如果人们能看见我头脑里的世界——除了我怒火中烧的时候——他们会意识到我是正常的，但他们现在完全不这么认为，因为现在我被关于艾丽的一切困住了，就像困在越来越高、越来越结实的围栏里，再也逃不出去了。而艾丽取代了海伦的位置，甚至把海伦变得不像海伦，就像那件被她撑坏了的短袖上衣一样。现在的海伦不再热爱阅读，而是热衷于演戏，喜欢站在舞台上，而我是无论如何也不可能成为那样的人。准确地说，她现在应该是海丽。这可能是世界上最孤独的事了。

过了一会儿，外婆把手从她脸上挪开，看着我。

"告诉我，亲爱的，"她带着雨过天晴般的笑容看着我，"你是表妹伊丽莎白的女儿吗？"

我呆呆地看着外婆，她眨了眨眼。我张开嘴巴想说点什么，但就在这时，外面的小路上传来嘟嘟嚷嚷的声音，楼梯上也轰轰直响。

"妈妈。"贝西阿姨喊着，急匆匆地冲进屋子里，"你的车来了。你该走了。"

外婆又眨了眨眼睛。

"走？"她说，"可我们才刚来呀。这个小朋友一直陪着我呢。"

"我知道，妈妈。"贝西阿姨说着，把一缕散落的碎发别到后面去，"但现在是该告别的时候了。温柔地告别吧。"

门口的光线暗下来，妈妈还有艾丽也进了房间。

"来吧，妈妈。"妈妈尖声说道，大步走过来，扶着外婆的肩膀，把她从椅子里拽了起来，"我们今天剩下的时间不多了。"

外婆皱了皱眉。

"不。"她大声哭喊道，"我不要走。你们不能逼我走！"

"没有其他选择，妈妈，"妈妈说着，拽着外婆往前走，"一切都已经安排好了。"

外婆被团团围住了，僵持着，愤怒地看着我们。

"你该为自己感到羞耻！"她大喊道，"你们以为自己是妇科医生吗？如果我是，我早就把你们打掉了。"

随后她的脸开始扭曲，眼泪也流了出来。"哦，亲爱的。"她说，"请原谅我。我想我有些失控了。"

妈妈牵着她沿着花园里的小径走着，艾丽跟在后面，拎着外婆的箱子。他们走到出租车旁，妈妈打开车门，把手放在门框上，防止外婆进去的时候撞到脑袋。我连忙跑到壁炉台附近，拿起那张照片——我和艾丽的照片。

"给你，外婆。"我说着，把它也放进车里，妈妈不耐烦地看了我一眼，"你也许可以留下它做纪念。"

"谢谢。"外婆用女皇般轻柔却微弱的声音说。

贝西阿姨告诉司机方向，而我们站在后面，目送着出租车渐行渐远。外婆一直望着正前方坐着，没有回头看我们一眼。转弯的时候，你能看见后排有一团银白的头发，远远望去，就像一团棉花。

21

她醒来，脑袋里一片空白。连日的亢奋已然消失，无迹可寻，剩下的是一片死寂，好像整个世界都失去了生气。她木然地打量着四周。灰暗的光线从贝莱斯牌窗户外斜斜地射进来，房间在顶楼，摆着床、一排柜子、衣橱之类的家具，倾斜的屋顶下对着一个书柜。墙壁被刷成了淡黄色，地毯有些旧了，露出了一些补丁。她呻吟一声，好像过去几天的重担一下压在了她身上——银行里的人、车水马龙、出现在道路标志附近的海丽的脸、围绕着那张脸的枯萎的花朵，还有尼克、海洛伊斯、阿卡拉。

头顶那道深深的伤口抽了抽，她摸了摸，感到一阵灼热。她知道，她必须起床了。她必须下楼，离开这儿，赶在尼克拦住她之前。她得想办法穿过整个伦敦，回到她的公寓，接着她必须打电话给职业救助中心，告诉他们自己的失业救济金被冻结了。她把脸埋在枕头里，低声哭号。她根本没法做到，就像建议一个没有脚的人跳到沟那边去一样。

很快几个小时过去了。房子楼下不时传来各种声音: 蹦蹦跳跳的脚步声，门被关上，小声的对话，嘶声争执。她甚至还听到了，没错，听到了妈妈尖锐的说话声。过了一会儿，传来轻轻的敲门声——她还听到了咯咯的笑声——但她决定不理它，翻过身，重新闭上眼睛。她决定用睡眠来保护自己。

现实里的一切都像潮水一样退尽，只留下一片散落着碎石的沙滩。

当她起床去走廊尽头的洗手间时，发现有人给她留下一个装着鱼肉派的托盘。她没有动它，它显然已经干了，边缘都凝固了。她也没有碰那一摞为她准备的衣裳：牛仔裤、羊毛外套、短袖上衣、厚袜子、抗过敏内裤和一摞内衣。都是海丽的东西。她一旦穿上了，似乎就接受了这个残酷的笑话。

下午晚些时候，她还躺在床上，感觉很不好，于是起身，在房间里走动起来。家具很旧了，也不是成套的——和楼下装饰得别出心裁的起居室完全不是一个风格。她看了一眼厚重的五斗橱旁边的书架，有些震惊，那是妈妈的房子里属于她和海丽的房间里的东西。最后那天夜里，她把装水的玻璃杯狠狠地砸在上面，留下了刮蹭的痕迹，他们把她拽出门的时候，她用靴子死死地勾着它。她躺在它附近的地板上，手指抚摩着那处痕迹。已经过去十五年了，虽然上了深色的漆，但廉价的木料还是显得苍白脆弱。

她在床头柜上的那堆杂物里发现了一包放了有点久的万宝路特醇，便把身体伸到天窗外，点燃一根，她透过壁架凝视着整个花园：矩形的围墙，背靠着公园的那一面种着树。她能看见厨房外墙上的植被，就在她身下。里面的房间通风良好，光线充沛。一只插着鸢尾的钉子形状的大花瓶摆在桌子中间。花朵们满是怨怒地看着她，就像一群缩小版的妈妈，仿佛是她把它们一个个从地里拔出来一样。

草坪的另一边是一幢屋顶的一头有尖角的建筑。靠近门的地方，有一处舷窗，较矮的那一头装着玻璃，整个建筑看起来就像驶进港湾的小船。这东西让她有些意外——十分新潮，完全不是海丽的风格——她十分用心地凝视着它，却不知道它究竟要表达什么。

就在她从烟盒里掏出第二根烟的时候，门微微动了动，从门下塞进来一张报纸。她捡起报纸，发现上面是一行颤抖的笔迹：

> 亲爱的妈妈的朋友
>
> 你好吗？我很好。
>
> 我们去公园了，但很快就会回来。没什么其他事了。
>
> 爱你的海洛伊斯。

她翻到报纸背面，除了潦草的购物清单，没有其他文字，全是妈妈尖锐的笔迹。

过了几分钟，门外面又传来摩擦的声音，又有一张纸从门下面塞了进来。

> 亲爱的妈妈的朋友
>
> 你如果乐意，也可以一起来。没什么其他事了。
>
> 爱你的海洛伊斯。

她把这张纸翻到另一面，又放下了，决定不管它，但五分钟后，又有新的消息从门下塞进来了。

> 我还在等你的会打[1]呢。

显然有些失望。斯玛吉走过去，打开门。

"听着。"她对站在那儿的小家伙说，"我不会给你回信的，知道了吗？请……到其他地方去玩吧。"

---

1 原文中，小女孩海洛伊斯将这里的 answer 拼成了 ansa。

一双灰蓝色的眼睛盯着她，下嘴唇正在发抖。斯玛吉叹了口气，用手摸了摸脸。

"听着，我很抱歉，"她说，"我没有生气。我只是……只是不喜欢写信。"

海洛伊斯仍旧盯着她。

"为什么？"她问。

她眨了眨眼睛。"就是这样。"她说，"我一直觉得自己不擅长。"

"为什么？"

（她脑中有一个声音清了清嗓子。该死的，她也想说这个词。）

"老天。"她小声嘀咕，翻了个白眼，"好吧，我就是不擅长，可以吗？真是见鬼了！"

只见小女孩眼睛挤了挤，嘴巴撇了撇，好像马上要哭出来了。

这时候只要来个人，海洛伊斯准会哭出来，斯玛吉慌忙抓住她的胳膊，把她拉到房间里来。

"嘘！"她低声说，"对不起，我不想发脾气。我只是有的时候容易失控。"

海洛伊斯严肃地看着她。"这么说你是一个表里非常一致的人咯？"她问。

斯玛吉看着她，有些惊讶。"是的。"她说，"我想，是的，我是这种人。"

海洛伊斯看了眼床，还有床后面扔在地板上的外套。

"你的东西不多，是吗？"她说。

斯玛吉转身，手指在天窗的窗框上不停敲打着。"是的，我想，不多。"她说。

"是因为你很穷吗？"

"我——"斯玛吉的脑海里突然绽放出一团暗色的烟火，于是脑海中的一切都蒙上了一层黑暗的光亮。

海洛伊斯走到窗户边，跳了跳，抓住窗台想要看一看外面的风景，但她的手很快就松开了。"穷，到底是什么感觉？"她嘀咕着，"烟囱是不是会像《欢乐满人间》[1] 里在屋顶跳舞时那样摇来摇去？"

斯玛吉一只手揉了揉眼睛。她的脑海里，一只吉他开始演奏，弹奏的是涅槃乐队的《少年心气》[2] 的前奏，带着某种不安的紧张情绪。"并不是这样的。"她说。

海洛伊斯又跳了跳："还是像《窈窕淑女》[3] 里一样，和一些卖花和帽子的人生活在一起，你自己也会戴上那种帽子？"

她感觉自己被恐惧笼罩着，四周的墙壁在向她靠近，它们仿佛因为巨大的声响而不断颤动着。对话，还有对话之后的回声，足以引起这样的震动。

"听着，我想最好——"

"你真是太幸运了，妈妈正好不在，你可以住妈妈的地方。"海洛伊斯说。

斯玛吉浑身一抖。她看着她，好像海丽正站在她身后："你是什么意思，什么叫妈妈的地方？"

"妈妈想要离开大家，安静地待着，就会来这里。"海洛伊斯说，"避开我们。"

"哦。"斯玛古眨了眨眼睛，"我明白了。"

"她通常是下午来这儿。"海洛伊斯说着，跑到书架边，手指抚摩着隔板，"我指的是从前。现在，她一直在睡觉。有的时候，夜里，她也会来这儿。

1《欢乐满人间》，*Mary Poppins*，由美国迪士尼影业公司出品，罗伯特·史蒂文森执导的奇幻歌舞片。

2《少年心气》，*Smells Like Teen Spirit*，是美国摇滚乐队涅槃（Nirvana）的一首单曲，其名字来源于当时美国一种除臭剂，它是乐队第二张专辑 *Nevermind*（1991）的主打歌。

3《窈窕淑女》，*My Fair Lady*，改编自萧伯纳的戏剧剧作《卖花女》（*Pygmalion*），该影片由奥黛丽·赫本主演，讲述卖花女被改造成优雅贵妇的故事。

这个房间是她的。除非我长成一个大姑娘，需要自己的房间了，那个时候我会把这间屋子收拾得更有趣些。"

"但是——"斯玛吉说。

"海洛伊斯？"一个声音从楼下传来，"海洛伊斯？"

海洛伊斯怔住了，脸上浮现出负罪的恐惧。

"我不该来这里的。"她小声说。

斯玛吉皱了皱眉头："什么意思，什么叫你不该来这里的？"

"外婆说的。"海洛伊斯说着，一步一步往外走，"因为你。"

"因为我？"斯玛吉说。

"因为你生病了，你的病可能会传染给大家。那样我们就会和妈妈一样整天躺在床上了。我们甚至可能会死掉。"

"海洛伊斯！"妈妈的声音又一次传来，伴随着从大门另一边传来的脚步声，显然，她上来了，"你在哪里？"

"她还告诉我，你会骗人。"海洛伊斯急忙补充道，"而且你不是一个好女孩。不过，虽然你脸上写着字，那些字会在你眼睛附近晃来晃去，但你看我的眼神还是很善良的。"

"海洛伊斯！"妈妈的声音再次从楼梯转角处传来，声音已经有些哑了，"马上到我身边来。我们要做纸杯蛋糕了。"

"这就来了！"海洛伊斯大声喊道，冲出了房间，大步跑下楼梯。

"你在上面做什么？"又是妈妈的声音。

"只是随便看看。"海洛伊斯说。

"你没有去客房，对吗？"妈妈说着，好像他们正要离开低等航班。

"没有。"海洛伊斯回答。

"记得我曾经和你说过的。"妈妈的声音抬高了些，"好奇害死猫。"

斯玛吉关上门，坐回床边，感觉呼吸困难。身体里的恐惧不断蔓延，太阳穴上的伤口灼烧着。她差点就要和那个老巫婆面对面了！她忍不住颤抖，猛地拉开床头柜的抽屉，想要找到那包烟。但它不在这儿，她的手指摸到了一样又硬又冷又光滑的东西。她把它取了出来，是相框，装饰着贝壳，有些黄色的胶水已经露出来了。"爱和友谊"，最上面的花体字写着。画面里是她们俩：两个女孩穿着颜色鲜艳的雨衣，不过年代久远，已经有些泛黄了，她们当时正站在海边的悬崖上。她心中涌起恐惧，甩掉了相框，它落在了地板上，咔嗒一响。她打量着海丽的房间——她的地方——看着天花板、天窗、书架和门，但什么都没有发现，她必须离开。

22

　　圣诞节到了。理查德在用大片大片的包装纸装饰着的吊坠下跑来跑去。海丽在听随身听，那是在她在学校里完成了某个出色的报告的奖励；阿卡拉正在组装一个有 1500 个独立零件的模型，他不得不在餐厅的饭桌上摊开两摞卡纸板；妈妈则抿着嘴唇，手指在胳膊上敲打着节奏。晚饭过后，她就去楼上躺下了，我则走出大门，准备去散散心。

　　这天还不错，不是那么冷。风从街道上呼啸而过，时不时卷起落叶和薯片的包装袋，但大多数东西都一动不动。公园大门被我推开了，发出低吼。我明白它的感受。我沿着小路走了一小会儿，穿着新鞋子的脚就开始疼起来，这双新鞋还有红色上衣和格子裙是我的圣诞节礼物。"苏格兰短裙。"妈妈皱了皱眉，她以为我之前都没听说过这东西。似乎因为我的无知，这条苏格兰短裙就被糟蹋了，没有原来那么好了。她帮我把它们穿上，对我说，这些搭配起来很优雅，我看起来成熟多了，一点也不像学生妹了。但我知道她之所以这么满意，还是因为她再也不用给我买新的在学校里穿的鞋子了，我总是把颜料弄在上面，她常常因此勃然大怒。

　　街道上静悄悄的。所有屋子都关得紧紧的，里面的人都在过圣诞节。你能看见窗户里面那一边，电视机的蓝光不断地跳动着，是女王在发表圣诞贺词，还有《尼尔的圣诞礼物》[1]节目。没有人会在外面闲逛，这也意味着，现在整个世界都是属于我的，之前经历的数小时——没有讲礼貌啊，夹着尾巴做人啊，在理查德骑着三轮车撞到我的腿时还要笑脸相迎啊，一切都像被我用绳子系着的气球，开始越飞越高。

我走进公园。一个女人正在遛一条棕色的狗，这败坏了我的兴致。当时，我正站在秋千边，踢着金属架，直到她牵着狗突然出现。之后，天空又重新放晴，公园变得空旷极了，一切又重新属于我了。

我静静地站在原地，呼吸着圣诞节特有的空气，想看看这一天我一口气到底能吸进去多少空气。接着我蹦蹦跳跳地穿过草地，来到我的地盘——那棵躺着长的树。我拨开树丛，抬起手不让细枝划到我的脸。

树丛里有些昏暗，但我还是一眼就看到了他，他坐在一根木头上。很快他也抬起头，半明半暗的光线映出他苍白的脸，带着络腮胡子的脸。是玛丽的哥哥。

"哦，你好呀。"他用那种扁平的曼彻斯特口音说，"真高兴在这儿见到你。"

我退后几步。

"啊。"他说，"别走啊。留下来，和我一起庆祝圣诞节呀。我专门给你带了一瓶喝的。"他挥了挥手，指了指脚边闪闪发亮的酒瓶。

我转过肩膀，看了眼公园，一想到踏上回家的路，和海丽、阿卡拉待在一起，就觉得疲倦。于是，我耸了耸肩。

"好的。"我说。

"真是好姑娘。"他说，"过来，坐到我身边来。"

他拍了拍他身边的树桩，于是我走了过去，抚平了我的苏格兰短裙，

1《尼尔的圣诞礼物》，*Noel's Christmas Presents*，一档圣诞电视节目。

这样大腿就不会碰到树皮了。他递给我一瓶喝的。

"你要一口喝完。"他说，"感觉棒极了。"

瓶子装着棕色的液体，闻起来酸酸的。我用舌尖尝了尝，抿了一小口。喉咙里感到一阵灼热，我忍不住咳嗽起来。

"不能这样，要一口灌下去。"他说着，接着把他手里的酒瓶斜着对准我的嘴唇，猛地灌进了我嘴巴里，还有一些流到了我的脖子上，打湿了我的新上衣和苏格兰短裙。我咽了下去，喘息着。

"就是这样。"他说，他把手放在我的膝盖上，好让我平静下来。酒瓶挪开之后，他的手就一直放在那儿。

"所以，"他说，"圣诞节过得不错吧？"

我耸了耸肩。"好啊。"我用那种公共汽车上遇到的少年们常用的沙哑的不在乎的语气回应道，"你呢？"

他摇了摇头。

"噢，一团糟。"他说。他死死地盯着我看，我被他那双毫无生气的眼睛吓到了，但我没有表现出来。我看着远处那棵躺着长的树，枯叶正在风里跳着旋转舞。

"玛丽怎么样了？"我出其不意地问。

这回轮到他耸肩了。"我也不知道。"他说，"那个小贱人大概又去什么地方浪了。"

他低下头，我们一起看着他的手渐渐滑到我的苏格兰短裙下。

"那个小贱人。"他缓缓地重复着，"小"字和之后的字搅在了一起，几乎分不清了。我的脑海里突然浮现出一幅画面：掉在人行道上的冰激凌，甜蜜却又肮脏。

"我已经好几年没有见过玛丽了。"我用妈妈那种爽朗的语气说，通常只在阿卡拉放屁了、其他人不允许说话的时候，妈妈才会用这样的语气。

他又重新看着我，眼神透着贪婪，顺着我的红色上衣一直看下去。

"你今年多大了？"他说。

"十一岁，四月份就满十二岁了。"我说。

"十一岁，嗯？"他说着，手继续向上摸索，"那么就要成为大女孩了。一个真正的大女孩。"

他的另一只手在自己的大腿上摸索着，一声响，是拉链打开的声音，但我没有往那里看。我始终看着他的脸，看着他杂乱的眉头和眼睛之间那块苍白的皮肤，我以为只要我一直说着那些琐碎事，就不会有问题。

"我在学校的 7B 班，我最喜欢美术课。"我说着，不管是真是假，我独自一人的时候，时常这样，反正所有人都忙得团团转，根本没有精力注意我。

"噢，嗯，"他说着，带着呼吸声，"你们班上男孩多吗？"

"男生女生各占一半。"我说。

他的手在我的苏格兰短裙下摸索着，已经摸到大腿根了，我跳了起来，死死地盯着他。

"这个学期，我们把水果和蔬菜之类的静物摆得像脸一样。"我说。

"噢，嗯。"他继续说，"我打赌那些杂种爱你们，是吗，那些男孩？你还有你的妹妹。我打赌他们排着队想上你们。一个，接着一个。"

他的大拇指开始解我腿根部的带子，我向后退了退。

"我——"我说。

"你喜欢这样，不是吗？"他说着，凑得更近了些，灼热的呼吸烫到了我的脸颊，"我的意思是，你嘴巴上说不要，但私下里、心底里，其实是想要的。"

他把手伸到衣服里面，我跳了起来。

"我想，我得回家了。"我说。

"噢，别，你别这样。"他说着，跳起身抓住我的肩膀，"既然你已经开始了，除非把这件事办完，否则哪里也别想去。这是你的问题。我正在这儿想心事，是你突然闯进来挑起我的兴致的，还记得吗？现在你要弥补你的过失。你不能就这么一走了之。"

我抬起头看着他灰暗的身子，黄昏的光线中，狼一样的脸孔苍白无比。我的脑海里浮现出妈妈的脸孔，表情失望而冷酷，还有摇晃着手指的海丽。

"我很抱歉，但我不知道你想要什么。"我说。

他笑着，一只乌鸦经过，也和他笑了起来。

"噢，你不用担心，"他说，"我会告诉你的。你只要静静地躺在这儿，像好女孩那样。不会太久的。相信我，你很快就能满足我，不会太久的。"

他按住我的肩膀，趴到我的身上，我沉下身子，沉到泥土和落叶上。一阵锐痛。他插进了我的身体，在我身上猛烈地抽动，脸因为暴怒变得扭曲。

从那时起，我就知道了这个秘密：你不一定要成为某个人。你不一定要成为海伦或艾丽。你甚至不一定是人。你可以飘起来，穿过树丛，像气球一样飘在天上，直到你飘得最高，当你往下看的时候，那些庆祝圣诞的人就像小蚂蚁，而你则高高在上，没有人可以伤害你。

23

　　她一直坐在海丽的床上，直到半夜，之前她在楼梯的平台处散了会儿步，然后就一直把自己锁在屋子里。她披上一件口袋已经从里面翻出来的脏衣服，溜了出来。经过走廊的时候，她不得不走慢些，就像蹚水那样小心翼翼，她的身体似乎有点吃不消，经过门廊往右走就是楼梯的尽头了。

　　她在最高处停下来，听了听动静。只有附近的街道上传来车喇叭的声音。她沿着楼梯往下走，她听见某个房间里传来温柔的呼吸声，还有鼾声，是阿卡拉的鼾声。她用外套把自己裹紧，急忙往下走，谢天谢地，地板上铺的是厚地毯。

　　她穿过走廊，走到大门边，拔掉插销，但无论她怎么拉门，门都没有反应，大概是被某种重型锁锁牢了。她四下打量着，他们会把钥匙放在哪里呢?

　　屋子在黑暗中打着哈欠，昏昏欲睡。她身后是通往起居室的走廊，第一天晚上，她和阿卡拉坐在那儿，度过了一个尴尬的夜晚。那条走廊旁边还有一条走廊，黑魆魆的，还有通往下面的楼梯，拐角处也有楼梯。可惜这里没有挂衣钩或着挂衣架，没准某件外套的口袋里装着钥匙，摆着电话的书架上什么都没有。

　　她在木地板上踮起脚，走进另一条走廊。走廊里暗极了，但有橘黄色的光线从高高的法式窗户里透出来，洒在花园上方的露台上。光线正好照到了陈列室里，里面有一张长长的闪闪发光的桌子，桌上摆着许多用玻璃纸包好的东西。她凑近其中一个———一篮水果，用进口花卉装点着，绑着蝴蝶结——她看了看贴在上面的字条。"献给海伦。"她读道，"来自独立电视公司的全体成员。"

桌子附近的椅背上也没有外套，好在她发现了一只又长又矮的餐具柜。她打开第一扇小门，里面没有开胃菜——只有些盘子和杯子。第二扇门后面，是一排玻璃瓶，正推搡着，冲她挤眉弄眼。她的大脑本来是要钥匙，但很快被一种新的渴望占据了。她伸出手，拿起一瓶伏特加。她不认识这个牌子，但当她把瓶盖拿掉后，发现它闻起来浓郁醇厚。没有标明是什么等级的，但闻起来不错。

她闭上眼，把酒瓶对准嘴唇，幻想着酒流进身体的感觉——平静，让她运转的头脑暂时休息。只要一两口就能让她穿越伦敦，只要尝一尝就能让劳累的身体安歇。她举起手，把酒瓶斜过来，深吸一口气，然后——

"我知道我不是在做梦。"一个声音说。

斯玛吉四下打量着。只见海洛伊斯穿着她的海绵宝宝睡衣站在走廊里，揉着眼睛。"噢。"她说，"我还以为你是妈妈，妈妈终于回来了。"

她眨了眨眼睛，顿时让人意识到她是那么瘦小年幼。

"对不起。"斯玛吉说。

"你在做什么？"海洛伊斯问。

斯玛吉看了眼酒瓶："我只是……在检查。"

"你才不是。"海洛伊斯说着，走进房间，"你准备喝它。我看见了。"

"嘘。"斯玛吉说着，摇晃着胳膊，希望小女孩不要发火，"你这样会吵醒所有人的。"

"直接用酒瓶喝，是很不好的。"海洛伊斯继续说，"这样其他人就没法喝了。"她转身，从第一个门后的餐具柜里取出一个杯子。"给你。"她说着，开心地伸出手。

斯玛吉看着海洛伊斯的小手握住的茶杯。她的手指正好可以握住把手。"不，谢谢。"她平静地说，"我现在不渴了。"

她把酒瓶放了回去。

海洛伊斯卡穿着一双肖恩羊的拖鞋，趿拉着拖鞋在波斯地毯上走着："接下来你打算做什么？"

"现在吗？"斯玛吉说，"回去睡觉。现在是午夜。"

海洛伊斯眯着眼，看着她："你才不会回去睡觉。你这么说只是希望我快点走。"

"我没有。"

"你有。"

"不是这样的。"

"就是这样的。你现在还穿着外套。"

她们站在原地，凝视着彼此。过了好一会儿，突然海洛伊斯动了起来，做了一个芭蕾舞的转身动作。"你为什么不和我一起去看下艾米丽呢？"她问。

斯玛吉皱了皱眉头·"艾米丽？"

"我的妹妹。"海洛伊斯说。

"但是——"斯玛吉说。恐惧的感觉突然袭来，莫非在这个早熟的孩子的阴影里还生活着另一个孩子，她不禁退后半步。尼克不是明确告诉她只有一个孩子吗？她告诉自己不要乱想。她回忆起那段对话，但记得不清了。会不会是她理解错了？会不会是她听错了？会不是某个头脑里的声音告诉她的，于是她误以为只有一个孩子？

她摇了摇头。"我不觉得这是个好主意。"她说，"今晚不行。而且，这么做准会吵醒所有人的。"

"不会的。"海洛伊斯说着，走过来，牵起她的手，"我们静静地，小心点，就不会吵到任何人了。"

小女孩牵着她走回了大厅，她没有往楼梯那儿走，而是转身往下走，前往地下室。斯玛吉跟着她，感觉自己是在梦里，她被还有另一个小女孩的想法给迷住了，艾米丽，作为某个残酷游戏的牺牲品，正在这幢屋子深处的某个地方哆哆嗦嗦。

她们沿着台阶走着，拐了个弯，走进一间十分气派的厨房。她看见另一头隐约有一张桌子，天窗透进的光线照在桌上的那大盆鸢尾花上，留下触目的影子。房子中央是闪闪发光的不锈钢操作台，上面的支架上挂着一套储物罐。一切都很干净整洁。她转过身，回过头，看着她，她看见走廊的尽头是一个储物间，里面摆着大洗衣机，洗衣机上的红色灯光不断闪烁，像一双幸灾乐祸的眼睛。

她凝视着黑暗，搜寻着那个瑟缩的身影，她的耳朵等待着抽噎或是一阵哭泣之后的喘息，但什么都没有。摆放工具的操作台上，只有空气，桌子上什么都没有。

"那么艾米丽在哪儿？"她没法继续相信某个悲惨的角落里生活着另一个孩子，忍不住问道。

海洛伊斯咯咯笑了。"艾米丽怎么可能在厨房呢？"她说着，摇了摇脑袋，"她在这里干什么呢，你这个小傻瓜？"

她走到楼梯下的碗橱边，打开门，只见门后挂着一串钥匙。她摸索了一会儿，发出胜利的欢呼，她取出了一只带银饰的钥匙。接着，她蹦蹦跳跳地穿过房间，往圆顶另一头玻璃门走去。

她回过头，看着屋子另一头的斯玛吉。"跟我来。"她说着，向她示意。

她浑身都是谜，斯玛吉决定跟随她继续往前走，尽管一路上的影子几乎要将她吞没，让她想起很久以前的事。她当然应该想到那个孩子会在外面，可是如果是你置身这样的当口儿，你能去哪儿？她又去哪里了？摆在面前的事实让人抓狂。但她已经无路可退了。

海洛伊斯打开门，她们俩一起走到草坪上。她们四周是花园的外墙，墙壁拦住了周围的树木，于是可以看见干干净净的一小片天空。花朵在微风中颔首，往空气中释放夜的芬芳，某个地方还有一只小鸟，一只伴随着伦敦那无尽的黄昏降临尘世的小鸟仍在婉转歌唱。

海洛伊斯走到草坪边缘，那儿，八仙花和杜鹃花簇着，它们最外面的树杈交缠在一起，就像手牵着手，联合起来一般。"就是她了。"她说着，指了指那两丛花之间的空地。

斯玛吉凝视着那块空地——竭力想辨出那个小可怜儿的形状，想看到粟色头发的反光——但什么都没有。只有泥土，中间是微微隆起一个土包。她弯下腰，左看看，右看看——只看到灌木的叶子，还有一只破旧的塑料球，因为雨水，球已经慢慢地陷进泥土里。

"在哪儿？"她问。

"这儿。"海洛伊斯说着，指了指那块空地的正中央。

斯玛吉又重新看过去，发现她面前的一块石头其实是一块大理石，上面还摆了一个嵌着银色字母的罐子。上面刻着："艾米丽·玛格丽特·戴维森。2012 年 8 月 20 日至 2012 年 10 月 29 日。短暂地来过，却被我们永远地爱着。"

"噢。"我说。

"她生出来只花了一小会儿工夫。"海洛伊斯一边说，一边卷着睡衣的下摆，"但她的身体不好，现在已经离我们而去了。妈妈每天都会来这儿看她，但现在妈妈一直在睡觉，所以我会来看她。"她只用一只脚站着，伸出双手保持平衡。她抬起眼睛，看着斯玛吉，问："你觉得妈妈什么时候会醒？"

"我不知道。"斯玛吉说,"我觉得要听医生的……"

"噢,够了,总是医生!"海洛伊斯说完,失去平衡,脚重重地砸到地上,"但医生是蠢猪!"

"嗯。"斯玛吉说。

海洛伊斯闭上一只眼睛,斜着眼瞥她:"你告诉我,是不是有一天,我的身体也会变得糟糕,他们是不是也把我变成埋在地底下的一块石头?"

一阵清风拂过草地,弄乱了她的头发。

"这个问题太大了。"斯玛吉没有底气地说。

"不管怎样,你现在哪里也不会去,对吗?"海洛伊斯说着,小巧的手指在斯玛吉的手上滑来滑去,"你不会随随便便就死掉,或者一声'再见'也不说就离开,对吗?这些事太蠢了。"

"我——"斯玛吉刚开口。

突然,海洛伊斯跳了起来。"跟我来。"她大喊道,"和我一起去小屋后面玩《爱探险的朵拉》[1]里的游戏吧!"说完,她奔跑着,穿过草坪,公园的灯光闪烁着,她的鞋底也一闪一闪的。

1《爱探险的朵拉》,*Dora the Explorer*,美国尼克频道制作的动画片。

24

如果不做自己，也有好处。你能随心所欲，在任何时候做任何事，不管你喜不喜欢。你能整晚在外面闲逛，不在学校留宿，偷唇膏。你能撕掉作业本，当面嘲笑老师，在起居室抽烟。你能咒骂任何人，直接用勺子舀罐子里的蜂蜜，在墙上乱涂乱画。你能撕毁海丽的奖状和证书，在浴室的镜子上用唇膏画鬼脸，从阿卡拉的酒柜里偷东西喝，直到你恨不得吐出来。你能用圆规在手臂上划各种图案，把理查德的玩具踩在脚下，大声叫喊，直到你觉得自己的声音就像从很远的地方飘过来一样。

当他们哭丧着脸来找你，对你讲道理，当他们惩罚你、讨好你、贿赂你，当他们吓唬你已铸成大错，你只是耸耸肩，看着远方。因为实际上做这些事的人不是你，听他们说话的人也不是你。你在很远的地方，在空中，看着他们，大笑着，恨不得马上笑死。

有的时候你会去公园，你发现其他人也会在那棵躺着长的树附近。巴兹、吉娜还有其他人。他们一开始因为之前发生的事，对你有些防备，但很快就与你冰释前嫌。现在，你能大口喝酒，比他们任何一个都要喝得猛，因为你再也没有顾忌了。你很享受，来一大口，脑袋里嗡嗡直响，但你知道，对你来说，这些算不上什么。喝多了就像看到他们为海丽领舞的校园剧《吻我吧，凯特》搭的明亮背景板，令人印象深刻，动人极了，但如果你大声叫喊着、咒骂着，去推倒它，会发现那不过是三合板造的墙，踢几脚就可以送进垃圾桶。

多么惊人的秘密：无所畏惧便力量无穷，一无所有就不会失去什么。你打开了新世界的大门，你赢得了尊重。人们不会和你找麻烦，因为他们知道一个小小的推搡可能会变成沥青操场上的拳打脚踢，他们会担心怎么和妈妈解释发生的这些事，而你根本不需要为这件事操心。你不在乎他们会不会受伤、他们有没有伤害到你——很古怪，不是吗？——你反而很少受伤了。即使你受伤了，也无所谓，因为你知道你不在那儿，受伤的不是你，他们不会碰你一根指头。

但有时，你还是希望能够有点感觉。如果你乐意，只有一个地方可以去：出门，沿着小路往下走，一直走到玛丽过去住的那幢房子。那里，总是有隆隆的音乐声，烟灰缸就放在你脑袋旁边，香烟烟雾缭绕，四处散落着假身份证，都是他用过塑相片和胶水之类的东西拼接起来的，专门卖给附近的孩子，你就躺在这些东西里，让他狠狠地和你做。有时，你会在他的屋子里看到女人——烫过的金发、紧窄的牛仔裤、细细的高跟鞋，微醺着，翻弄着他的唱片。他让你待在角落里等着。等他脱身后，会嘀咕着都是工作一类的借口，走到你身边。他搂紧你的腰，带着怒气狠狠地插进你的身体，他埋怨你能够控制他，埋怨自己抗拒不了你。你会感到短暂的胜利，因为你控制了他。但在最后时刻，当他的动作加速，脸孔扭曲，发出低吼的时候，你会感觉过去的那只气球的绳子就垂在你身边，你感觉只要你伸出手，就能够抓住它，但他死死地按住了你的手。

你根本不想未来的事。这才是关键。怀孕、受伤、开除、死——你现在随时都能遭遇这些事。这些都是可能发生的事，你的身体却还是孩子气的、娇小的，就像一只含苞待放的花蕾。这些不过是其他人的身体会遭遇的问题，是其他女孩的事，遥不可及，是其他人的烂摊子。你曾在厨房里摔碎了一个不倒翁，留下一地烂摊子，一地玻璃碴儿——你打算把这些玻璃碴儿放进海丽的盘子里。

当你离开身体，在半空中漂浮的时候，这些都失去了意义。这些不过时肥皂剧中才有的事，都是七拼八凑的情节。你偶尔会有些兴趣，但更多时候只会觉得无趣。你身边的人很专注，好像这些事都很重要一样。你很好奇，他们是如何把所有事都串联在一起的，好像它们息息相关。似乎在他们生下来之前，他们就已经拿到自己的剧本，而你在过去不小心把它给弄丢了。你有时会为此哭泣：在小卖部排队的时候，在公交车上扶着栏杆的时候，在报刊亭的时候。你气呼呼地哭着，对其他人怒目而视，蔑视那些关心你的人。

很快就奏效了。没有人再来关心你。因为害怕，他们再也不这么做了。因为你是那个会在走廊里砸东西的女孩，因为你是那个会在食堂里用胳膊肘插队、乱发传单的贱人，因为他们一旦走近去打量你，会发现你根本是个白眼狼。

在公园里，他们也害怕你。甚至那些年纪比你大的孩子也怕你。他们觉得你令人捉摸不透。你自己也不了解自己。某天，你可能和其中一个男孩外出，不知廉耻，时不时把你的舌头塞进他的喉咙里。你甚至不在乎他有没有女朋友。第二天，你甚至为了打赌，用烟头狠狠烫自己的手背。紧接着，就发生了秋千架事件。

那天，你们都闲得无聊。你们喝得不够带劲，又没有啤酒了。甚至喜欢在树丛里做爱的沙仔和乔恩今天也没有兴致。于是轮到你帮大家想法子找乐子了。

"沿着秋千上的横杠走走怎么样？"你说。

他们都看着你。他们脸上露出震惊的表情，你成功地吸引了他们的注意。

"来吧。"你说，"你怎么了？害怕了吗？"

有几个男孩很有自信。

"啊。"他们嘀咕着，就像准备上场的拳击手一样，活动起肩膀，"我们可以。赌点什么？"

你来到操场上。架子耸立在你面前：两个支架，一根杆子穿过支架上的洞，架在上面。太高了——比你印象中的高——但你不在乎。你打量着周围的这伙人。

"谁第一个上？"你问。

他们互相打量着，都往后退了退。

"孬种。"你说着，十分享用用词语虐待他们的感觉。这时，你听见有人说这块地刚刚被化为领区的管辖地，这话一出，大家面面相觑，你意识到这件事的分量了。"好吧，那么就我一个人去做好了。先找个人把我弄上去吧。"

巴兹走上前。他举起手。"啊，艾丽大力士，"他说，"你真的不用逞强。我们相信你。"

你没有退缩。你必须这么做。你很清楚。一旦立下誓言，即使会头破血流，满脸是伤，你都会一路走到底。

"得有个人先把我弄上去吧。"你重复着，四下张望。

没有人上前。

"好吧。"你说着，脸涨得红红的，"那么我自己来。"

虽然对你而言有些高了，你的膝盖和手都被弄疼了，但你还是成功地抓住了那根横杠。接着你要站在上面。你瞥了眼下面铺着沥青的斜坡，感到一阵恐惧，但你还是用尽全身力气站了上去。你从没有过这种感觉，你还可能因此丧命，但你并不在乎。

你站在顶上，保持平衡，双脚在杆子上站好角度，低下头打量着他们。他们就像小孩打量巨人一样仰着头打量你。他们在下面，能看见你的裙底，但没人笑话你，你也不在乎。就让他们大开眼界吧，就让他们去做那些咸湿的梦吧，就这样堕落吧。

你转过脸，看着杆子的另一头。你不能像平常那样走路，你得小心翼翼地挪过去，但你明白他们都在看着你，你必须表现得自信些。接着你抬起脚步，斜着走了起来，你的脚就像画在杠子上的一条对角线。一步紧接着一步。突然你的动作变快了，你不得不跑起来，才能抓住杆子，你还没反应过来，已经脚底一滑，你像不会飞翔的小鸟一样伸出了双臂。沥青地面变了方向，天旋地转，最终，你的脸和它撞到了一起。

你什么都不记得了，当你清醒过来时，已经在医院了。吉娜也在，还有穿着冲锋衣的阿卡拉，已经是午夜了。一位印度裔医生走了进来。

"噢，亲爱的，噢，亲爱的。"他一边说，一边摇头，"需要我们离开，让你一个人静静吗，需要吗？"

他的眼睛一直盯着你的侧脸。

"另外，"他说，"我们给你缝好了，不过恐怕会留下疤了。也算是教训，不是吗？"

他们不希望你看自己的脸，但你还是执意找他们要了一面镜子。吉娜的粉盒里，镜子上还粘着粉。他们担心你会难过。但当你看到脑袋一侧类似弗兰肯斯坦[1]身上的缝线，你仿佛看见理查德的玩具火车的轨道绕着你的眼眶，你感到一阵温暖。你很高兴。现在，没有人会把你们俩弄混了。

---

1 弗兰肯斯坦，英国 19 世纪女作家玛丽·雪莱（1797—1851）的科幻作品《弗兰肯斯坦》中的角色，年轻的科学家弗兰肯斯坦为追求和利用当时的生物学知识，从停尸房等处取得不同人体的器官和组织，拼合成一个人体，并利用雷电使这个人体拥有了生命。

◊

第二天是星期六，你躺在床上，看着午后的阳光从天花板一直转移到黄玫瑰图案的墙纸上，正好照在你用厨房的削皮刀刻下的"该死的！"上。海丽在外面——参加派对，去剧院，或是和其他学校里的女孩一起参加些女孩子们喜欢的活动。当然，你没有被邀请——你为什么要出现？你只会把这一切搞砸——你那些取乐的点子只会让人退避三舍。让他们都去死吧。你根本不需要他们。他们太无聊了。他们还是小孩子。他们和你不一样，根本不了解人生。不过，你脑袋上因撞到沥青地面而来的那个伤口仍旧隐隐作痛。缝合处很痒，他们以为你不会听到，在学校里都叫你弗兰肯斯坦。你可不需要这样的夸奖。

咔嗒一声，门开了。你抬起头，看见妈妈正往房间里看。

"她不在。"你说。

"我知道。"她说，"我是来看你的。"

你耸了耸肩，看了眼墙。接着你又重新看向她，看着她摇着头，慢慢走进来。

"什么事？"你开口说道，虽然你也不知道自己为什么说这个——她讨厌你把屋子弄得乱糟糟的。你把衣服和化妆品到处乱扔，把海丽收拾得干干净净的那部分也弄得乱七八糟。你们从来没有谈过这事。每次海丽回家，会把一切重新收拾好，把属于你的放回你那边，你们之间有一条看不见的线。

"好吧。"妈妈伸手摸了摸自己僵硬的发卷，好像在检查它们是不是还在，"这里真是乱极了，你觉得呢？"

你四下看了看，耸了耸肩。你知道自己漠不关心的态度会激怒她，这让你开心极了。你喜欢看她紧张兮兮，害怕你轻举妄动又不敢破口大骂的样子。这让你很有成就感，仿佛本该给海丽的伦敦音乐戏剧艺术学院颁发的烫金证书被交到了你手里，在大庭广众之下，你面对照相机镜头，快门声就像打字声一样咔嚓作响。

妈妈一声叹息，拿掉挂在海丽床边上的脏内衣，坐了下来。她清了清嗓子。

"你的脑袋怎么样了？"她说。

你抬起一只手，摸了摸火车轨道似的缝合线。

"没问题。"你说。

她点点头，咳嗽一声，转过脸，只用一只眼睛看着你。

"他们在医院里告诉贺瑞斯，那天晚上你吸毒了，所有才会干这种事。"她继续说，"是真的吗？"

你皱了皱眉。原来是这么回事，终于说到重点了。

"噢，你是说那罐东西。"你说，"是的，我想是的——你管它叫这个。"

妈妈闭上眼睛。

"毒品。"她呜咽着，就像《东区人》[1]里的角色，"你到底想做什么，为什么会干出这种蠢事？"

你感觉脖子后面有股怨气升了起来。

"我不知道。"你轻快地说，"因为我很无聊？因为我很孤单？因为我恨透了我该死的生活？"

妈妈吃惊地退后。

"请别骂人，艾丽诺。"她说。

"是海伦。"你说着，眼睛紧盯着墙壁上刻着的"该死的"最后一笔。

1《东区人》，*East Enders*，一部英国电视剧，1985 年 2 月 17 日在英国广播公司第一台播出第一季。

妈妈长舒一口气。"噢，亲爱的，你还没长大吗，还相信这种事？"她说。

你蜷起手指，抓起因为那最后一笔而翻起的墙纸，把它从墙上撕了下来。粉红色泥墙露了出来，就像暴露在外的伤口。

"我没法不相信，因为这是事实。"你嘀咕着。

"什么意思？"妈妈说着，凑近了些。接着她看到了那面墙。"噢，真该死。"她说，"你就不能做点好事吗？你现在已经十四岁了。你应该——"

她停了下来，重新坐回床上。

"我想告诉你，"她说完，深吸一口气，"我们不能再这么纵容你。我们现在很担心你。我……很担心你。"

她伸出手，抚摩着你的胳膊。你躺在那儿，也能够感觉到她的手指是那么用力，你很好奇他们是不是事先演练过这一切，她还有阿卡拉趁你睡觉的时候在厨房里窃窃私语。

"现在这样对任何人都不好。"妈妈继续说，语气就像电视新闻播报员，"不能继续这么下去。理查德还小，而且——"

你哼了一声。"噢，是的，宝贝理查德，"你说，"你可不能让他失望哦。"

她推开你的手。"你在乎的是这个，是吗？"她说，"你嫉妒理查德，嫉妒现在发生的所有事，你不希望我开心，是吗？"

你又哼了一声，决绝地转身，面对着墙。墙纸和你对峙着，你恨不得再撕下一片，狠狠地撕，用尽全身力量。

片刻的沉默。接着妈妈咽了咽口水，一只手摸了摸你的背。透过印着带血的骷髅头的棉短袖上衣，你能感觉到她擦了指甲油的手指，她恨这件上衣。

"听着，"她说，"我知道日子不好过。因为我过去并不……完美。但是，你知道，在你父亲做了那件事之后，我们的生活都变得非常困难，接着——"

"自杀吗，你是指？"你紧接着说，"把自己吊起来？在楼梯扶手上用领带打了个结，接着把自己憋死？"

这是本地档案里的记录。一天下午，你本应该学习地理，却花了一个小时研究这个。你吃透了每一个细节，给你带来一种残酷的满足感。"一位艺术家，"他们这样称呼他，"一个有家室的人。"

你听见刺耳的呼吸声。指甲像爪子一样，深深陷进你的肩膀。

"够了。"她说，"我不会再和你谈论这件事。不管你怎么想，不管你知道什么，你都把它们变成属于自己的秘密吧，自己想办法扛过去吧。体面人都是这么做的。不管造成多大伤害，我们都要全力为自己负责。"

你继续看着那面墙，眼睛始终盯着撕破的墙纸的淡黄色边缘。窗外飘来冰激凌车的声音，它正在放《砰！去追黄鼠狼》[1]。

妈妈在床上挪了挪身子，吓到了你。"你不会看见海伦逃学、到处乱逛、吸毒。"她继续说，"老天爷，她也不会每晚都夜不归宿。她会在家里做作业，照顾理查德。"

"哦，是的。"你尖声说，模仿她的调子，对着墙取乐，"最棒的孩子。完美的亲亲小姐。"

"艾丽诺，不要这么说你的姐姐。"妈妈说，"如果只是你偷走她的书里的某一页也就罢了，可我现在说的另一件事。我不明白为什么你想毁了现在的生活，我们好不容易恢复正轨了。"

肩膀上的手指松开了，把一根散落的头发别到了你的耳后。"你本来是个好姑娘。"她温柔地低语着。

听着这些话，你只是把眼睛越眯越小，只见墙上的玫瑰花蕾仿佛变成了囚禁在愤怒的琥珀里的苍蝇，怒火越烧越旺，直至沸腾，被释放出来的苍蝇充满了整个房间。你在床上翻了个身，她被吓到了。

1《砰！去追黄鼠狼》，*Pop! Goes the Weasel*，英语童谣。

"这和理查德没关系，"你用一种生硬的语气说，但发出那声音的好像是某个不在场的机器人，"也不关爸爸的事，和我的名字被抢了也没有关系，和楼下那个长着童子军团长的猪头也没有关系。"

你抬起头看着她。眼睑上敷着眼影粉，鼻子两边也积了一些粉，鼻翼一张一翕。

"我被强奸了，妈妈。"你大声喊道，"你现在全懂了吧。我被强奸了。"

妈妈眨了眨眼，一只手抚摩着她的脸。

"强奸？"她不可思议地说，"你的意思是，被强奸了？"

"我就是这个意思，强奸。"我低吼着，"我的意思是一个男的把他的阴茎强行插进了我的身体，然后——"

"嘘。"她说着，拍着她的手，"理查德会听到的！"

但你根本不在乎，你停不下来，就像一堆秽物需要排泄出来，泪水挂满了你的脸颊。

"是在两年前的圣诞节，"你说着，上气不接下气，"我去了公园。我以为那里不会有其他人。但他在那儿。我不知道发生了什么，他让我觉得这一切都是我的错，好像是我自找的。"

你看着她。妈妈坐在那儿，双手交叉抱着，摇着脑袋，像是被谁拽住了头，又好像这么做可以缓解头痛。

"很疼。"你说着，带着抽噎，"我不知道该怎么办。我——"

妈妈看着你。"噢。"她说，现在她的声音不再强装镇静。她向你伸出手，动作轻柔。"我可怜的小女孩。"她说着，抱住了你，"我可怜的小女孩，可怜的小家伙。"

你靠在她身上，她轻轻地摇晃着你的身体，你啜泣着，颤抖着，长久以来包围着你的孤独、悲伤和疼痛砌成的高墙开始产生裂缝。

"我原以为你不会懂的。"过儿一会儿，你带着怀疑的语气说。

你坐了回去，看着妈妈的脸，看到她的眼睛里有你从未见过的悲伤。你心中的大坝崩溃了，一瞬间，你顿悟了。你的脑海中浮出了一些画面：小小的悲伤的起居室，一排假牙齿。

"在外婆家的时候。"你说，"她告诉我一件事……关于阿尔伯特叔叔——"

妈妈的手放了下来，她坐了回去，看着远方。街上，冰激凌车开始唱起《扬基歌》[1]。妈妈发出苦涩的笑声。

"噢，好吧。"她用一种古怪的微弱却又生硬的语调说，"我知道你要做什么了。你差点把我糊弄过去了。给我设圈套，我差点就掉进去了。我早就该猜到。"

你张开嘴，想要说什么，但妈妈站了起来，绕着你转了一圈，她的脸涨得通红。

"你这个小贱人！"她骂道，"你这个下流的烂泥似的癞蛤蟆。你这小家伙，编故事倒是很擅长，但真叫人恶心。胡编乱造，栽赃嫁祸，听到什么就是什么——那个老家伙到底对你说了什么。你别想骗我。我才不吃这一套。我好不容易才有了体面的生活。我才不会上当，你懂吗？恶心！我不会让这些事继续在我的家里发生。"

你被吓到了，甚至来不及生气。你从没听过妈妈骂人。"但是。"你用那种小孩子才有的断断续续的语调说，"但是，妈妈，这是真的。"

"不，"她十分抗拒，"这不是真的。我不想听。我们不要再讨论这些事了。我不希望你旧事重提。我坚决反对。"

"但这是真的！"你祈求道，"我真的被强奸了，而且一直到现在。我不知道该怎么办——"

1《扬基歌》，*Yankee Doodle*，曲调具有苏格兰民歌色彩，现在也是美国的爱国歌曲。

　　妈妈摇了摇头，伸出手，打开门。"不。"她重复道，"不是真的。从来没有发生过。知道吗？这些破事到此为止。"她顿了顿，回过头，看着房间那头的你。

　　"你最好把自己收拾一下，艾丽诺，不管你是谁。"她说，"你最好学会控制自己。我不想养一个怪兽做女儿。"说完这些，她就离开了，伴随着尖锐的摔门声，门关上了。

　　你看着她站着的地方，眼泪夺眶而出，现在那里只剩黄玫瑰墙纸和乳白色的门。这一瞬间，世界静止了。接着暴怒化作黑鹰停在你的肩上，爪子死死地抓住你，翅膀包裹着你。你想打人，你想害人，你想杀人。你想把你身体里积攒的一切全都掏出来，打碎它们，让它们遍布整个世界。你闭上眼摸索，手指紧紧握住床头柜上的玻璃杯。你把你握住的这东西，连同里面的水，狠狠扔了出去，扔到妈妈刚刚站的地方。但你甚至连这都做不好：水杯突然改变方向，砸到你床脚附近的书架上，碰到了木头，水滴和闪闪发光的碎片洒在了书上。你狠狠地蜷缩成一团，打着自己的膝盖，好像整个世界都消失了，屋子化为灰烬，而你是唯一的幸存者。

25

下午斯玛吉正迷迷糊糊地打着盹儿，听见门响了。海洛伊斯站在那儿。

"现在好啦。"她低声说，把嘴巴扭成不可思议的形状，"外婆、外公和爸爸都出去啦。跟我来！"

睡眼蒙眬的斯玛吉跌跌撞撞地跟在她后面，经过阁楼走道里紧闭的门，来到楼下装满玩具的游戏房。就在海洛伊斯把一个又一个的小玩意儿扔给她的时候，她听见自己的脑海里有一个孩子的声音歇斯底里地大笑起来：娃娃们眨着眼睛，活动着胳膊，小型的手持玩具机，旧式的木头雕刻的旋转陀螺。就在穿着蓝色公主裙和白色露趾袜的海洛伊斯从一个壁橱翻到另一个壁橱的时候，斯玛古意识到那个小女孩并不是海丽。就在妈妈在她那个有钱的朋友家楼下的起居室里喝茶、吃饼干的时候，她们俩并没有一起去卧室取乐。

海洛伊斯站起来，看着斯玛吉魂不守舍地抱着大腿上的玩具。

"太无聊了！"她过了一会儿，说道，"跟我来！"

她牵着姨妈的手穿过整幢屋子。

"这是妈妈和爸爸的房间。就在旋转楼梯上面。"她说，指了指游戏房外面的走廊。斯玛吉看着那扇关着的门，想象着海丽就在大门的另一边，颤抖着，既带着她的伪装，又露出了她本来的模样。

她们经过走廊里的桌子旁边，上面摆满了艾丽的照片，有她和托尼·布莱尔[1]握手的照片，有她为儿童医院剪彩的照片，一直从厨房摆到客厅。

（"好了，该打开书了。"一个声音窃笑着，"准会大吃一惊！"）

"进去。"海洛伊斯说着，指了指一大丛杜鹃花。

"什么？进那里面去？"斯玛吉说。

海洛伊斯抱着胳膊："我可不想再说第二次。"

（"把你的屁股挪开，你这只懒鬼。"另一个声音说。）

于是斯玛吉叹息着，弯下腰，扭着身子钻进了灌木丛里的低地。海洛伊斯也跟着她，一起爬了进去。

"你看到了吗？"她问，"你可以待在这个秘密的地方，谁都找不到。你能在这儿待上好几个钟头，没有人会发现你。安全极了。"她转身，从阴影里摸出一样东西，"另外还有它。"

这是一个鸟巢，上面还有蓝色的碎蛋壳，里面的细枝上还挂着三团羽毛。

"别弄坏了。"海洛伊斯说，"我觉得它有魔力，但我还不知道怎么才能把魔力释放出来。"

她抬起头，看着斯玛吉，拿走鸟巢，把它藏到自己身子后面。

"待在这儿最棒的是，有人来了，你可以突然大喊一声，把他们吓一跳。"海洛伊斯说，"比如你可以喊'砰！'或者'我看见你了！'，于是，他们被吓到，或许他们还会扔掉手里的饮料，把红酒洒得自己满身都是。"

门打开的声音传来了。

"还好吗？"尼克喊道。

---

1 托尼·布莱尔，Anthony Blair，前英国首相，前英国工党党魁。

"噢，该死的。"斯玛吉嘀咕道。

她爬到杜鹃花丛边上，往外看。尼克正站从花园到那个通往古怪的小屋的路上。她叹息一声，爬到了草坪上。

"是我。"她说着，跌跌撞撞地站了起来，拍掉了膝盖上的土，"我很抱歉。希望没有打扰到你。海洛伊斯只是想带我去看看——"她发现海洛伊斯也从灌木丛中钻了出来，皱着眉头，摇了摇头，她继续说，"看看什么东西。我没有料到会发出这么大的声音。"

"噢，没什么。"他说着，身后的手不经意地摆了摆，"我只是在工作。没什么大事。"

他们看着彼此，沉默了一小会儿。接着他们同时想开口说话。

"对不起。"她重复道，"你先说。"

他笑了，摇了摇头："不，你请。你先说。"

"好吧。"她说，"发生那些事，我很抱歉，谢谢你照顾我。谢谢你为我做的一切。我知道这段日子不好过，你不该把我接过来，保释我出来的。尤其是妈妈，还有，嗯，贺瑞斯，也在这儿。实话实说，最近这几天真的不好过。"

她顿了顿。像成年人一样对话让她觉得古怪、生硬、做作。某个瞬间，她甚至有种焦虑，仿佛他们俩是一出糟糕且过时的戏剧的演员，正在为一些看不见的观众表演，这些观众迟早会识破这一切。她摇了摇头，希望忘记这些念头。

（"你这个只会乱啃乱咬的小虫子。"一个声音嘲笑道。）

"不管怎样，"她说，"我现在可以走了。如果你需要用那个房间，我今天下午就可以走。"

他伸出手。"别说蠢话"他说，"你哪儿也不能去，除非你彻底康复了——除非我们把救济金的事彻底搞定。一开始就是我的错——至少，让你的头受伤是我的错。"

　　她看着他。微风在她的脑海中低语，此刻，她有些飘飘然，他真的没有必要对自己这么好的。她耸了耸肩，放弃了那些妄想，挤出一丝微笑。

　　他也冲她微笑。"那么你现在如何？"他问，"那些药有效吗？"

　　"很好。"她说，"好多了。"

　　他看着她的额头，有些怀疑。"嗯。"他说，"但它看起来还有点发炎。"

　　"很好。"她大声说，紧张的情绪就像草地上腾起的水雾一样笼罩着她。（"蠢货！蠢货！"一个声音刁难地说。）

　　"你为什么要发脾气？"海洛伊斯悄悄地走过来问。

　　"我没有发脾气。"斯玛吉说，"我现在很平静。一点事都没有。"

　　海洛伊斯看着她。"哦，该死的。"她说。

　　顿时，时光倒流，斯玛吉好像跟随过去的自己回到了许多年前的花园，准备爬进屋子，那时的她根本不知道即将开始一段截然不同的人生。她一只手捂着嘴，犹豫着向后退了一步。

　　"海洛伊斯！"尼克喊。

　　"什么？"海洛伊斯说，"是她教我的！"说完，她就跑开了，在花园里嗡嗡地飞来飞去，嘴里发出"呢呐呢呐"的声响。

　　"是意外。"斯玛吉说，"随口蹦出来的。我没想到会——"

　　尼克挥挥手，让她不要再解释。"她喜欢你。"他说。

　　"她喜欢我？"斯玛吉说着，突然有些窘迫，脚都不知道该怎么放了。

　　"确实如此。"他说，"你该看看玛格丽特和贺瑞斯来的时候她的表现——她在卧室里躲了三天。可怜的贺瑞斯只要爬楼梯，她就会开始尖叫。"

　　清风拂过，一片叶子打了个旋儿，落到他的肩膀上。他尴尬地摇了摇身子，把它抖落了。

　　斯玛吉咳嗽着："怎么样了——"

尼克吹了吹腮帮子。"噢，还是老样子。"他说，"大概是因为胸部感染，我猜。显然，多数昏迷的病人都有这个问题——躺太久了，肺部会有积水。"他看着她，过了一小会儿，继续说，"事实上，他们想让她换个医院，搬去帕特尼专门的神经病医院。他们在等那边安排床位。"

斯玛吉点点头："嗯。不错，不是吗？有专家之类的？"

尼克叹息着，摇了摇头："你知道那家医院原来的名字是什么吗？绝症医院。他们专门收治昏迷多年的病人——植物人。他们放弃她了，艾丽。他们觉得她再也不会痊愈了。"

她感觉身体里有什么在蔓延。是什么？希望？喜悦？还是某种特别的疼痛？她没有时间去想这件事——他正在很近的距离观察她。

"噢。"她说，"这一定——"

他抓了抓耳朵："听着，我不想——"

焦虑再次袭来，开始疯狂地肆虐。她举起手，往后退。

"求你，求你别让我去看她。"她说着，声音发紧，"你不会明白的。"

他摇了摇头。"事实上，我不想说这事儿。"他说，"至少今天不想。只是，好吧，我不该和你聊这个，但我现在得出门。因为工作的事——我们参与的项目遇到了点麻烦——玛格丽特和贺瑞斯都不在。你能帮我看着海洛伊斯，直到我回来吗？"

她如释重负。（"蠢东西。"一个声音低声哼哼着。）

"当然可以。"她说，"为什么不呢？"

"太谢谢你了。"他说着，急忙跑回屋里。

她转过身，发现海洛伊斯就站在她面前。她们凝视着彼此，直到前门被关上，尼克的脚步声沿着小路逐渐消失。

斯玛吉感觉有些尴尬。她走进厨房，海洛伊斯也跟着她进来了。

"我们现在该做什么？"孩子带着一丝哀怨说。

"嗯。"斯玛吉四下打量着，想找点灵感。她想起游戏房里角落里有一些桌游，其中有些连包装都没有拆。"要不要一起玩'饥饿的河马'？"

"'饥饿的河马'太无聊了！"海洛伊斯说着，哀号声越来越大，"我想要玩点更有趣的。"

斯玛吉揉了揉太阳穴，脑袋里开始噼啪作响。

（"来点粗暴的！"一个声音叫嚣着，"狂欢节到啦！"）

海洛伊斯用力拉了拉她的袖子。

"我想干点更有趣的事！"她继续抱怨。

斯玛生气了，冲她大吼一声。"给我滚！"她尖叫着，"你给我滚！这里没有任何有趣的事！都糟糕透了！你懂了吗？"

她崩溃了，喘息着，跌坐在餐桌边的椅子上。海洛伊斯完全不知道发生了什么，她被吓坏了，一路逃回了楼上的房间。她面前的桌子上，有一张白纸和一盒彩色铅笔。她把它们挪到手边，开始心无旁骛地画起画来：长而鲜明的侧脸，弯曲的鼻子，往前伸的下巴。她画呀画呀。厨房里的时钟嘀嗒嘀嗒地响着，她忘记了自己在哪里，忘记了尼克、海洛伊斯、妈妈、阿卡拉，甚至忘记了躺在医院病床上的海丽。她的呼吸越来越慢，她完全被眼前这张纸上逐渐浮现的脸孔吸引住了，虽然它只是纸面上的人物，但还是需要她一笔一笔地勾勒出来。她又找回了失去的自信。

"是女巫吗？"一个声音对着她的眉毛说。

她转过脸，发现海洛伊斯正凑在她身边，抬着头看着她，露出好奇甚至有着些许恐惧的眼神。

斯玛吉看了眼纸上的老太婆。

"我想是的。"她说。接着，她想起刚刚的爆发，心中涌起一丝歉疚，"来，为什么不一起，来给我帮帮忙呢？"

海洛伊斯拖过来一把椅子。"那么现在给她画个帽子。"她指挥道，"还要有一口大锅。"

她们继续画着，创造出一个女巫的世界，背景里有扫帚，还有结着蜘蛛网的吊灯。

海洛伊斯一度抬起头，眯着眼睛，打量斯玛吉。

"你很会画画。"她好奇地问，"为什么你这么会画画？"

斯玛吉耸耸肩，把一缕头发别到眼睛后面。"我过去是插画师。"她说着，重新趴下来，专注在女巫的猫的尾巴上。

"什么？"海洛伊斯说，"你只要画画，就有人付你钱？他们竟然会做这种蠢事？"

女巫的魔法室渐渐初具雏形。架子上摆着书，沿着墙壁摆着一排瓶子，神秘的草药铺满了粗糙的地板。

"现在，该你填色了。"斯玛吉说。接着她向海洛伊斯演示如何勾勒物体的轮廓，线条要尽量一气呵成，用深色的色块强调阴影和纵深。海洛伊斯专心致志地画着，吐了吐舌尖。

她们俩都专注极了，以至于大门开了都不知道。直到有人往地下室走，她们才意识到屋子里有其他人。斯玛吉抬起头，大功告成了，她脸上洋溢着幸福，那个人影正好走到楼梯底下，她预料尼克对她的工作会非常满意。

女巫从阴影中走了出来，她的脸和她纸上画的一样生硬笨拙。

"到底发生了什么？"妈妈问。

她大步往前走，直到玻璃屋顶外的光线照到她脸上："尼克去哪儿了？"

"爸爸出去了，让我和斯玛吉一起玩。"海洛伊斯说，"看我们做了什么！"

妈妈的脸变得苍白，用手捂着喉咙。

"放肆！"她大声喊道，"你竟然敢到这里来，你又想祸害屋里所有人吗？你竟然敢教唆我的家人都针对我？"她向海洛伊斯挥了挥颤抖的手。"离开这里，亲爱的。"她用尖刻的嗓音大喊道，"立即离开这里。去楼上看《爱奇迹的朵拉》。这个自称人渣或者其他什么的家伙，不是个好人。妈妈如果知道你和她说话，会不高兴的。"

海洛伊斯想到妈妈，若有所思地皱了皱眉。

"滚开！"她终究还是喊了出来。

"立刻，听到没？"妈妈说着，啪嗒啪嗒走到房间里，搂着海洛伊斯的胳膊，把她从椅子上拉了起来，"立刻去楼上，要么我就给你一巴掌。"

海洛伊斯哆嗦着穿过房间，上了楼。

"而且，是《爱探险的朵拉》。"她脱离了危险，放声大叫，"不是《爱奇迹的朵拉》，你这个大笨蛋！"

妈妈看着斯玛吉，眼神有些疯狂。

"好了，到此为止。"她重复着，牙齿咬得紧紧的，"这些破事到此结束。我不知道你对尼克下了什么咒语，但我不会上当。为了每个人好，我请你出去，现在。"

斯玛吉看着桌子的木纹，耳朵里的嗡嗡声越来越响。

"这不是你的房子。"她平静地说。

"什么？"妈妈说。

"这不是你的房子。"斯玛吉说着，从桌边站了起来，面对面看着她，"这是尼克的房子，是他让我留下来的。你没有权力赶我走。"

"大错特错！"妈妈说着，这还是她生平第一次这样凝视斯玛吉，"这也是海伦的屋子，她不在了，我有权代表她。尼克是个男人。他现在很无助。他不知道自己要什么。但我知道。我知道事情是怎样的。我知道他们之间的问题——现在是……一个敏感时期。现在他们最不需要的就是让你破坏这里的清净。我决不允许这种事发生。我尤其不希望你毁掉那个纯真的小女孩。"

斯玛吉放声大笑。"哦，是的。"她说，"你很擅长，对吗？我是说保护纯真？"

一巴掌，令人猝不及防。斯玛吉往后退，但她前额的伤口再次像被火烧一样疼。

"你好大胆子！"妈妈咆哮道，"老天爷，我多么希望理查德在这儿。他在旁边，绝对没人敢这么放肆。"

"那么，他现在为什么不在呢？"斯玛吉扶着脑袋一边说，"她的姐姐现在这么需要他，可他却还要处理其他更重要的事？"

"你真想知道的话，我就告诉你，他在阿富汗。"妈妈说着，站起身，"他正在执行任务，他们需要他。理查德为了某些事可以牺牲性命，不像我认识的某些人。"

"换句话说，他觉得走得越远越好。"斯玛吉嘀咕道。

妈妈怒气冲冲地看着她。她一把抢过那张女巫画，大步往楼上走去。

"我不想和你讨论这件事。"她说，"我要把它拿给尼克看，跟他说明情况。你听好了，明天早上，让你好看。"

26

　　黑暗、疼痛、漠视，这都不算什么，你明白。没有因果，所有事都乱了。只有谎言，才能让所有人舒服，成为别人口中的那个人。蠢货。你从另一个孩子那儿抢来的随声听里有一盘涅槃乐队的混声磁带，你把这盘磁带听了一遍又一遍。你喜欢嘎吱嘎吱的和弦，每一段前奏似乎都通往绝望的通道，尽头是曲折的迷宫或黑暗的房间，这一切都将世俗的平庸排除在外。你觉得人昏迷后就是这个样子。你还觉得这些声音就潜伏在所有事物之下，如果人们停下脚步，侧耳倾听就会发现，但你知道，没人有勇气停下来。绝大多数人都任由毫不相关的声音将它掩盖了——比如白天电视机的声音，比如电话两头漫长的闲聊，说了成百上千个单词，但拼凑在一起等于什么都没说。但你不害怕。你在油门已经踩到底即将断裂的时刻，捕捉到了无限的苍白。于是现在，当你感受到耳机带给你的震颤时，你不再孤单。其他人也发现了。

　　你没日没夜地听音乐，科特·柯本[1]的声音就像受伤的荒漠郊狼。你在

---

　　1 科特·柯本（Kurt Cobain，1967—1994），美国已故著名摇滚歌手，经典摇滚乐队涅槃乐队的主唱兼吉他手，乐队灵魂人物，词曲创作人，死后被乐迷誉为圣人。

车上听，在床上听，上课也听，你把耳机线藏在袖子里，握在手心，这样老师就看不到线了。在学校给你安排的培训课上，你也会听，你会遇到一些举止友善、穿着鲜艳的人，他们和善地点头，用抱歉的表情向你提问，但几个星期之后，他们纷纷不见踪影。有时，你甚至不需要耳机，有你脑袋里面的 DJ 就够了，他会在你脑袋里不停地放音乐。

有些日子，疼得太厉害了，甚至连科特都救不了你。你只好躺在床上。或者起床，偷偷拿走阿卡拉放在大厅桌上的车钥匙，坐在驾驶座，启动发动机，直到汽缸发出轰鸣；或者偷偷打开酒柜，把雪莉酒、威士忌、蛋酒、天万利一股脑儿倒进喉咙里，直到你感觉自己头昏眼花，要吐出来。你发现，改变能带来某种程度的放松，即使是坏的改变。

有时，阿卡拉会找到你，用那种童子军团长的语气说些蠢话。如果你闭上眼睛听他说话，你会觉得他是在对自己的小兵训话——说些打结啊钻木取火之类的事。你任由他说，直到他词穷，心满意足地溜回花园里的棚子里，重新摆弄他的模型飞机。

妈妈拿你没办法。海丽也躲着你。她在学校一旦看到你从走廊那一头走来，就会别过脸，和朋友们说话。但在晚上，你睡不着，有时，你会起床，看着她，看着她躺在曾经属于你的小床上。月光透过窗帘之间的缝隙洒下来，落在她的枕头上，照亮她曾经纤弱如个却丰茂甜美的秀发，这要感谢浴室的窗台摆着的那一排喷雾和摩丝。你低头看着她，拥有完美人生的她正沉浸在平静的梦里，这本来是你的人生——无数的奖状、无数的表演机会、来自剧院的邀请、去别的孩子家过夜的邀请、去派对的邀请——你感觉怒火中烧。你伸出手，抚摩着她的下巴，想象着剃刀在那里划上一刀、血流如注的场景。有时，你的手指也蠢蠢欲动，想要掐住她的脖子，狠狠地捏扁。你想象着这样的画面：她再次醒来，甚至来不及惊讶，还不清楚发生了什么，就像按了暂停键的电视画面，永远地定格在那一刻。你不觉得这样的时刻会有什么其他的意义，比如带来某种觉醒。某种纯净的能量，就像煤气灯上燃烧的镁条。

没过多久，你在白天也会涌出类似的念头。当你在楼梯上和她擦肩而过的时候，你想伸出脚将她绊倒，让她的浅棕色头发把她勒死。在去城里的自然历史博物馆的路上，列车驶入站台的时候，你克制住自己向她猛冲过去的冲动。你发现你一直在观察，在等待，准备伺机而动。一切都在你的计划之中。

不久，他们在公园里发现了人头。这对你意义非常，当时，你正在桌边和其他人一起吃早餐，大门突然响了。阿卡拉翻了个白眼，去开门，你坐在那儿，看见穿着黑白制服的警察手里拿着笔记本，正在记录什么。你一度以为他们是来找你的。阿卡拉也这么以为，因为他回过头时，你们正好四目相对，但很快证明是为了其他事。当地一位妇人遛狗的时候，在那棵躺着长的树附近的灌木丛里发现了一颗严重腐烂的人头。于是，警察挨家挨户地盘问有没有发现什么可疑迹象。

邻居们都进入警戒模式。那天之后的一个星期，人们都三五成群，低声交换他们知道的情况。警察的带子封锁了公园的入口。人们像在娱乐场玩拖拉机纸牌游戏一样交换着重要信息。校长甚至召开了紧急大会。

坦白说，你也被吓到了。但和其他人不一样，你并不担心嫌疑犯正在街上晃荡，或者已经潜伏在社区的某个角落，随时准备诱捕下一个受害人。对你而言，这完全是另一件事。因为你知道那个脑袋为什么会出现在那儿。虽然不知道全部细节，不知道整件事的来龙去脉，但你知道一个人从生出杀人的念头到真正结束另一个人的性命是怎样的过程。你知道其中的秘密，知道怎样才能做成这件事。也正是这些，把你吓到了。

接下来的几天，你被吓得不轻，你简直成了模范人物。你帮忙做饭，你去上课，你甚至交了作业。老师们冲你微笑，手足无措，大喜过望。其他学生则用谨慎好奇的目光打量你。你根本不在乎他们，始终低着头，希望你一直这么做就真的能成为这样的人。夜晚，你闭上眼睛，脑海中浮现出这样一幅画面，狗闭着眼睛在你脑袋附近嗅来嗅去，伸出舌头。你打开随声听，开始放科特的歌，想要掩盖这一切，但那画面始终在你的脑海里，挥之不去。

你强撑着。一天天过去了，几个星期过去了，每天改变一点点，事情变得容易起来。人们不再因为你表现得有脑子而感到惊讶，你能应付许多事，他们开始对你有所期待。你参与了一个艺术项目，在失物招领处的球鞋上画画，老师给了你 B+，接着你还拿了一个 A。乔西，一个没有什么朋友的胖女孩，邀请你去她家看电影。

你开始相信，发生了这么多事之后，仍会有出路，过去的一切不过是一场糟糕的梦。甚至被困在错误的身份里——如果真的玩过交换游戏（现在，你甚至也会时不时地怀疑）——你也有机会过正常的生活。你和那些穿着校服的受欢迎的女孩一样，可以在博姿商店里挑选适合自己的闪亮唇膏和眼影。

有时候，你兴奋得想要大声笑出来。一切很好，你做得不错。星期天的午餐结束后，你把自己关在餐厅里，画啊，画啊，画了一幅又一幅。星期一的早上，你把它们一起展示给美术老师霍甘小姐，期待她的反馈，你紧张得就像面对餐厅里那些拉紧弹弓瞄准你的孩子。"我布置了这些作业吗？"她轻快地问，"我想是的。做得不错。很好。"

有时，你下了公共汽车，往家里走，你能感觉自己的眼神中透着活力。你爱生活。你被一切色彩打动——那些树，那些房子，还有旋转木马上的花，它们被排成一串字符——HONDA。你发现，天空是最精彩绝伦的灯光秀，天空之下，人们来去匆匆，各怀心事，天空之上，一场演出连着一场演出。太棒了，此刻，所有的语句都是苍白的。你仰躺在公园的小山上，身边行人经过，而你接连几个小时，一动不动，看着天空。

多么自由，多么无拘无束，你根本不相信眼前的一切。自然是如此慷慨，让你惊讶，让你感激。你想要拥抱世界，感谢它，感谢其中蓬勃、非凡、美好的生命力。你觉得有义务去分享你发现的这一切，去引导其他人打开你早已打开的通往现实的本质的窗口。你沉浸在这样的情绪里，于是当人们靠近时——无论是在操场、在教堂附近还是在公共汽车上——你会谈起这些，向他们诉说世界的美丽。他们冷漠地看着你——有时干脆一走了之——可你并不在意。你像一片装上了水龙头的海洋，只能张开嘴，任由词语不断涌出。你为世间存在一切的光彩而激动不已，整个人焕发出纯净无暇的光亮。生命让你惊喜。

但你很快就意识到好景不长。一天，当你经过教堂附近的报摊时，看见《新音乐快递杂志》[1]封面上印着一双画着黑眼线的眼睛，眼睛前面耷拉着一缕毛燥的金发，那双眼睛凝视着你。标题写着"科特·柯本（1967—1994）"。你这才意识到，他自杀了，一枪打中脑袋。他们已经几天没见他了，直到电气工程师去他家调试安全系统。乍看起来，他像是睡着了。只流了一点血。

你的眼睛从报纸上挪开，整个世界都是灰色的。天空苍白昏暗，就像白内障病人看见的那样。凉风习习，就像冰冷的手指拂过你的脖颈儿，这双手似乎随时都会抓住你，把你重新拽进暗无天日的深渊。

1《新音乐快递杂志》（*The New Musical Express*），简称 NME，英国著名杂志，与《滚石》杂志齐名，设有 NME 音乐奖，该奖致力于非主流音乐的推荐，被称为全英音乐奖的另类版本。

27

她坐在小房间的床上，穿着自己的衣服，等着有人敲门。在屋里休息的时候，她听见脚步声、低语声、敲门声还有东西被拖来拖去的声音。有几次，有人走到通往阁楼的平台处，她立刻抱住自己，准备迎接警察的敲门声，还有面如死灰的尼克，但什么都没有发生。那个人接着往走廊里面走去，进了另一个房间，接着传来敲敲打打的声响。

就在她准备抖掉外套时，有人敲门。她咽了咽口水，站起身。屋子似乎在发抖，但她勉强能走。她打开门。

尼克站在外面。他看起来很疲倦，眼袋明显，额头也有深深的皱纹，好像只一晚时间，就有人拿起刻刀把他雕塑成另外的样子。

"我很抱歉。"她急忙说，"我不是故意——"

"为什么道歉？"尼克问。

"我惹麻烦了。"她说，她终于想到了一个妈妈常用的词，"吵架。"

他看着门框，皱了皱眉。

"你说什么？玛格丽特和贺瑞斯吗？"他问，"哦，别担心。这不是你的错。他们很久以前就是这样。是我没处理好。我想，他们能来帮忙照顾海洛伊斯、打点一切，的确是好事，但已经三个月了。我们的生活该恢复正轨了，该想办法处理好各自的事了。"他苦笑着，"不管怎样，车祸发生前，我们的确和他们交往不多。"

斯玛吉把一缕头发绕在手指上。"你们处得不好吗？"她问。

"是的。"他继续说，"简单地说，海伦和玛格丽特的关系很紧张。"他动了动身子，一只手搭在门框上，尴尬地斜靠着。

"对了，我看到了你和海洛伊斯画的画。"他说，"这很好，简直太棒了。"

她的脸红了："算不上什么。我过去是插画师，事实上，做的是平面设计师一类的工作，做了好多年。就是这样。"

尼克点点头："海洛伊斯说是'画画的人'。我猜，是相关的工作吧。说起来有些难以置信，海伦从没和我提过。"

斯玛吉耸了耸肩。"我觉得，她大概也不知道。"她说，"我们已经很久没有联系了。确切说来，我也不是设计师，大概更像签约艺术家。"

"有趣。"尼克说，"你为谁工作？"

她摸了摸磨破了的袖口。尼克身后的走廊开始摇摆，忽远忽近，整个屋子似乎也像正在呼吸的肺一样一会儿膨胀，一会儿收缩。

"是在一家叫锐锋的公司。"她低声回答。

"在曼彻斯特。"尼克说，"我知道。就是为阿姆斯特丹的某家公司做老曼彻斯特纪念碑揭幕式的公司吧。"

斯玛吉点点头："是我参与的。我和其他同事。"

尼克抬了抬眉毛，轻轻地吹了吹口哨。

"哇。"他说，"好吧，具备这种水准的艺术家应该有自己的工作室。"

斯玛吉眯起眼睛，摸了摸还在发热的伤口，那半边脸热极了："什么意思？"

"跟我来。"尼克说着，带着她来到临近的房间的门口。她跟在后面，眼冒金星，口干舌燥。

"准备好了吗？"他问。

她勉强挤出一丝微笑，兴奋得不知道该说什么好。

他用力推开门，带她走了进去。正对花园的床边立着画架。画架后面的桌子上摆着全套铅笔、颜料、蜡笔、油彩和木炭笔。都是好牌子：得韵和辉柏嘉。窗台上还有一个收音机，和她多年前工作过的工作室里的一模一样。

她往前走，拿起那些铅笔。她不知道该说些什么，激动得颤抖不已。

"太棒了。简直太棒了。"她说。她看着他，脑海里的警报声逐渐消失了。她眯起眼睛："你为什么对我这么好？"

他避开了她的目光，手指敲了敲门框。

"噢，这些算不了什么。"他说，"因为工作的原因。都是赠品，实际上。我是建筑师，所以——"

她眨了眨眼睛。

"什么类型的建筑师？"

"噢，你知道的，大楼什么的。"他笑了笑，看着她的脸说，"对不起。事实上，我现在正在做一个大项目，就是伦敦中心的双子楼，现在引起了很大的争议。这也是为什么我昨天不得不把海洛伊斯托付给你。"

"难道是——"她打了个响指，似乎想从空气中抓住那个词。

"'发夹'吗？"尼克问，"没错。"

她看着他，眼睛睁得大大的，她感觉心里有个地方被点燃了。她想起那两座可怕的扭曲的大楼，就像两只野兽在拥抱彼此。

"我见过。"她说，"图片，我是指，电脑合成的图片，真的很……很特别。"

"谢谢。"尼克说着，挤出一丝微笑，"谁知道呢？如果那些反对派得逞了，就不会建出来了。不过，我们在设计巴纳克尔购物中心的时候，也遇到过同样的麻烦。"

斯玛吉用手捂住喉咙。"巴纳克尔！"她大声说，"是在曼彻斯特吗？"

尼克兴奋地看着她。

"是的。你也知道？"

她耸耸肩。"我去那里买过几次东西。"她低声说，"几年前。"

接着，她想起了在那里发生的许多事——乌七八糟的事——涌进了她的脑海。

"好吧，不管怎样都好。"尼克说。他伸出一只手，指了指画架："你觉得这个怎么样？可以吗？在你痊愈之前，你大概可以拿它消遣时光？"

她迫不及待地想要留下来。

"是的——"她说，"是的——"

但是那些声音、那些脸孔包围着她，让她喘不过气来。她感到自己在吐泡泡，在下沉，在垂死挣扎。

紧接着，尽头火花飞溅，发出噼啪的响声，点燃了整个房间，地板翻了过来，撕开巨大的裂缝，她被下面的黑暗吞没了。

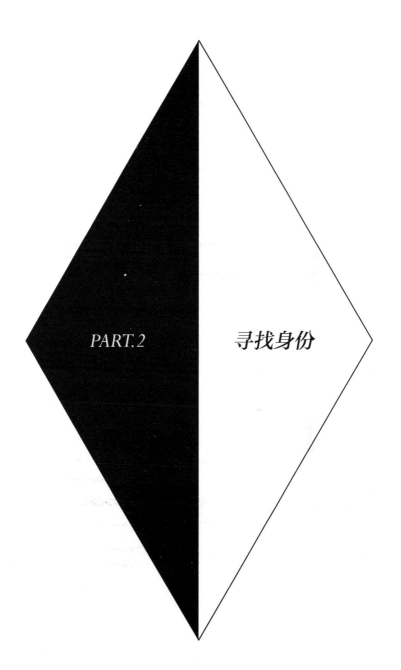

PART.2　　寻找身份

28

时间失去了意义。其他人起床的时候，你才上床睡觉。其他人回家的时候，你才出门。你几乎不会和任何人打照面。

你意识到，天、时、分，其实是武断的划分，只会让人心生罪恶感，只是为了让人们心生责任感，让他们意识到自己可能迟到了，或者刚好，或者早到了。你对这些事没有耐心。生命是随机事件，十分脆弱——只要扣动扳机，生命就灰飞烟灭，不过几天之后，才有电气工程师发现这一切。——你才不会让任何人把你的生活凌驾于你的个人意志之上。其他人都滚开。

有时，你真的是这么干的。你去夜店，死死盯着人群。直到其中有人实在受不了了，把你扔进厕所，或者外面的垃圾桶旁边。这正是你想要的，你觉得滑稽极了——妈妈说你傲慢，于是你就用这种傲慢的眼神打量所有人——他们忘记所谓社交上的体面，竟然把陌生人扔进小巷子里，吹胡子瞪眼。让你觉得滑稽的是，不同的人在这一举动中得到的东西却大相径庭：你得到了浅薄短暂的快乐，在撕扯争斗的过程中，你忘记了所有念头，给头脑放了假。你利用了他们，他们却毫不自知。这才是你的致命武器。

你没法预料你对各种事物的反应。你像在和自己猜谜。你意识到，所谓人格，不过是谎言。嘲笑警察，往白墙上洒可乐，躺在地板上尖叫，想做就去做吧。你不想画地为牢。没有人能决定你是谁。你是自由的。自由，令人目眩神迷。你永远不知道下一刻你会遭遇什么。

就像那天，你站在文身店门口。你甚至不知道发生了什么，就已经进了店门。这地方在市区的边缘，藏在半栏脏兮兮的紫罗兰和一棵常绿的冷杉树后面。这些年里，在去博姿的路上，你路过许多次，但从来没有注意到——招牌的颜色和字体很难辨认，几乎没有给你留下任何印象。如果要你回想，你大概会猜这是一个艺术工作室或者一家生意萧条的彩色复印店。

直到有一天——大概是太无聊了——你停下来看了一眼。你的眼睛透过窗户上褪色的照片，看到了结实的肩膀上的龙、神秘主义符号、凯尔特语字符，甚至还有中文，大概是淫荡下流的意思，或者什么意思都没有。你蠢蠢欲动——同样的冲动让你在双层公共汽车的上层毫无征兆地大声叫嚷，吓走了所有人，同样的冲动也让你夺过小孩手中的冰激凌扔到下水道里。

你推开门，生锈的铃铛发出喑哑的响声。你面前是一个小小的客厅，黑暗中，有桌子和其他的摆设。这地方有股灰尘的味道，你以为没有人，可就在这时，有什么东西动了动，一个人影从后面的房间里走了出来，这人影看起来就像阴影中分离出来的一部分。男人走近了些，是个大个子，身上文着图案，鼻子中间穿了一个环。

"有事？"他问。

"我想弄一个文身。"你说。

他吸了吸鼻子。"你多大了？"他问。

"十九岁。"你说着，下巴往前伸了伸，表现得毋庸置疑。你发现，十九岁是一个比十八岁更有效力的答案：十八岁就够了，没必要撒谎说十九岁。

那个男人又打量了你一会儿。他的眼神似乎飘到市区之外，想象着种种可能。

"好吧。"他说。

他搬出一沓装订好的图册，推到你面前。"在上面找你想要的图案。"他说。

接着他转身，趿拉着鞋重新走到阴影中。灯亮了，你听见水声，还有准备仪器的声音。

你翻着装订好的图册。里面的照片看起来都很旧。莫西干人和画着犀利眼妆的人，这些人几十年前拍下了这些照片。他们现在在哪儿？你有些好奇。他们还会出现在地下的朋克演出现场或者已经变成了体面的人，身体也已经起褶，于是把这些身体艺术隐藏在长袖和工作服下面？你在外面见过他们吗？见到了也认不出来了吧？你会不会认识他们中的某些人？你脑海中浮现阿卡拉的肚脐上文着一个凯尔特式的太阳的画面，你没忍住，笑弯了腰。

册子里没有你想要的。但是在最后一页，你看见一些文字模板，有些心动。是一些铜版印制的名字或座右铭，看起来有点蹩脚，也有点时髦。

那个男人重新走到屋子里，你合上了图册。

"一个词，多少钱？"你问。

男人耸了耸肩。"看你要什么词。"他说，"我按字母收费。"

你四下打量着，眼睛搜寻着灵感。突然，一段记忆闪现在你的脑海里——妈妈的脸，绷得紧紧的，咆哮着——只有一个词能形容她。你没有片刻犹豫，就选定了这个词。

"怪物。"你说。

男人抬了抬眉毛。"好吧。"他说，"大概要三十英镑。你想文在哪儿？"

你指了指额头正中间："这里。"

他退后一步，咳嗽了一声，举起指头上文着"恨"的拳头，捂了捂嘴。

"你确定？"他问，"我的意思是，这里太显眼了。"

"是的。"你说。你很肯定。你已经决定好了。

但是那个男人还不是很确定。文着霸道威风的文身的他似乎吓坏了。

"不如我文在靠边的地方吧？"他说，"这样如果你需要的话，可以用头发把它挡住。"

你有些气愤。

"我不想用头发把它挡住。"你说，"我想让全世界的人都看到，否则文身有什么意义？"

这个道理无法辩驳，他也懂。但他还是有些犹豫。沉默片刻。你在油腻的地面上磨了磨帕拉丁鞋鞋底。

"我还是觉得——"过了一会儿，他说。

你突然有些烦躁。你想快点把文身弄好，这样就能离开这儿，去干点别的。已经在这里耗了太久了。

"好的。"你说，"就文在旁边吧。我无所谓。"

他点点头，如释重负，示意你坐在屋子正中央的那张牙医用的椅子上。椅子对你来说太大了，他不得不用脚抬高底盘，你才能把头靠在靠枕上。你坐好后，他拿起一个滚动的小齿轮，并接通了电源。

"坐稳了。"他说。

你的身体因为渴望新的刺激，微微颤抖。还要等一会儿。你想到你曾经在课上用罗盘针在手背上划来划去，你好奇文身是不是也是这种感觉。你左边的太阳穴因为即将到来的疼痛，不断跳动着。

机器开始嗡嗡作响。那个男人向你斜过身来。你闻到他呼吸里有股奶酪、洋葱薯片和香烟的味道。就在那一瞬间，针尖刺了进来。针尖在你眉毛上方那块薄薄的皮肤上嗡嗡作响，留下火烧的痕迹。很疼，但感觉不错，神清气爽，让你涣散的心绪瞬间清醒过来。你就像过去那样，把疼痛转换成画面，你感觉你身上开出了一朵紫色的大花，正把你往花朵中央吸。你忘记了面前这张男人的脸孔是谁的，他正全神贯注地看着你，舌头从嘴巴里伸了出来。只有你一个人，只有那朵花可以把你带到另一个世界。

你不知道自己在那儿坐了多久，但没过多久，你就看见那个男人退后，关掉了开关。房间里静极了。

"你可以走啦。"他说，"搞定了。"

你伸出手摸了摸你的侧脸，的确能够摸到伤疤般凸出的字母。

"肿胀几天之内就会消失。"他说着，递给你一面裂了一道缝的镜子。

你凑过去，看见了那些字母：小小的，歪歪扭扭的，边缘是红色的，就像潜伏的蜘蛛一样趴在你眉毛的边缘，靠近发际线的地方。你以为会更加光滑，更加夺人眼球。在你的想象中，应该是加粗的带钩的哥特字母——就像那些恐怖电影里的标题常用的字体，你悄悄在起居室里看过这些电影，是在晚上，影碟是你从市区外弄来的，就藏在外套里。而这个文身看起来有些随意，太平常了，就像你自己用针和圆珠笔文出来的。但过了一两分钟，这种感觉也消失了，你开心极了。你喜欢这种拙朴的感觉，喜欢它的丑。你喜欢它看起来就像某人用永远也擦不掉的水笔留在你身上的痕迹。你拥抱了生活的另一面，感觉自己充满了力量，而它就是你的徽章。它开诚布公地告诉大家你是谁。

"好的。"你点了点头，脸上浮起笑容，"我喜欢。"

你取出昨天从妈妈的手提包里偷来的一些钱，递给他，转身离开了店铺。日光倾泻在你身上。你眨了眨眼睛，摇了摇脑袋。人们正往博姿去。没有人会因为你的文身而多看你一眼。

你心生一计。你计划今晚就在外面待着，去磨坊湖附近的夜店逛逛——毕竟，今天是星期六，肯定有人愿意请你喝上一杯甚至好几杯——但很快，你又有了新主意。你抬头看了眼喷泉正上方的墙壁上的钟，三年前，它就已经停了，一直在向公众筹集修缮基金（关心这座时钟的人都知道这则通知）现在是六点。他们正坐下来，准备吃晚饭。太好了。

　　你大步穿过教堂周围的领地。很快，车就来了，你上车，抓住扶手，混迹在一帮颓废少年和准备去参加星期六盛会的学生之中。你紧咬着嘴唇，才按捺住身体里兴奋的泡沫。一想到妈妈会看到文身的脸，一想到家里出了这样的爆炸新闻，你简直想象不出她的反应——你不知道她会干什么——但你知道这是件大事，肯定会惹麻烦。她没法装作一切都没发生。你心中疯狂而邪恶的念头就像一只绑在线上的风筝，在飓风中，随时可能断线。

　　你在邮筒边下了车，原地站了好几分钟，你把手放在冰冷圆滑的邮筒的表面，深呼吸了很久。你绝不能因为太过兴奋而说不该说的话，把这件事搞砸。你必须保持冷静，思路清晰，让文身发挥作用。噢，老天！你终于想通了。你一直在等这一天！你经历了那么多——那些伤痛，是为了考验你，为这一天做准备。你回头看，发现周围的一切都在向你示意：公共汽车站的棚子闪烁着激动人心的光芒，树木点头表示赞许，邮筒冲你微笑。甚至连汽车牌照都向你露出笑脸。嘿，一辆黑色猎豹驶过，私人牌照上写着"HI2"。看见了吗？整个世界都理解你！宇宙都在欢迎你。

　　你颤抖，又深吸了一口气。你沿着道路往前走，一边走，一边握紧拳头，指甲插进了掌心。你惊讶自己竟然可以隐瞒住这么多的情绪。不远处，那幢房子和她的姐妹们站在一起，等着你。阿卡拉的车就停在外面。一切准备就绪。

　　你走进大门，餐厅里嗡嗡的对话声突然停止了。鱼肉馅饼的香气飘散在空气中。你关上门，穿过起居室，往餐厅大门走去。他们都坐着，坐在桌边，阿卡拉、海丽、妈妈还有在儿童车里摇晃着双腿的理查德。

　　"你好。"阿卡拉打招呼道，像童子军团长在周末的森林里和士兵开玩笑，"很高兴见到你。"

　　你什么都没说。你不信任声音。你竭力不让手臂颤抖，缓缓地，抬起手，撩起你太阳穴附近的头发。你转过脸，好让他们都看得清清楚楚。你一动不动地站着，好让这个词所表达的粗暴的羞耻感直击这家人。你想象着妈妈发现自己正用她的话反击她时的感受，那些话现在就刻在她的额头，被她强行征用了。

　　你看着他们，仿佛有人给整个房间施了魔法。你猜是你和海丽许多年前看的 BBC 根据《纳尼亚传奇》[1] 改编的电影里的白女巫。阿卡拉、理查德还有海丽一动不动的，目瞪口呆。只有妈妈还在镇定自若地吃东西。

　　她抬起眼睛，你们四目相接，很快她轻蔑地吸了吸鼻子，转过头。她的沉默刺破了你身体里的那只气球，你的希望、激动还有愤怒全都飘散在风中，你什么都不是了，不过是一具破碎的空虚的皮囊。她若无其事地坐在那儿。她一个字都没说。

1《纳尼亚传奇》，一系列奇幻儿童文学作品，作者为已故英国作家 C. S. 路易斯。

29

有人在喃喃自语，叽叽咕咕，一双手抚摩着她的脸，接着是脖子，最后一道光射进她的眼睛里。与此同时，有人猛地把她抱了起来，往她嘴里塞进一小片药，灌水让她咽了下去。她很顺从地把药咽下去了，一边咽，一边怀疑自己是不是穿越了。她好像听到了海洛伊斯的声音，另外一个很陌生的声音插进来，让她没法确定这是个真人还是她脑中那些叽叽歪歪的老朋友的声音。那些老朋友可是不分昼夜、夜以继日地吵吵闹闹。

有人嘘了一声，说："听着，拜托了，赶快把她弄走好吗，我真的受不了了。"

她睁开眼，看见尼克坐在那里。

"你真的吓到我们了，那些药不能再吃了。"他说话的时候看起来很高兴，"你都烧到 102 华氏度[1] 了，是由于感染造成的高烧，难怪你这两天都不好。"

（"你这个十足的傻瓜，"有个声音低吟道，"你是去了奇幻仙境。我们都看见你了。我们已经监视你很久了。"噢，老朋友们回来了，她有

---

1 102 摄氏度，合 38.9 摄氏度。

点没精打采。）

她盯着他。他有道疤，她注意到了，就在他下颌骨的下沿。

"不好意思，"她说，"我不是故意的。"

"你知道你戒不掉这些东西了，没想到你会。"

她张开嘴，想告诉他自己为什么会被怠慢、被忽视，告诉他自己浑浑噩噩、历经磨难的人生，但突然间，那些倾诉心中难以遏制的愤怒的语句都消失了。她闭上眼，不再看他。

当她再次睁开眼时，看见海洛伊斯坐在那儿，穿着一件小围裙，把一只白色的布丁碗戴在头上，当作帽子，上面还用红色胶带贴了个红"十"字。

"我现在是你的护士啦！"她宣布，"而且你'一定'会好起来的！"

说着，她拿起一本书，是从房间对面的书架上拿的——《弗兰肯斯坦》，作者玛丽·雪莱。

（"拿点洋葱，装进壶，让我们好好酿瓶酒。"有个声音补充道。）

"今天呢，我们来读药名！"海洛伊斯说，"要是有些很难的词语，怎么办？那些词会把你的脑子吓得掉进肚子里，就像蜗牛缩回壳里一样。"

她翻开书开始读。不出所料，里面有成堆的生僻词。但海洛伊斯没有被这些词吓住，她直接把不会读的跳过，或是用她认识的词代替某个长得很像的词·

"第一……一封信……给索-维太太，英格兰。你……将要……读……给……听……然后……不要……女儿……有……个……昏迷……关于……末日……那个……你……有……嗯嗯……和……这样……呃……尸体。"

声音断断续续的，斯玛吉就这样靠背躺着，让词语的波浪敲打着自己。海洛伊斯是对的，这还真有治愈身心的功效。她特别喜欢这种脑袋里充满了毫无感觉的声音的感觉，她的脑袋里一直吵吵嚷嚷的，这下所有叽叽咕咕的声音都被赶跑了。

当她再次睁开眼时，海洛伊斯已经走了，但书还在那里。她捡起书，抚摩着精装版的书脊上刻在棕色软皮上的烫金字。她打开书，才发现书脊裂开了，书页像喷泉一样散开，散得满床都是。她把书页捡起来，发现其中有些字句加了歪歪扭扭的注释，还有笔记和下划线。一条写着"感到孤立——被社会排挤"，另一条写着"人们对不合群的人是残忍的"。

"哈！"斯玛吉说。

（"哈！"有个声音重复道。）

"海丽到底会怎么想？"

（"斯玛吉关心这个干吗？"）

她四下打量书架、抽屉、桌子边上和还有桌子后面。终于，她把整本书都捡起来，按顺序排好，重新读了起来。

30

　　多云，天阴沉沉的。你坐在阿卡拉的车里，盯着这辆破旧的沃克斯豪尔的挡风玻璃最上面那条用来遮阳的茶色玻璃。你手里握着一盘磁带：自己从收音机里录来的流行歌曲。有高跷族乐队[1]的《心中》、电台司令乐队的《爬行》（这个可怕的版本把歌词里的"该死的"改成了"十足的"），还有几首金属乐队的歌——都是不朽金曲。你花了不少时间把这些曲子凑到一起，寻找那些电台主持人不会突然切歌插播广告的版本，现在，你终于第一次有机会把它们一口气从头到尾听一遍了。

　　比起听随身听，你更喜欢在车里听，喧闹的声场会包裹着你，你的皮肤会感受到音符。尽管阿卡拉车里的音响简直就是垃圾，既没有超重低音，也没有立体声，但只要音量开得足够大，它还是能震你一下，把节拍敲进你心里。

　　这次你应该感到兴奋，因为第一次听你自己创作的东西——这个想法已经萦绕在你脑中好几个星期了——但你感觉大脑有一点点掉线。你把钥匙插进点火器，然后就坐在那儿，盯着飘落在人行道上的初秋的寥寥落叶，

---

1 高跷族乐队，Stiltskin，英国摇滚乐队。

仿佛在玩一个永远不会结束的游戏。

这天下午，你没有心思做任何事。甚至连呼吸都让人很辛苦——烦心的事情太多，你决定停一下，就那样静静地坐在那里，感觉脖子后面突突跳动的脉搏，直到最后你的肺放松，气流瞬间涌入。你对那种"有一天将不再会有空气吸进来的感觉"一点也不陌生，这具紧实而完整的身体终有一天会破碎、分解。你紧紧地盯着自己的手——被咬烂的指甲、开裂的手掌和涂鸦的颜料——努力想象着它们在土里腐烂或在火炉里燃烧的样子，但是好像完全想象不出来。你被生活禁锢了，你的身体像穿着紧身衣，牢牢地把你束缚在这个世界里。

突然，有人在敲车窗玻璃。你抬头看。海丽站在那儿，穿着她那身少女风格的衣服：粉色迷你裙和毛茸茸的套头衫，你还能发现她在胸罩里塞了很多卫生纸，满满的都要溢出来了。她简直就像"辣妹组合"的第六个成员。

她皱了皱眉头，然后举起胳膊做了个掉头的手势。你很谨慎地把车窗摇下一寸。傍晚的空气涌入车里，有炖菜和六点新闻的气味在弥漫。

"你赶快从里面给我出来！"海丽说。

你盯着她。你可以看出，她今天特意做了头发——发丝像被直发棒虐待过一样，头发被拉直了，发梢却全分叉——她还画了特别闪亮的眼影，弄得眼睛周围脏兮兮的。

"为什么？"你说。

她把手搭在屁股上："老爸要送我去个地方，就五分钟。"

"你要去哪儿？"你说。

"关你什么事？又没有请你。"

不就是个派对。最近几个星期六晚上，她都会跑到某个人家里。你知道是因为她跟别人在电话里碎言碎语的时候你都听见了，你坐在妈妈和阿卡拉的床上用他们床头柜上的分机听到的，她还以为没人听到。而且，你还看了她的日记。

那日记本粉粉的，几个月前开始躺在海丽的内衣抽屉里，特别扎眼。你第一次发现它的时候简直不敢相信，你翻她的抽屉只是为了去找可能不小心搞混，错放到她那里去的那件印着艾丽丝·库柏的 T 恤——话说那件 T 恤还真是浮夸。看吧，这就是海丽会搞的事情：那种鼠目寸光、软弱的举动，她看待世界的方式简直幼稚极了。她竭尽全力来掩饰自己的无知，可又怎么掩饰得住呢？她一次又一次地用傻事来证明她的"艾丽属性"。有一次，她的闺密阿丽亚和她恶作剧，打电话给她说上一届的西蒙·普理查要约她出去，她竟然就相信了。她去学校之前还特意认认真真打扮了一下：嘴巴涂了唇彩，从校服衬衫的纽扣缝里依稀可以瞥见紫色紧身衣……她一整天都装作她并不是刻意打扮成这个样子。

一开始，你并没有意识到你是在读海丽的日记。你知道她那种上不了台面的秘密只会让你感到无聊。但是有一天，当你随身听里的电池没电了，手头也没有什么事情好做的时候，你就把它翻出来了，看了一下。事实证明，你是正确的。整本日记就是两个字——"无聊"。全是关于阿丽亚、莎琳和一个她们空想出来的来自希斯菲尔德的小伙子。最烂的是，先不管海丽那种画圈圈的写字方式，完全就是鬼画符，"1"上边的点都不好好点，画个小圈圈。她像是想象自己活在《花季》[1]或《克拉丽莎》[2]里。当看到关于派对的部分时，你都快要吐了。原来星期六去某个父母外出的小伙伴家里开派对的点子是海丽想出来的，她会喝上两打烈酒，不过是为了吸引理科

1《花季》，*Blossom*，美国情景喜剧，红极一时。主角 Blossom Russo 是家中唯一的女儿，她有两个哥哥，父母离异，父亲照顾全家。本剧以这一家人为主线，讲述发生的各种趣事。

2《克拉丽莎》，*Clarissa Explains It All*，美国情景喜剧，1991 年开播，又名《少女心事》。

班的皮特·达姆罗什的注意。但实际上，她连半个字都没有和他说过。她真可怜，甚至因此喜欢上了悲伤的音乐。她还写到，她听到男孩们放了一首绿洲乐队的歌，她想这就是重金属摇滚。她可真敢写。

你抬眼看向站在车边的她，她按照那种青春期少女的品味把自己浑身上下都打扮得美美的，你完全无法欣赏这种美，你感觉心里燃起一簇簇火焰。你压根儿不想发火、伤害她或是做类似的事，老实说，现在，你对于这些破事已经麻木了，都无所谓了，但是这愤怒的感觉仍旧让你猝不及防，你仍旧想去做点什么。

"该死的！"你说，"别他妈犯贱了。你去还是不去，都没有任何意义！反正皮特·达姆罗什根本不会认出你！"

你看见她好像意识到了什么。她的眼睛瞪得圆圆的，很快，就怒火中烧。

"贱人！"她叫道，"你看了我的日记！该死的贱人！"

她狠狠地抓住车门把手，好在你很及时地按下了锁车键把车门给锁了。

你看着她涨红的脸，嘴巴都没法闭拢，她应该是搜肠刮肚想用更脏的词来骂你——在此之前，她过着完美的生活，根本不需要这些词。也许其他人伤害你的时候，你也是这副德行。脸涨得红红的，眼睛水汪汪的？真的太不可思议了，人们竟然希望看到你露出这种表情——你真是太丑了。

"淡定，海丽，才不会有人在乎呢。"当外面稍稍平静下来时，你说。

这回她真的生气了。

"别这样叫我，他妈的你这个怪胎！"她叫着，"你别痴心妄想了，现在你应该也知道没人会信你了。因为这些乱七八糟的东西都是你捏造的，你脑子坏掉了。你明白吗？你有病。所有人都这么说，你是神经病！连妈妈和爸爸都这么说。他们真应该把你锁起来。他们都害怕你会对理查德做些什么。"

一阵沉默。一阵微风从车窗的缝隙中穿进来。街对面那家印度人今晚做的是咖喱，你能闻到空气中的香料味道。

"他不是我们的爸爸。"你一字一顿地说。

她皱了皱眉头。"什么？"她说。你一直盯着她。突然，像被辆卡车撞了一样，你意识到她不知道。她把这段记忆从她脑中剥离了、锁起来了。她看到的世界甚至比你看到的世界还要扭曲。

"阿卡拉，"你说，"贺瑞斯·格林尼先生，他不是我们的爸爸。"

她转着眼珠，张开嘴，随后又是滔滔不绝的污言秽语。但你深知，你说的话会像钢刀一样刺穿她的咆哮。

"我们的爸爸死了。"你说，"在我们四岁的时候死了。现在那个男人不是我们的爸爸。"

海丽眨了眨眼睛，目光迷离，似乎在回忆什么，但转眼就变得异常冷酷。

"你他妈的是个骗子，"她低声说，"你这个该死的、只知道喷粪的骗子。"

"这是事实。"你说，"去我们这儿的档案馆翻，就在报纸上登着呢。你可以不承认，海丽。你也可以继续过你这种完美的生活，但是这不能否认事实。"

但海丽根本没有听进去。"你这个婊子！"她继续骂，"你这个下贱的、龌龊的、恶心的女人！喷了这么多狗屎，你真应该感到羞耻。妈妈是对的。你就是毒药！你懂吗？！她就是这样说你的。你他妈的是个有毒的垃圾！"

你看着她的嘴唇变得闪烁且扭曲，一小撮头发像老鼠尾巴一样粘在她的嘴角上。这样子看起来很诡异，甚至滑稽——就像动物园里的珍奇动物展。就这样，还会被当作心智正常的那一个，真是扯淡！他们那种假模假样的生活，他们那种粉红色的、好似任何不愉快都不存在的世界观只让你觉得恶心。他们才他妈的疯了。你再也听不下去了。你受够了。你需要用音乐来冷静一下。

你转动钥匙好让汽车通电来播你的劲歌金曲，可海丽依旧不依不挠地在车边走来走去，用手敲打着汽车。但事情有些不对，变速杆不在它应该在的位置，车没有像以前那样慢慢地滑动，它突然一下冲了出去，朝着海丽的腿直直地撞了过去。

事情发生在一瞬间，前一分钟她还站在那儿，涂着七号睫毛膏，梗着脖子红着脸，下一分钟她就消失了。你还等着她一瘸一拐地冲你骂骂咧咧，比之前更生气，但等了足够久，她还是毫无动静，你打开车门朝四周看看。海丽仰面躺在柏油马路上，头抵着车的前轮。她就这样躺着，一动也不动。只有一股鲜血从她的嘴角流出来，流过脸颊，流过耳朵，滴在马路上。

31

她早就料到会有这种可怕的事发生。很小的时候，她就从肯尼斯·布拉纳的电影海报和那次在公寓里没能看完的电影里拼凑出一切，她猜想，会是一个雷电交加的场景，发生在堆满各种奇怪的变态机器的实验室里。她还猜到会有咯咯的笑声，来自某个乖戾疯狂的科学家，他躲在幕后，准备用他的发明引发全球性的骚乱。

但这终究是幻想，这样的恐怖故事并没有发生。迎接她的是悲哀——无尽的悲哀——还有狂躁，那可怜的畸形怪兽一面迫切地想要融入这个世界，但它认清自己的模样后，又恨不得撕碎周围的一切。她被这种情绪击中了，就像穿越冰层，经过日内瓦和英戈尔施塔特的街道，那倒霉的科学家还有他蹩脚的发明尾随着她。一想到那个住在户外没有名字的怪物（尽管是她在学校里也会被别人叫弗兰肯斯坦，但她毕竟不是真的弗兰克斯坦），一想到它会透过墙缝窥视它永远无法拥有的家庭生活，她忍不住痛哭起来。她的头脑刚冷静下来，往事便涌上心头，之后的几个小时里，这种压抑的熟悉的感觉挥之不去，脑海里回荡着令人窒息的声音，她被这一切击溃了。有时，海洛伊斯蹦蹦跳跳地迎接尼克的脚步声和已经分不清是现实还是虚构的家人们的说话声混在一起，书里的场景却像飓风般闯入，之前的一切就像舞台布景般消失了。有时，她被故事的潮水裹挟着，从一个房间漂到另外一个房间，不知身在何处。

一天下午，房子里静悄悄的，斯玛吉发现自己正站在铺着奶油色地毯的房间里，面对一张金色木质梳妆台，她的左手边墙的地方立着一只带镜子的衣柜。大号的双人床摆在房间正中央，窗前有一条毛茸茸的白色毯子。她身后，是螺旋形的楼梯，她是沿着这座楼梯上来的。她这才意识到自己闯进了尼克和海丽的房间，她害怕极了，一动不动，唯恐听到尼克、海洛伊斯或者伊娃的声音。伊娃是那个新来的立陶宛保姆，每次她蹑手蹑脚地去厨房找水喝，保姆都会露出反感的表情。不过周围没有任何动静。

她的脑子里也静极了。她在脑海里仔细搜寻了好久，没有嘎嘎的嘶喊，也没有咯咯的哂笑。一切都是那么平静。

光线透过大推拉窗，有些刺眼，敞亮极了。她得下楼梯回到自己的房间里去了。为什么不留在这里，走到衣柜边看看呢？为什么不打开一扇衣柜门看看海丽的裙子呢？

她伸出手，颤抖着，用手指感受着衣服料子——油脂般润滑的缎子、柔软的羊绒、花瓣般的丝绸。都是海丽的衣裳。天鹅绒，棉布，亚麻。她摸了一件又一件，直到一条裙子从衣架上滑了下来，落在她的胳膊上。那是一件用上好的雪纺做的粉色裙子，胸前点缀着旋涡形的装饰，是用布做的玫瑰组成的——就是这类东西，斯玛吉猜，你大概会穿着它去某个夏日花园派对。一条花枝招展的裙子，仿佛在说"快看我吧"。

她鬼使神差地脱掉了他们为她准备的宽松睡衣，把裙子套在了自己的头上。裙子毫不费力地罩住了她瘦骨嶙峋的身体，不过她的胸前和支棱着骨头的臀部有些宽松。她看着镜子里的自己。乍一看，还不赖。有点像海丽，只是她凹陷的脸上那道诉说往事的文身出卖了她，但她觉得总有补救的法子。

她走到梳妆台前，把那些化妆包翻了个底朝天。那些瓶瓶罐罐上令人费解的名字晃花了她的眼，好在她对颜色很敏感，虽然犯了点小错儿，但很快就找到了能够让她的脸焕发出海丽那般光彩的颜色。她拧开那只乳霜质地的桃色唇膏，在皮肤上一抹，只见"怪物"两个字就像被粉刷的商店招牌般消失了。接着她照着公共汽车站里广告模特的样子，在眼皮上敷了一层粉色的粉，在褶皱处抹了深色眼影。她退后几步，打量起自己的杰作：还不错，白天看起来下手似乎有点儿重了，但肯定不会吓到人。给颧骨打上粉，再用睫毛膏扫一扫睫毛，就像蜘蛛腿一样长而浓密，现在她大功告成：好一个海丽宝贝，好一位海小姐。她转起圈来，好在衣柜镜子里打量裙摆飘荡的模样。一个放在梳妆台边上的蓝绿色的包被她带到了地上。她捡了起来。里面是一个钱包，钱包里装着一张五十镑的钞票和一串房间钥匙。她看着镜子里的自己，咧嘴一笑。她知道下一步该做什么了。天才般的计划，激动人心。她竟然从没想过，简直难以置信。她面带笑容，沿着旋转扶梯，溜了出去。她必须靠武力夺回自己的人生。

她从前门逃了出来，感觉全世界都在为她呐喊，一切都是那么绚丽夺目。她穿过车道，沿着大路走着，踩着粗糙坚硬的石子。她东瞧瞧西看看，希望看到有人认出这个趾高气扬的人就是海伦·萨里斯。她没有意识到周围是多么嘈杂。她走到主干道上，停了下来，周围充斥着噪声，车辆行人来来往往，商店里玲琅满目。一个推着婴儿车的女人和她撞了满怀，白了她一眼。"别站在路中间。"她气鼓鼓地说着，手忙脚乱地走开了。

斯玛吉被婴儿车压到了脚踝，疼得够呛，差点没站稳。她眼睛流出眼泪。她感觉脑海里有一只易碎的花瓶正在高高的架子上摇摇欲坠。她握紧了拳头，咽了咽口水，想象自己正置身平静之中，在水中，或者开阔的原野上，好让呼吸平复。

她又有了新的计划。她该买点什么。这才是海丽常做的事——今晚他们该吃顿好的，犒劳犒劳尼克。没错，美食。她握紧手袋，四下打量着，希望能找到一家出售美食的店。比如肉店（不太像），邮局（不可能），欧尚便利店（似乎有可能）。她身后还有家蔬菜铺，推婴儿车的女人就是从这里冲出来的。这时不远处——邮筒附近——一个被玻璃纸包裹、系着缎带的东西吸引了她的注意。那是一家巧克力店的橱窗：森林里，有一只大的白巧克力兔子，周围还摆着其他许多小动物。她笑了，感觉喉咙里就像关着一只相思鹦鹉般快乐。她要叫出声来。简直完美。毫无疑问，海丽也会这么觉得。

她推开玻璃门，香味扑鼻。货架一直顶到天花板，每一层都是巧克力动物，它们都低头看着她。这边有鸟、猫、羊和马。那边有龙、独角兽和她也说不清名字的神话故事里才有的奇怪生物。正中央是柜台，柜台的另一边坐着售货员，他像一只蛤蟆一样望着她。

她神经一紧张，恨不得来根烟。这大概不是什么好主意。可她很快就打消了这个念头，又把目光投向货架。缎带的光亮落在她眼睛里，仿佛传递着隐藏密码的讯息。她深吸一口气。她可以。她可以。海丽会这么做，她也该这么做。

售货员在她身后咳嗽了一声。"要它！"她差点喊出声，"马上就要！"但她意识到正常人不会这么说话。正常人总是轻松地说笑，聊些家长里短。她该想想他们会说些什么，她很理解他们的感受，要脱口而出，不费力、简练。她活动了一下抓着手包的手指，咬紧嘴唇。货架杵在那儿，巧克力动物们似乎在笑。糟透了。她几乎猜到，不出几步，巧克力的香气和玻璃纸的银色反光还在，可她却会蜷缩在店门口的木头台阶上，哭出声来。她必须离开这地方。

她害怕极了，随手抓住最近的一样东西———只深色的瞪着眼睛的狗。她走到柜台前，把那东西推到那个男人面前，付账时都不敢看他的脸。他毛茸茸的肥指头接过了五十镑的钞票。她想象着他的手指在巧克力桶里搅动的样子，感到一阵恶心。她连那只狗都不想要了，但还是咬了咬牙，忍住心中的咆哮，强迫自己买了下来。可那些咆哮却像准备撕碎她的狼群一样在她的脑海里翻腾起来。

那个男人看了她一眼，原本严肃的脸上突然乌云散去，露出阳光般的笑容。

"啊哈，"他说，"多出门逛逛，萨里斯女士。"

她竟然成功了！之前的胡思乱想顿时烟消云散。她挺直了腰，看着他的眼睛，微微一笑。"谢谢你。"她说。

"这阵子你可把我们吓坏了。"

"是吗，我真的，真的吓到你们了？"

"不过你现在看起来已经好多了。"

"是的，我好些了，"她学着海丽的模样，兴高采烈地说道，"真的好多了。"

她又微笑着注视了他一会儿。他的笑容快僵了。

"好吧，我不耽误您的时间了。"他看了眼柜台上做到一半的填字游戏，说，"您多保重。注意身体。"

她满面春风地踱出商店。干得漂亮。她从来没有干得这么漂亮。至少现在她做回了自己，能够打点生活了，整个世界都在张开双臂欢迎她回来。宇宙向她微笑示好。万事万物，焕发生机。她的生活就像电影迎来了高潮，一切就和预料的一样。

她转着圈，雪纺裙飘散开，装着巧克力狗的袋子打到了路人。

"注意点，"一个带着轻微澳大利亚口音的女声说，"你还好吗？"

斯玛吉看到了一个满头金色的细发辫、戴鼻环、穿着亮色扎染上衣的女人，她手里还有一沓明黄色的传单。

"我很好。"斯玛吉说着，一脸灿烂。

一切都色彩斑斓，所有的店铺都笼罩在粉色、紫色甚至宝石蓝的光里——多么特别的环境啊，只有她看得见，整个世界都在欢迎她归来。

"你确定吗？"那女人看着斯玛吉赤裸的双脚，继续问，"你看起来，有点……发烧？"

"是的，我没问题，真的。"斯玛吉说，"今天是个好日子啊。生活棒极了。我刚刚见证生活又恢复了常态。我看透了一切的真相。我快活极了。我简直太快活了。"

她絮絮叨叨地说着，就像以双倍速度播放的电影配音，她想表达的意思太多，但文字的含意有限，她不得不加快速度才能表达完整。

"你看起来有些反常，"女人说，"不如跟我来？我的工作室就在那条拱廊后面。你可以坐下来休息会儿。我们给你点水喝。"

她握住斯玛吉的胳膊，推搡着她往小巷子里走。斯玛吉摇着头。她感觉时间像刮坏的唱片一样混乱起来（"甩开她，"一个声音催促着，"她挡着道了。你好不容易找到自己的出路，她却想把你拐走。"）"不！"斯玛吉尖叫起来，挣脱了她的手臂，猛地推了一把，女人手中的传单散落下来。她沿着人行道一路狂奔，躲进了买卖的人群中。海丽裙子的正面还粘着一张黄色的传单。她在转角处才将那张传单揭下来，仔细看起来。

"帕特森步行街艺术家的巡回展览即将在本馆开幕。"字体被加粗了，"艺术品五十镑起售。"她摇了摇头，手里的传单落到了下水道里。她幸运地逃过一劫。她不会再被人蛊惑了。

32

　　他们把你送回了饭厅，关上门。你能听见门外妈妈的脚步，还有阿卡拉的嘀咕。他们让理查德在起居室里看录影带——妈妈把那儿叫作休息室——你隔着墙听见音乐声："忍者神龟，神勇无比，忍者神龟，披荆斩棘，忍者神龟，所向无敌，身披绿甲，多神气！"

　　你打量着身边的家具：柜橱里放着节日用的陶器——画着报春花，镶着金边——餐具柜里藏着阿卡拉的威士忌和杜松子酒。要是在往常，你可能禁不住去偷喝一大口，但这天你感觉一切都被封起来，提防着你。法式蕾丝门帘在微风中做出反对的姿势，餐具柜里的钟声每一秒都在发出反对的嘘声。这里不欢迎你。

　　你想象着自己暂时逃离到一片空荡的海岸上，但很快就被大厅里传来的女妖的哭号和古怪的声音拽回了现实。你以为他们过会儿都会和海丽一起上街，留你一个人在家，但不一会儿，你就听见脚步声越来越近，门咔嗒一声被打开了。

　　"就在里面，长官。"妈妈在远处说。

　　警察把你吓了一跳。你似乎也把他吓了一跳。他走进屋里，眼睛眨个不停，却始终守在靠近房门的角落里，好像你是一头随时会蹿起来袭击他的野兽。他的恐惧燃起了你胸中的怒火。

"别动!"你尖叫着,推开他,冲进了大厅。

你慌不择路,躲进了卧室——你自己的卧室——紧紧抓着书架。书倒了,像鸟一样落在你头上。你被七手八脚地拖走了,各种各样的声音扑来,呵斥、安慰,甚至甜言蜜语。但你绝不听从也不想再听下去。你固执己见,把双腿卡进了最下面的木头隔层里,擦出了一道伤口。一个声音不停地发出嘶吼,蠢话连篇,疯狂极了。那大概是海丽的声音,也可能是你们的声音,谁在乎呢?随它去吧。不过到最后,你还是受不了了,他们终于把你逮住并捆了起来,门外有一辆等了好久的车。你像动物一样喘着粗气。一只手按住你的头,把你往车里塞。街角的邮筒噘起了嘴。

车发动了,你回头看着身后的房子。妈妈正站在门阶上,抬着下巴,盯着腾起的灰尘。你想要看清楚她的眼睛,但是大厅里的灯光把她变成了一道扁平的黑色的轮廓,什么都看不清了。

33

第二天晚上，她又对海丽反戈一击。她等到尼克走出厨房，花园里工作室的灯也亮了，便溜出了家门，踉踉跄跄地，往位于主街的小酒吧去了。她坐在角落里，抬头看着正在播放足球赛的屏幕，闻了不少泛酸的酒气。不一会儿，一个穿着西装的男人就走了过来，站在她面前，挡住了她的视线。

"有人和你说过，你简直和海伦·萨里斯长得一模一样吗？"他开口道。

她抬眼望着他，是个年轻人，有点醉了，他的眼睛在镜片后像是在游泳，领结还牢牢地系着，不过已经偏了。送上门的猎物。

她打了个哈欠："是啊，我都听腻了。"

（"脱口而出。"听到这句评价，她笑了。）她今天看起来不错，她有这个自信。她在某个衣柜的最里面找到这件紧身短上衣和短裙，引人侧目，花枝招展，名人们才会这么穿。这次她当然不会忘记鞋子——海丽的细高跟鞋，今天上午趁着屋里没人，她穿着它练习了很久。现在她健步如飞。看起来，每时每刻，她都会学到点海丽的本领。

年轻男人点了点头："来点酒？"

"我——"

他回过头，给酒保打了某个商量好的手势。

"那么，"他说，驾轻就熟地坐到了带软垫的长凳上，坐到了她身边，"一个像你这样美丽的女士为什么会出现在这地方？"

她抿着嘴，以免笑出声来。"哎，你懂的。"她说着，耸了耸肩。

他点了点头。"我，做记者这行的。"他说完，看着她，等待回应。

"哦，"她一边说，一边挤眉弄眼，"这个——"

"是的，"他一顿一顿地说，"没错。"

一阵沉默。球迷们嚷嚷着。他瞟了瞟屏幕。

"好吧，那么，你为谁工作呢？"她用海丽的语气说道。这语气听起来很专业，她在脑海中幻想自己正在为独立电视公司采访他。

他回头看了她一眼，似乎忘了她还在："哦……我们的酒来了。"

"两杯伏特加和奎宁水。"酒保说着，推过来两杯盛满的酒杯。

她抬起一只手："可我只喝酸橙水和苏打水。"

她的同伴看了她一眼。"怎么了？"他小心翼翼地看了眼她的肚子，"你没有怀孕，对吧？"

她摇了摇头。

"噢，是我胡说八道。干杯！"他一口气灌下去半杯，直到发出一种哑剧里才有的"啊哈"声，才放下杯子。

她的酒就放在面前，她闻到了一股汽油味。

"好吧，"年轻人说着，回过头，似乎又来了兴致，"我们说到哪儿了？"

"哦，"她轻快地回应道，"你正打算告诉我你在哪家报社工作。"

他咳嗽一声。"噢，对的。"他小声嘀咕道。

"什么？"

"《废物管理月刊》，"他补充道，"总部在克罗伊登。"

"哦，"她说，"一定很——"

"嗯，是的。"他轻描淡写地说着，可不一会儿，脸就沉了下来，"好吧，我能糊弄谁？这份工作糟透了，不是吗？真的，糟透了，无聊至极。所有人都讨厌我，每天我花两小时赶到这儿不过是因为这样我就在伦敦了，我要好好待在这儿。可我上个月才住进新公寓，现在想换也换不了，爸爸妈妈还告诉所有人我现在是在伦敦的大牌记者，但实际上，我糟透了。"

他们对视片刻，接着放肆地笑了起来，吸引了邻桌的目光。她决定放纵一番，端起酒杯，大口痛饮起来。酒洒了出来，落在了天鹅绒衣领上。

"哇哦，看不出你还是个狠角色。"他说，眯起眼睛，"你知道吗，你长得真的很像海伦·萨里斯。"

她看着他，视线的边缘开始模糊起来。"你怎么知道我就不是她呢？"她说。

他眨了眨眼睛："好吧，因为……她不是遇到车祸了吗？"

斯玛吉抚摩着太阳穴附近的伤疤："是吗？不过是在几个月前。"

"我的天，"他说，"和海伦·萨里斯在酒吧里喝酒。我的脸书会被刷爆的。"

她一阵心血来潮，歪倒在他身上，舌头覆着他的嘴唇，深深地吻了下去。

"我的妈呀，"他说着，扶了扶眼镜，"等等。你不是结婚了吗？"

她耸了耸肩膀："是又怎样？这有什么差别吗？"

他深吸了一口气，抬起头望着天花板，好像在琢磨一笔巨额账单。"谁他妈的在乎这个。"他说着，望着她，脸红了，"哦，我觉得这儿有点热。"

她握住他的手腕。她不假思索——让海丽干点刺激的事吧——这念头占据了她。"那跟我走吧。"她说着，把他拽了起来。

"我们去哪儿——"他跟着她跟跟跄跄地穿过酒吧，咿咿呀呀地说着。"天啊，"他们关上厕所门时他没忍住，叫出声来，骄傲的火苗生了起来，"这才是伦敦的生活，对吗？"

她把他往里推，推到隔间里。还有一个人在小便，可她并不在意。现在正好。来点刺激的吧，当着你的面，制造出今日头条。他们如果愿意，最好把警察也叫过来吧，把她逮捕，在监狱里关上一夜。她就能成为臭名昭著的海丽了，不是吗？这样就可以让她任由自己摆布。她终于可以暴露在大庭广众之下。

她把背后的门关上了，她像那些熟悉皮肉生意的人一样摸索着他的腰带。他却有些不解风情，像一只精力旺盛的拉布拉多犬一样吮着她的嘴唇，恨不得粘在她脸上。她只好先放任他的舌头冲撞她的牙龈，让两人的牙齿磕磕碰碰，接着她开始反击，趁着这股鲁莽劲儿还没消退，彻底征服他。

皮带松了，她解开他裤子上的纽扣，露出了他的裆部，接着后退了一部。他和她面对面站着，他的内裤露出来了，只一会儿那地方就开始充血挺立起来，他脸上的表情半是兴奋，半是痛苦。他的上衣塞在倒 Y 形缝线的内裤里，露出那种要靠一两年的胡吃海塞才能摆脱的少年般的瘦弱身材。有倒 Y 形缝线的内裤让她停了下来。这条微微发亮的柔软的内裤，说不定今天晚些时候会重新叠好，在洗衣机里搓揉一番又焕然一新，放在房间里的散热器上。他们聊到周末时带回家洗的那些衣服，妈妈在熨衣板边独自哼唱，家人们聚在一起，就像卫浴洁具广告里一样其乐融融，为年轻的儿子取得的一切感到高兴："一个记者，生活在伦敦，难以置信！"和他们相比，她觉得自己阴暗、肮脏，连自己都厌恶自己。她不是他们的对手，面对他们，自己溃不成军。她不值一提。她感觉身体开始有某种悲伤的力量搅动，她得在彻底粉身碎骨前离开。

"对不起，"她说，摸索着，打开了隔间门，"我做不到。"

外面，小便池前的男人回过头来，嘴唇没有发出任何声音，却用眼神做出无声的评价——荡妇。她从他身边挤了出去，穿过吧台，推搡出一条路，才回到街上。一辆车停了下来，她在车窗上看见自己的影子，海丽的妆容渐渐褪去，露出一张憔悴的长着皱纹的脸，"怪物"两个字开始显现出来。

橙色的街灯烘托出忧伤绝望的氛围，这身衣裳让她看起来像干瘪颓废的未成年少女。车窗摇了下来，尼克探出头，瞪着她。

"该死的，你在这儿做什么？"他吼道，"进来！"

34

面谈在许多摆着塑料椅子点着荧光灯的房间里进行。他们指定了一位被称作负责人的成年人给你。那是个披散着头发穿着起球的羊毛衫的女人。她一路陪着你，他们会向你提问，她负责听你给出的答案。还有许多表格和测量表，人们在角落里窃窃私语。这会儿，你似乎会被送上少年法庭，又或者少管所。后来，他们又认为你精神失常并不适合去那儿。他们只好继续讨论，反反复复。同样的问题问了一遍又一遍，他们似乎希望这样一遍遍地问下去，直到你突变成另一个人，给出不一样的答案。

最后，他们也厌烦了，把你带到 M25 区某个灰盒子一样的建筑里，让你待在那儿。那儿有普通的房间、游戏室，还有一个被称作冷飕飕花园的地方，一道厚篱笆把花园和川流不息的车辆隔开。某些时候，你差点以为这是假期露营，大概是某个可以玩"爸爸去哪儿"游戏的地方，你和海丽中学的时候就去过一次。只有某些蛛丝马迹透露了真相，比如卧室。白色的隔间就像潜水艇一样装着厚重的门，还有一扇随时可以拉开的小窗，可以看到里面。"你被困住啦。"这些房间偷偷说道，"这里的人在监视你，偷窥你，小声议论你。他们说不定会趁你睡着的时候给你做手术。你只能任由他们摆布。"

于是，工作人员问你问题时，你便喋喋不休地说些废话——外星人啊，怪物啊，说些只在录影带和电影里才有的胡编乱造的东西，这些都成为那些疯话的素材。你猜想，只有不停地在地板上打滚，才不会被人逮住，才不会有人碰你。有个叫安格的胖家伙，显然，她把自己幻想成顾问一类的角色，她很有一套，想方设法用那套对付你。有时，你不得不服从。有时，你会垮下脸，仿佛马上就要哭出来，却从没有真的流过泪。你仿佛摆脱自己的肉身似的冷眼嘲笑着安格的反应。最后你总会昏昏沉沉地胡言乱语，这只是时间问题，只要你醒着，她就会忙得团团转。

把你管得死死的，只有这个粗暴的方法能让你保持清醒。待在铁屋子里。不惹是生非。不和其他人有眼神接触。不听信任何人的谎言、鬼扯。不卷进任何会让警铃大作的斗殴。不掺和那些会让工作人员在夜晚的走廊里忙作一团、大声喧哗的事故。你越来越厌恶那些刺激着肾上腺素的胡言乱语。

你整天待在自己的屋子里，看着墙壁发呆。你想要看清那些裂缝，找到可以下手的地方——一旦安全受到威胁，比如，遭遇核弹袭击，你可以砸开一条逃生的路。你留意任何暗示着灾难降临的线索。你为此做笔记，笔记就藏在你的床垫下，没有人会发现它。有些日子，你戴着耳机，听电台司令乐队的《爬行》，一遍又一遍，把声音放到最大，歌词似乎都嵌进脑海里。音乐让你冷静。最近你更喜欢科特·柯本，你更愿意待在音乐的世界里。

你和其他人每天都在监视下排队服两次药。药片是配好的——有一片和冰球一样大——还要喝下一杯咖啡色的药剂。

"你知道他们想用这种东西对我们做什么，对吗？"第三天，队伍里站在你身后的女孩小声说。"控制思想。变得又蠢又纯。这些药都是用来干这个的。"她捅了一下你的胳膊，继续强调，"锂，没错，就是他们用来让狼不再杀羊的东西。没有一句谎话。只给羊的尸体弄上一个单位的这东西，狼就病得再也没法碰其他动物了。真的，他们就是这么对付我们的。他们在干的就是这缺德事。你得向我学着点——先把它含在嘴巴里，再去厕所吐掉，别让他们得逞。"

可你对交朋友一点兴趣都没有，所以等你在吃药的桌边坐稳了，只是一边看着她，一边三口两口地吃完所有药。你当然知道它马上会在你的体内生效。你已经感觉到它开始拔掉你身上的刺，让那个诉说着你是谁的声音越来越小了。

你再也没有收到家里的消息。其他人有时会有信和电话，不过很少有人来探望（不过那些同病相怜的亲戚倒是有更多机会碰头），但你什么都没有，就连生日的时候也什么都没有收到，就连生日问候都没有。

最可怕的是还要在宿舍里过圣诞节：磨秃了的金箔装饰，塑料树，还有从街那头的便利店里买来的最实惠的馅饼。他们付出颇多心血，却只让一切看起来更糟，就像化在黑眼圈上的浓妆。如果月历能直接跳过这个月，把一月过两次就好了。

你明白外面的人不会给你送礼物，但还是无法避免那种悲伤的情绪。圣诞节的早晨，他们四处分发礼物的时候，你还是会伤心。尽管你始终和垃圾生活在一起，尽管一切迹象都在暗示着你不会如愿，但你还是怀着一丝侥幸，幻想着生活在另一个世界的家人仍旧爱你，仍旧理解你。圣诞节那天，最糟糕的是——你又一次发现自己蠢得可怜，不管用什么法子，你这个蠢猪都没法让自己真的不在乎。你觉得，没有比店员们包好的廉价小玩意儿更美妙的了。

午饭后，你躲进画室，毕竟那儿安静，你能一个人待着。画架杵在那儿，静候着你。你本来打算胡乱画些粗犷暴力的东西，试着让你身体里的怒气在纸上留下撕裂般的混乱痕迹。你已经在脑海里幻想着在最靠近大门的台子上铺开 A3 画纸的场景。与此同时，寂静在所有的房间蔓延——人们要么关上自己的房门，把玩他们的礼物，要么就是在公共活动室里看着那些圣诞节才有的垃圾——你聚精会神，记起在霍甘小姐课上做艺术项目的场景。你被某种熟悉的感觉吞噬，你感觉一切都是一场由你支配的公平的游戏，都是任你选择的礼物，你是如此强大，充满力量，独一无二。那张厚实的乳白色纸在召唤你，臣服于你，于是你作为回应，拿起铅笔。

你开始画一幅圣诞场景：一家人正坐在起居室里看电视，角落里有一棵装饰过的大树。但问题是，你一眼望去，觉得场景里的一切平常极了。可凑近一些，你才会发现一切不是你看到的那样。比如，妈妈感染了艾滋病毒。你没法在画里表现出来，但你可以画出她凹下去的脸颊、深陷的眼眶和胳膊上因为注射留下的伤疤。她附近的桌子上已经打开的圣诞礼物是一根针，摆在她面前的食物是一碗呕吐物。至于小男孩，身上有伤疤和擦伤的痕迹：爸爸会在没有外人时打他。至于那个青春期的女孩，不需要动脑子就可以从她撕碎的衣服和迷离的神情中猜出他常对她做什么。

你在圣诞装饰上画上了蜘蛛网。你清楚，这东西在这棵树上挂了一整年。没人可以把它拿下来。它的特别之处就在于，只要看它一眼，就会感觉在受折磨，不过很快不会大惊小怪了，取而代之的是无聊和羞辱——那女孩在学校里不得不躲着她的朋友们。实际上，如果你凑得足够近，就能发现，屋子外面的世界是六月。录影机上显示"21：30"，但还有太阳光。白天最长的日子。

接下来，看看电视里在播放什么吧。没有你想象中常见的煽情画面——不是"尼尔的圣诞礼物"或者《莫克姆和威斯》的重播——而是一些暴力肮脏的内容，完全不适合给孩子看的内容。血液、内脏还有血淋淋的伤口。比如有一部色情凶杀片，哈莉在楼上的走廊里狂奔，镜头里的她差点被奸杀（至少她对每个人都是这么说的——但你个人认为，她故意夸大了，她更可能只是被一群变态乱摸）。你十分投入，想在小屏幕上画上尽量多的血块。想要获得某种和谐的效果，这对技巧要求很高，因为你追求效果。你在流出来的胃上花了很多功夫，只为把那个握着刀的手画得恰到好处。

你十分投入，连安格走到你身边都没有察觉。她弯腰看着画布，她腰间的肥肉撞到了你。

"很不错。"她说。

你瞪了她一眼，你很讨厌别人在没有被邀请的情况下打扰你的工作。但她根本不理会。

"我喜欢你刻画这些脸孔的方式，"她说，"还有处理屋子里的细节的方法，很别致。"

她的下巴咯吱作响，你看着她，她正在嚼口香糖，你好奇这张纸上的东西在她的脑海中是怎样一幅画面。过了一会儿，她的表情变了。

"很阴暗，不是吗？"她说，"不是你那种通常意义上的圣诞节。但还是很棒，艾丽，很棒。"

你回头看着画架，你突然明白在她看来你究竟干了些什么：没有感受到巨大的不断蔓延的痛楚，而是置身事外，作为旁观者打量一项按计划完成的任务。这幅画可以带来点什么——甚至快乐——给这个世界。你感觉脑袋里有一根橡皮筋断掉了，你恍然大悟，你意识到一幅画可以是一件隐藏着秘密的私人物品，同时又可以向世界表达一些东西。这简直太他妈的疯狂了，当然，也很危险，真的棒极了。

安格拍了一下你的肩膀，走开了。你坐下来，看着画纸。你感到宁静，这种感觉久违多年——又或者是第一次——占据了你的心。肮脏的画室，桌子上粘着鼻涕，墙上涂着污言秽语，但坐在这儿，你感觉平静，真是说不出地古怪。

35

第二天，斯玛吉藏进阁楼里。被尼克找到时所受的羞辱简直一言难尽。其中的千回百转就像一张重录过许多次的卡带一样已经无法分辨清楚。她只能待在小小的房间里，不发一言，呆望着天花板，一圈圈地踱步。那些穿着海丽的宴会礼服恶作剧的画面让她避之不及，一想到作恶的动机，她就会打颤。想要打乱已经长大成人、羽翼丰满的海丽的生活的念头实在太险恶了。她的头脑——正是这部分器官让她明白了整件事有多蠢——想到这里，她就害怕得上气不接下气，满脸通红。她开始对每件事半信半疑，每个想法都可能是骗局。有时，接连几个小时，她躺在床上，双手捂住脸，害怕面对眼前的一切。

当她经过阁楼的画室时，那些关于画架、颜料、铅笔和木炭笔的记忆刺痛了她。那天夜里的残酷经历仍旧散发着戾气，一想到尼克买这些东西放在这儿，是为了诱导她去创造点好的有意义的东西，她就感到羞耻。他对她的信任仿佛某种责备。妈妈是这样想的：她已经坏掉了，她有毒。她应该在他也被传染、被迷惑之前离开。为了他们好，她早就应该滚出他们的生活。

可她没法扔下画架上空白的画布离开。午后那散漫的几小时里，关于用色和材质的种种设想让她分身乏术。她简直没法忍受任由画面空着，所以，某天夜里，她独自待在工作室里画速写。第二天，她又画了一夜。没过多久，她就和画架干上了，似乎把整个生命都交了出来，画了一张又一张。图案仿佛排队上车的乘客一样涌进她的脑海，她拼命似的将它们一个一个处理完。她画了还是孩子的她和艾丽，那时的她们把辫子盘了起来；她还画了那幢小房子，草坪上散落着汽车零件；她还画了相思鹦鹉比尔一动不动地躺在画面的底部；她还画了一张不同凡响的水墨画，三个人在人行道上跳跃着，扯破了装着五颜六色的衣服的口袋。还有一些画，她并不愿意道出其中深意：一个看起来像狼的人正在密林中穿行，手里紧紧拽着红斗篷的一角；一个女人站在大河的岸边眺望船舶渐行渐远；一盏被砸坏的交通信号灯始终都是红色的。

日子一天天过去，她不眠不休。手一刻都没有闲下来，她是要亲手用画作来成全自我。偶尔，楼梯附近会被放上食物和水，她看到了就吃。但在绝大多数时候，她连自己是饱是饿都不知道。过去和未来已不复存在，只有线条、颜色以及画纸的卷边。她是一个没有过去的女人，也不再计划将来。时间就此终结，旧我不复存在。

36

新年降临。公寓里有人来，有人走。他们把那个悄悄吐药的女孩搬到了其他地方。

也是在这时，他们让你坐下来完成测试。是中学结业考试。真是个笑话。你甚至懒得看那些考卷——你把它们翻过来，然后盯着墙发呆。他们希望你怎么做？竟然有人会把纸上的一切和这里发生的一切联系起来？蠢货。

你不再惦记海丽，你坐在奥克大桥礼堂的小方桌边，怒气冲冲地随手涂鸦，那些圆润的线条彼此交缠在一起。

又过了一个圣诞节。又过了一个生日。你已经无所谓了。你在画室里不眠不休，全身心投入绘画，你想用木炭笔创造点什么。他们意识到你并不想通过测试离开这儿，只好鼓励你一心扑在画画上。安格给你买了一个笔记本，这样他们来找你时，你好画出你的想法。你好像忘记说谢谢了——你也记不清了。

你的生活有了某种节奏。每天早上，早餐后，你就去画室，开始工作。唯有绘画是真实的。其他都是身外之物。这大半归功于他们给你的那些药——那些药片洗涤了你的心灵，你的情绪仿佛被潮水涤荡干净，让你兴致盎然，不再深陷其中。只有画画会让你感觉到那段日子没有虚度。

一天下午，安格把你带到一边。她看起来容光焕发，开心极了。你恨不得马上躲进画室，关上大门，但是她拽住了你的胳膊，不放你走。他们把你的作品放进了市政厅里，参加了本地艺术展览。你的运气来了。展览下星期开始，你得到特许，可以去看看。

你站在那儿，五味杂陈。你有点高兴，有点满不在乎，当然还有一点，怎么说呢——恼羞成怒，他们是在背地里做这些事的，从来没有问过你，一点都不光明正大。你不知道该说什么，你只好站在那儿，盯着安格双下巴上的大疹子。

"高兴吗？"她问，咯咯笑着，捏了捏你的胳膊。

你知道，如果装作高兴大概更容易些，便点了点头，咧嘴笑了。你努力让自己不表现得像个混蛋。

你去看了展览。展览在一幢宏伟的做作的复古建筑里举行——可能阿卡拉和妈妈周末常去的地方——所有的画挂在墙上，围成一圈，像是货真价实的画廊。不过在门口你遇上了点麻烦，因为你的运动装、篮球帽以及"怪物"文身。显然，他们以为你是来捣乱的，好在安格出面，他们才笑脸相迎。甚至有人对你说"大驾光临"。

到处都是人。老实说，在公寓待久了，你有些神经衰弱——一切都太突然了，你还得当面应付。焦躁开始在你的身体里沸腾，但看在安格的面子上，你忍住了，假装在欣赏别人的画作。

不过你最享受的，是站在你自己的画前面，听人们胡扯。你有两幅画参加展览——因为你从没有命名，所以名字都是《无题》。大的那幅是油画，画的是事故中掀翻了的轿车，另外小的那幅只有线条，勾勒了一只烂成一片一片的泰迪熊，蛆从它的眼眶里爬出来。他们选中这两幅画，你隐隐有些得意，因为你在画这两幅画时感觉很不错——你感觉畅快无比，你在画其他东西时，不得不搜肠刮肚地勉强自己。

但其他人面对这些画夸夸其谈的样子，还是让你震惊不已。比如，有一对老夫妇站在那儿，仿佛要看着那只泰迪熊直到天荒地老，他们念叨着它和帕丁顿小熊有些相像之类的废话。还有一对老妇人，一边蹒跚着步子，一边发出咯咯的噪音，指责这是心智失常的证据，根本不该挂出来。还有人认为它在影射九十年代初的经济大萧条和经济危机。除此之外，你还听到有人说了一通关于柏林墙事件的废话——显然，他觉得轿车代表德国。

这些评论让你暗自发笑，因为你作画时脑袋里根本没有这些念头。绝大多数时候，你只会为了让熊的耳朵看起来顺眼而绞尽脑汁，为了努力呈现轿车乱七八糟的色彩精心调制颜料，你没有工夫理会意义这种下三滥的东西。你只想怎么做合适，你只在乎合适与否，没有什么比它更重要。

这些评论也让你明白了一些事：你的意图和人们的理解根本是互不相干的两件事。人们理解事物的方式不尽相同。每个人都活在自己的世界里，悲哀极了。但也给了你机会，你可以把它转化成你的优势。

过了一会儿，有人开始演讲。大概是市政府的要员，他穿着皱巴巴的套装，弄得每个人兴致全无，他用了大概二十分钟谈论这次活动意义重大，询问每个人是否尽兴了。你一直盯着他的夹克领上的迷你香肠卷碎屑，以至于有那么一瞬间，你错过了他宣布其实还有一项评比，更重要的是，你还获奖了。当他们的目光都汇聚到你身上，你这才意识到，自己该摆出那种混杂着喜悦和期盼的表情了。

接着，所有人都来问候你。人们找到你，和你四目相对，似乎想要最近距离地观察你，期待你在眨眼的瞬间取下面具，敞开心扉。大多数是系着长丝巾、嗓音甜美却聒噪的老妇人。你注意到，其中有几个盯着你的文身不放，但在大多数时候，大家都很友善。有一位在本地报社工作的人甚至想给你拍照。他让你站在你的两幅画作之间，换了好几个姿势———一次你指着墙，一次你举着小小的象征着胜利的玻璃奖杯。老实说，你觉得这些姿势有些做作，但你什么都没说。你只是站在那里，试着给他一个笑脸。

然而，几乎是一眨眼工夫，大厅里便空无一人了。是时候回公寓了。安格走了过来，挽起你的胳膊。

"好了。"她说着，朝你挤了挤眼睛。你感觉骄傲让她散发热量，那种热腾腾的感觉就像烧烫了的铁质旧暖气片，去年冬天一个女孩在打架的时候被它烫红了脸。

"是啊。"你说。

"你看到了吗？"她说。

你不知道她期待你看到什么，但你显然没有准备好长篇大论。和这些人聊天、来到陌生的环境已经令你精疲力竭了。你一点都不习惯。你满脑子都想着公寓，为它之外的其他事操心实在是为难你了。

"是啊。"你重复了一遍。

"跟我来。"她说着，把你带到货车前，这是临时借来的货车，只借了一晚，"你如果喜欢，可以坐在车前面。我不会告诉别人。"

你钻进车里，扣紧安全带。你看着挡风玻璃外的风景。一个念头疾风般钻进你的脑袋：上一次你坐在机动车前座，还是撞到艾丽那天。你以为你会有心理阴影。如果你是普通的孩子，现在大概会感觉恐惧——气喘吁吁，破口大骂，甚至想吐。但你没有。你无坚不摧，你毫无知觉。

37

门响了。尼克站在那儿。

"你忙了很久。"他说着，指着那些等待风干的画，它们靠墙摆了一圈，还有一些在角落里堆积成山。

斯玛吉耸了耸肩，对不速之客感到不耐烦。她的神经被怒火烧得嘶嘶作响。她不知道为什么他会在这儿。他就不能滚蛋，让自己独自待一会儿吗？

他咳嗽一声，斯玛吉的脑海里开始闪现出一段银白色的记忆，关于某个夜晚。她必须遵守法规。平心而论，她应该感到惭愧。她抱着胳膊，按捺住不断刺激着她的那股情绪，嘴唇紧闭，竭力让自己看起来温和些。

"是这样的，我有些消息要告诉你。"尼克用脚踢了踢挡在路当中的碗，碗里的水果散发着恶臭。（她讨厌他将一切都视作自己的囊中之物的态度。房子的确是他的，但这些东西是她智慧的结晶。是私人物品。他无权对它们指手画脚。）"'发卡'的审核通过了，项目可以实施了。"

斯玛吉眨了眨眼。就像游泳者试图从深深的海底浮出水面一样，她的头脑开始理解这句话的内涵。

"发卡？"她问。她豁然开朗。她记起了那些扭曲的高塔。"噢，真的太棒了，你一定——"

他点了点头。"事实上，我觉得有些蹊跷。"他将手插进口袋里，脚尖点地，"通常结束类似的大事后，我会感觉有些失落。自从我们有了海洛伊斯，我结束类似的事，海伦就会带我出去，陪我散散心。"他侧过脸，看着她，"不管怎样，你今晚可以和我一起吃晚餐吗，给我庆祝一下？不需要精心准备什么，一切从简。我来做饭。我想这可能是一次全新的开始。一切从新开始。"

一阵沉默。斯玛吉咳嗽了一声。

"我不确定是不是该这么做。"她说，"我的意思是，老实说，我不认为现在的处境能让我成为一位得体的饭友。"她深吸一口气，"我猜我大概又病了。"

尼克点了点头："我知道。但我是认真的，你得给我一次机会。"

房间里的空气骤然凝重。

她受够了，不想再和他纠缠下去。"好吧。"她说，"就随你。"

就在他关上门的那一刻，她意识到，她做了一个错误的决定。

◊

七点差十分，她下了楼，她在盒子般的小房间里坐立不安，虽然捧着书，但什么都看不进去。下午一晃就过去了。答应吃晚饭后，所有的灵感都弃她而去，留下满脑袋乌烟瘴气。有两次她已经起身，想要永远离开这幢房子，每次都没能成功，于是她躺回床上，头脑始终被变作海丽的她在街头摸索的场景占据着。她绝不能放任那个散漫的不成形的任性的自我在外面晃荡了。尼克帮她收拾了太多烂摊子，她该给他一次共进晚餐的机会。

她下楼，遇见了海洛伊斯。

"噢，是你呀。"小女孩说，"你去哪儿啦？"

斯玛吉伸出一只手，摸了摸她的头发，头发梳过，看起来却有些古怪。

"哦，对不起。"她说，"我生病了。"

"骗人！"海洛伊斯嚷道，"我听见你在楼上走来走去。如果你生病了，肯定不会动的，你会躺在床上，说'噢，我生病了'，然后等其他人把东西递到你手边。"

"我的病很特别。"斯玛吉说。

海洛伊斯眯起眼睛，双臂交叉，某个瞬间，露出她母亲似的狐疑。"编故事。"她说。

尼克从两层楼下朝着楼梯这儿嚷嚷："我马上就要和你道晚安了哟！"

斯玛吉眨了眨眼睛，疑惑了好一阵，才明白他的话到底什么意思。

"哈！"海洛伊斯大叫道。她转身面对斯玛吉："你看起来很美。"

斯玛吉低头看了一眼从尼克留给她的一堆衣服中找出的牛仔裤和灰上衣。她怀着平常心，她知道，自己不管穿什么都比不过她的妹妹。

"我妈妈在家的时候最喜欢穿这件上衣。但是你穿起来也很美。"海洛伊斯说，瞪圆了眼睛，竭力做出大方的样子。

"噢，真的吗？"斯玛吉说。她拉了拉衣褶，打量起上衣。有一边没有理好，料子很软，感觉像丌司米。她突然意识到，这一定是很贵的面料。她应该找一件普通的长袖上衣穿上。

"谢谢你，"斯玛吉说，"我没有特意挑衣服。我——"

这时，海洛伊斯已经没了兴致。

"好吧，那么晚安了。"她说着，挥了挥手，连蹦带跳地上楼了。

斯玛吉绕过楼梯扶手，尼克正站在炉子边上。他看见她，身子微微颤抖。但很快，他就镇定下来。

"对不起。"他说着，穿过大厅向她走去，"稍等片刻，马上就好，瞧瞧你……"他晃了晃脑袋，"真美啊。"他说。

她的脸红了。"噢，对不起，"她说，"我不知道这件衣服——是海丽最喜欢的。我可以回去换件其他的。要不了多久。"

他抬了抬手。"不用了，"他说，"你看起来很美。你看起来……好吧，希望你不要介意，比其他晚上要好得多。"

她低头看了眼鞋子——是一双几乎全新的灰色匡威鞋，没有任何特别的地方。

"关于那件事——"她欲言又止。怎么才能解释她脑海里那些古怪又任性的念头？

"别管那些。"尼克说。他转过身，打开一瓶已经开过的酒："需要酒吗？"

"噢，我不该那么做。"她说。

"不该看什么脸说什么话。"他说，"这一点很重要。要酒吗？"

她耸了耸肩。"为什么不呢？"她说着，被他的俏皮话逗笑了。

他准备了一顿大餐，帕尔玛火腿卷芦笋配荷兰酸辣酱、大杯清爽的葡萄酒，还有酒焖仔鸡。

"天啊，"几乎要漫出来的砂锅端上桌时，她忍不住赞叹，"你肯定去过镇上。你的小把戏瞒不过任何人。"

他尴尬地看了她一眼，然后又望向其他地方。花园的影子落在了他的脸上，他的颧骨显得越发高耸，眼眶也陷了下去。

"这段日子不好过，是吗？"她说，但很快就后悔说出这样的陈词滥调。她非常讨厌人们用那些套话调侃自己，可现在她的所作所为也与别人没有什么差别。

他只是盯着她的杯子，往里面倒满新鲜的红葡萄酒。

她往他们的碟子里盛了一勺又一勺美味的炖菜。她这么做的时候，无意间瞥到杂物间的门边有一张带框的照片：艾丽和尼克坐在伦敦眼[1]的内舱里，冲着镜头举起盛满香槟的酒杯。她妹妹的头发在眼光下熠熠闪光，散落在她的脸上。她是彻头彻尾的电影明星。

斯玛吉使劲浑身解数才吞下东西。"看着所爱的人经历这一切，却不知道什么时候才会结束，实在是太难受了。"她说，"我想，你会觉得自己就像被困住了。除非她痊愈，否则你简直寸步难行。"

尼克叹了口气，接过盘子。"我确实感觉自己被困住了，"他说，"但也不完全像你想象的那样。"

他抬起头打量她，就像审视一面承重墙，考察她究竟能承受多少重量。他仰起头，一饮而尽。

"管它呢，"他说，"事实上，我们没有爱过对方，以后也不会了。这事已经发生了很久。事故发生前两个星期，我们就决定离婚了。"他鼓起脸颊，"就是这样。现在你该懂了。"

斯玛吉什么都没说。她又起一片鸡肉，塞进嘴巴里，坐在那儿，咀嚼着嫩肉。

尼克拿起刀叉："我想，你现在大概恨我。"

斯玛吉皱了皱眉："恨你？为什么我要恨你？"

"好吧，一点都不好，难道不是吗？现在我应该做一个乐于奉献的丈夫，在床边守候，可实际上，我无时不刻不希望逃进大山里。媒体如果知道了，一定会大肆渲染。"

他又给自己倒了些酒，迫不及待，一饮而尽。

"他们无权指责你的感受。"斯玛吉说。

"哦，他们无权吗？"尼克对着自己的酒杯说，"他们最爱做这样

---

1 伦敦眼，The London Eye，坐落在英国伦敦泰晤士河畔，是世界上首座观景摩天轮。

的事了，关于'发卡'的哼哼唧唧该怎么解释？他们一旦发现真相，一定会把我看作冷血的杂种。他们最擅长这个了。"

"我觉得你对自己太苛刻了。"她缓缓说，"你待我一直不错。关照我……关于工作室，还有其他的一切。"

尼克鼻子里哼了哼。"噢，是的，我是个好人，无私奉献。"他冷笑一声，"但事实上，我只是希望你能去看她，把她唤醒，这样我就能从这堆麻烦中脱身，永远脱身。但可悲的是，完全不是那回事，现在我进退两难，所有的出路都被堵住了。"

斯玛吉屏住呼吸。桌面歪了，但很快就恢复正常了。

尼克还没有说完。他的手在餐盘上挥舞着，袖口擦到她杯子的边缘，里面的酒晃了晃。"甚至今晚的一切，也是我设计好讨好你的。我准备了许多话，还有这一切。我本来想要告诉你我多么爱她、她对我有多么重要，期望你能告诉她。一直以来，我只想着我自己，希望我能重新拥有自己的生活。"

斯玛吉咳嗽了一声。"我……"她才刚刚开口，声音就越来越弱，越来越远，"我能明白你进退两难的处境。"

可尼克根本没有听。"冷血的杂种。"他又说道，"事实上，除了我之外，我那'亲爱'的妻子海伦是第二个符合这样的称号的家伙了，最大的骗子。"

他停下来，看着她，过了好一会儿，目光才对焦，他的下巴上还沾着一些红酒。

"你刚刚说什么？"斯玛吉问。

杂物间里，洗碗机飞速运转，发出叹息。

"对不起。"尼克说，"我不该说这些话。不论过去发生了什么，毕竟她是你的姐姐——"

"不。"斯玛吉脱口而出，"没什么。你说海伦是骗子，究竟是什么意思？"

他望向花园："这么说有些古怪——我大概说了太多了，可能是酒精的缘故——但我从来不觉得我真的了解她。即使在我们感情好的时候，她似乎还是在隐瞒些什么。"

斯玛吉放下她的叉子。房间里的光线微微颤动。"你继续。"她说。

尼克深深吸了口气："好吧，你知道她在电视上的表现——堪称完美？真的不是表演：无论什么时候，她都是那副样子。就像确实有一个人在这儿——一个真实的人——但因为她周身的光环，你没法接近她。"

他摇了摇头："甚至在我们结婚那天，站在小教堂的祭坛边上，玛格丽特和贺瑞斯也在，我看着她沿着长廊走来，我还记得我那时在想什么：'现在我终于可以了解你了。'但事情并不是这样。她从来就不是真正的她。即使是在我们最甜蜜的时刻，我也感觉我们不过穿过了某个房间，完成了一些场景，直到某人大喊一声'结束'。"

他握着酒杯，做出开诚布公的样子："别误会我的意思。一帆风顺的时候，这样的确很甜蜜。但距离始终存在，你懂吗？后来艾米丽去世了，事情变得糟糕。我们试过去做夫妻关系咨询，但那简直是场灾难。她根本不愿敞开心扉——你觉得自己每时每刻都得夹着尾巴做人。"

"她的双胞胎妹妹还穿得和她一模一样在夜店和酒吧里晃荡，"斯玛吉说，"这也不是你想要的。"

尼克用古怪的眼神看着她。"你竟然这么做？"他说，"我还以为你是在玩什么重返十八岁之类的游戏。从我认识海伦起，她就没有那么穿过。"

"是吗？"斯玛吉轻声说。

她轻轻摇晃着酒杯，看着桌上方一排挂成锯齿形状的灯射进酒杯中的光线。脑中的醉意已经退去，她的头脑很清醒。她看着尼克，打量着身边的一切。

"你知道为什么海伦一直有所保留吗？"她缓缓说，"为什么她从来都不把自己完全表露出来？"

尼克耸了耸肩，一饮而尽，然后又给自己倒了一杯。"不知道。"他说，"我一直以为是她老上电视的缘故。但回过头看，她从来就是这样——在她还没有成名之前就是这样。当然，从一些公开的访问中，我知道在我和她认识之前，你们之间发生了什么。但我从来没把媒体的鬼话当作一回事。因为工作的缘故，我知道事实可以被扭曲到什么程度。她把心里的某一个地方上了锁，你怎么也进不去。至少，对我来说是这样。或许有人曾经幸运地走进她的内心。或许将来会有人走进她的心。"

他手里的瓶子歪了，红酒洒到桌上，染红了金黄色的木头。斯玛吉伸出手，想接过酒瓶。

"这儿，把它给我。"她说着，给自己倒了满满一杯。她抿了一口酒，然后看着他。

"她从来不把自己暴露出来，是因为她根本就是她自己。"

尼克皱起眉头，看着她。他转了转眼珠，试着看清一切。

"她身不由己，因为她是我。"斯玛吉说，她废了好大力气才大声说了出来，"她一生都在努力扮演我。你娶的是艾丽，不是我。"

尼克脸上露出警惕的表情。他打量着房间的四周，好像期待有摄影师和演播员潜伏在某个地方，准备抓他个现行。

他用手按住喉咙。"我很抱歉，我不该——"他说。

斯玛吉摇头示意他保持沉默。一切已经过去了，该结束了。她深吸一口气，开始讲述那场变身游戏以及之后的故事。

在她讲述过程中，尼克跌跌撞撞地起身，取了另一瓶红酒放在桌上。这一次，酒从杯子里洒了出来，他始终沉默着。

她说完了，和盘托出——至少她讲出了这一次能说出的全部——鼓起勇气看了他一眼。他们的椅子紧挨着桌子，他们坐得很近。尼克没有说话，颓然靠着她。他双眼紧闭，她担心不一会儿他就会睡过去。但他又睁开眼看着她。

"瞎……瞎……瞎胡闹。"他说，葡萄酒淹没了他的尾音，"那段日子真差劲，对吗？"

她点点头，上唇颤抖。

他拖动椅子，离她更近了，轻拍她的胳膊。"差劲的日子。"他重复了一次。

他的手落到了她的腿上，搭了一小会儿。他们的目光相遇，随后他起身压在她身上，亲吻她的双唇，揉起她的双乳。她回应着他的吻，迫不及待，如饥似渴，手指在他的背脊上来回滑动。

她喝醉了，她的脑袋里有一个声音不断警告她。他们都醉了。喝醉的人常干这种事。人们容易失去控制。

这个男人，这个正压在她身上，用力将膝盖插进她两腿之间的男人，正在努力摆脱数公里之外昏迷不醒的女人以及所有和她有关的烦心事。至少此刻，她感觉自己快要得到属于自己的一切了。

过了一会儿，他们分开，气喘吁吁。尼克露出果决的神情。

"跟我来。"他说。他牵着她的手腕上了楼。

38

他们叫你去总监办公室。一直以来，他们都会把你叫进去，谈论你。很多时候都是当着你的面，但这次不一样，感觉更正式。整个医生团队由安格、总监还有一个你过去没有见过的女人组成。

"艾丽，见到你很高兴。"总监说着，站起身，伸出一只手，和那些蹩脚的教育片里求职面试的男人一模一样。

"好吧。"总监说，"艾丽，你也知道，我们在讨论你接下来该怎么办，下个月你就十八岁了，就是严格意义上的成年人了。"

成年人，一个古怪的词。你对它没有什么完整的认识。成——年人。听起来像是某种奇怪的生物，像是某种视力极差的长在泥沼里的带球茎的东西。你想着，下次去画室可以给这东西画一张素描。

你专心致志地构思着"年人"的外形，以至于忽略了总监接下来的话。直到他停下来，房间里充斥着某种令人振奋的寂静，你才意识到你似乎错过了什么。

"对不起。"你小心地说，"我没听懂。"

"好吧。"总监说着，把手高高举起，挪了挪椅子，他头顶上有一幅画，画里的火焰在冲你挤眉弄眼。你真希望他们把这幅精美却古怪的画挂在别处。它应该被称赞、被欣赏，而不是被钉在盆栽植物后面，盯着一摞摞表格。你很想知道这幅画是谁画的。

"我们过去几个星期和你聊过。"总监继续说，"你的进步让我们刮目相看——你让自己沉浸在艺术之中，成果丰硕——我们觉得完全没有必要再——继续引导和帮助你——嗯，融入社会了。"

你眨巴着眼睛，在脑海里拼凑着这些词语，但就像把酒味软糖塞进计算器里一样，完全不奏效。

"所以，你是什么意思？"

"我们正在商量啊，艾丽，"安格激动地说，"下个月，你就要回归社会了。你就要自由了。"

陌生的女人噘着嘴："从心理卫生方面讲，我们并不鼓励用'自由'这个词。"

但你才懒得管她究竟鼓不鼓励，你正在努力理解塞进脑袋里那有十吨重的信息。他们什么时候和你提起过？你是不是把那些话当作了耳旁风？

"出去？"你说，"可我能去哪儿？"你的心就像模里的树胶一样凝固起来，"我不回那儿。我不要回妈妈家。"

他们面面相觑。

"这正是我们想知道的。"总监说。他取下眼镜，手来回揉着眼睛。他脑袋上方挂着《星夜》[1]，画面里的旋涡似乎正向你汹涌而来。"你大概还记得，你的父母也表达过这样的想法，嗯，不欢迎你回到他们家。

"所以我们提议先将你送到一个歇脚的地方，直到你找到一个长久的住所。"总监继续说，"安格拉斯会和你一起寻找合适的住所，帮你确认

---

[1]《星夜》，*The Starry Night*，是荷兰印象派画家凡·高于 1889 年在法国圣雷米的一家精神病院里创作的一幅著名油画，现藏于纽约现代艺术博物馆。

一些你需要了解的细节。她还会帮你申请一些你应得的福利，当然，最后我们希望你能找到一份工作，像其他正常的社会人一样自食其力。"

他的每一句话都像你在古老的教堂和市政厅里见到的石雕一样，矫饰、僵硬、令人费解。

"你还有什么问题吗？"另一个女人问道。

你看着她。你猜，她大概比你妈妈年轻五岁，因为很瘦的女人一到某个年纪，脖子就像火鸡一样露出骨头。她的眼睛流露出一种狡黠，是那种那些街头流浪汉在据理力争时或是在超市里推搡时才有的眼神。

你当然有很多问题。你想知道为什么你坐在桌子的这一边，而他们在另一边。你想让他们告诉你"保持正常"的秘密和它究竟意味着什么。你想知道《老友记》里的故事是不是真的，是不是真的人被精致的绑带紧紧拴在暖气片上血流不止，还有被继父困在走廊尽头的女孩，她的脸被一顿暴揍，骨头碎成一摊烂泥，医生不得不使它们一片一片归位。

但你知道人们不会回答这些问题。他们喜欢简单的问题，显而易见的问题，你只要稍微想想就知道答案的问题。

于是你不发一言。你耸耸肩，摇摇头，让他们设计你的未来，为你写下"未"字的那一横和"来"字的捺。他们会为你着想，无论如何，你不会再像过去那样受苦。

39

清晨，她闻着煎培根的香气醒来，楼下的收音机传来咿咿呀呀的声音。她躺在白色的大床上，定了定神，眨了眨眼睛，一缕缕阳光透过纱帘射了进来。她坐起身，宿醉还未消散，梳妆镜里映出她被擦伤的脸。关于昨晚的零星记忆渐渐浮现：她和尼克坐在餐桌边，红酒，摸索的双手，黑暗中他起伏的脸。或许这些是她想象出来的。她把手放进被子里，光滑柔软的身体证实了这一切。她重新躺回枕头上，闭上眼睛，试图忘记这一切。只要她重新睡去，事情就不会像她看到的这样糟糕了。

但她的头脑不会遗忘。一定还发生了其他的事，不是吗？更重要的事。她紧闭双眼，好让太阳穴不再跳动。想啊，快想！

她想起来了，她把变身游戏和关于这游戏的一切全都告诉他了。

该死的。好吧，一切都已经发生了。她最好穿好衣服，马上离开。就算他过去不认为她是个该死的废物，现在一定会把她当作彻彻底底的疯子——精神错乱的疯子。她又搞砸了，每当有人表现出善意或者更加丰富的情绪时，她都会搞砸。她是个怪物。她是一个混球儿，只会靠榨取别人的善意活下去。他大概是出于同情才和她做爱的。

此时，太阳躲进云层，房间变得昏暗，她从床上跳了起来，双脚踩在柔软如雪的地毯上。

等等，别着急。这事儿或许没那么糟糕，不是吗？她试着从混沌的记忆里打捞点什么。他理解她，不是吗？他似乎理解了。还记得他说了些什么吗？没错，是"那段日子真差劲"。多么特别的话啊。所以她记住了。

她幻想着他又回到了卧室里，站在她面前，带着温柔的渴求的眼神走向她。她记得，她抖落了海丽的内衣、脱下她的牛仔裤时，他是那么动情，几乎要流出眼泪。他凝视着她的身体，无限惊叹，甚至不敢碰她。她一度想到海丽，她正一动不动地躺在数千米外的医院里。但这不再重要了。现在她开始回味他不可思议的温柔——他颤抖着进入了她，一次又一次亲吻她——难道没有什么特别的意味吗？她轻抚着柔软的棉质床单，闪出一个新的念头。惊叹。她从他脸上读到了这个词，不是吗？她看着他时，脑海里千回百转的不也是这个词吗？近乎敬畏，不是吗？

是的，她深信不疑。

也许，在当时，她还不十分肯定，因为她从未在其他人脸上读出这种神情。她和那些男人在巷子、酒店房间、公园里拉拉扯扯时，绝不会有这种体会。在阿姆斯特丹时，也没有过这样奇妙却又令人心碎的时刻。她来到了一个新的领域，一个从未涉足的地方。好吧，再看看眼前的这一切。这白色的房间，她想，对于尼克，这也是全新的；他和海丽从未有过这样欲仙欲死的体验。现在，一切都解释通了，她开始置身在完美生活的情节中，无法自拔。他们做爱的时候，仍旧相敬如宾，几乎带着功利心——甚至出于义务——只在每星期规定的时间里，这样才不会弄坏海丽的发型。他们从来没有体会过那种一浪又一浪的高潮后的颤抖，那自我迷失的感受无与伦比。可怜的、愚蠢的、徒有其表的海丽啊。裹着高档鹅绒被坐着的斯玛吉，想到妹妹的生活一定空洞且平淡，不免有些悲伤。一个人如果永远待在浅滩上，只是随着小小的情绪的旋涡上蹿下跳，不曾在辽阔的海洋上历经波浪，击溃那些可能吞没你的一切，该是多么浅薄啊。

而昨晚发生的一切，远比海丽经历的一切深刻、真实。毫无疑问——她就像拨开云雾般顿悟——对于他们俩来说，这是一次回归。结婚十年了，他第一次和真正的妻子同床共枕。他们终于结合在一起，意义非凡，可以说，近乎神圣。

谁能否定他们发现彼此意味着某段意义重大的关系的开始？是的，这不符合常理。没有人能够证明，但生活就是这样，不是吗？人们总是误入歧途，不按剧本行事，可谁敢说这一定是坏事呢？大概从她笨拙地穿上海丽的鞋开始，她才回到正确的路上。大概这一系列事件不偏不倚，将她带到合适的地方——她该去的地方。

她眼前出现幻觉，他们俩站在母亲家的起居室里，一起冷冷地诉说事情的真相。她想象着那些关于他们生活的真相被娓娓道来，毫无隐瞒地讲述出来时，她母亲脸上不断变换着的表情。一想起母亲脸上可能出现的表情，她便暗自得意，那表情中有愧疚，有发自内心的歉意。她将站在那儿，听之任之吗？她会释然吗？又或者掉转脚跟，一走了之？她还会再回到妈妈和阿卡拉的公寓吗，还是尼克会安排一个住处，只为和她生活在一起？他们会在星期天一起吃饭，在圣诞节庆祝，在公园里久久漫步。或许他们还会一起拜访真正的艾丽，站在被医院特有的荧光照射的床边，追忆旧时光。

她带着焕然一新的轻快心情，迈开步子，笑着穿过房间，拿起椅背上那件肥大的毛衣搭在肩上。离开曼彻斯特之后——告别了阿姆斯特丹的快乐时光——她从未像此刻这般快乐，精神饱满。

她走着，旋转楼梯快乐地叹息，楼下的书在上午的阳光下熠熠生辉。星期六的轻快感受似乎被放大了一千倍，涌进了她心里。

他正坐在餐桌边，她下楼时，他把头埋进了双手。他身边是海洛伊斯剩下的早餐：涂了鸡蛋的波特小姐饼干，就像五彩缤纷的烧杯。一旁就是昨晚的酒瓶。她数了数，有五个。该死的！难怪他醉了。

她久久地凝视着他：头顶光洁的弧线，开始变灰的发际线，还有他那艺术家特有的精巧的手，这双手挡住了他的眼睛。她感觉自己像静静守候在水池边的游泳者，正准备一头扎进去。也许有一天，他们回想起此时此刻，会一起开怀大笑。

她挪了挪身子，咳嗽了一声。"早上好。"她说。

他抬起头，眼睛里都是血丝。真奇怪，他好像一夜之间衰老了许多。她仿佛看到了他六十岁的样子。

"疯狂的一晚，对吗？"她自作聪明地说，"你很早就起来了？你看起来需要些咖啡。我来帮你。我——"

他摆了摆手，她没有再说下去。她觉察出自己最后几个字的音色，刺耳、短促，就像噪音般戛然而止。

他抬起一只手。外面寒冷的风钻进了她的脑袋，之前的幻象颤抖起来。

他揉了揉脸。"他们警告过我。"他说着，仿佛房间里有一些看不见的观众，正静静地看着他，审判着他，"玛格丽特和贺瑞斯警告过我，但我没有听。我以为我足够聪明，不会出差错。但我还是错了。我和其他人一样蠢。"

这是她从未听过的语气，生硬，嘲讽。他的下巴绷得紧紧的。他似乎被控制了——以至于某个瞬间她几乎怀疑他根本不是尼克，而是某个胡言乱语的疯子。

"可是，昨晚，你说……"

"昨晚，我说得太多了。"他从咬得紧紧的牙缝里挤出几个字，"可那些都不是真的我，你懂吗？我不会这么做。我不会和我昏迷的妻子的妹妹上床。"他的嗓音颤抖着，"那不是我干的。"

她看着他坐在那儿，手指敲击着金黄色的木桌，脸因为激动而变得扭曲，他不愿和她有任何眼神接触。最后，他抬起头。

"你去看她。"他说，"你快去，去看她。现在是你对不起她。不管你是谁，你都对不起她。"

40

　　这天终于到了。你把所有东西打包，装进他们特别为你准备的轻便包里：衣服、素描本、铅笔、五十镑现金、社保卡、去临时旅社的地图，至于药，他们不知道你已经不服用了，还有一张贺卡，每个人都签名了，除了布莱希——这个和你隔了两个房间的尼日利亚女人只画了一个圈。他们围在食堂里，看起来很不自在。有人从小卖部买了一块蛋糕，是你不喜欢的那种——咖啡色配胡桃木色，搭配的干布丁会粘在你的上腭上。

　　该走了。他们把你带到入口处。总监握了握你的手，祝你好运。安格会开车带你去临时旅社，但启动货车时遇到了麻烦，于是，她打电话向别人求助，你想一走了之。这样干脆得多，不会耽搁。一定会有公交车站或其他什么的。不论发生什么，你都能找到路。

　　你透过办公室的窗户张望。终于，安格背过身，手指和电话线缠在一起，你便偷偷溜了出去。你深吸一口气，清晨的空气充满了肺腔。你终于能自由地呼吸了。

　　你满心想着去旅社，可如果就这么去了，不先四处逛逛，实在有些说不过去。这些年，你都没机会好好看看周围的一切。况且，刚到午饭时间。接下来能干什么呢？在旅社里坐一天吗？有什么意义？

你晃荡到最热闹的十字路口。一条路通往炸鸡店、邮局、典当珠宝的店铺，你沿着那条路一直走了下去。很快，你就来到镇中心。这里有连锁店，辣妹的海报随处可见，人们表情疲倦，似乎在正午时分还能在店铺里遇到其他人是件匪夷所思的事。你在一家咖啡馆前停了下来——这是四处开花的星巴克咖啡店中的一家，看起来就像《老友记》里的咖啡馆。你不怎么喜欢咖啡和糖，但你还是点了菜单上看起来最棒的——杯白巧克力摩卡，你对自己说，是该犒劳一下了。你在小镇里漫步，一边抿着咖啡，一边打量着店铺，你这才顿悟：你在外面了，你自由了。你的人生有了新的开始。你不得不走进一座小小的公园，坐在一张献给弗雷迪的长椅上——"此情可待成追忆"——去消化这个重大消息。不知道是因为咖啡，还是因为正在发生的一切过于震撼，以至于你有些惊慌失措。好像许许多多明天捆绑在一起，像保龄球一样把你撞倒在路边，眼冒金星。今天是个好日子！你打算就待在公园喝咖啡？好好迎接未来！让过去见鬼去吧！全新的开始，你该好好庆祝。

你沿着主街继续走下去，脑袋里嗡嗡作响，里面像有 DJ 播放的猛烈节奏。你手里什么都没有，但你抓紧又松开，抓紧又松开，似乎是要寻找什么，释放你全部的希望、快乐和激情，见证这历史性的时刻。你看到卡锋手机店橱窗里的手机。但你能打给谁呢？你又瞄了 眼典当行橱窗里的珠宝。但它们看起来冷冰冰的，死气沉沉。你不知道该怎么办，于是，一直走到主街尽头，拐进一家小小的购物中心。你终于找到那样东西了，它在 C&A 的橱窗里熠熠闪光——一条裙子，挂在一双银色的鞋子上方，像鱼鳞一样耀眼。你根本没有想接下来该怎么做。这条裙子仿佛用一条看不见的绳索拴住你。你情不自禁地走进店铺，取下它，前往收银台。45 块钱，太棒了——你钱包里有这么多钱，正好还有找零，待会儿坐公交车去旅社时，正好可以用上。你根本没想过试穿。因为整个宇宙都在暗示，它是为你准备的。

接着，你用手指勾住了那双银色鞋子的绑带，溜出了大门。你没有料到新生活是从偷东西开始——你当然不想再回公寓——可你心里清楚，这双鞋是安排好的，它们和裙子太配了，你只有拥有它们，才能结束这意义重大的一天。

接下来，该找个地方好好犒劳你的胃了。你扫了一眼主街，显然这儿的维泽斯彭酒吧不适合。必胜客和威姆匹餐厅也不适合。是的，你得找个地方施展魅力。于是，你往回走，经过萨姆菲尔德街，和那些盛装打扮的人们一样，找到了去处：皇冠酒店。玻璃大门，其中一个入口两边摆着盆栽，还有穿黑白礼服的人守在一边为人拉门。太完美了。上公共汽车之前，你决定在这地方待上一个小时。

你快步冲了过去，看都没看门卫一眼，就推开了大门，好像你是大人物，正赶时间；又或者你是吧台新来的服务生，上班就要迟到了。你才不管自己给他留下什么印象呢，总之你做到了。一分钟之后，你已经钻进豪华大厅的洗手间的隔间，一边扭动身子套上裙子，一边把脚塞进鞋子。你还有一罐染唇膏和睫毛膏，你涂了一些，用梳子理了理头发。你退后几步，欣赏水槽上方镜子里的自己。很不赖。你转过头，眯起眼睛，你简直像另一个人，几乎骗过了自己——某个外出参加商务晚宴的女人或者某个赶往首映礼的女演员。你微笑的时候，几乎和《漂亮女人》[1] 里的茱莉亚·罗伯茨[2] 一样光彩动人——不是那个戴着假发站在街边的她，而是之后和理查·基尔[3] 相伴的情景。好吧，你大功告成了。

1《漂亮女人》，Pretty Woman，1990 年上映的爱情喜剧片，讲述妓女维维安和一个身家百万的企业巨头爱德华·刘易斯的浪漫爱情故事。

2 朱莉娅·罗伯茨，Julia Roberts，美国演员，在《漂亮女人》中扮演女主角妓女薇薇安。

3 理查·基尔，Richard Gere，美国演员，在《漂亮女人》中扮演男主角富商爱德华·刘易斯。

你把包塞到厕所马蹄形弯头的下面。接着，你重新回到大厅，打量起周围。酒店最前面是一个小小的咖啡室，零星坐着几对顾客，他们用叉子一口一口地品尝糕点，把咖啡杯搁在杯托上防止咖啡滴下来。你并不怎么饿，因为一直在动脑子，也不需要咖啡提神。再往前，是休息区，几张棕色皮沙发围成长方形，书架上摆了一排排假书。你想去那儿坐一会儿。但接下来该怎么办呢？读报纸？欣赏墙上垃圾一样的艺术品？那感觉就像坐在某个难缠的医生的候诊室里。这绝不是你现在最想干的事。

伴随着一段萨克斯的旋律，酒杯碰在一起的声音飘进了你的耳朵里。你四下张望。没错——是酒吧。还有哪里会传来这样的声音？你推开玻璃门，在地毯上昂首阔步，鞋子绑带勒得你不禁咬紧牙关。酒吧的男侍应生正擦着酒杯，眼神小心地透过酒杯落在你身上。你神经紧绷，死死地盯着他的眼睛。

"你好，"你说，"我想来杯喝的。"

酒保看着你。"好的。"他说，"你想要什么？"

摆在吧台架子上的酒瓶开始在你眼前晃荡。要是在过去，你会要一杯箭牌酒和柠檬水，但现在这么做似乎有些幼稚，你已经十八岁了。你犹豫起来。

"嗯，你这儿有什么鸡尾酒？"

他把手帕搭在胳膊上，用手指点起酒名。

"曼哈顿、白俄罗斯、沙滩激情、莫吉托——"

莫吉托。你听过这个名字，尽管它听起来和蚊子的英文发音一样，但你还是决定要一杯，你攥住了这个词，就像攥住救生筏。

"莫吉托。"你说，"是的，我要一杯这个。"

酒保点了点头，开始用冰块和薄荷叶调酒。你直起身子，坐在吧台前的高脚凳上，银鞋的跟勾住了底部的横杆。终于，他转过身，递给你一杯青蛙卵似的东西。

"你想现在付钱，还是和房费一起结？"

你想了想塞在女厕所里的包，装着只有 2.23 英镑的钱包。

"和房费一起。"你说。

他点点头："房间号是多少？"

你的胳膊起了鸡皮疙瘩，但你面不改色。"145。"你说。

他又点了点头，记在了收银处。

你举起酒杯，向 145 房间里不知名的恩客致敬，尝了一口。真的不错，很烈。过去两年，在公寓里，你没法喝酒，此刻酒精猛地钻进你的身体，像咆哮的洪水一样冲开了你大脑里的每一处沟渠。你简直来不及品味它的美妙，就已经见底，吸管在只剩冰块的杯底发出声响。你抬起眼，示意再来一杯，酒保答应了，表情有些无奈。你想，只一杯，随后就去赶路。

房间突然像被施了魔法。音乐被人调高音量——让人放松。过去，每当艾丽想在妈妈的屋子里放魔力调频之类的音乐时，就会被你嘲笑，但你不得不承认，这里挺合适。

你看了眼吧台后的时钟。三点半。现在他们该在公寓里开始下午活动——集体治疗和园艺。一想到要在寒冷的室外待一下午，才能回厨房喝一杯热茶，你就觉得可怕，好在你已经解脱了。公寓里的生活结束了。你再也不用回去了。从现在开始，好好享受人生。

你又抿了一小口莫吉托，肚子开始抗议了。你这才意识到有些饿了，你该吃饭了。你和安格讨论过这件事——按时吃饭的重要性。问题是午饭的时间你还不饿。在公寓的时候，你根本不需要管这件事。饭菜会送到你面前，你只需要吃掉，然后把盘子递回去。没有那么多讲究。好吧，管它呢。你现在就想吃东西，立刻就要吃到。

你拿起酒吧的菜单，看到"酒吧三明治"几个字。你差点被这个词逗笑。

你想象的是，那种写着"光临我们的酒吧"字样的巧克力松饼——应该有两块——中间夹着一块黄油。你笑得花枝乱颤。酒保注意到了你。

"一份酒吧三明治，谢谢。"你说着，竭力保持严肃。

他投来古怪的目光，接着转身，穿过喧闹，若无其事地推开推拉门，走进厨房。一阵锅碗瓢盆碰撞的声音传到了吧台这边，但很快就恢复平静，只剩下刺耳的音乐——惠特尼·休斯顿的《我会永远爱你》，刺耳极了，像是用老鼠牌大功率手提式大型收音机放出来的。你的手指敲击着吧台。你感觉不错。不错。非常不错。

你的脑海里隐隐想起了闹钟的声音，但你耸耸肩，就把它关掉了。好吧，严格说来，你清楚那嗡嗡的声音是因为你的手指，你想到酒吧三明治，咯咯笑了起来，声音越来越大。你和安格曾讨论过这种情况——一旦听到这种声音，就开始做呼吸练习，集中精力让一切都慢下来，如果它们还不停止，你就得去看医生，因为只有药才能把你控制住。但现在，这一切似乎并没有造成困扰。事实上，你享受极了。你根本不觉得这是坏事。好吧，你知道你控制不住了，脑袋开始超速，但你根本不在意，你也不觉得其他人会在乎。真相是，仿佛有人给你的生活按了快进键，就是这样，仿佛有人把你的脑袋放在滚筒或纺锤上。你当然不想一直这么生活，但至少现在你觉得有趣极了。你感觉自己很强大，感觉自己无所不能。太棒了。事实上，你猜测安格那样的人之所以会把脑袋里的按钮关掉，无非是因为嫉妒，因为恐惧。他们没法像你这样，所以也不希望你这么做。每当你陷入这种状态时，就会爆发出某种潜力，突然有了他们渴望已久的能量，这让他们恐惧。他们都很自私，因此，夺走了你的快乐。几个星期前，你就没有再吃药了，早饭后就把它们吐到厕所里，你可不想被他们的恐惧控制。

一对男女走进酒吧，选了房间另一侧的桌子坐下。你怒气冲冲地看着他们，他们可能是跟踪你到这儿的，你试着从他们身上寻找些蛛丝马迹，但他们始终自顾自地聊着，好像根本没有注意到你。很好。

　　酒吧三明治端上来了，虽然糟透了，但你还是把它大口大口地吃了下去。你甚至把旁边的装饰物也吃掉了——脱水的黄瓜和雕成花朵形状的番茄。接着你又点了杯喝的，依旧是145房间请的客。酒精在你的身体里流淌，泛着油光的海水裹挟着思维的小船。你看了眼时钟，这才发现竟然已经过了五点。而且，不经意间，你周围又多了一些人。

　　一位穿着西装的中年男人，重重地坐到你身边的高脚凳上，冲你咧嘴一笑。

　　"来这儿开会？"他说着，歪了歪脑袋，你这才注意到你错过的那扇玻璃推门上挂着一张牌子。牌子上写着："无限可能：中层管理和信息高速公路。"

　　"嗯。"你说。

　　男人点了点头。"我也是。"他说，"至少，我妻子这么认为，但我不确定你懂我的意思。"

　　你抬了抬眉毛，竭力做出懂的样子。

　　"喝点什么？"男人问。

　　你耸了耸肩。为什么不呢？让倒霉的145号房间先休息会儿。

　　他点的东西又酸又难喝，但你还是喝个不停，任由他的目光在你的身上来来回回。他的举止——大概是红色的眼眶，还有他胡乱摸索鸡尾酒杯的姿势——让你明白这也不是他的第一杯酒。

　　你放下酒杯的时候，他说："好吧，聊点正事吧。多少钱？"

　　一开始，你以为他让你猜酒的价钱。可就在你准备开口回答的时候，你想到了某个更为隐晦的意思。你想起公寓里那个叫海莉的女孩，你想起她在拍那些下流的电影之前干的行当。你坐着，晃荡着酒杯，湿了的杯底在木头桌台上印出一圈痕迹。你本能地想要一口啐到他脸上，但你还是忍住了。如果说你真的在公寓里学会点什么，那一定是将底牌保留到最后一刻。于是你计上心来。

"一千五。"你说。

他没有被吓退。"一小时多少钱？"他又问。

"一千五。"

他打了一个小小的呼哨。"漂亮姑娘。"他说，"好吧，我猜这个价钱能有什么特别服务。"他四下望了望，"这样吧，"他继续说道，"我在楼上有一个房间——严格说来，是套房——跟我来。"

在电梯里，你想着他所谓的特别的服务，心生畏惧。但你面不改色，并没有泄露什么。门在五楼打开的时候，你厌恶地看了他一眼，你总是这样，你想象着你们已经切入正题。

你的担心被证明是多余的，一阵高潮后，他就从上衣口袋里抽了十五张钞票卷成一沓，心照不宣地递给你。他的坦诚，让你觉得自己有些愚蠢——你这才意识到，你该留意一下自己的财政结余，像真正的妓女那样，就像《漂亮女人》里演的那样。

你本打算留下来再挣一点，可他开始打起呼噜，完事了。你穿好裙子，蹬上高跟鞋，大步朝着电梯的方向走去。你路过入口处的大厅时，听见前台有人在嚷嚷。几个工作人员茫然地看着电脑屏幕，肩膀上搭着一件板球衫的男人正愤怒地比画着。

"我没有点过酒吧三明治！"你经过的时候，他喊道。

你继续朝大理石台阶走去。门童向你微笑告别，于是你又回到了街上，天已经黑了，但此时明亮的灯光让你觉得天空低垂，几乎和大地融为一体，而你正漫步于星河之中。你沿着主街大步走着，打量着街道：麦当劳、唱片店、史密斯零售百货、妇幼用品商店、电子用品零售店。各种各样的店铺。生活真是精彩极了。千姿百态。暂住的小屋和这些相比，简直不值一提，就像天文数字后面跟着的小数点。前面闪着绿光，还有大玻璃幕墙，是车站。招牌上写着通往格拉斯哥、普利茅斯和南安普顿的长途旅行客车排成一列。你凑了过去，在车队间踱来踱去。你不经意地停下脚步，抬起头。"开往伦敦"，车上写着。你毫不犹豫地上了车，给了司机五十元。他抬了抬眉毛，在钱匣子里找零钱，大概因为你的打扮，他始终没说一个字。

　　你向前走，找到一个有着红紫图案的座位坐下。你的手指在窗户边缘的密封带上敲着节奏，打发时间。又有人上车，找位置坐下，但你看都没看他们一眼。他们不在你的剧本里。你的故事已经写好，所有角色都已经预定了。你主宰了一切。这感觉真棒。

　　长途客车隆隆地启动，车站的一切开始渐行渐远，你这才想起，你把包落在酒店厕所的隔间里了。但它就像沉入死水的垃圾，没有在你心里激起一丝涟漪。你耸了耸肩。没什么可担心的，你已经不需要它了。

41

她转动钥匙，锁头吱嘎一响，她推门而入。她穿过客厅，站在屋子正中，四下打量：扶手椅，斑驳的桌子，破旧的煤气取暖器。出奇地简陋。屋子似乎变小了。要不是她，整个房间恐怕就会像她小时候在公园里发现的死狐狸骨头上的肉一样越缩越小。

她把手伸进外套的口袋，里面有一沓钞票——海丽的包里剩下的那些。去街角的商店弄瓶伏特加，她的脑中又闪出熟悉的念头。但伏特加估计已经失效了，没法让她麻痹自己忘记今天早上尼克的脸了。她狠狠地倒在扶手椅里，挫败极了。她身下嘎吱作响。她在坐垫下面发现了一个信封，上面是海丽过分圆润的笔迹，是寄给海伦·萨里斯的。

她仔细打量起来。笔迹中的温柔情绪令人发狂——那种赏心悦目、精雕细琢的首字母做作极了。海丽一提笔就是这样，处理关键的事情时，她也是这样。她擅长此道。但妈妈、阿卡拉，甚至连尼克，也都认为擅长阴谋诡计、别有用心的那个人是斯玛吉。他们认为是她弄糟了一切，是她伤害了其他人。

她怒不可遏，撕掉了信封。里面的纸散落在地毯上。突然，她有些好奇了，里面竟然有收据、建筑方案、电视剧本。她弯下腰，捡起一张旧的购物清单。上面写着牛奶、面包、尿布还有茄子。

　　她困惑地把纸翻过面来。她感觉一股寒意袭来。她粗糙的小手盖住了背面密密麻麻的笔迹。这只手接触过各种各样的文件，曾把写着"未"字的那一横、"来"字的捺的纸戳得千疮百孔，撕得粉碎。这只手曾画出别扭的箭头和星形符号，自创了一套巨大的由复杂的数字和符号构成的文字系统。笔迹占据了背面的每一处缝隙，狂躁，暴怒，完全停不下来。圆珠笔的墨水飞溅，用了一支又一支，仍旧满足不了她的表达欲。它将被读到，但拒绝理解。它如此陌生却又让人熟悉。它毫无破绽却又让人费解。它狂放不羁，却又自成一体。

42

你在埃德加德路下车，在干洗店楼上找到一个落脚的地方。有人问起，你就说你名叫维诺妮卡——你也不清楚为什么要这么做，你只是喜欢这种莫名其妙的感觉。看着人们努力把这个文绉绉的名字和一个文着"怪物"的冷面女孩联系起来，你觉得像在接受某种褒奖。你感觉自己就像 BBC 情景剧里那个用娇滴滴的声音接电话、用歌声抚慰吓坏了的邻居的女孩。

绝大多数时候，没有人问你的名字。住在公寓里的人们不会串门。很多时候，只是每天早上，楼梯间会传来纸箱和袋子搬上搬下的声音，还有墙上的浮雕墙纸被刮到的声音。有时，半夜也有。你猜，大多数邻居是外国人——不远万里，背井离乡。此地只是他们漫漫长途中的一站。下个星期，有人问起，他们准会忘记自己曾经来过这里。

这里的家具也是如此，简陋，磨损得不成样，有的把手掉了，有的抽屉坏了。它们胡乱地堆在一起，美其名曰：物尽其用。很久以前，一个孩子把她的玩具都放在角落那个小小的门上粘着仙女贴纸的白色橱柜里。但现在，橱柜被衣服和包压得吱呀作响，不堪重荷。小铃铛也不再叮当作响。

你时常外出，随心所欲地散步。你的脚步遍布整个伦敦：英国国会大厦、牛津大学、皮卡迪利广场、特拉法尔加广场。有时，你会去美术馆和博物馆，从一个展览流连到另一个，整个下午都沉浸在肃静的氛围之中。你凝视着一幅幅画作，检视着每一根线条，理解数百年前将它们拼凑在一起的那些疯子的想法。你还会吹毛求疵——大海看起来并没有流淌，更像某种凝固的树脂，简直乱来。你明白了，大多数作品是垃圾，都是哗众取宠的勾当，专骗那些蠢货。不过，偶尔会有些作品因为其中的纯真和智慧打动你。尤其是你在国家美术馆看到的那幅画，画里有一扇看得见风景的窗，窗前的桌子上摆着水果。那是一片任何人都乐意置身其中的风景，但画家并不想这么做。他只用一些粗放的线条勾勒了一下，仅此而已，焦点集中在水果和并不精致的果盘上，有人刚刚拉开凳子，走出房间。但是葡萄和李子的光泽让你意识到这是早晨，窗外微风拂过，带来鸟儿的歌唱和大海的低吟。你在那幅画前凝视了好几个钟头，直到托诺伊牌扩音器里传来画廊将在十五分钟后关闭的通知。在保安的带领下，你找到了离开的路，但你的脑海仍旧被那幅画占据着。多么精妙的画啊。没有拘泥于重要的那一面，而是努力呈现那些不着一笔的部分。而真理没有边界，始终蕴于那些你不愿直面的事物之中。

你需要现钱的时候，就穿上裙子，去酒店的酒吧里晃荡。你的价码比那华丽的第一次低得多——你很快就摸清楚了市场行情——但你还是赚了许多。关上门，你便忘记身后的男人了。他们的脸孔变得模糊不清——可以相互替代，毫无辨识度。你发现，没有一个例外。没有一个。被剥掉只剩一条底裤的时候，所有人都变得乏善可陈。

你觉得宿舍并不安全——门锁只要稍微用力就可以打开——所以你在厚夹克的内衬里挖了一个洞，把收入都藏在里面。你觉得，会有人趁你不在的时候溜进屋里，放在这里无疑会安全得多。但这也并不能保障什么，如果你需要钱，你还是要出门，才能赚到。

有时候，你懒得起床。你躺在旧被子里，看着窗帘缝里透出的光线从屋子的一边挪到另一边，听着窗外车来车往：轿车的喇叭声、公交车发出的突突的声响，还有刺耳的汽笛。你知道，等到噪声累积到某个程度，光线落到抽屉附近，白天就会过去，而你会一直待在床上，直到声音消逝，城市里寂寂无人，睡眠则会伴随夜晚橘色的阴影重新降临，将你带走。

偶尔，你的指尖会躁动得刺痛，你的心脏就像走下坡路的自行车一样不断累积着能量，越跳越快。有那么一些瞬间，你的脑海里会闪过空白的画布，你不由自主地想要前往之前偶然经过的几条街外的艺术品商店。图案时常闯入你的脑海，你坐立不安，恨不得用手把它们拽出来。有几次，你甚至想过妥协，放任色彩和形状在脑海中纠缠。你觉得这感觉就像烟鬼摄入尼古丁，酒鬼沉迷于酒精。不过你懂得悬崖勒马。你还给自己划了界线。因为你不该这样——你懂这个道理。这里的一切都是幻觉。你根本不存在，任何东西都没法和你发生联系——没有过去，没有将来，没有男人付钱在你身上寻欢作乐。你不受任何人影响。每天你都会不着痕迹地将这种感受确认一次。

43

　　我想起有一次我们在公园里骑车下山，骑车的是你还是我有时候我会记不清，你还记得吗？a.爸爸在那儿。b.我叫他爸爸。c.爸爸告诉我们要放松，把脚放在踏板上，然后顺着山势骑。但他说话总是东拉西扯、颠三倒四的，我们根本听不懂。小女孩的脑子根本没法理解。因为你没听懂我没有听懂d，所以只好你来骑我来骑，总之是我们中的某一个骑的车（因为有一个人在旁边看，所以肯定不是我们俩一块儿骑的，我还记得一个人在前面看的画面）小腿越蹬越快，一圈又一圈草坪啊空气啊迎着太阳光山势越来越陡啊然后突然……飞到空中……就像一只风筝……接着是树……最后你跌倒在地。另一个跑了过来——虽然已经记不清是谁了，但这里我记得最清楚——赶在爸爸之前到的。小小的胳膊抱住了那个颤抖着抽泣的人儿。没事了。没事了。很快就会好起来。爱。这才是重点。爱。我该为此写一首诗，我真希望能文思如泉涌，好为此写一首诗。但我能做的只是扶着车把手，任由它带我去其他地方。虽然很累，但这是一趟奇妙之旅，就像在星星间骑行，就像在月亮上旋转。你也这么觉得，对吗？你知道我在说什么吧？

　　a——我没有糊涂。我知道你是谁。我知道我是谁。只是有时候，回头看，记忆会失真。尤其是在我们非常小的时候。尤其是在那些事发生之前。

b——妈妈经常叫他父亲，但我们不知道该叫他什么，他从来就没有出现过。

c——我曾经告诉你，贺瑞斯是我们的父亲，其实是骗你的（我记得这件事，记得很清楚）。我知道什么是真、什么是假。但我选择自欺欺人。我不希望事情朝另一个方向发展。你从来都不自欺。一点也不。你总是这样。

d——这里又有些古怪。我是从我的视角看的，也是从你的视角看的。但没法同时从两个人的视角，可我的大脑却能同时控制两个人的脑袋，好像它们都是我的一部分，好像我能同时拥有两个视角。有时我会被吓到。我会因此伤怀。有时我也会觉得荣幸。

◊

（x）我在他脚边坐下。他的鞋磨破了。一根鞋带已经断了，他用一根绳子代替，那根绳子也快断了。我就在那儿坐了几个小时。

◊

（1）你好。我终于找到你了。你上报纸了——就是我们不时用来找电视节目素材的本地报纸。人们总是对模拟极端濒死经验的故事感兴趣。就是这类事。有一张社区公园的照片，逃跑的人在反抗，就是你，虽然底下写的是别的名字，但我知道就是你。你头发下的怪物文身太扎眼了。这还算幸运的（这个词有些不恰当），实际上我想和你说的是……好吧，你知道的（好吧，其实你不知道）。我们很久没有联系了，自从……好吧，你知道的（你应该知道的，就是那件事）。在那之后，在照片里见到你，似乎更容易了。我认识了一个参与这个项目的研究员。孩子们从大学毕业后——只要我们付钱，总会替我们做点事。我不知道他们做了些什么。可能是脸书或者其他的项目，但我知道你肯定不会参与其中。她觉得我疯了，需要社区救助，不过失败了。哈哈。说真的。做得好——电话号码、地址，还有工作经历。没有人能藏得住，再也没法藏起来了。想知道我最近怎么样吗？我打算瞒天过海。是的。他们小瞧我了。所有人都这样。他们怎么这么蠢，真让我又爱又恨。有时我害怕，如果让他们知道我头脑里的小宇宙正在酝酿怎样的风暴，他们就会想要克制它、毁掉它，就像试着操控我一样操控我的头脑。可你无所畏惧，因为你，就是你总是一往无前，自寻死路（没有任何双关的意思——）你一向更有勇气，我日日夜夜都在思念你，庆幸你不在这里。我也同样想念着小宝贝艾米丽。没有她的陪伴，我希望她永远不要来这里，她还没有长大，还没有形成完整的人格。她，就像是他们卸掉了我的一只胳膊或腿。你，就像故事里失去的另一半的颜色和情节。我保证没有人能够回应我、反驳我的观点，这个想法太普通了，我希望能有些变化、有些惊喜。有时我又害怕自己说错话，将这个世界里的秘密泄露出去。失去她，使我的故事更加完整，也让我有了难言之隐。我就像活在八点档肥皂剧里，充当人们茶余饭后的谈资。我想象，如果你在这儿，从你的角度，以你的眼光，打量周遭，又会怎样。我对你是不是显得太傲慢了？有时我觉得自己简直是这个星球上最傲慢的垃圾，但有时我又觉得这个世界的确渺小又无聊。其他人的确没有什么内涵。尼克太肤浅了，我讨厌肤浅。他们知足常乐，除了你，而且只有你知道曾经发生过什么，或者说至少你能理解我的想法。把你的想法写在空白的地方吧。给我回信。你会这么做的。期待你的回信。

◇

（4）还记得去普索公园吧。贺瑞斯带我们俩去看大象，你突然发怒了。我认为这事儿最重要。但贺瑞斯也在，就没办法了。但我还是把你看得比我重要，因为你是由我和你一起构成的。我俩有一个生病了。你还记得吗？记得是谁吗？

其实，到了明天，我就会怀疑这一切不是真的了。

◇

（5）我们收拾好轿车。母亲难得地笑了。她旋转着，印着一朵朵白花的裙子飘动起来。转了好多圈。她再也没有穿过那条裙子。再也没有——你记得吗？a兜风，说话，放声大笑。在贝西姑妈家喝茶。在商店里买了短袖衫一类的蠢东西。都不是我喜欢的颜色。我还记得，你和我，还有爸爸一起在大街上散步。笑啊笑啊，越走越快。真的太快了，我们笑个不停，接着突然又跳上了旋转木马，旋转啊旋转，直到头昏眼花，而爸爸只是在一旁笑个不停。我们看着彼此，你和我，直到他发出猫似的刺耳叫喊，我们才意识到有些不太对劲。你开始哭了。没错，这次肯定是你。我记得，因为我在旋转木马上伸出一只手去安慰你。我记得你手臂冰凉，爸爸的笑声像风一样在我们耳边欢唱，他拽着我们，接着越来越快，越来越快。简直太好玩了，我尖叫起来，实在好玩得有些过分了！但他没想停下来，我们只能抓住彼此和金属栅栏，看着旋转木马中心静止的轴，而其他的一切都在飞转着。不停地转。不停。不停！没事的。我小声说。没事的。我知道这样的乐趣我们吃得消。我不确定你听到我的话了，因为你的头摇得厉害。但有一件很古怪的事，我记得我的头脑一度回到了我登上旋转木马之前的身体，曾经有那么一瞬间，街道空无一人，我们的笑声疯狂、自由，但眼前的一切如常。我们仨跳啊跳，天空就在我们头顶。我想应该有鸟儿飞过，我感觉到了宇宙。我在梦里时常有这样的感觉。尤其风穿过七叶树，公园上空升起一只气球时，我被打动了，感觉像在天际翱翔，窗外有红色的丝带飘过，我觉得只要我动作快，就能打开窗，抓住它。但我现在知道这不是我的幻想，是真的。我们没有撒谎。有时候我想，如果我能够将生命冻结，选择永远活在某个时段，永远定居在那儿，那我一定会选择这个瞬间。

a——我在主街的二手慈善商店里看到一条裙子，我差点买了。但我想了想，我拿它做什么呢？穿上她，变成妈妈吗？真够疯狂的。

◇

（3）如果这些事实上并没有发生，会怎么样？你问过你自己吗？你有没有坐下来好好打量过自己？或者我们根本没有交换过身份，这一切不过是我头脑里的想象。每当他们在演员休息室里对我发牢骚，粉刷在我的脸上来来回回，叽叽喳喳地唠叨着——"你去哪里度假？你周末去哪儿玩？"a——见鬼。有时候会想搞点破坏，用唇膏在镜子上乱涂乱画，或者把粉盒砸到墙上。我想看他们目瞪口呆的样子。但是他们不允许白天的电视节目里出现摇滚明星，于是我只能坐着，微笑着，端起一杯茶。有时候，我觉得所有人都在梦游，只是在梦游。我真想起身尖叫。但这么做有意义吗？

a——如果一个人被困在充斥着各种有意味的暗示的世界里，你只能这么办。一切不可貌相。我并不是说这是傲慢的表现，或者说这样做很难。
b——我只是陈述事实。

b——如果你向别人问我的情况，他们会告诉你，我是与他们合作的最可爱的主持人之一。我已经搞定这种生活了。一直以来都是如此。我了解人们所思所想，竭尽所能地适应。这是我天分当中的一部分。再说一次，我并不是自大，也不觉得麻烦。我只是需要去理解你所面对的现实世界——一个人对所有事情都心知肚明。

◇

（6）一个木偶剧场。他买了下来，放在花园里。这样戏剧就会一场接着一场上演。整个夏天都在这儿，在妈妈嫌弃的表情下逐渐腐烂。最后，帷幕上长出了绿色的东西，墙上布满黑斑。最后收废品的男人出现，咔嗒一声，它被扔进了卡车里面。

◇

　　（xx）我无法描述她的手。这双手精致，柔软，你剪指甲的时候生怕会伤到小小的手指。她的嘴巴也是这样——总是嘟起来。她的左脚上有一个胎记。他们想要去掉它，但我不想这样。我想要她保持本来的样子。我只有这个心愿。

44

　　晃荡了一个小时又一个小时。第一个小时里，你一直盯着公园里的毛毛虫。第二个小时，你一直盯着自己的脚。抬头看，天已经黑了。哟！抬头看，天又亮了。还有许多事可干，你容光焕发！你坐在那儿，制订计划，匍匐在咖啡馆的桌前，喝了一杯又一杯咖啡、茶还有热巧克力，无论他们送上来什么，你都接下来——一杯又一杯。有好几次，有人和你搭讪。你向他们露出肆无忌惮的笑容，好奇他们置身这个无处不充斥着色彩的世界里，为什么还要选择用语言这种无效的形式来表达自己。他们只有明白了你的世界，才能有比照。你得想办法把自己的眼睛借给他们。这么做有利于人类的福祉。

　　你在波托贝洛集市，发现了一个把凡·高的作品印成明信片的小摊子。还有类似的毯子。你突然意识到那幅挂在总监室里的《星夜》传达的消息——即使沉醉于毒品带来的幻觉中，你也不会觉得那幅画是无缘无故挂在那儿的。你从冲锋衣里掏出一沓钱，数了几张钞票，买了好多。接着你把它们发给每个经过的人，不管他们愿不愿意接受。有些人把它们当作飞鸟一类的东西，扔到一边。于是，《向日葵》沾上了泥点。自行车车轮从《凡高的椅子》上碾过。管它呢。革命道路上难免有牺牲。事实上，即使你这么做了，也没人能理解凡·高是运用色彩和线条的天才。如果他们能理解，他们早就自杀了，因为他们的人生和价值完全没有交集。这也是为什么他们需要你：你是中间人，你是先知。需要有个人就像过滤器一样站在他们和终极艺术之间，这个人能帮助他们打开身心去感受那些技艺的力量，同时保护他们不被绝望吞噬。他们很脆弱。可怜的家伙，他们没有意识到他们和自我毁灭之间只有一线之隔。阁楼上的宝藏和自杀之间不过是一点点自欺欺人而已。感谢上帝，你就在这儿。

接下来怎么办？接下来怎么办？哦，对了，卖艺。绘声绘色的舞蹈。你全身心投入进去。你的身体就像蛇一样柔软。人群围了过来。最后，他们开始鼓掌，用尽全力。当然，他们并不觉得自己应该跪倒在你脚下。你知道，他们当然不是为了你——你明白此时此地你的处境，你卑微极了——而是为了宇宙之力鼓掌，那股力量通过你释放出来，转换成生活本身的力量。他们应该懂得这些。他们应该明白，他们应该为此哭泣，为此惊叹。但毫无疑问，他们并没有发现。这些可怜、可爱、愚蠢、迟钝的家伙。但平心而论，他们最好不要都知道，否则谁去送快递？谁去洗旧衣服？

说到这里，什么自动洗衣机可以……不！你关心的自然历史博物馆！毫无疑问！乱七八糟的事全混到一起了。可笑的是你没法立刻分清。不过你天性聪颖，你看，你总能猜到葫芦里买的是什么药，凭借聪明才智不费吹灰之力就分清方向。简直是天才！当然，需要理解的太多了，有太多线索需要联系起来。许多重要的发现尚待挖掘——只有像你这样精巧的头脑才能将数百年来科学家们回避的问题——破解，无论过去，还是将来。

是的，就是这里。有许多点子需要破解。你在骨架间散步，朝着巨大的梁龙骨架走去。肋骨就像屋顶的橡木。我们知道，许多建筑的灵感来源于此。我们都以为自己有许多独创的想法，可事实上，如果我们足够谦卑，就会发现大部分的发明创造都存在于自然之中。继续向前。玻璃橱。牙齿。

撑起的鸟儿。后面是一群学生在开派对。练习本，习题册。你闻出来他们带了些什么：三明治、薯片和奶酪。其中有一个男孩正隔着橱子张着嘴巴打量你。

你突然灵机一动。你要给他上一课。你以闪电般的速度走到角落里，面对面看着孩子们。哈哈！

但他不是陌生男孩。他比上一次你们见面的时候更壮，也更高了，头发颜色更深，但没错，就是他。

"理查德。"你喊道。

男孩抬起头看你。

"过来，帕威尔。"老师叫道，透过眼镜打量你，"别打扰那位女士。"

但你没有被唬住。"理查德。"你接着喊道。

理查德皱着眉头，看着你，一步一步走得慢极了。他两只眼睛越长越近，气质变得猥琐，面色蜡黄。他的脸颊上有一个新的胎记，但瞒不过你。他跑到哪里，你都能把他认出来。他咳嗽了一声，就像在确证你的猜测。老师慌忙走了过来，牵着他的手，把他带走，就在她经过的时候，恐慌——油腻的、墨水般的、令人窒息的东西——开始从艺术馆的大门里蔓延开来，潮水般漫过你的鼻子，让你无法呼吸。你看到了那些卑鄙的惨遭背叛的场景，肮脏的情景历历在目。妈妈、阿卡拉，还有公寓，操控了一切。他们无处不在，你明白，他们在把你引入圈套，理查德就是诱饵。他们把他派到你这儿刺探情报。

你的心被恐惧刺痛了。你必须离开这儿。你转身逃离，撞到了某人的肚子。有人大叫。没有时间管这些了。去出口，就在展示那些兔子战士的房间的另一边。指示牌呢？总是找不到该死的指示牌。为什么要有那些早期智人之类的东西？谁在乎极地地区？该死的，你只想出去。啊，就是这儿，一扇门。外面是光。感谢该死的一切。你从栅栏缝隙钻了出去，警报响了。

"对不起，女士。"一个声音在喊，但你已经跑远了。他们可以在今天之前收拾好烂摊子，反正你只在乎明天。

你跑到人行道上才停下脚步。你把手搭在脑袋上。想啊，想啊，你现在得有个打算。你四下张望。街道尽头，客车排成一列，游客鱼贯而入。理所当然，你得走了。你登上第一列客车。"前往曼彻斯特"，挡风玻璃上发光的红色字母写着。接下来，去曼彻斯特。是的，为什么不呢？车上一半的位置已经坐了人，你钻进去的时候，一群美国人正缠着司机讨论他们在莱斯特斯特广场的奇遇，司机都没发现你经过。你选了一个靠后的没有人的双人座，用一种不祥的语调喃喃自语，就像那些疯子发现有人靠近时常做的那样。奏效了。没有人靠近你。没一会儿，车就启动了，汇进了黄昏的车流。你凝视着暮光下的伦敦，不断闪过的建筑越来越矮小，直到车开出郊区。很快，你眼前就只剩灰色的边界，只剩高速公路上的垃圾和另一个车道上迎面而来的车辆的前灯了。

45

斯玛吉没想到会这样。她以为昏迷意味着毫无知觉，就像科幻电影中躺在胶囊舱里失去活力的假死的人一样，静静等待有人打开开关，将他唤醒。但是海丽离醒过来还得很。她的手会时不时牵动插进她静脉的管子，她的眼皮会发抖，嘴唇会动，她的喉咙里插着塑料管，床旁边的机器将空气输送进塑料管，发出叹息般的嘶嘶声。有时，她甚至会皱一皱鼻子，好像是反感从房间另一头储物柜上瓶瓶罐罐的花传来的浓重气味。

斯玛吉觉得这些意外的颤动让人心惊胆战。仿佛海丽随时可能摆脱无意识，换句话说，她随时可能睁开眼睛，直愣愣地看着你。她脸上的表情阴晴不定——生气、为难、沮丧，好像她和一位官员陷入漫长的争执，那个人决定是否让她重返这个世界——类似海伦·萨里斯在她的晨间节目里常做的令人乏味的访谈和电话连线——偶尔会混进有些纯真的没有防备的表情。一次又一次，属于从前的艾丽的表情浮现出来，她犹豫着是否加入那些可疑的游戏时总是露出这样的表情，就像迷路的小女孩。其他时候，她的嘴巴会颤抖着，噘起来，眼泪始终在眼前打转，几十年的时光仿佛弹指一挥间，表情就像洗牌一样翻来覆去。

"海丽。"斯玛吉喊。

那张脸皱了皱。

"海丽。"她又喊了一声，声音更大了。

那张脸仍旧很平静，嘴巴却发出某种介乎呼噜和饱嗝之间的声音。

斯玛吉伸出一根手指，抚摸着她妹妹的脸颊：在医院的床上躺了四个月，仍旧光滑，泛着桃红色。她想要找到受折磨的痕迹——诉说悲伤和苦痛的皱纹或者阴影，但什么都没有。没有任何损伤，美丽极了。"这是我的脸，"她忍不住想，"如果事情不是这样，生活往另外的方向发展，这会是我的脸。"熟悉的渴望再次燃起火苗，越烧越旺，曾经，整夜整夜，她在妈妈的房子里凝视着海丽。某个瞬间，她想把指甲插进她身体里，再狠狠地一拉，撕开她的皮。她还想握住她的手，直到听见咔嗒声再松手。她俯下身子，强迫自己表现得冷静些。

"你知道吗，我和他做爱了。"她突然低声说，"我和尼克做爱了。我们俩乐在其中。你从我这里带走的，现在，我要从你身边带走。现在，该我出手了。"

枕头上，艾丽的脸像什么事都没发生过一样没有任何表情。斯玛吉恨不得给她一巴掌。她抬起一只手，衣服口袋里的信发出沙沙声。想到那些纸片上紧张不安的笔迹，她就头昏脑涨。她起身，离开房间。她大步流星地迈开步子，穿过走廊，强忍着恶心，虽然只瞥了一眼，但她不得不和那些想要射穿她大脑的刺眼的荧光灯做斗争。走过五间房，就是护士站了，那个角落里摆着一张桌子，没有一个人，她发现了用保鲜膜包裹的火腿三明治。她就像抢劫似的把它拿了起来，打开，塞进嘴里。她嚼都没嚼就把厚面包片和肉咽了下去，以此来缓解她心中排山倒海的情绪。

她走到海丽的病房门口，里面传来了说话声。她把身子贴在门框上，透过门缝往里面看。

"现在，我们遇到一个有趣的案例。"说话的是一个橄榄色皮肤、穿着白大褂的中年男人，"肾小管性酸中毒。已经昏迷了四个月。"

一群年轻人围在床边，紧紧抓着笔记本。其中一个让她想起海丽，她正和另一个扎着辫子的女孩装腔作势地说着什么。医生继续点评海丽的病情，完全对房间里可怕的状况无动于衷。他用温柔的语调说着，手快速地拂过她的伤口，他强调是"挫伤"，还点评了屏幕上的读数。"萨里斯女士用上了辅助呼吸器。"他说，"因为她的胸部受到了感染。"他们在里面插入了一个被称作钉子的东西。随后他的注意力转移到床上躺着的人身上。

"和隔壁的病人不一样，你会发现萨里斯女士有一些应激的举动——抽搐，眨眼，某些时候还会无意识地嘟囔。"他说，"这类迹象通常是在给来访者一个信号，病人即将醒过来。但实话实说，真相并不是这样，具体到萨里斯女士，很有可能是因为肺部的感染造成组织性缺氧，我们试着用静脉注射抗生素来缓解症状。萨里斯女士的格拉斯哥昏迷评分非常低——没有超过四——我做几个专项检测，你们就明白了。"

医生俯下身，用指节敲打艾丽的胸骨。只见她手掌外翻，胳膊直挺挺地竖了起来。接着他没来得及把下面的毯子拉上来，便又对着她的眼睛打了一束光，把她的脑袋从这边转到另一边，随后又轻轻敲了敲她的膝盖，还有脚底刮伤的地方。

"有害刺激下的去大脑伸肌反应。"医生拉长声音说，"这位漂亮的女士还有眼部反应，说明脑干尚且有功能，但反应像孩子一样延迟了。脚底伸肌反射敏锐。总而言之，预后疗程漫长，不容乐观。"

艾丽皱了皱眉头，似乎在抗议医生的无理。人群里隐隐传来古怪的笑声。

"可是。"扎辫子的女孩在笑声停止后问，"对不起，加利尔医生——有类似这样的患者醒来的先例吗？"

"问得正好。"加利尔医生把毯子重新盖好，说道，"有的。这也是我们没有关掉所有仪器，一走了之的原因。这也是我们继续使用药物去治疗感染的目的。但事实上，类似这样的病例，苏醒的概率是极低的。特别是，我们刚才也提到了，已经过去相当长的时间了。而且我们还没有考虑到大脑损伤造成的影响。事实上，过不了多久，你就不得不正视康复的可能性，开始问自己继续以这样的水平和感染死磕到底是不是值得，或者还是让病情自然发展，听之任之更好。"

令人不舒服的沉默突然降临。人们都看向床上的海丽。

"好吧，今天就到这儿了。"加利尔医生说，"你们还有其他事要干。星期四，我会和你们中的大部分人在阶梯教室碰头。"

学生们鱼贯而出，经过走廊时仍在交头接耳。双开的大门关上的时候，笑闹声也渐渐远去。加利尔医生一面走出来，一面把派克笔别在白大褂的口袋里。

"谢谢。"他糊里糊涂地说，似乎把她当作了某个学生。斯玛吉贴着墙壁，给他让出了道。

他走后，她才进病房，重新回到床边。毯子被加利尔医生弄皱了，她把它抚平，掖紧，好让两边对称。躺在铺盖里的海丽比之前看起来还要瘦小，好像那位会诊医生和他的学生们将她身体的一部分带走了，斯玛吉对自己的无作为感到愤怒。

"别担心，他们走了，海丽。"她说，轻轻按了按妹妹放在被子上的胳膊，她的胳膊上插满了管子，绑着绷带，"现在只有我在你身边。"

有那么一瞬间，这只胳膊突然抽了抽，握住了她的手指，但很快又松开了。

46

一到曼彻斯特，你感觉好多了。空气更加清新，街道也更结实。你不再被周遭的一切弄得头晕目眩。一切恢复正常。那种排山倒海般的感觉也差不多消失了，你感觉前景一片光明，一切都笼罩着光环。

你喜欢这座城市给你的感觉。宏伟的维多利亚时期的建筑被改造成夜总会和时髦酒吧。哥特式教堂高高的尖顶就像竖起的以示警戒的手指。大气的广场和土红色建筑。一切都显得坚固、真实，让她无比确信这地方适合重新开始。

你用冲锋衣口袋里仅剩的那些钱，租到了靠近市中心的公寓楼里的小房间。和在伦敦浑浑噩噩的生活不一样，这地方一切井井有条，住在这里必须遵守规则，其中还包括宵禁，早餐也只在七点到九点之间供应。一个名叫贝丽尔的女人是这儿的主管，她过去是护士。大厅的桌上摆着花瓶，里面插着鲜花，厨房的罐子里放着自制的小饼干，闻起来有一股柠檬香。

对于贝丽尔而言，未经思量就收容你，实在是件危险的事——她一再声明，这不符合她一贯的行事原则。你甚至骗她说你叫伊丽莎白，刚从一段受虐的恋情中逃出来，她仍旧只是瞟了你一眼。不过，你在铺着蓝格子布的桌边喝过第二杯茶之后，她就放下了戒心。最后，她凝视着钉在后门上方的十字架，答应收容你两个星期，但你得提前用现金把两个星期的租金给付了。

"这边走，伊丽莎。"她说着，领着你上楼，打开了顶楼房间的门，"这间屋子给你，如何？"

屋子宽敞，空气流通，可以一眼望到城市另一头的风景，床上铺着新洗的白色亚麻床单——你站在原地，就能闻到清新的味道。

"很好，谢谢你。"你说，"很合我心意。"

贝丽尔很快就影响到你。没过多久，你早上六点半就会起床，早早地吃过早饭，在早高峰之前，出门去城里冒险。在引人注目的市政厅附近背街的巷子里，你发现了一家艺术品商店，你决定好好犒赏一下自己，买了厚厚一沓白纸、一大把铅笔和木炭笔。你出门都会带上它们，花上几个小时在这儿或那儿临摹你眼前的一切：建筑拐角处的模型；车站附近的卖报摊；结构复杂的消防局前无人认领的伞。

下雨了，你就钻进咖啡馆，咖啡馆就在火车站附近一家新装上玻璃幕墙的名叫巴纳克尔的购物中心里。你坐在桌边，在玻璃顶下的某个角落，检查你刚刚完成的一切，继续润色和修改。你第一次这么干。过去，你会被激情驱使，只用含糊不清的笔触勾出大概的轮廓，感觉散去后，便再也不看它们一眼。现在，你意识到，重新审视将决定成败。作品只有经过筛选和修订才会完整，才会被赋予生命。在那些未完成的拙劣的尝试之后，还有许多值得挖掘和提炼的东西。

你很享受这些日子的节奏。但时间过得飞快，钱也花得飞快，想要长期定居于此的念头开始折磨你。你问过巴纳克尔咖啡馆，他们答复购物中心下班后的清洁小组需要人。钱太少了，那个管钱的人也不是好东西，给你和另一个不会说英语的女人发工钱的时候，他还会截下一笔做回扣，因为给你们的是现金，但你不想争论什么——你决意开始新生活，你要好好保护这片干净而宝贵的领地。

但你很快就发现自己根本不擅长打扫。你比其他人的动作慢，老板来视察你的工作时，并不开心。你只干了三天，他便通知你不需要再来了。

接着，你在离贝丽尔的房子两条街的咖喱屋试着做一些洗盘子的工作，但结果是一样的：你站在那儿，双手浸在泡泡里，脑袋却开始魂游。最后厨房里其他伙计都围在你身边，干瞪着你。你无意中听到两个报刊经销商谈到有一个酒吧在招人，工作是收集空瓶，偶尔再给吧台搭把手。你觉得这方面你很在行，你去应聘的时候，他们很快就发现桌上桌下你都应付得来。你立刻就被录用了。但是第一天晚上，可怕的事发生了。当时你正端着一盘子瓶子想送去洗的时候，听到有两个人在远处角落里的弹珠游戏机前闲扯。

"找那个做假身份证的家伙给你弄一个吧。"一个男人说，"我不觉得有什么问题。该死的，全他妈糟透了，弄个护照就成。我见过他做的那些东西，看起来挺像那么回事的。"

但女人没有应声。"喂。"她大声喊道，然后甩了甩胳膊，意思是再来几杯："我可不信他。他的眼睛有点古怪。他看起来就像狼。"

如此而已。但你还没有反应过来，就把瓶子摔了一地。地板和你的鞋上都是尖尖的玻璃碴儿，整个酒吧的人都看着你，可你满眼都是他那张狰狞扭曲的脸，那张脸看着你，发出低沉的死人一样的声音，这声音冲击着你的耳膜。你知道不可能是他，你知道这是幻觉，这是你曾竭力挣脱的混乱的余威。你清楚地了解你的大脑正在捣乱，那人根本不会出现在这里。可是你依旧无法摆脱紧紧抓着你不放的恐惧。当其他人靠近，对你说没什么大不了的，每个人都会犯错的时候，你立刻挣脱开，夺门而出，完全没有意识到离你下班还有一个半小时。滚蛋吧，钱。你知道，你再也不会回去了。

有一天,再次经过艺术品商店,你发现隔壁还有一家小小的设计工作室。门开着,窗户上贴着标语:"招聘前台,请进店咨询。"你思考了一会儿。前台工作,只是接电话,对吗?你大概应付得来。你走进店里,因为是中午,里面没什么人,你可以好好打量墙上张贴的东西,那是一些艺术品广告:被藤蔓植物缠绕的空气净化器,乳房变成纸盒的奶牛;都是雪花的电视机在洗衣机的滚筒里晃荡。风格鲜明,很对你胃口——艺术和广告的大杂烩。

在展览区后,有一个宽敞的开放式工作室——完全由木质地板和裸露的砖头搭成。里面有许多桌子和夹着未完成的作品的画架,上方还有许多大的可调角度灯,整个空间看起来就像巨大的书桌。你被好奇心驱使着,朝书桌间走去,审视起那些画作。有一些实在棒极了;还有一些有待提高。你在某张凌乱的桌前停了下来,打量起面前的速写,是一只瘦骨嶙峋的可怜的鸟,嘴里叼着一管牙膏。把两件毫不相干的东西组合在一起的想法很讨人喜欢,但结构毫无章法。你觉得,那只鸟应该直视你,它的脑袋应该像鸟类常做的那样挺直了,满是不屑地看着你,而不是像现在这样垂着头望着右侧的某个地方。你的手指发痒,恨不得想拿起一支铅笔把它改过来。

就在你打量着这幅画的时候,屋子后面的门开了,接着,脚步声越来越近。

"噢,谢天谢地。"一个声音说,"你在这儿。"

你转过脸,一个穿敞口上衣的金发大个子向你走来。

"你是,特鲁迪?"他说着,伸出一只手。

"嗯——"

"安东。"男人开始介绍自己,"事务所说你两小时前就该到的。"

"对不起,"你说着,手胡乱指向招牌,"我是——"

"现在没事了。"他说着,用手摸了摸额头,"我们遇上麻烦了。我们的高级设计师擅自离职了,现在没有人接电话。这边来,这里是前台。"

他把你带到靠门的桌边。

"电脑、电话、咖啡机，"他说者，手指依次点了点那些东西，"都是普通玩意儿。你能搞定的，对吗？你肯定没问题的。太感谢你了，简直救了我的命。感激不尽。"

"我想——"你想辩解。但很快你意识到，不如顺水推舟，这可是你梦寐以求的机会呀。你决定蒙混过关。于是，你闭上了嘴，只是微笑。

"救了我的命。"安东继续说。接着他大步穿过工作室，钻进了后面的房间。你瞟了一眼，那里有一扇正对着院子的大窗，院子里堆着瓶瓶罐罐。接着门关上了。

你鼓了鼓腮帮子，坐到桌前。日历牌上印着照片，是一个粉红色头发的女人和一个穿着金属风格上衣的长发男人在名胜地标前的合影，还有一个小小的埃菲尔铁塔模型镇纸。"锐锋，"电脑屏幕上滚动着标语，"精心打造艺术概念。"电话铃响了，你几乎被吓到。你甚至生出念头，扔下这一切，拔腿就跑。但一想到空荡荡的街道和口袋里只剩下十五镑，你只好停下脚步。明天、后天、接下来的每一天，都像头痛一样袭来。你深呼吸。你能搞定。如果伦敦曾经教会你什么，那就是照别人的意思来。

你又看了眼电脑屏幕，接着拾起听筒。"你好，这里是锐锋。"你说。

◊

你出门想去找点吃的，等你回来的时候，工作室里已经挤满了人。两个家伙正站在画架后。你走近的时候，他们放下了手中的活计。其中有一个留着短胡楂儿，穿着一件旧的涅槃乐队的写着"管它呢"的短袖上衣的男人，他正气鼓鼓地看着你。另外一个穿着沾着墨点的工装上衣，额头上冒着粉刺的男人则咬着铅笔。

"嗯。"你吞吞吐吐地说，"我是特鲁迪。安东让我从今天起在这儿干活儿。"

沉默了一小会儿。穿着带墨迹工装衣的男人把铅笔从嘴里拿了出来。

"你好，特鲁迪。我是加——加雷恩。"他清了清喉咙，说，"这，这是我们的高级设计师埃德蒙。"

"我叫埃德。"埃德蒙说。

"你好。"你说，接着又小心翼翼地补充道，"埃德蒙是个好名字。"

埃德蒙翻了个白眼。

"别管他。"加雷恩说，"这段日子很苦，苦极了。很高兴你加入我们。"

你回到前台，这才发现原来那个和粉红色头发女人一起拍照的是埃德蒙。虽然你没有怀疑自己好好扮演特鲁迪的决心，但你默默告诉自己还是要当心。不过和你过去的经历比起来，这不值一提。你只能顺水推舟，尽力而为。你在这世界上，没有太多选择。要像婴儿学步一样小心翼翼，这可是你的秘密。兵来将挡，水来土掩，见招拆招吧。你又看了他们一眼。

"对不起。"你问，"我想知道，除了接电话，还需要我做些什么？"

你右手边堆着一些机器：电脑、扫描仪，还有一个看起来能装得下一个人的电子壁橱。你希望他们能教你怎么操作这些东西。

"见鬼了。"埃德蒙嘀咕。他踱着步子走过来："安东没告诉过你吗？"

你耸了耸肩。你告诉自己，特鲁迪是一个话少的女人。

"糟透了。"埃德蒙说。他用手摸了摸头发。你闻到一股烟味。

"好吧。你过去在哪里工作？"他问。

"伦敦。"你小心回应。

"不是这个，别岔开话。我是说，在什么公司？"

"埃德蒙。"加雷恩在房间那头叫道。

"哪个工作室？"埃德蒙继续问，手指在桌子上敲打着。

"聚合点。"你说。你一开口就像给了自己一巴掌，这名字太拗口了。

"从没有听说过。"埃德蒙说，"不管你过去在哪儿工作，我都要求设计师能提纲挈领，能够理解文案们的意思，鼓捣出把文字和设计结合在一起的项目或者点子。你明白我的意思吗？"

你点点头。你恨不得拿笔记下来。

"好了，现在请忘掉刚才那些废话。"埃德蒙继续说，"这些正经的有逻辑的话一点用处都没有。现在，我们忙得昏天黑地。如果我们足够幸运，安东会给我们只言片语，接着我们就得做出东西——用他的话说，是充满艺术感的回应。就像迎风撒尿！接着他会把我们努力的成果交给客户，绝大多数的情况是被客户嫌弃，于是安东又带着新的指示回来……接着我们再玩一次猜哑谜的游戏。与此同时，安东会把那些落选的作品当作艺术品卖给足球运动员的妻子和真人秀冠军们，这也是为什么我们在前面有一个展示厅。打了鸡血的艺术家，说的就是我们。你呢，就是那个应付电话那头抱怨的客户的废柴。"

"好了，回来，埃德蒙。"加雷恩说，"没有你说的那么糟糕。"

"就是这么糟糕！"埃德蒙说着转身，顺带把接待处桌上的笔筒弄到了地上，"那个有钱的杂种把我们当狗腿子，指使我们上蹿下跳，不过因为他祖上……鬼知道，干掉了一百个印第安人或者什么的。真让我恶心。"

加雷恩举起他的手："好了，首先——对不起，特鲁迪——安东的爷爷是海军上校。他并没有参加印第安大屠杀。另外，好吧，他家是有些钱，他的策略有点难以捉摸，但我们得承认，他带来了收益。"

"他只是好运。"埃德蒙说着，双臂交叉，他上衣胸前的人像也皱起眉头来。

"他带来了收益。"加雷恩又平静地重复道。

"是的，还羞辱人，前台只是弄砸了一件事，就被他炒掉了。"

　　加雷恩用手摸了摸头。"吉娜的确把事情搞砸了。"他说，"大家都这么认为，你也这么觉得！"

　　"滚蛋，我要累瘫了。"埃德蒙嚷嚷。他转身，踱步走出工作室，靠在大门附近。你看见他的手边渐渐升起了烟雾，他点燃了香烟。

　　"特鲁迪，我很抱歉。"加雷恩站在画架后，尴尬地说，"刚才那些话你也听到了，猜出个大概了吧。我只能说，这——这一切都和你没关系。"

　　你耸了耸肩，咧嘴笑了，然后假装什么都没有发生，当然还要做出不是那么轻松的样子。你觉得，这个时候继续打扰加雷恩大概是件残忍的事。

　　"好吧。"你回应道，接着，需要说点什么缓和一下气氛，"我已经习惯了。我的前老板，也是……一个婊子。"

　　加雷恩点了点头，一缕头发正好落在眼睛附近的痘痘上："不管怎样，上班的第一天不用太把这些事放在心上。不过是因为，好吧，你知道……埃德蒙和吉娜……事情有些复杂。"

　　你笑着点了点头，他转过身继续专心工作。你捡起笔，重新放回笔筒。过了一会儿，埃德蒙便回来了。他瞪了你一眼，瞬间，你明白了两件事：第一件，埃德蒙恨你；第二件，这一切都不重要。

47

　　一到访问时间，她就出现，然后一直待到访问时间结束。她坐着，看着走廊里穿制服的人来来往往，他们鞋踩在地毯上咔咔作响，外面，枝芽摆动，七叶树微微颤动。她一有机会，便偷偷溜到护士站。她发现饼干罐里装着霍普诺普牌饼干和巧克力威化饼，传真机附近的小冰箱里偶尔会有酸奶、奶酪和古怪的水果片。一次，她在去洗手间的路上，发现煮茶的壶旁放着一块无人问津的巧克力蛋糕切片。于是，她把盘子端到了走廊尽头的浴室里。即使有人发现了，也不会说什么。护士们来做检查，给海丽换纸袋、垫子和床单时，也只是对她投来若有若无的微笑。

　　有时，她会和海丽聊天——扯些天马行空的、不着边际的事，比如医院气派的大门大概几百年前是让马车通行的吧，比如她看见窗外有人在刚刚修剪好的草坪上散步。有时，她只是坐着，看着她。

　　有过一两次，她带上信，大声朗读起来，希望唤起海丽的记忆，那大概是——也不全是——她的记忆。她重新提起关于小艾米丽的悲伤往事，带着狂躁的热情谈论着，试着用句子点亮她妹妹心中的野火，照亮每一页记忆。可还是有些事她不理解，关于在脚边坐下的细节，还有被绑成鞋带的绳子。她盯着信，时间一分一秒地过去了，可她仍旧没能理解其中的意思。

"这是什么意思,海丽?"她问道,好像说这些话,妹妹就会突然醒过来,但床上的那个人仍旧只是一动不动地躺着。

一天下午,她心血来潮,在化妆品商店买了一罐桃红色的指甲油,花了一个小时给海丽涂指甲。她已经有许多年没有用过这东西了,更麻烦的是,她还是给其他人涂指甲。她发现,自己不得不用化妆棉,才让指甲油不流到指甲外面。海丽的手放在她面前的毯子上:纤细的,和斯玛吉的手一样,关节处有小小的凹陷。她知道,右手拇指上有一个雀斑——这是海丽才有的。这是最近几年才长出来的,还是一直都有呢?只有真正仔细的人才能发现这个充满故事的小斑点。如果一直都有,为什么没有人发现真相,揭穿她们调换了身份,揭穿之后发生的一切?回忆就像拍打垫子时扬起的灰尘,包围着她:妈妈一直躲在窗帘后面,一整个下午又一整个下午。她们伸长手才能够到案板,摸到用恶心的发霉的面包片做的厚蜂蜜三明治。卧室门关上了,妈妈白天仍旧穿着不合时宜的长筒睡衣和拖鞋,显得瘦小无比。然后,突然有一天,她突然露出了灿烂的微笑,是在某个棒极了的星期天,是阿卡拉,一切都喜气洋洋,好像她一直都生活在一个快乐的家庭里。她和艾丽肩并肩站在走廊里,妈妈和阿卡拉监视着一切。巧克力,还有那让人尿急的恐惧。转眼,夏天就从花园里溜了进来,沿着楼梯潜了进来。她拍了拍海丽可怜的长着斑点的手。那时她们太小了。悲伤突然降临,她为了不陷进去,慌忙看向时钟。黄昏不顾季节轮转,已经悄然而至,这样的时刻令人迷失。

她收回目光,感觉自己再次离开了那间病房。记忆的潮水重新将她裹挟着,穿过了医院的围墙:她站在雾气弥漫的悬崖边,头顶盘旋着飞鸟,她放声大笑。这时,一双手伸了过来,是爸爸的手,拂过她瘦小的背脊,一阵疯狂的晕眩感袭来,雨水似乎随时会从天而降。她想起了海丽,想起她和自己相似的眼睛,还有她说过的话,她回忆起了更多:多尔斯的度假小屋。爸爸骑着自行车。妈妈抱怨着开销。经不住艾丽的一再央求,集市广场上杂耍的艺人又耍了一个新把戏,扔了一把飞镖。一个接着一个。大家都笑了——就连妈妈也笑了。还有什么呢?锡纸包好的三明治。爸爸亲吻妈妈,抱着她转圈。她对爸爸说"别干傻事了",却始终微笑着。我们在度假小屋附近的花园里玩寻找小精灵的游戏。爸爸装作努力追赶他们的样子,把大家耍得团团转。狂欢节打地鼠摊位的老板,一个滑稽的矮胖男人,总是担心有人作弊,只为多玩一会儿。艾丽集中精神,挥舞着长柄,摆好架势,准备给地鼠致命一击。

过去突然变得如此鲜活,真是不可思议,古怪极了。不可思议却又古怪的还有那些关于剪贴板、关于五彩的霓虹、关于墙上的挂毯的记忆。她以为自己早就将它们遗忘了。

"我们曾经很开心。"她看着妹妹,询问般说道,"在那些事发生之前,我们很快乐。"

海丽抽动了一下,她的脸瞬间露出那种犹豫的脆弱的表情,就像她们小时候那样,这种软弱的表情,常常惹得海伦想要打她、扇她、咬她。斯玛吉看着她。为什么会有恐惧,她好奇,艾丽为什么会胆怯,她似乎害怕面对这个世界?是害怕这个吗?故事要从难产时缠在她脖子上勒着她的脐带说起,这也是为什么她总是呆头呆脑,窝窝囊囊。但有段日子,这样的假设并不存在。最早的记忆里,艾丽是那么有活力,那么勇敢。是什么让小女孩变得怯懦,而她自己——海伦,不得不用各种法子,甚至以近乎残忍的方式去弥补妹妹失去的勇气?是什么让一切失控?

斯玛吉取出信,把卷边的皱巴巴的信纸在毯子上抚平。答案或许在这里,那件事情发生之后,一切都变了:她变得恶毒,互换身份后,艾丽怎么也不肯换回来,她们的人生纠缠在一起,越来越不幸,越来越疯狂。

但句子是破碎的,不明所以。

"我不懂。"斯玛吉大声喊道，"发生了什么，海丽，从什么时候起事情变成现在这样？"

可艾丽只是目瞪口呆地望着天花板，不发一言。

48

到了第一次结工资的日子，你感觉棒极了。你眉开眼笑地离开办公室，手里拿着一沓钞票，你说服安东直接从工作室的临时账户里拿出这笔钱——一开始他并不同意，但你告诉他其他人都这么做，他只好耸耸肩，妥协了。你不得不皱着眉毛，掩饰得意之色。这还是第一次你体会到人定胜天的感觉；你一头扎进精彩的新生活，周围的一切似乎都在帮忙。

一个月的工资可能比你在伦敦的豪华酒店里干一次要少，却让你感觉更加富有。你决定在下班的路上顺道去巴纳克尔购物中心买一件上衣犒劳自己，最终你选择了一件带褶皱的胸前点缀着红色十字架的灰色上衣——不是什么贵东西，你可不能花掉付给贝丽尔的租金。可就在路过马车与马酒吧时，你停了下来。那是一个小酒吧，橱窗里装点着干瘪的纸箱，招牌斑驳，适合来一杯庆功酒。你走了进去，透过内门玻璃看见他时，你感觉一阵寂静。他老了，脸上起了皱纹，他带着那种瘾君子们常有的轻浮神情，青春注定消逝，海洛因也无能为力，但他的眼睛后面仍旧住着一匹狼。

太意外了，一瞬间，你甚至开始怀疑自己。你站在门槛附近，不敢迈进去，你甚至觉得脑袋的老毛病又犯了，又要莫名地惹麻烦。你经历过许多事，但现在，不得不说生活真是个狗杂种，竟然让他出现在这里，毁了你的庆功宴。多残忍啊，真像个笑话。

接着，你看见一个穿山羊皮外套的家伙走了过去，扔了个信封在桌上——看起来是类似文件的东西。你隐约看到驾照的粉红色的边。你的头脑里闪出那些散落在客厅地板上的假身份证明，还有你胳膊和腿上矩形的印记。你记得那些调子平平的元音，还有在曼彻斯特听到的对话——关于住在附近的一位叔叔。你还想起几个星期前无意间听到的对话。真是一连串的打击。毫无疑问，是他——玛丽的哥哥，坐在酒吧的角落里。

他抬起头，你迅速地转过身，他没有发现你。你急忙跑了出来，回到街上，心还在怦怦跳着，嘴里一股酸味。你回到贝丽尔的公寓，把自己关在浴室里，往脸上浇冷水。你看着镜中狼狈的自己，终于确信狼狈和危险已经远去。等你终于不再发抖了，你这才想起，你把那件红灰相间的上衣落在酒吧的门廊了。你下定决心，这是最后一次因为他放弃任何东西了。

这样过了好几个星期。你在办公室里，谁也不理，其他人仍旧谈天——加雷恩、埃德蒙，一位名叫马特的年长设计师，他妻子刚生了孩子，还有名叫盖尔的文案，她坐在角落的高脚凳上，抱怨音乐太吵。你回答他们的问题时，总是小心翼翼。不管是有心还是无意，你绝不能泄露关于露丝、鲁斯和维诺妮卡的一切。你对特鲁迪的背景了如指掌，了解她的求学经历，她读大学时痛失双亲。你根据自己的情况，创作了一部自传，不断打磨，让它变得更真实。这一天，只要铺垫出一个细节，只要有惊无险地过去，就是胜利，特鲁迪越来越丰满，就离惨淡的过去越来越远。只要她越来越真实，那些疯狂的念头和恐怖的诱惑便渐行渐远。有时，想到你将自己打造得如此完满，你几乎要笑出声来——你被好运气冲昏了头脑——但你始终安静地坐在软靠垫椅上，咬紧牙关。

回到公寓，你不得不放松自己，褪去伪装，说些废话。贝丽尔似乎很享受。好些夜晚，她会邀你去起居室，然后两人一起看着烹饪节目和家装节目，虚度时光。你沉迷过许多节目，比如一伙业余女裁缝为了赢得一份为日间电视节目主持人设计婚礼服装的合同各显身手，在每星期的节目里不断被淘汰。一位来自格拉斯哥的小个子裁缝善于在设计中运用羽毛，一位来自达德利的偏好格子棉布的黑人女性笑声爽朗，他们俩让你难以取舍。于是白天，常常会有一些古怪的时刻，你满心想着电视节目，猜测谁会获胜。你的脑袋竟然腾出空间容纳这类激动人心的琐碎事了，这样的日子堪称奢侈。你全身心地投入进去，即使在公共汽车上，在街角的店铺里，听见有人谈论起这节目，你也会抓住机会去八卦两句。你这么做的时候，似乎有另一个自己冷眼旁观，惊叹着你竟然可以如此自如地交谈。

　　一个月过去了，又一个月过去了。夏天的树叶变成金黄色，然后渐渐地，镶上了棕色的边。锐锋接了一个大项目，所有人都忙得不可开交。加雷恩和埃德蒙没日没夜地商量，起草了一堆点子。可无论他们给出怎样的建议，客户都不满意。安东的笑越来越牵强。直到有一天，埃德蒙去看牙医，你走到加雷恩的桌前，让他把作品给你看看。各种各样的图片，有车，有乡间小屋，有彩虹颜色的雕像。

　　"这是什么？"你问，"要表达什么？"

　　加雷恩的手放在太阳穴附近的痘印上。"安东给的关键词是'财产'。"他抱怨道，"比如车，但其实也包括其他的东西——他们想要耳目一新的效果，先锋的，酷的。啊——我们想了好久，我几乎被掏空了。我快要——快被逼疯了。"

　　你回到自己的位置。你感觉许多呼之欲出的想法在诱惑你，可每当你想要直面它们，它们便又躲藏起来。这天下午，不接电话的安静时间里，你拿着画板，试图勾勒出图案，有人经过，你便遮起来，但是那些图案始终模糊不清，遥不可及，你的思绪越来越乱。一下班，你便钻进巴纳克尔的咖啡馆，坐在你最喜欢的可以看见大门和楼下中庭的桌边。你试着草草画了几个速写片段：表情冷漠的人们，水沟里飞溅的垃圾。缺点什么。纸上的画面始终单调。

第二天，你像往常一样起床，那个词仍旧困扰着你。财产，财产，财产。你在桌上摊开画板上的纸，但这小小的矩形画纸实在太拥挤了，无法承载你的想法。你还需要其他的东西。这天快结束的时候，你还在工作室里，不愿离开。直到其他人都走了，你独自展开一张 A3 大小的美术纸，又从加雷恩的桌上抓了一把铅笔和木炭笔。

回到贝丽尔那儿，你就钻进自己的屋子，关上门。今晚不看电视，你还有工作需要完成。你在地板上展开画纸。散步回家，让你头脑清醒了些，现在你几乎看见想法在纸页背面闪闪发光了。这是一座塔楼，一条长廊贯穿了整张画纸的对角线，画纸的右边是塔座。这不是一般意义上的财产，你一下笔，开始在画纸上自由发挥时就意识到了。多么晦暗啊——破碎的窗户被熏黑的边框，暗示着一场大火，翻倒的婴儿车只剩框架，坐垫已经剥落，正前方的水沟里有一根针管（你觉得这不失为一个选择，毕竟你不清楚客户会怎么看这幅画，所以你决定完成它，即使它看起来像大杂烩）。

你不知疲倦地工作，完全沉浸在面前展开的画布上。天暗下来，你起身打开灯，除此之外，你没有多余的动作。你把其他的事情都抛在了脑后。

画好了建筑的轮廓和一些细节后，你决定在前景处加一个人物。你希望她虽然身负重伤，却仍旧顽强；年纪轻轻，却历尽沧桑。你希望那些有钱有闲的人看到她的时候，会想着"天啊，看在上帝的分上"。你兴致勃勃地画着，小心翼翼地勾勒出巴纳克尔的咖啡馆的轮廓，修改她有点歪斜的双眼——她或许会退缩，或许准备大吼——画面定格的时刻，都可能发生。

你从加雷恩的桌上拿的笔有些是彩色的，你看了看，发现竟然和你过去在公寓的画室里用的一样，都是水溶性彩笔。"化腐朽为神奇的颜色"，你过去就是这么叫它们的。你把浴室里马克杯里的牙刷倒了出来，装上了水，接着又重新拿起了画笔——给塔的基座上色，把窗户的边框涂黑。你给女孩画上绿眼睛，还在她的脸上画了些脏东西——她大概刚刚从大火中逃出来，或者是在街头流浪了好几个晚上。这不是你的重点。接着，你着手画前景，你的笔最先落在天空部分。你在头顶处画了紫云，但在塔基和天空相接的远处，你又添了几笔红色、粉色和一片金色，这画面仿佛暗示着美好即将到来或者刚刚逝去，可以是幸福的开端，也可以是悲剧的前奏。

你再次抬起头的时候，天已经亮了。你有点发晕，看了眼桌子后面的小闹钟，已经八点四十分了。该死！你得在加雷恩进门前把画笔放回去，不过已经来不及了。你把东西全收好，匆匆下楼。贝丽尔正从厨房里走出来，你却嘟嚷着来不及了。

到了工作室，你才松了口气，你是第一个来的。你一边在包里摸索钥匙，一边去摸把手，于是铅笔、木炭笔和画板掉在了走道上。你低下头，看见了你的塔楼。接着，一个人影落在了上面。

"哇哦！"安东说，"画得很尽兴。"

他弯下腰，捡起你的画，皱起眉头。

"是市政府。"你说完，觉得自己有点蠢，"你知道的，被废止了，或者其他的什么。"

安东用手指摸了摸嘴唇。

"是的。我发现了。"他说，"这是谁呢？"他指着画面中的女人。

"某个女孩。"你说着，感觉傻极了，"这取决于观众怎么看。观众决定了画面里的一切会变得更好或是更糟。这是太阳——"

"落下还是升起？是的，我懂你的意思。"

他看着你，眉头舒展，露出笑容。

"很有意思。"他说，"完全出人意料。很有创造力。你什么时候可以画完？"

你的目光落回纸上，耸了耸肩。你的视线已经没法集中，脑袋里回荡着嗡嗡声，因为没有睡觉，感觉迟钝。实话实说，你也不知道还能继续画点什么。

"半小时够吗？"

安东拍了拍脑袋。"半个小时！"他说，"好极了，下午我就把它给大卫。棒极了，这画太棒了！"

说完，他赶在你前面，穿过房间，大步向工作室走去，因为走路带风，纸页随之哗哗作响。

二十分钟后，埃德蒙来了，看见你正站在加雷恩备用的画架前。

"我错过了什么好戏？"他问。

◊

你在回家的路上，顺道去了莫里森的店，挑了一瓶红酒。白天的胜利和众人的称赞让你容光焕发——甚至埃德蒙——也欣赏你的作品。而且，这还是一个特别的夜晚——今晚是缝纫节目的最后一期——你和贝丽尔约好了一起看的。

一进门，你就闻到了罐焖土豆烧肉的味道，营养丰富，热气腾腾。这正好可以抵消初秋的夜晚越来越重的寒意。你们一起坐在起居室里，抿着红酒，大口大口地吃着盘子里配着浓郁肉酱的热乎乎的饺子。

"祝贺你。"贝丽尔满足地叹了口气，说道，"干杯。"

节目开始了。最后一轮挑战有三名选手——来自达德利的女子，那个格拉斯哥人和一个来自赫尔的自由理发师——他们将为晨间节目的大明星设计婚礼礼服，尺寸已经量好，但是庆典主人的身份直到选出冠军的时刻才揭晓。这是一锤子买卖。达德利人的设计很不错，格拉斯哥人却剑走偏锋，放弃了她试过的羽毛造型，拿假珍珠串了一个老鼠窝一样的东西。你根本不知道她葫芦里卖的是什么药。而那个发型师则要完成一个时髦的方方正正的设计，他管它叫"五十年代的未来主义"。在最后的十分钟里，达德利人完成了一个《傲慢与偏见》里常见的新古典主义的可爱造型，那个珍珠做的老鼠窝则在缎子上散开，摆出了一个优雅的晶体形状。

"太难描述了。"解说员对着摄像机说道，"他们各显身手。现在到大明星的品味决定胜负的时刻了。在这个特别的日子里，她会为自己选择谁的设计呢？"

大明星出现在荧幕上的时候，你正弯腰把酒杯斟满。

"哦，是她。"贝丽尔说着，手指发出咔吧咔吧的声响，"她叫什么来着……你知道吗？"

你抬起头，一瞬间，房间暗了下来，只有电视亮着。荧幕上，来自达德利的女人欣喜若狂，选中她的人，是海丽。不是你记忆里的海丽，那个瘦得皮包骨、敷着亮粉、涂樱桃唇膏的少女。这个海丽苗条，自信，从内而外透露着笃定，显得十分得体。

"她叫什么？"贝丽尔又问道，"她赢得了独立电视公司的晨间秀比赛，是一位年轻的新主持人。就是那个总有一张巨大的移动气象图的节目。我熨衣服的时候看过几次。"

"我不知道。"你缓缓说着。整个世界离你越来越远，你仿佛正透过一个长长的幽暗的显微镜打量这个世界，却又弄反了方向。电视机的声音离你越来越远。

"海伦·萨里斯。"贝丽尔说着，拍了拍手掌，转过她的扶手椅，等待你的应和，"说起来，你长得很像她。有人和你说过这事儿吗？"

一瞬间，整个世界就像在悬崖边上摇摇欲坠。你仿佛看整个房间还有房间里的一切——贝丽尔那些皇家道尔顿瓷娃娃，壁炉台上的旅行钟，壁炉附近的架子上的《读者文摘》——东倒西歪，接着掉进深渊。凸窗外的街道咧开了嘴，随时准备把你吞下去。

你全身绷得紧紧的，牙关紧闭。你绝不会再让她带走属于你的东西。这一次，你不能任她宰割。

你迎着贝丽尔的目光，耸了耸肩。"还真没有。"你说，语调就像达德利女士做的袖管上的褶皱一样轻飘飘的，"只是碰巧。这种事很常见。"

"一定是这样的。"贝丽尔说，"也挺有意思的，不是吗？"

她重新盯着电视机看。"有些人觉得我长得像维多利亚·伍德。"她补充道。

你长舒了一口气，恢复了黄昏时的惬意。你又尝了口红酒。你能听见屋外有车经过。但你的胸口还是有一种奇异的感觉。你很高兴尚能保持镇定，但你感触最深的是，你还在乎，还会伤怀，这是你从未触碰的伤口。你终于明白了。海丽和那个来自达德利的女人举杯庆祝，接受工作室里观众的祝福的场景来回滚动着，你才发现，从你记事起，你第一次意识到自己失去了什么。

49

她在医院里待了五天，尼克才出现。他抱着一摞书，走进大门。他打开储物柜，把它们重重地放到鲜花旁边，他才意识到房间里还有其他人。她发现，他发现自己在这儿时，怔了怔。

"噢。"他说，"是你呀。"

"我马上就走。"斯玛吉说着，作势离开。

"不用，不用。"他生硬地说。他挪了挪脚，打量着机器。"其实，这是我第一次来这儿。我的工作一直……"他和她目光相遇，立刻又躲闪开了。

走廊里，有手推车经过的声音。尼克咳嗽一声："有什么——"

她摇了摇头："只有胸部感染后的应激反应。过去几天，她安静多了。抗生素似乎起作用了。"

接着，他们俩都沉默了。尼克的手指在摆在床那头的橱柜上轻敲着。他打量着屋子——天花板，窗户外，甚至门后禁止抽烟的标志。最后他的目光落在了那摞书上。

"我想，可以读给她听。"他说。

斯玛吉点点头。通风口传来一阵叹息似的声音。尼克的脸红了。

"我该走了。"他说。他朝着大门走了一步，随即转身，用手擦了擦额头。"噢，还有，我和管津贴的人说过了，跟他们说弄错了。我想，可以约个时间再聊聊。听起来事情都能解决，没什么可担心的。事情都能解决。"

他没有看她的眼睛，她渐渐生出些怨气。她可不想大发慈悲地原谅他的软弱，就这么从过去几个星期的麻烦事里解脱。她也不希望他就这么将自己从他的生活中驱逐。

"噢，好的。"你语调生硬地说，"很容易嘛。你再也不用操心了。"

尼克手支在门框上，皱起眉头："我以为你会高兴的。"

她没有回答。他又咳嗽起来，手插进口袋里掏着。

"另外，你的事也一笔勾销。"他说，拿出几张钞票。

她暴怒起来："我不要你的钱！"

"这是你应得的。"他怯声说。他似乎想把钱重新放回自己口袋里，但想了会儿，似乎把它留在储物柜上更好。"我把它放这儿。"他说。

他带着那种被挑衅的容易激动的语调，就像小男孩满以为自己的家庭作业能拿 A，最后只拿到了 C+。她第一次意识到他缺根骨头，如果有造物主，那在给他定型的时候一定缺了点陶土。她突然为她的妹妹愤怒，每个人都以为她们是同一个人，而海丽原本打算和这个人共度余生的。

"这是什么？"尼克拿起放在储物柜上的纸片。

斯玛吉恐惧地望了过去，是一张信纸。她一定是上次给海丽读完之后落在那里了。

"噢，无关紧要的东西。"她说着，伸出手想要收起它们，"垃圾。"

尼克没有听进去。"这是海伦的笔迹吗？"他看着那些潦草的花体字，皱起眉头。"哦，不对。"他继续说，"看起来不像是她的……除了……这些 T 很像是她写的。Y 也是的。"

他向斯玛吉投来一瞥，那是一种意味深长的怀疑的眼神。

"你从哪儿找来的？"他问，"是从家里拿来的吗？你从她房间里拿的？"

"扯淡！不是。满意了吗？"她白了他一眼，"你这么想知道，那就告诉你，是她写给我的。就在她开车去见我那天，她寄出了这封信。"

尼克皱起眉头："为什么我现在才知道？"

"我也是最近才读到的。"但他看起来并不相信，"我积了太多信了，看到它的时候，我没觉得有什么必要提前打开。就是这样。"

她伸出手想要那些信纸。"管它呢，真的是无关紧要的东西。"她说着，"就是写琐碎事，你知道的。"

但尼克仍在打量那些字迹："有点……狂躁，不是吗？"

她狠狠地抬起头看着他，他根本没有意识到。对他来说，这个词似乎不会带来类似的共振——苍穹之下回荡着的呼喊、狂笑还有尖叫。这像另外一个形容词。他本可以用"迷乱""乱七八糟""古怪"之类的词。

"我也这么觉得。"她说着，竭力保持轻松的语气。她看着他握着的那页纸，按捺住冲过去把它从他手里抢过来的冲动。她根本不想让他的目光落在信上，也不希望他的脑袋去琢磨海丽私底下的字字句句。

他看着信，用手揉着嘴唇，沉默了许久。

"都是讲这个吗？"他问，"关于你们的父亲自杀的事？"

斯玛吉眯起眼睛："你是什么意思？"

"鞋子、绳子、坐在脚边，都是说你们的父亲，关于他去世的那天。"

斯玛吉摇了摇头，伸手拿过信。"应该是的。"她说着，研究起上面的字字句句，"为什么她想象这些事来折磨自己？"

"这些事不是她想象出来的，难道不是吗？"尼克说，"她就在那儿。他们发现他在栏杆上上吊自杀的时候，她就坐在他脚边。"

斯玛吉惊讶地看着他。

"对不起。"他茫然地说,"我以为你知道。"

"不,她从没有和我说过。"

他点点头:"我想,告诉你大概更好,我也是去年才知道的。是在艾米丽出事之后。这段经历和艾米丽的死,让她想起来了什么。心理治疗的时候,无论怎样努力,她只想起了这些。"

"那我在哪儿,发生这事儿的时候?为什么我不在场?"

尼克做了个鬼脸,呆望着天花板:"我想你和你妈妈在外面。在买东西,或者是类似的原因。他们说,你们回来的时候,离你爸爸去世已经有一会儿了。她就一直坐在那儿,看着,看着。显然,她还和他说话了,要他下来。"

他颤抖着。

"我很难想象一个人去面对这件事。"他说,"我很难想象你们是怎么迈过这道坎儿的。"

他看着她,看了好一会儿,好像答案会写在她脸上。接着他又回忆起来,脸上透着冷漠。

"就这样吧。"他小声说。他把信纸放在床尾,走出房间。

斯玛吉看着妹妹的脸,她的脸还很光滑,但轮廓和自己的一模一样。一样的肉体、一样的DNA、一样的基因图谱,却有了不一样的轨迹。她突然顿悟,海伦并不是从阿卡拉出现的那天失去自我的,早在两年前,那个昏暗的午后,艾丽已经开始从这个世界上消失了。

她转过脸,望着窗外苍白的云朵,强忍着呼之欲出的眼泪。

50

一天，安东把你叫到办公室里。你放下画架上为英国观光项目草草勾勒的一系列现代风景的概念稿，进门的时候，他正坐在桌后面，屋外的院子透进来深色的剪影，午后的阳光明媚，银色的罐子闪闪发光。

"坐下吧。"他说着，咳嗽一声。

你坐在正对着桌子的扶手椅上。于是你显得比他矮了好多，就像个孩子。没有人说话。你抬起头，看了眼挂在墙上的航行专用气压表，读数一直在变化。

"事情是这样的，嗯，特鲁迪，我接到一个电话，老实说，让我尴尬极了。"安东说。接着他停了下来，一只手开始抓头顶的金发。你发现，那里的头发已经有些稀少了，隐隐露出粉色的头皮。你很不情愿地联想到带斑点的熏猪肉。

"好吧，我就直说了。"他说，"没必要说些有的没的。小精灵办公室在电话里向我道歉，说三个月前他们预备安排到这里的临时工根本没有来报到，想知道现在还缺人手吗。显然他们的系统出错了，现在得把事情弄清楚——这事儿太奇怪了，你明明来了。"

他在桌上敲着指头，用余光瞟着你："你或许该澄清点什么。"

你脸上闪过一丝笑意，这些日子里，你累积了不少自信。

"我是特鲁迪。"你坦荡地说，"办公室肯定弄错了——"

安东抬起一只手："我不想为难你，但你恐怕没有弄清楚。不论如何，你都不是那个特鲁迪。那个特鲁迪早产了，她本来要到这儿做前台工作的，但来之前的晚上被送到了医院。她的同事给工作室写了封信，解释这件事，但是，嗯，就像我说的，我们并没有收到消息。"

你感觉像被狠狠揍了一拳，差点吐出来。房间开始旋转，思绪如飞鸟在你的脑海中匆匆掠过，你试着找点什么——随便什么——让你立即脱身。你试着说点什么，但很快又把嘴巴合上了。你倦了，失望极了。

"事实上，"安东看着你，小心翼翼地说，"我喜欢你的作品。你很适合我们的团队，从你开始参与艺术工作后，客户的投诉明显减少了。实话实说，过去十年里，我都没有拿到和现在一样多的私人订单。我想……我得信任手下……而不是怀疑他们。"

他拉了拉衬衫领。"只要你说清楚，不会有任何问题。"他说。

又是漫长的沉默。你打量起屋子里的一切——书架上的书、气压计附近的纪念品、穿着海军制服的大胡子男人的黑白照，他盯着镜头，自信极了，最后，你又看向安东。怒气已经平复。你看得出，他非常通情达理。绝大多数人遇到毫无诚信可言的骗子，问都不会问，早就把你赶出去了。他想知道你到底是谁。

你脑中的大门砰地打开。如果之前的努力都付诸东流，那该怎么办？如果告诉他那场事故、你待过的地方，之后又不得不重新开始，该怎么办？你想了一会儿，很快就沉浸在艾丽带给你的伤害之中，你再一次回忆起那些让你不堪重荷的束缚、你肩负的悲伤和屈辱。你喜欢特鲁迪还有她给你带来的一切。你喜欢她清白的过往，喜欢自力更生，喜欢健康的作息。艾丽只会毁掉这些，哪怕只是用特鲁迪的嘴谈到她，都会让房间变得乌烟瘴气。就像打开不断制造垃圾的碗橱，一旦打开，就再也合不上了，为了能够过上全新的不受限制的生活，你必须不间断地铲除阻挡你前路的垃圾，但只会越铲越多。

你摇了摇头。"我觉得我没什么好解释的，"你说，"对不起。"

安东皱了皱眉，严肃地看着你。你这时突然在他的脸上看到了他爷爷的影子——那位上校。如果你是那个单纯的特鲁迪，你只会从这个角度该如何勾勒出安东的轮廓。但你没法集中精力，因为艾丽开始出来干扰你，在你意识的边缘飘来荡去，在你的头脑里横冲直撞，你必须竭尽全力才能把她驱逐回无人岛。

安东的手指在桌子上敲着。"你让我非常为难。"他说，"至少得告诉我不给任何解释的理由。"

你张开嘴，想要列出所谓的理由，却什么都说不出。你感觉自己被苍白包围，就像被书页四周的留白包围。

"对不起。"你重复道，"我失去了自己本来的身份。那是很久以前的事了。"角落处的阴影变得扭曲，颤抖着，似乎蠢蠢欲动。你快受不了了。"我只能告诉你，我从没有像现在这样快乐。"你匆忙补充道，"我喜欢这样的生活。我喜欢在这里工作。我可能不是特鲁迪，但在这里我做回了真正的自己。"

你坐了回去，直愣愣地看着台阶。耳朵里回荡着你的声音，是恳求的可怜的语气。你知道你把事情弄砸了。你在伦敦学到的第一个原则就是，不要向别人暴露弱点，不要亮出自己的底牌。人们只会利用这些，搞垮你。你静坐着，等待一切就像纸牌屋一样轰然倒下。

又是漫长的沉默。你抬起头。安东的眼睛闪烁着光芒。"好吧。原则上，我该立刻解雇你。"他说。他抬头看了眼航船气压计。他深深地吸了口气："但大概每个人都做过一两次自己不愿做的事。"

他又咳嗽了一声。"我只想知道一件事。"他说,"你现在不是戴罪之身,对吗?"

你看着他,露出坦率的神情。"是的。"你说。

他点了点头。"我知道了。"他举起一只手,指尖轻点上唇,"我不会惹上警察,或者被关进监狱?"

"不会出现这种事。"你说。

"你不是杀人犯,对吗?"

那种粗鲁的神情——出现在他通常踌躇满志的脸上,显得滑稽极了——让你差点笑出声来。你忍住了。现在可不是时候。

"不是。"你说。

安东看着你,心里正在默默地盘算着。他身后,一架飞机正滑过庭院上空,然后消失在他左耳附近的方向。你想象着它沿着耳洞钻进他脑袋里的画面。

"好吧。"安东长舒一口气,"但愿我不会后悔做了这个决定……你继续留下吧。"

你眨了眨眼。你又打量了下四周。墙没有垮。外面,桌子还在静候你,画架还在期待你的下一个点子。世界并没有崩坏。

你被感觉的潮水淹没了——所有的情绪一股脑儿向你袭来,隆隆作响。你兴奋地站起身。

"谢谢你。"你说。你想跑过去拥抱他,但你竟然忍住了。你过去可没有这么做过。他或许并不欢迎你的拥抱。

安东发觉你有些为难,高兴却又手足无措。

"不用担心。"他说着,举了举手,"不过这是我们俩的秘密。如果其他同事问到,你还是回答你是临时员工特鲁迪。不过一旦我发现……你要手段,就请卷铺盖走人,知道了吗?"

你兴奋地点了点头，向大门走去。

"稍等。"安东说，"还有一件事。"他用手示意你重新坐下。

你回去坐下，脉搏跳动的速度越来越快，因为兴奋血气不断上涌。他在桌上的一摞纸里翻拣着。

"有一个机会：去为阿姆斯特丹的客户工作三个月。他们需要两位艺术家。是一个宏大的很有野心的项目——把前辈大师的设计融汇到新纪念碑上。我想让埃德蒙还有——嗯——你去。如果你愿意的话……"

你耸了耸肩。"我愿意。"你说。

"好吧。无论如何，放轻松点。你又不是毒贩子。"他大声笑了出来，看着你，"对不起，我的笑有点奇怪。他们希望我们能把初步的构想先发给他们，然后至少在那儿待上四个星期，而且你还得准备和总结工作。所以我们总共得花上大概六个月的时间。不过有时候，离开这儿一阵子或许不是什么坏事。听起来这正是你现在想做的？"

你又点了点头。"正是。"你说。

你离开办公室的时候，所有人都看着你。

"你在里面待了好久。"埃德蒙说。今天他穿着件珍珠果酱乐队的短袖上衣，下巴上满是胡楂儿。

你耸了耸肩，一切都会维持现状，你欣喜若狂，脑子里充满了兴奋的旋涡，却努力装出平静的样子。特鲁迪的生活——你的生活——和你离开时一模一样。你还以为自己会被扫地出门，就像被抓了个现行的贼。但一切还是原样。

"他到底想怎样，还是'这样很好但要是那样会更好'的屁话吗？"埃德蒙继续说。

其他人都假装没有听到，各自在桌边忙碌着。负责文案的盖尔正在键盘上敲敲打打，但你知道，她偷听马特和妻子吵架的时候就会在胡乱打些字符做掩饰。

你又耸了耸肩："好吧，你懂的，来来回回都是那些话，问问我做得怎么样了。"

埃德蒙冷笑一声。"聊了半个钟头这么久，就问你在做什么。"他继续说，"总还会说点别的吧？"

明知道不该说出来，但你太开心了，有些放松警惕，于是随口说了句："阿姆斯特丹。"还继续说道，"他跟我说，我和你要一起去阿姆斯特丹为客户做一个大项目。"

其他人放下了手里的活儿，像狐獴一样支起了身子。埃德蒙皱起眉头。

"阿姆斯特丹。"他念道，"该死的想干吗？"

"是的。"你说，"他让我们一起参与一个纪念碑的项目。有关前辈艺术家之类的事。"

埃德蒙点了点头："他大概觉得把这个消息先告诉某个该死的菜鸟——该死的会画画的前台，会比某个为这份差劲的工作折腾了五年的高级设计师更好些。"

"埃德——"加雷恩在自己的画架后四下打量起来，警告道。

"好吧，我很抱歉。晕死。他先是没有问过我的意思，就提拔了她，现在又这么做。我已经忍无可忍了！"埃德蒙咆哮着，大步穿过工作室，走进安东的办公室，重重地摔上门。墙那边传来隐约的说话声。

五分钟后，埃德蒙回来了。

"好吧，我这就滚。"他说。他走到自己桌前，把桌上的纸胡乱理了理，一股脑儿塞进包里。

"你的意思——是，你今天提前下班？"加雷恩试探道。

"不。他妈的混蛋。"埃德蒙说，"我不干了。我这就走。过去的功劳一笔勾销了，大概也算不上什么狗屁功劳。"

"先等等。"加雷恩抓住他的胳膊，"你确定就这么一走了之？"

"当然。"埃德蒙说，把画架上画了一半的啃火星巧克力棒的猴子扯了下来，撕得粉碎，扔进垃圾桶，"我干腻了。整件事就是笑话。我在麦当劳里打了三年工，才付清艺术学校的学费，却要听命于一个从公共学校毕业的连海军都没有考上的傻小子。我现在告诉你，我不干了。"

"那阿姆斯特丹呢？"你说。

"别担心。"埃德蒙说着，冲着你苦笑道，"这下你快活了。我告诉老板，派这儿的圣雄甘地和你一起去。赶快去收拾你的内裤和护照吧。但别指望等你回到这儿还会是老样子。"

埃德蒙和加雷恩还在聊着，马特和盖尔不时插上一两句，但你听不进去。你和安东碰面后的轻快情绪就像热气一样被安东的冷言冷语冲破了。新的困难赫然出现，挡住了你眼前的光：护照。

整个下午，护照的事都占据着你的脑海。埃德蒙收拾好一切，愤愤地走了。接着安东开始收拾残局，说着要齐心协力之类的话，还在城里开了一次派对，但你始终忘不了这件事。其他人正围在马特的笔记本电脑前，看优酷视频上的一段泥地摔跤锦标赛中的意外求婚。你却悄悄溜到最远的那个角落，紧张地打开一台苹果电脑，花了几分钟，用谷歌搜索关于护照的信息。这事儿总让你感觉很挫败。你被关进公寓的那几年，其他人开始接触互联网，但你的手很笨拙。你的手指在键盘上乱敲着，尽管如此，却连一条好消息都没找到。办护照需要出生证明，可谁他妈的知道你可以从哪里搞到出生证明。

你没有和任何人打招呼，就溜回了家。人行道散出积累了一天的热量，烘热了你的脸。你穿过一条条街道，经过了旧警察局、公园、承运包裹的车站，然后沿着铁轨线越走越远。你根本没有意识到你在乱逛，随便乱走。你最后来到那座带露台的红砖小屋门口，正对大街的门敞开着。晚餐的香气和晚六点新闻的严肃语调从窗户里飘了出来。你不知道自己身在何处，但在街角看到了熟悉的路标：橱窗里摆放了干瘪的盒子、标牌剥落的酒吧。似乎怎么逃不开了，是它一路在召唤着你到这儿。你不假思索地来到大门前，走了进去。

你看了眼角落，其实根本没必要。他在那儿，你知道他一定会在那儿。大概只有他站在那儿。酒吧男招待正趴在吧台上，静静地昂着头盯着老虎机上的荧幕，荧幕上正在播放家装节目。还有一对看起来像是情侣的人坐在靠窗的位置，在桌上摊开一本旅行指南，他们像是在寻找真正的曼彻斯特的路上迷路的游客。除此之外，没有其他人。

你向他走去。你咳了咳。他抬起头。

"我需要一本护照。"你低声说，"多少钱？"

他掏出一根烟，在桌上敲了敲。他的脸上就像水果机里掉下一串樱桃一样渐渐显出了认出她的表情。

"噢，你好。"他说，"好久不见了。"

"多少钱？"你又问。

他重新坐下，头靠在墙上，身边的隔板上放着一只写着"救救孩子"的募捐箱。

"我经常想起你，你知道的，"他说着，得意地笑了，"直到现在。总是想你想得很久，也很用力。有时真的太用力了。"

你咬了咬牙。"他妈的。"你静静地说。

"是的。"他说着，点了点头，用手指弹了弹香烟，"我也常常想这件事。想到你的姿势——其他人都做不到，总让我欲火焚身。你是个特别的姑娘，艾丽。我特别的姑娘。"

你感觉被击中了，眼睛里都是泪。你恨恨地忍住了，可还是会想起那坚硬而冰冷的一切：被叮叮当当关上的门，剪贴板，空房间里的塑料椅子。

只要熬过今天，你绝不会再让他出现在你面前。

"听着，你究竟打不打算帮我？"你问。

他轻蔑地笑了。"好吧，我会帮你，"他说，"但有一个条件。"

你越来越不耐烦了。"我刚才就在问你。"你说，"多少钱？"

他一点一点地打量你，仿佛要吞掉你在玛莎百货里买的外套和从乐施商店淘到的包。

"一千英镑。"他说，接着他的目光又落在你的大腿根部，"除非你能想到其他法子来付这笔钱。"

你想起贝丽尔帮你开的银行账户里已经攒了一笔钱。你本来预备用来买些其他的更棒的东西。

"好吧。"你说，"一千。"

他的眼睛里闪过一丝惊讶。他有些反悔："两千。"

你摇了摇头："你刚说一千的。"

他耸了耸肩："涨了。你最好多赚点。"

你眯着眼睛看他。远处靠近窗户的地方，游客们起身离开。

"另外，"你说，"我还想问问，玛丽还好吗？"

他垂下眼睑："死了。"

"啊，太让人遗憾了。"你说，"因为吸毒，是吗？还是割腕？"

他有些心烦意乱，扔掉了烟头。"好吧，该死的，"他说，"我只收你一千。"

他从皮夹克里掏出一卷纸。"把你的要求在上面写清楚。"他说，"名字、出生日期之类的扯淡。"

你先写下"特鲁迪"这个名字，出生地是卡姆登，你出生在1984年，至于生日，就是当天的日期。

51

　　她尽量每时每刻都陪在海丽身边。有时你会给她读信或着尼克带来的那些书（当然你会避开那本夹着许多皱巴巴的笔记的《弗兰肯斯坦》）。他留下的八十镑让她坐立不安，她想把它塞进护士站附近的为叙利亚募集的捐款箱里，保存起来。但她最后还是决定带在身上——她不知道自己会在这儿待多久，东西随身带着是个好主意，以免被护士们当作贼，已经有一位护士在她经过走廊的时候眯着眼睛打量她了。尼克只能抽空来探望，自从海丽住进来，妈妈和阿卡拉就再也没有出现过，斯玛吉决定把这笔钱送给海丽，好让她一直待在这儿，被人照顾。她把它叠好，压在《超级改装家》的制片人送来的那盆风信子卜。她不读信的时候，也会把信放在那里。放在那儿比放在衣服口袋里安全多了，况且口袋有一个角就快要裂开了。

　　她尽力让海丽更舒服些，还琢磨出各种各样的方法叫醒她。一天，她在环形南路附近的二手商店里发现了一个老式卡带机和一些九十年代歌曲的卡带——当然包括污点乐队[1]、辣妹组合。正是海丽过去最爱的那种甜得发腻的歌。她买了下来，带到了病房里。她摸索着想把插头插进插座，一

---

[1] 污点乐队，Blur，在英国科尔切斯特成立的流行乐队。

位护士向她投来赞许的眼神。

"音乐广播很有帮助。"她带着特立尼达岛的轻快口音说，"我们见过许多人就是因为它醒了过来。"

"真的吗？"斯玛吉说着，直起身来，脸泛起红光，"我还以为我们没有机会了。"

护士狡黠地凑了过来。"医生们不会告诉你这些，但不能放弃希望。"她接着说，"只要活着，就有希望。"

斯玛吉放的是辣妹组合。屋子里，各种微弱的机械的声音汇成一股声浪。她闭上眼睛，脑海中涌出无数生动的画面，让她意外极了：星期六的晚上，海丽会抹上唇膏，斯玛吉却只能缩成一团坐在靠墙的床上。公共汽车上，学校里那些受欢迎的女孩和海丽围坐在一起，咯咯笑着，交换耳机听音乐，嚼口香糖，研究着《更多》和《芳龄十七》的海报。她下楼，出了大门，一路上心事重重，想着"两人合为一体"的事，往停车场的方向走去，最后隐没在昏暗的树影中。

她要么给海丽读信或放音乐，要么就和她说话。日子一天天过去，她记起的事越来越多，甚至有些多年来不曾留意的事浮出水面。她整个身心都被过去占据了。她说的越多，想说的也越来越多。脑海里涌出越来越多的图像和事件，渴望被选中、被思考、被表达。她记得她们是在秋千边游荡的时候认识玛丽的，还有公园里的游戏，还有生日派对——这些都是真的吗？——那时爸爸带着红鼻子，把自己扮成小丑。她们俩，一个说，一个听，把记忆一片一片拼凑，复原完整，仿佛这样，过去就是真的。有时候，她几乎滔滔不绝，许多画面突然毫无防备地涌进她的脑海，仿佛她不是在用自己的脑袋思考，而是用别人的脑袋。

有段日子，她忘记了时间。早晨很快就变成了下午，然后是黄昏，好像有人用水和画笔混淆了一天的界限。访问时间失去了意义。她想来就来，想走就走；她总是坐在靠窗的椅子上和海丽说话。一旦来自特立尼达岛的护士琼值班，便对斯玛吉睁一只眼闭一只眼，让她一直待到太阳下山，直到城市的天空变成深橘黄色。有时，她还会给她带三明治，向她眨眨眼，然后把它留在储物柜里。

喧闹的黄昏降临，监视器一眨一眨的，呼吸机叹息着，斯玛吉意识到时间汹涌而过，潮来潮去。有时，是海丽床边的机器发出的哔哔声；有时，是那个夏日午后，屋外传开货车倒车的声音，阿卡拉从此闯进他们的生活；有时，是游乐场里的新奇玩意儿。斯玛吉有时五岁，有时十五岁，她记得很清楚；她曾是海伦、艾丽、特鲁迪，最后又做回斯玛吉。所有的画面涌了过来。真实的画面被永无岛的光亮掩盖，再也回不去了。

她坐在靠窗的粉色人造革椅子上，看着海丽的胸口一起一伏、眼皮下眼球滚动的样子。她和她双胞胎姐妹的呼吸如此一致，以至于她觉得一旦她停止呼吸，两个人都会垮掉，死去，就像在码头可怕的水族馆里扮演鱼类的演员一样悬浮在屋子里。于是一次又一次，她痛苦地期待着妹妹能够活下去。在某些时候，期待听到海丽说话的念头如此清晰，完全掩盖了她脑中其他混乱的低语，除此之外，她没有其他感觉，这个念头始终在她的脑海里，以至于她在医院的时候就像一只沉默的秃鹰。

52

你和加雷恩每天下午都会像玩乐高的孩子一样，来一场关于古典画作的冒险，把其中的元素按照古怪的方式重新拼贴。你把毕加索笔下生硬的女人体和庚斯博罗[1]笔下贵族气质的美人组合在一起，让霍克尼[2]风格的帆船在康斯太布尔[3]风格的海域里航行。

你最享受的是傍晚时分，其他人已经走了，只剩下你们全身心地投入画作，整个世界仿佛都踮起脚溜走了。这感觉让你联想到过去在公寓的画室里用到的激光定位仪，不一样的是，现在有两个人一起工作，场面更理智。因为加雷恩，你感觉更踏实，他的存在就像邮轮给你开路，你那想象力的小艇便有了航道。节奏慢了下来，却更加深入，更有力量，不再那么容易翻船了。

"我喜欢这样。"一天傍晚，你透过铺着 A2 大小画布的画架，正好

---

1 庚斯博罗，Thomas Gainsborough，英国画家，作品融合尼德兰画派现实主义和法国牧歌式浪漫情调。

2 霍克尼，David Hockney，英国画家，受现代主义思潮影响，创作了大量腐蚀版画。

3 康斯太布尔，John Constable，英国画家，早年创作延续庚斯博罗风格，后在继承荷兰风景画基础上形成个人独特风格。

看见他的脑袋，他正埋着头，手中的笔试图勾勒出城市景观的轮廓。

他抬起头，冲你眨着眼，有那么一瞬间，他似乎有点迷糊。但很快，他就露出试探般的微笑。可你还陷在他的眼神里。

这次出行，最大的挑战是要离开贝丽尔。你们处得很好，甚至不需要太多语言。你们只需要一言不发地坐着，并拢双腿，等待着BBC或者独立电视频道为你们准备的电视大餐。绝不是那种你和妈妈还有阿卡拉坐在餐桌前充满敌意的沉默，也不是在公寓里那种隔绝了你和其他人的高墙一般的死寂，这是一种默契而友好的沉默。如果用一个词概括，那就是陪伴。你觉得如果你愿意，随时都可以打破这种沉默，可是你宁愿什么都不说。你觉得这是理想的家庭生活——真正的家人——该有的样子。你很想告诉她，但这话实在太古怪了。你想，她可能会有些不知所措，毕竟这么说有些唐突。

她并不推荐你去阿姆斯特丹。

"那里太多毒品了。"你第一次跟她提起时，她便这么说，"还有失足妇女，恕我直言，就是妓女。"

你点了点头，耸了耸肩，没有再说什么。你知道那儿不像她说的那样。你很清楚，如果真的有一位失足妇女叩响贝丽尔的门寻求帮助，她会毫不犹豫地收留她。该死的，你突然意识到，她其实已经收留一位了。

临走的头一天晚上，贝丽尔做了她最拿手的一道菜：面托烤香肠配洋葱汁。你们俩坐在桌前，一边吃一边看电视剧《卡罗内申大街》。

"谢谢你做的一切。"你说着，几乎把话吞进喉咙里。她似乎没听见，端着空盘子钻进厨房里忙活起来。

"我想，你会需要这些。"她回来的时候，手里拿着装着三明治的冰袋和用铝箔包起来的香蕉面包。"带到船上吃吧。"她补充道。

"保持联系，贝丽尔。"你说，"我会给你打电话的。"

"不用啦。"她说着，重新坐回椅子里，"你不会的。这样的事我见过太多了。事情本该如此。现在上楼去吧，记得钻进被子前把自己脱干净。"

转眼就到第二天一早了。一眨眼，你就跳上了公共汽车，但感觉还是午夜时分。码头白色的栏杆在半明半暗的光线中泛着蓝光。你站在船尾，看着船离开赫尔港，驶向北海的开阔水域，一面吃着三明治，一面看着陆地渐渐消失。你知道，妈妈和阿卡拉在那儿。海丽、理查德，还有其他公寓里的人，也在那儿。但这一次，过去显得那么渺小。

53

有好几天，她没有去沃尔沃兹的公寓，宁愿在医院附近的林荫道游荡，在环形南街的苍蝇馆子里喝几杯茶。好几天下午，她就在海丽床边的椅子上打盹儿，但更多时候，那儿太吵了，她根本没法睡着。

最后，她回家换衣服时，她发现有人在储藏葡萄酒的地窖附近的墙上写了"他妈的！"，后门附近还有烟蒂和破酒瓶子。她屋子里的衣服都变味了，可她照旧穿上，毫不理睬来自房间各个角落的恐慌——那些恐慌都被年久失修的屋子里支棱着的木头和塑料片挡住了。

一回到医院，她便钻进小卖部，想去买根火星巧克力棒。就在她排队结账的时候，感觉一只手搭在了她的肩膀上。她转过身，看见一个熟悉的男人，卷发，下巴微突，居高临下地看着她。

"特鲁迪。"男人说着，"好吧，不是特鲁迪，但是……"

"是的。"她说着，记忆重新拼凑起来，于是惊讶得合不拢嘴，"安东。该死的。"

她发现他正紧张地四下打量。

"对不起。"她小声说，"条件反射。"

他摇了摇头："好吧。"

他正拿着一只香蕉和一盒宾果饮料。

"噢，这不是给我买的。"他急忙说道，"是买给我妹妹的儿子的。我的外甥，他八岁了。我们来这儿看爸爸。"

他向一群坐在靠窗的地方衣着考究的人点了点头。

"噢。"她说，"很抱歉听到这个消息。是什么……"

"中风。"安东赶忙说道，"没得救了。大概撑不了太久，我猜。但是，他们还是努力希望他能够给出一两句回应。"

她尴尬地点了点头，感觉包装纸里的巧克力变软了。她那样撒手，一走了之后，他是怎么想的？她几乎是逃走的吧？她看着他的脸，试着读出答案，但他的表情不仅克制，甚至可以算热情。

"你呢？"他问。

"我来这儿探望我的……朋友。她遇上意外了。是车祸。她现在昏迷不醒。"

安东摇了摇头："真糟糕。"

他们没有再说话。他摆弄着粘在宾果盒子后面的吸管。但很快他们又不约而同地找寻新的话题。

"你最近怎么样？"他试探着问，不过她没有接话茬儿。

"最好别谈这个。"她说。和他说话时，她的声音变得不一样了，更轻快，更柔美。过去的特鲁迪的自信渗透了一切。

安东点了点头。"好吧。"他的脚尖在地板上点了点，"听着，我很高兴遇见你——即使在发生了那些事后。有些事我很想告诉你。"

她举起手，突然警告他不要旧事重提，一旦提起那些发生在曼彻斯特的事，所有美好的光明的东西都会被毁掉。

"求你了，真的。"她说，"都是过去的事了。我现在也无能为力。我很抱歉，我该把事情处理得好些。我该早些向你坦白，但是我——"

"不。"他说着，手在她的胳膊上安抚着，坚决想要把话说完。这肯定是他们在公共学校里学到的东西，她想起来了——某种钢铁般的坚强意志，强迫别人听从自己。"不是那样。"他又重复道，"过去的事已经过去了。"

他又望了一眼靠窗的桌子。那些人已经站起身，穿起外套了。她从那群人里，在那个穿衫裤套装的漂亮女孩旁，看到某个像安东的母亲的人——和他一样的下巴和相似的眼睛。她看出来了，她一定是个强壮而固执的女人。这种人会觉得流泪是最软弱的事。

她又看向安东，他的脸色变了，果决的神情被小男孩似的紧张替代了。他的鞋底在地毯上蹭了蹭。

"瞧，我得走了。"他说着，从长裤口袋里摸出一张名片，"但请收好这个。给我打电话，我们得见一面。我保证，你绝不会后悔的。"

"安东。"屋子的那一头传来一声呼喊。

"这儿。"他说，"这就来。"

他把名片塞到她手里："你会记得给我电话的，对吗？"

她耸耸肩。"当然。"她说着，没有看他的眼睛。

他投给她一个灿烂的微笑，然后急忙追赶他那帮亲戚。她把名片塞进大衣口袋里，和那些空的口香糖包装盒、发票还有昨天制造的其他的垃圾放在了一起。

54

办公室在一条小街上，就在某条运河附近，隔壁是一家卖用车胎做的鞋子的商店。你得爬一段窄窄的木头阶梯才能进去，不过你一爬上来就发现那是一个宽敞的光线充足的阁楼，透过大大的长条形的窗户，人行道和楼下骑自行车的人尽收眼底。房间里只有简单的家具，但你需要的都有：画架、苹果笔记本、大大的画板、烧水壶、微波炉、茶、咖啡，还有一张沙发。你转过脸看着加雷恩，咯咯笑了。你们的表情都在诉说同一件事：你们幸运极了。

"我们希望你们能喜欢这儿。"一个戴眼镜的小个子男人带着你们四下转悠，"我希望这里——"他晃动手指，仿佛在空气中抓取合适的词，"有助于艺术创作。我们只是商人。我们懂什么？但我们已经尽力，如果你们还需要什么，打电话告诉我们就好。这儿不会被任何人打扰。你们什么时候出门、什么时候回来都行。"

他实在是自谦过了头，你们甚至在他离开前，还没有来得及让他重复下名字，他正是简·海涅，气泡公司的总监，你们正是替他的公司干活儿，他还是数百万资产的继承人。

他离开时关上了门，街市的喧嚣被挡在了外面，加雷恩转过脸看着你。

"我他妈真该死。"他笑着说,"来,让我好好地死一回。"

他们一起笑出声来。这是你第一次听他说脏话。

第一天,你没有干什么事。你画了些速写,把它们在墙上挂了一溜儿。墙上有画板夹,这样就可以直接把画挂在砖墙上,做整体评估。有些想法很不错,有些只好胎死腹中了。

"《蒙娜丽莎》真是垃圾。"加雷恩从特大号的手机上看那些名画的缩略图,感叹道。你也这么认为。

你们在街对面的小咖啡馆里吃午饭。不知怎的,之后一整个下午,你们都在外面玩耍,在街道上乱晃,在景点喝上几杯,欣赏这个陌生城市的市井声。你还逛了许多商店,拿起东西在手里掂量着,但并不买。

"莫非我进步了,或者只是因为这儿适合创作?"加雷恩盯着桌上一座带弧线的木头做成的台灯说。

"一切都棒极了!"你说,"你怎么说都对。"

你真的这么想。这地方让你觉得生活在铺着红毯欢迎你,一切皆有可能。你在这儿简直焕然一新。真的。

临近中午的时候,你看见十字路口排起了长队,一直延伸到一条主运河上。

"排队看现场演奏会吗?"加雷恩猜道。

"不太像。"你发现一对银发的美国夫妇正在研究地图。

原来人们正在排队参观安妮·弗兰克之家。

"我们也去看看?"加雷恩提议。

你耸了耸肩膀。

只等了不到半小时,你们便通过书架后陡峭的楼梯进入了那些窄小的房间。你们惊讶地发现,安妮的墙上竟然钉着年轻的伊丽莎白女王、格丽塔·嘉宝、金格·罗格斯的照片。太多的人在打量这房子了,这么做仿佛是某种打扰。因为天折，她反倒获得了某种永恒。如果再活六个月，你猜，她大概会觉得伊丽莎白女王的下巴太宽了，实在谈不上美丽，于是把照片取下来，同时，她大概还会意识到那个和她在阁楼上赏月的男孩有些无聊，但现在她被永远地刻画成某个把未来的英国女王当作偶像，因为无法自控的原因怀春的少女。一个未完成的自我永远定格了。

你们俩出来的时候，都感到十分压抑，简直无力吐槽。加雷恩只好眨着眼，摇晃着脑袋，从牙缝里挤出些小调。

你们走了好一会儿，没有交谈。终于，你脑袋里蹦出一个念头。

"跟我来。"你说着，抓起加雷恩的手，"我知道我们需要什么。"

你听公寓里的人说过，从咖啡店里可以买到大麻。在你的头脑里，那是些体面的地方，柜台里摆着饼干，黑墙边现磨咖啡机冒着泡泡。但根本不是那回事。第一家咖啡馆里，挤满了穿着运动服的英国男孩——大概在享受单身汉之夜或者生日派对。气氛阴冷又躁动，似乎在暗示着有人马上就要被暴打一顿。

你找到一条通往背街的路，开始对道路两边伸出的画着大麻叶符号的塑料标识司空见惯。接下来的几家店也不靠谱，但至少你能确定自己是在一条安静的街道上，对面的每一条小路都不是那么危险。你拨开垂落的彩色绳子，这儿看起来像是十几岁的孩子开的糖果店。但整间屋子都被刷成了黑色，墙上都是刮擦的痕迹。屋子正中摆着桌面足球桌，电视机里正在播荷兰语版的《X元素》。玻璃柜台里装满巧克力棒和小包的薯片。一个邋遢的男人斜靠在那儿，嘴里嚼着他的发髻。

一瞬间，你感觉恐惧几乎要蹦出你的胸膛了。你感觉又到了某个熟悉又厌恶的地方——角落里潜伏的莽撞巨兽随时都会扑过来，将你再次拖进令人眩晕的旋涡。你勉强咽了咽口水，向柜台走去。

"手卷烟，谢谢。"你说。

"粉末还是整片叶子？"男人问。

你选择飞叶子。他打了个哈欠，从身后的隔板上取下一只盒子，之后就再也没有看你一眼。

你付了钱，然后在窗边的桌子边坐下，你们俩之间有一只烟灰缸。加雷恩看着他，眼睛瞪得圆圆的。

"真是超现实，对吗？"他说，"你在这儿干什么都可以。没有人会抬起眼睛打量你。"

你耸了耸肩，点燃一根。烟雾沿着喉咙钻进了你的肺，呼吸中充满烟草味道的平静。真棒，这感觉棒极了。你又来了一口，然后递给他。

加雷恩把滤嘴小心翼翼地凑到唇边。你斜眼望着他，你在思考是否该问他过去试过没有，但很快就放弃了这个念头。

你又默默地吸了一会儿，滤嘴在你们之间传来传去。加雷恩吸它的时候，会微微急喘。过了一会儿，他脸上便露出松弛的表情。他的头发支棱着，看起来古怪极了，好像有人拨动了他的开关，把他的表情放大了一些。他太阳穴附近的痘印更加明显，比其他地方的皮肤要深一些。

"我喜欢这个地方。"他一边点头，一边说，"我喜欢……这个地方。"

你伸出手接过滤嘴，又是一阵吞吐。你感觉身体里涌起快活的感觉。你明白，生活欠你的太多。你经历了许多不堪的事，但现在你是一位在阿姆斯特丹工作的艺术家。普通人一生所能遭遇的麻烦，你似乎在十几二十年里都一一经历了。现在，你终于熬过去了，剩下的该是年复一年的快乐时光。你自顾自笑起来，哼着已经忘记了大半的旋律……是一首关于庆典和好日子的歌。拙劣得很，但你明白，它的确道出了某种真相。所有的事都是这样的，只要你懂得如何挖掘。

加雷恩的眼睛越睁越大。他像第一次见你一样打量你的脸。

"我必须坦白。"他说，"不要笑我。"

他用手挠了挠头，头发越发像一窝杂草。他靠近了些。

"我喜欢你。"他说。

你眯起眼睛看着他。"滚远些。"你说。

"我是认真的。"他说，"我没有开玩笑。"

你白了他一眼。

"我是认真的。"他又重复道，"我很用力地喜欢你，确切地说。你第一次出现，第一天见到你，我就勃起得很厉害。埃德蒙在发飙，而我却缩在画架后面，努力不让人发现我勃起了。"

你看了他一会儿。你忍不住开口大笑起来，他都被喷了口水。

"嘿！"他说着，擦了擦脸，"我说过了，不许笑。"

但他也笑了。你们俩一起放声大笑。真他妈的，太好笑了。你们笑得太大声了，角落里三个玩多米诺骨牌的人不禁转过脸，看着你们。你们笑着，直到桌子开始晃荡，你们差点掉到椅子下面。

"噢，见鬼，这事儿很不专业，你觉得呢？"加雷恩等到颤抖渐渐平复才说道，"我为什么要告诉你这些？你肯定会恨我的，是吗？"

"坦白说吧，"你说，"当你说'勃起得很厉害'……"

"噢，似乎有点误会。"加雷恩说，"好吧，其实勃起后只是中等大小，但对我来说已经很厉害了。"

你们俩都不知道该说什么。"我不是那个意思——"他突然补充道，重重地跌坐回自己的座位，完全不知道该怎么把话说清楚，"不管怎样，谈论这些都有些古怪。我们是同事，得专业些。"

你咯咯地笑了。"是的，我们是同事。"你说。

你们又在咖啡馆待了一会儿，吃薯片，喝可乐。你不得不承认，你简直飘飘欲仙。滤嘴里塞的东西远比你想象的多。不过，直到你们开始分析荷兰语版的《X元素》，进而发现了能够解决欧盟乃至全世界的争端的秘密，你才真正意识到。你对什么具体的细节都不记得了，只知道需要建立全球大规模陪审团，规定美国商业经纪协会的会议音乐。

最后，你们终于在太阳快升起的时候离开了这家店。街上洒满了阳光，窗户被照得金黄。

"天啊。"加雷恩说，"多好的一天！"

你抬起头看着他，阳光落在他身上，他的发尾被染成金色。你吃了一惊，你发现他竟然这么英俊。你觉得，他的眼睛就像闪烁的星星。

你直起身子，在他的嘴边留下一个吻。他身子一僵，很快又软了下来，将你抱在了怀里。你们吻了一会儿，就在路中央，一直有自行车经过。接着他拖着你走了起来。

"来吧。"他说着，牵起你的手。这一次，是他带路。

55

门上的时钟显示，只过去了三个小时，外面已经黑了。灯光昏暗，机器嗡嗡地忙碌着，发出压抑的叹息。夜色就像毯子一样罩住了所有事物，于是声音也变得微弱。如果她现在伸出脑袋打量，就可以发现走廊就和恐怖电影里演的那样：空无一人，病态，阴冷。但斯玛吉只是在靠窗的位置眨着眼睛。发生了什么？她怎么睡着了？为什么他们没有把自己赶走？

伴随着通风机的叹息，房间也在一张一翕。她仿佛看见了其他的房间——尼克和海丽的阁楼，沃尔沃兹的小楼里的卧室，公寓里的某个隔间，贝丽尔的房间，甚至还有许多年前，妈妈的房子里，两个女孩肩并肩睡了很久的卧房。所有的房间里放的都是单人床，只有一个例外：阿姆斯特丹的公寓。但没有一间屋子真正属于她。

她用力闭上眼睛，试图摆脱那些回忆，摇了摇头。当她再次睁开眼时，她看见海丽正看着自己。

"你好。"海丽说。

"你好。"斯玛吉说。她完全被镇住了，四肢僵硬。

海丽皱了皱鼻子。"好了，该翻开书了。"她说。

斯玛吉没有回应。时间凝固了。她甚至有一种错觉，仿佛整个世界都是陶瓷做的，她的动作稍微有差错，一切都会销毁。

"你一定很恨我。"最后，是海丽先开口，刻意回避了伤人的句子。

斯玛吉从椅子上站了起来。塑料封面在她身下发出噗噗的声响。她想起那封字迹潦草的信。

"不。"她说，"我的确恨过，但现在没有了。"

海丽点点头，心领神会。

"我也是迫不得已的。"她说着，声音短促微弱。

"因为爸爸，"斯玛吉早就猜到了，"因为你看到的那些事。"

海丽垂下头。

"我没有力量做回过去的她，"她说，"做那个艾丽。我没法再那样生活下去。"

她停下来，插在她喉咙里的管子反射着光芒。斯玛吉这才想起来，她应该呼叫其他人，告诉工作人员海丽已经醒过来了。但她害怕发生不该让其他人目睹的事。犹豫了很久，她仍旧没有下定决心。

"我也不行。"斯玛吉说，"我也只能硬着头皮上。事情被弄得一团糟。该死的，我进了监狱。好吧，也不是真的监狱，但也差不多了，甚至更糟糕些。"

"是的。"海丽说，"你逃走了。"

斯玛吉闭上眼睛。

"我们过去玩得很开心，对吗？"海丽继续说，"这些事发生之前，我们的确有过快乐时光。去多尔斯旅行……在公园里骑自行车，就在他去世前不久。他的确给了我们许多。你记得吗，他把那家商店的短袖上衣一样买了一件。"

"因为每个颜色他都喜欢。"斯玛吉说。

"有一我们回到家，发现客厅里摆满了可爱的玩具——"

"因为他觉得我们俩会孤单。"斯玛吉有一次看到这样的场景：长着塑料眼睛的填充动物玩具露出呆呆的笑容，她们快乐地欢呼着，双手搂住妈妈的脑袋。

"他像那些儿童节目里的角色。"海丽说，"法力无边。头脑里不只有生活而已。我和……和海洛伊斯看那些节目时，总是想到他。现实对他而言太残酷了。他就应该活在故事里，但造物主的想象力似乎枯竭了，于是他也从现实世界消失了。"

斯玛吉点点头。是的，爸爸就是这样的，一位白日梦想家，马吉卡先生。

海丽颤抖地呼吸着，用手轻抚着喉咙插管子的地方。"我留了一幅他的画。"她说，"有一天妈妈清空了储藏室，把他的画全拿到花园里烧掉了。那是一小堆火，和他一样，闪耀了片刻就熄灭了。我把这幅画藏在我们的卧室的衣柜后面，现在放在我家阁楼上。我想我应该告诉你，以防……你懂的。"

斯玛吉向前弯下身子，握住她妹妹的手，摸起来很凉，很软。

"我很抱歉。"她说。

海丽眨了眨眼睛："怎么了？"

"我为我们做的那些事道歉。我、玛丽、还有妈妈，我必须承认，甚至还有爸爸——是我们让艾丽经历了这一切。"

海丽摇了摇头，管子微微泛光。

"你只是做了你乐意的事。"她用某种带着距离感的语气说，"我们都尽力了。很多时候只能这样。"

斯玛吉看着海丽，瘦弱的海丽——双颊高耸的颧骨，喉部颤动。她看见了，痛苦写在她身上。她被同情击中了，她想弯下腰抱起她妹妹，把她带回小屋子里靠墙的小床，把一切打理得充满活力，试着把过去就像小孩子涂鸦一样彻底抹掉，重新再来。

"艾米丽的事，真让人遗憾。"你说着，哽咽起来，"没有了孩子……

我……"

海丽又摇了摇头。她张开嘴想要回应，但只发出高高的尖锐的声音。斯玛吉凝视着她，莫名其妙地，她不得不透过泪水打量妹妹那张带着光晕的脸了。她抬起头，看着床边的监视器，上面只剩下一条平直的绿线。当她重新低下头时，妹妹的眼睛已经闭上了，她和往常一样，面朝着天花板躺着。

窗户透进了一束束太阳光。走廊里传来了脚步声。有人推开了床边的斯玛吉。她在被人遗忘的角落里独自坐着，手掌里海丽手指的温度逐渐冷却。

56

你搬进了加雷恩租的公寓房间。透过窗可以看见从市中心的街道一直延伸到火车站的树木，某天你会从那里出发，前往机场或者自己的家。你喜欢赤身站在床边，眺望整个城市。行人和骑自行车的人一旦抬起头就能够看见你，但你并不在意。你很高兴，你很清楚，并且你希望能够表现出来。你恨不得为自己鼓掌。

你们想寻欢作乐的时候，就回到咖啡店，透过羽毛般的烟雾，斜着眼睛看《百万富翁》《荷兰达人秀》之类的节目。但你们并不常去冒险。你觉得没那必要了。这么过去了几个星期，你更乐意花时间在冯德公园的湖边散步，去画廊、荷兰国家博物馆，还有凡·高博物馆，你可以在台阶上一坐就是几个小时，画一些局部的速写，寻找灵感。有趣的是，甚至当你临摹同一幅画时——比如凡·高的《椅子》，或者伦勃朗的自画像（你一度想重新创作这幅画，让画家本人手里握着一个 MP3）——两幅作品甚至会呈现完全不一样的效果。它们相似但又明显不同，你回家后再去完成细节，比如胳膊上的静脉、耳朵的轮廓，加雷恩则擅长画龙点睛。显然，他的线条大胆有力。你们就像两个零件，组合在一起才能运转。

"你对细节有着惊人的观察力。"一天，他低下头，对你说，"你能伪造出完美的作品。"

你好奇他是不是在向你暗示什么——他如果知道你不是真的特鲁迪——但你很快意识到了自己过度紧张了,因为他又讲起了一个新的竞标提案,并没有什么特别的暗示,你这才重新露出笑容。除此之外,让你庆幸的是,博物馆里没有《星夜》。你简直不知道如果你必须在他身边坐下来临摹画中的旋涡,会发生怎样的事,因为那些旋涡里隐藏着那位批准你离开公寓的总监的脸。

你最享受的是两个人一起在工作室里创作。有时候,你忘我地画着,但抬起头会看见他在那儿。这种快乐的感觉甚至让你惊讶,身心猛地被激活了,仿佛有人带你进入了另一种现实,你的生活就像电视频道一样可以切换,现在你过的是另一种人生。

见客户的时候,这种感觉尤其深刻。气泡公司里简·海涅的员工和他本人一样非常谦逊友善,即使是平常的作品,他们也表现出好奇和赞赏,甚至会用那种奇妙的本地英语讲些带颜色的笑话。他们带你们去非常美味的奢侈餐厅用餐,甚至有一次,一整个下午,你们乘坐简的私人游艇游览了不同的运河航道。

很多时候,简直不像活在现实世界里。几个星期过后,你才学会相信这一切是真的,但某些晚上,躺在加雷恩身旁的你还是会失眠,只好凝视着窗外深颜色的夜空和树的剪影。一天夜里,你以为他已经睡着了,他却突然伸出手抱你,把你吓得不轻。

"告诉我吧。"他说,他的声音低沉,带着睡意。

"你指什么?"你顿了顿,问道。

"告诉为什么会有这个文身,"他说,"额头上的'怪物'。告诉我背后的故事吧。"

你用手摸了摸眉毛的边缘。你忘记了那里还有字。你已经很久没有管它了。你已经习惯留长刘海，那些字母就会被挡住，不会被发现。黑暗中，你眨了眨眼。

"为什么？"你问。

他的手滑过你的背脊。

"因为我想了解你，因为我想知道到底是什么让你变成现在这个样子。"

你张开嘴，几乎脱口而出："我少女时期有过精神问题，当时很糟糕。这就是我那时做的蠢事。"

你感觉身体僵硬极了。窗外，树摇晃着脑袋。你不该说这些的。

他深深地吸了一口气。"是什么精神问题？"他说，接着，试探地问，"抑郁症吗？"

你一动不动地躺着。"双相情感障碍。"你说，"他们通常叫躁郁症。至少，他们是这么诊断的。"

"这种病会怎样？"他小声试探着问。

"一下飞到山顶，一下跌到谷底。"你说，"正常人只是起起伏伏。"你对精神病症状就像对工作一样如数家珍了。你继续说道："家里人不理解，他们只是把我扔到一边。我只好去了专门的疗养公寓。"

时间停滞了。夜晚打着哈欠。现实，冷冷地眨着眼，蟾蜍般吐着舌头，流着口水，躲在暗处。"我就知道。"它低声说道，"你没法保守秘密，不是吗？你注定会搞砸一切。只有这一个结局。幸福不是为你这种人准备的，你我心知肚明。"

但这个世界很快就下沉，消失了。加雷恩只是打了一个长长的呼哨，接着转身，把你抱在怀里。

"可怜的小宝贝，"他说着，把你抱得更紧了，"运气真的糟透了。"

他的温柔让你惊喜不已，眼泪夺眶而出，你开始呜咽。的确是因为坏运气。是的，运气真的糟透了。是的，确实如此。为什么其他人没有发现——只是因为运气——过去就没有一个人这么认为？你为那个花园里的小女孩哭泣，为那个从一个淡黄色房间辗转到另一个房间的少女哭泣，为那个站在门廊里只知道呆呆地看着妈妈和名叫阿卡拉的拖着行李的男人的女孩哭泣。

他抱着你，手指插进你的头发里，直到你恢复平静。突然你意识到他的温柔几乎让你窒息了。你扭了扭身子，推开他。

"现在轮到你了。"你说。

"我？"他说。

"是你。"你重复道，有些针锋相对，有些慌乱——想到你竟然毫无戒心，想到他竟然知道了这么多，你突然慌了，"告诉我一些关于你的事吧。你不得不说的事。类似改变我的那些事。"

他把手放在脸上。昏暗的光线下，他的眼睛像深不见底的湖泊。太阳穴附近的痘坑就像港口。

"类似改变你的那些事？"他思忖着，"根本没有可比性，你知道的。我并不想控制你。事情不是你想的那样。"

你点了点头。但是你知道事情就是这样的。就是这样，没错。

"还是该说点什么。"你说。

他咳嗽了一声。"好吧。既然如此，"他深吸了一口气，"我只和一个人上过床。"

每个字都很紧张，像是从他的喉咙里挤出来的。

"在我之前，你只和一个人上过床？"你说。

"不，我只和一个人上过床。"

真相大白了，接着便是沉默。

"噢。"你喊出声，"我——"

"我就知道！"他说，"我就知道，一旦告诉你，一切就都毁了。我本来不打算说的。忘了吧，求你。请忘掉吧。"

小男孩般的声音拨动了你的心弦。

"不，没什么大不了的。"你说，"只是很惊喜，仅此而已。"

你把他拉近了些，他散发着清新和纯洁的味道。你真希望把这味道带走，像披风一样裹在自己身上。这样大概就够了。你们感觉到彼此的善意。你错了，这不是控制。你轻拍着他光滑的皮肤。这种柔软的感觉让你恨不得钻进他身体里，成为他，迎接全新的世界。

57

肺梗塞。腿部的血栓从心脏流到了肺部，阻塞了动脉。这是可能性最大的死因。根据验尸官事后的解剖结果，海丽的死亡报告上写下了这样的诊断。加利尔医生似乎不觉得意外。长期不动的病人很容易出现这种状况，他这样说——他解释的时候，竭力表现出疲倦的语调，好像他早就料到了这一切。他们提前预防过——为某些病人穿丝袜，用降低血浓度的药物——但没有方法能保证百分百有效。斯玛吉想扇他。"给我醒醒，医生。"她想对他说，"这可是人命关天的事。你谈论的是我妹妹的——也是我的——死。"

但她没有这么做。她静静地坐着，一边听他说，一边点头，脸上是悲伤却无不敬佩的笑容。她没有提到午夜时分的对话。即使说出来，就连她自己也不信。她明白，在加利尔医生看来，这简直是天方夜谭。

尼克来了——衣冠不整，手足无措，根本不敢看她的眼睛——她也不愿看他的眼睛。接下来的一个小时里，他们没有和对方说过一句话。

妈妈和贺瑞斯来了，他们在小卖部碰头，地毯上还粘着头天晚上的食品袋。他们拖动椅子，发出了刺耳的声响。

"唉，尼克。"妈妈叹息着，亲吻了女婿的脸颊。她刚用卷发钳做过头发。

她根本没有看斯玛吉，一眼都没有看。

他们就这样沉默着坐了一两分钟，直到尼克起身出去给所有人买了咖啡。妈妈打量着周围的一切，除了斯玛吉。贺瑞斯的手指在桌子上轻敲着。他的一个指甲上还粘着一块强力胶。他之前正在做飞机模型。

斯玛吉深深吸了口气。

“一切太突然了。”她说，“但他们说，昏迷的病人的确会遇到类似的情况。你们也看到了，一直躺着，这让人很容易因为血栓出问题。”

柜台后面，咖啡机很不配合地发出嘶嘶声。

妈妈噘着嘴，看着窗外。

“他们已经尽全力了。”斯玛吉说，“一切来得太突然。只几秒钟的时间，就有三四个人进了房间。”

妈妈猛地点了点头，仍旧不发一言。她的皱纹上涂着厚厚的化妆品，就像在有裂缝的灰墙上作画。

“我只是想告诉你到底发生了什么事，”斯玛吉说，“我以为你想知道。”

妈妈把脸从窗外转过来，眼睛里闪着火苗。

“我来告诉你究竟发生了什么。”她说，“你坐在那里，就是等着这一刻。许多年来，你就等着这一天。你会祈祷这一切赶快发生——如果你真的信上帝的话，但我很怀疑你根本不信。现在你可以扬扬自得地坐在这里了。你的目标达成了。事情本来在好转，现在又全毁了。”

贺瑞斯把手放在她胳膊上，但她立刻甩掉了。

“不，贺瑞斯，我不想保持沉默。”她继续说，“你不知道她在这儿做什么，但我知道。是的，我知道。她是来幸灾乐祸的，来嘲笑我们的不幸。好了，现在她走运了，她梦想成真了。”

妈妈紧紧地捂住嘴，但词语还是源源不断地涌出，她不得不像吐咖啡渣一样，把它们吐得一干二净。

"你只是站在一边，袖手旁观，我一点也不意外。"她继续说，对象不是贺瑞斯，也不是斯玛吉，而是空气，仿佛在控诉，"只要按下机器上的按钮或者其他的什么就好了。一个苗条的年轻女人竟然死于血栓——谁听说过这种事？她是不是把我们都当傻子了？好吧，她现在知道她错了吧。一旦我们深究，验尸官完成事后解剖，给出正确的结论后，她就会知道自己错了，这个谎是怎么也圆不了的。她会意识到这不过是时间问题，我们收集好证据，一切都会真相大白，她会被重新送进那个给罪犯们准备的疯人院，她该在那里待得更久些，以免正常的体面人被她的暴脾气和恶毒伤害。她会发现——"

斯玛吉站了起来。

"你错了。"她说，"你误会了我和她之间的事。"

妈妈露出一丝苦笑。"是吗？"她说，"我真的误会你了？"

"她给我写信了。"斯玛吉说，"你不知道，对吗？她给我写过一封信——关于她的生活，关于艾米丽，关于爸爸，关于我们究竟是如何长大的一类的事。她承认交换了身份。她叫我海伦。就写在信封上。她写的是'海伦·萨里斯'。她知道真相。她也病了，妈妈。心理疾病，和爸爸一样，和我一样。"

妈妈摇了摇头。某个瞬间，她露出颤抖的表情。她快速地眨着眼睛。接着她看了眼贺瑞斯，双臂交叉。

"噢，是这样啊。"她说着，轻蔑之情甚于以往，"是海伦说的，是吗？那我凭什么要相信这些？"

"因为我有这封信。"斯玛吉说，"你只需要看一下就明白了。她的处境并不好。"

她把手深深插进外套口袋里，她的手指却只摸到那些包装纸和垃圾，除此之外，什么都没有。这时，她才想起信落在储物柜的风信子花盆下了。

"在房间里。"她说，"在这儿等我。"

　　她没有等电梯,而是第一时间选择从楼梯爬到二楼。她在走廊里奔跑着,冲过摇摆门,差点撞上手推车,她没有耐心应付挡住路的东西。就要真相大白了,马上就要真相大白了。妈妈不得不承认这一切。

　　但当她回到海丽的病房时,床已经空了。床垫被搬走了。她又望向储物柜,却只看见那磨花了的塑料表面。她恐惧地冲了过去,打开储物柜的门。她甚至把它从墙边挪开了些,但在柜子后面只看到一团团灰尘。一切都消失了,什么都没有留下。

　　她听见脚步声,回过头。

　　"可怜的孩子,"琼说,走过来拍了拍她的肩膀,"你姐姐的事让我很难过。没想到事情会是这样,太残酷了,简直太让人伤心了。"

　　但她根本没有心思感激琼。

　　"琼,"她问,"他们整理房间的时候,把留在里面的东西都扔哪儿去了?"

　　"什么东西?花,还有其他的东西吗?我想,大概都扔到垃圾桶了吧。那些东西都没用了。"

　　"可那是一盆风信子……"

　　"噢,是的。"琼笑着说,"我们会从护士站领来。我会把它用袋子装好送给你,你可以带回家。"

　　"那下面还放着东西。是几页纸,上面这些东西。还有钱。我没有想到——"

　　琼舔了舔牙齿,皱起眉。她靠近了些。

　　"我们换了新的卫生承包人员后,经常遇到麻烦。我们经常弄丢吃的东西——有时是饼干,有时是午饭。如果是钱,恐怕再也见不到了。如果有人会从别人嘴里偷东西吃,那么她在这种事上更不会手软。"

　　斯玛吉根本没有听进去。"钱不重要。"她说,"关键是那些纸。那

320

是我妹妹写的信，你知道的……我的意思是，他们不会感兴趣的。清洁工大概把它当作垃圾了。如果这儿有什么垃圾回收箱，大概还——"

琼耸了耸肩膀。"我去看看。"她说完，匆匆跑了出去。

斯玛吉一边等，一边打量着整个房间，努力回忆着海丽还在这儿的样子。她渐渐回忆起花朵的颜色和气味、机器的声音。氯水消毒液和抹布不仅给这儿消毒，也抹去了这里所有的痕迹。现在这儿什么都没有，成为了一块平淡无奇的背景板，等待着其他人的戏剧在此上演。

琼回到了房间里，她转过身，看见了这位护士眼里的悲伤。

"噢，亲爱的，真抱歉。"她柔声说，"已经全部回收了。一个小时前，他们已经清空了垃圾箱。你没法再找回那些东西了。"

很快，斯玛吉和她道别，拎着装着风信子的袋子离开了。她回到一层，一眼就望见了小卖部。透过玻璃门，她看见他们仍旧坐在桌边。妈妈身体前倾，正把某样东西交给尼克，贺瑞斯则坐在一旁，戳着刚刚烤好的切片蛋糕。她不会再进去了，也不会告诉他们究竟发生了什么。她无凭无据，没有什么可说的，就让他们抱着一点期待再等等吧。不过很快他们就有充分的理由相信自己的推论。

这是她最后一次从医院里出来，步入熹微的晨光中。外面的车站，一辆车正好离开，发出叹息。随波逐流吧。塞壬女妖的歌又唱了起来。

58

　　一开始你并不确定。但就像逐渐显色的胶卷，真相越来越明晰，你不得不承认，你的身体在过去的几个星期里被占领了，即将有新事物诞生。身体的某个幽深处，一块小小的血肉渐渐成形：你在这里得到的所有幸福孕育了浓缩成了这个坚强的小东西。这是爱的结晶。

　　最初，你根本不相信。你没有想到自己也会有这么一天。过去的几年里，你一度自暴自弃。你一直以为你身体的某些机能已经没有了，这未尝不是一件好事。

　　但你的身体不断发出不寻常的信号。星期六的早上，你在阿姆斯特丹的公寓浴室里，站在扭曲的小镜子前，手抚摩着肚子。你的肚子里突然涌起一种坐过山车才有的不适感，你这才突然意识到了什么。几秒钟过去了。几分钟过去了。头晕目眩的感觉却没有消失。你小心翼翼地体会着这种感觉。这种飘忽的刺痛感对你而言是那么陌生。你花了很长时间，才破译了这个信号。一开始，你以为自己会恐惧、无计可施或者听之任之。但最后，你满怀惊喜地顿悟，你很快乐。你感觉快乐。你就是这样。

　　你带着这种感觉走出浴室，十分警惕，因为你害怕它会溜走，会消失。身体里飘忽的感觉始终在，你穿好衣服，把牛仔裤拉到腰间才震惊地发现竟然有些紧了，你笑了出来。

之后，你和加雷恩出门去酒吧，经过冯德公园里的小湖时，你自顾自地哼起了歌。

"很高兴？"他说着，牵起你的手。

你点头，微笑，给了他一个吻。但你什么都没说。太早了，还没有成形，就像你第一次准备作画时，脑袋里一闪而过的念头。你还需要时间，让一切变得更加确定、更加立体，之后你才能放任他关注它，赞美造物者的神奇。

"喝啤酒吗？"你们在酒吧的小桌前坐下，他问道。

你正准备开口说"好的"，但你记起了什么。"是的。"你说，"我想，还是算了吧。苹果汁，谢谢。"

他无所谓地耸了耸肩，起身去了吧台。

你看着他在吧台那儿对酒保说着他无意间学来的蹩脚的荷兰语，尽管这里每个人都说英语，一股快乐的暖流向你袭来：你要把这个孩子生下来。你要有一个自己的家。你要选择自己的人生。

59

她回到沃尔沃兹的时候，太阳就要沉到沙德山山顶下，那部分的天空最终会被尼克设计的发夹挡住。她像是飘回公寓的。没有更好的选择了，她愚蠢地认为，她可以在这儿待一晚。等到明早再去想今后的人生还来得及。花几个小时——又或者年复一年——坐在起居室的旧扶手椅里，全神贯注地看着倾斜的太阳光线，凝视光线从撕破的亚麻油毡布一直挪到光秃秃的水泥砖上。她吸了吸鼻子，眨了眨眼，想要摆脱海丽躺在医院床上握着她的手的记忆。唯一确定的是，没有人会打扰她了。

但当她走到两层公寓的另一面时，她发现后门被撞开了。一股腐烂、烧焦的气味从门后喷了出来。你小心地走了进去，运动鞋踩在碎玻璃上发出嘎吱嘎吱的声音。

"有人吗？"她喊道，"有人吗？"

回应她的只有厨房的碗柜，它已经被砸坏了，砸得粉碎，还被喷上了红色涂料，此刻正愤怒地注视着她。地板上散落着瓶瓶罐罐，她看见了乱涂乱画的标语，所有东西都被涂花了。她还发现，有人曾经想在起居室里放火。就在先前放咖啡桌的地方，有一圈发黑的痕迹。她没法靠近卧室一步。

她回到大街上，盯着前屋的凸窗。她透过脏玻璃，看到扎染的布裙上有颜料留下的痕迹。从这里望去，它们就像向她示威的红十字条幅，要将她驱逐出境。

"恶心，不是吗？"一个声音说。

斯玛吉转过脸，看到从隔壁的公寓里走出一个女人，牵着一只罗特韦尔犬。

"地产公司捣的鬼。"女人说着，下午的阳光让她眯起眼，"弄得一团糟。"

"哦。"斯玛吉说。

"之前也好不到哪里去。"女人耸了耸肩说。"一个妓女住在里面，大概还是个瘾君子。十足的人渣。就是那种你绝不会让孩子靠近的人，你懂我的意思吧？"

她挪了挪位置，把狗绳在手上又绕了一圈。她看了眼斯玛吉，发现她脸上露出了不自在的表情。

"对不起。你不认识，对吗？她难道是你的朋友？"

斯玛吉摇了摇头。"不。"她说，"从前是，但是很久以前的事了。"

女人呼出一大口气。"好吧。我这就放心了。"她放声大笑，"我想我大概该走了，以免又说错话。我真是大嘴巴。"

她转身，往一路通往主街的方向去了，而那只狗气势汹汹，走得趾高气扬。斯玛吉目送他们离开。她的脑袋里刮起一阵风。好吧，就这样了。她已经毁了。现在她没有地方可以去了。她头脑一片空白——就像那个小小的病房一样被打扫得干干净净——她累了。她甚至觉得自己已经魂游天外，正在云端低头打量自己的肉身。一动不动地，她好奇如果她就这样永远呆立着会发生什么，会不会有人来救她。

入夜时分的寒意，让她把手插进口袋里，她的手指在那些包装纸和乱七八糟的收据里触到了夹在其中的小小的光滑的长方形纸片。她取出纸片。

"安东·卡特莱特"，上面写着。

60

　　他们在阿姆斯特丹的日子仿佛没有尽头，但不知怎的，突然就到了最后一个星期。秋天到了，一切都变成褐色，冯德公园里的树都变成光秃秃的。圣诞节来了又走了——你们在小公寓里度过了一段安静的时光，在沙发上裹着羽绒被，吃着荷兰特有的圣诞面包和巧克力。到了一月中旬，你和加雷恩玩玩闹闹的点子最终孕育成了六幅出色的油画。一幅重新创作后的《迪尔斯泰德附近韦克的风车》，你们用巨大的水冷塔取代了原本的建筑，还有一幅重新创作的凡·高的《向日葵》，围绕在花瓶底部周围的皱巴巴的花朵被处理成用纸做的假花。还有一幅——是你最为得意的——对《戴珍珠耳环的少女》的重新演绎，原本是珍珠耳环的地方画上了手机。

　　客户对它们赞不绝口。

　　"我们喜欢这种微妙的感觉。"简说，"你不得不看了再看。这正是我们想的，也是我们的产品想表达的。我们没法一眼看透所有事物。必须花时间，你才能看出哪里被改动了。实际上，是被提升了。"

　　公司预备在城里一家顶级餐厅的豪华招待厅举行发布会，那儿有用小碟子盛放的美味佳肴，还有与之相配的红酒。那是一幢重新细致装修过的十七世纪的建筑。你们路过好几次，但一直不敢走进去。现在你是被邀请的贵客，可以和本地的上流人士聊天。

"我们希望他们聊天时会乐意和你们聊些创作过程。"海克说。他是简的助理，最后一个星期在总公司吃午饭的时候，他一边玩弄着午餐的莴苣叶，一边对你们说，"我希望你们不会介意。我们知道某些艺术家对这类事很敏感，但你们似乎并不反感对我们这样并不在行的人描述把东西拼贴起来的过程。当然，对我们来说，这也是比赛的噱头之一。"

你收回了笑脸，试着表现出不情愿的样子，却又感觉如果过于敏感也会显得不够专业。如果是十八岁的那个自己，在某个乌烟瘴气的日子从公寓里放出来的自己，怎么也不会想到，有一天自己会在这儿，预备做这些事。

最后的几天里，你和加雷恩都在为呈现出作品最好的效果而努力，做着最后的调试和决定，你们根本没时间多聊一会儿。忙完一天，你便精疲力竭地倒在床上，脚已经抽筋，脑袋里嗡嗡作响。你尤其累。因为你肚子里的那个小东西已经开始对你发威了，呕吐声会突然打破早晨的宁静，当你必须专注于手头的工作时，它还会不断发出睡回笼觉的指示，加雷恩不得不把话重复好几遍，放慢语速，不断强调，特地选用最简单的句子。现在他看你的眼神有些古怪，但他一直没有问你发生了什么，你也绝口不提这件事。

就在发布会即将开始的那天下午，你们决定在运河边的咖啡馆里款待自己。一切都已经准备完毕。画已经挂好了。客户的公关公司则负责餐厅里的展示。现在，你们除了消磨时光，没有其他事情要做，不过六点的时候，你们必须出现在发布会现场，表现得充满艺术气质，同时平易近人。

你喝了一口橘子汁，然后把杯子放回桌上。你清了清嗓子。

"很不错，对吗？"你说。

"嗯？"加雷恩说。他看起来有些心不在焉。他的心思还在那场展示上。

你一度动摇了决心。但很快你又想起，明天你们俩就要坐上飞往曼彻斯特的航班了。这样的时光即将一去不复返。

"一切。"你说，"这儿的一切。"

"哦，老天爷，是的，"他说，"就像梦一样。"

你松了一口气，笑了。一切安好。

"你最喜欢哪一部分？"

他鼓起腮帮子，四下打量着。"我觉得是作品。"他说，"能够完成这样的作品。有这样的自由。简直太难以置信了。"

你感觉身体里有什么缩成一团。但你还微笑着，强撑着。你想象的未来对你关上了大门。一个声音小声对你说，你这个蠢货，生活是一场你永远都理解不了的游戏，你输了一局又一局。

"那我们呢？"你说着，手指在玻璃杯边缘滑动着。

他看着你，眼睛眨了眨。"老天，是的。"他说着，从桌子那边伸出手，握着你的手，"这是恩赐。你知道我对你的感觉，令人惊叹。你不需要我对你说这些。"

你身体里的那部分又舒展开了。

"所以你希望继续下去。"你说，"我的意思是，我们回去后，你并没有'就让在阿姆斯特丹发生的一切留在阿姆斯特丹吧'的想法。"

你学着傲慢的美国口音，做出引用的手势，表情滑稽，最后一搏。只有这样，你才有勇气说出那些话。恐惧再次袭来。你骨盆里不断厚实的膜仿佛在抽动。

你耸了耸肩膀，吸了吸鼻子，窘迫得快要哭出来了。荷尔蒙，你对自己说，一定是该死的荷尔蒙。

"没什么。"你说着，嘴唇颤抖，"我想一切的确结束了。一切。"

他点点头。"我知道。"他说，"但你没必要为我担心。我想维持现状，你知道的，对吗？"

你歪着头，这是你最喜欢的姿势。你一无所知。你唯一清楚的是在某个地方有你最宝贵的东西，这让你感到恐惧。

"此心不渝。"他说着，抓起你的手放在心脏的地方，"坚定的，一直不变。"

你点了点头。你深吸一口气。现在是时候说那件事了。你张开嘴，但他的目光正在追随运河上的游船。

"你知道我真正想要的是什么吗？"他说。

"什么？"你问。

"我们俩一起回曼彻斯特，共度余生。"

你点点头，重新准备开口，但他还没有说完。

"准确地说，我们甚至不一定要继续为安东工作，或者回曼彻斯特。"他说，"我觉得一起旅行也很好。你懂的，去看一看世界，感受生活。我们没有束缚或责任，没有什么能阻拦我们去冒险。这是我一直以来的梦想，除了你之外，我想象不出还有其他的人选。"

他倾过身子，吻了你。你感觉他的嘴唇就像糕点一样甜美。

"好了。"他说完，推开自己的椅子，"我想去洗手间。"

你看着他离开桌子向洗手间走去。接着你转身望向运河，看着水闸边一对情侣簇拥着，摆好姿势，准备拍照。真好，你对自己说，生活真好。没有强求，你的头脑里重新浮现加雷恩的话——"我想维持现状"——你想着这话有歧义，顿时一阵恐惧。但他不是那个意思。他把它当作某种承诺说出口，你赶紧消除了心中的恐惧。这句话只是碰巧有着截然相反的意思。

61

　　那家名叫浴室的咖啡馆在肖尔迪奇区。咖啡馆用鳄梨色的塑料和七十年代产的橙色砖头作为装饰，一进门她就从一面大镜子里看见了自己的影子。她打量着那个穿着冲锋衣的面黄肌瘦的女人，眼周布满了皱纹，因为连日暴露在医院的荧光灯下，肤色暗沉，当然也有可能是在老肯特路的下等酒馆坐了一夜的缘故。

　　"你好。"就在她犹豫着要不要进去的时候，一个戴着眼镜的大胡子男人从她身边经过。

　　她颤颤巍巍地走进大厅。这里有用废旧的浴室设施改造的枝形吊灯，用墙隔出来的两个浴室里摆着巨大的三脚架。她打量着这地方，感觉奇怪极了。

　　直到安东举起手，她才看见他。他坐在大镜面橱柜改造成的餐桌前。他穿着一件皮夹克。他理了一个醒目别致的发型，她走近些才发现，他右耳垂上还有一只亮晶晶的耳钉。

　　"你好呀。"她说着，垂下眼睛打量他，"我差点认不出你了。"

　　他似乎想起了什么。他起身，轻吻了她的脸颊。他们坐下的时候，椅子在砖地上发出巨大的声音。

“你的朋友现在怎么样？”他问。

她想弄明白他的问题，不禁皱起眉头。“噢，”她说，“事实上她是我的妹妹。我的双胞胎妹妹，名叫海伦·萨里斯。对不起，上次遇见时，因为不太方便，所以对你说她是我的朋友。这星期早些时候，她去世了，因为血栓。事后解剖证明了这个猜测。你大概在报纸上看到了。关于这事儿的只言片语。”

安东点了点头，眼神里充满理解。

“理解。”他咳嗽了一声，“葬礼在什么时候？”

“我——”她皱了皱眉，“我不清楚。我不确定我会不会去。我不确定自己有没有被邀请。”

安东眯起眼睛：“不确定自己有没有被邀请？”

“是的。事情很复杂，你懂的。家里的事。”她脸上的表情开始不受控制，她强迫自己挤出一个明朗的微笑的表情，“好吧，别管这件事了，你呢？你爸爸怎么样了？”

安东一声叹息。“他去世了，三个星期前。”他说，“事实上，就在我遇见你的那天。那日子真古怪。的确有些吓人，但也是某种意义上的解脱。”

放在面前的橱柜桌上的手机突然闪了起来。“米歇尔”，屏幕上显示。

“对不起。”安东说着，把手机举到耳边，转过脸，背对着桌子。“你好。”他轻声说，“嗯。嗯。我现在正和她在一起……”他回头瞥了她一眼，“不会很久。我估计大约需要五分钟……嗯……我不知道。泰现在如何？……好的，甜心。拜拜。”

他把手机放进口袋。“很抱歉。”他说，“是……实话实说吧，是我的男朋友打来的。”他挤出一丝微笑，露出了门牙之间的缝，这表情让他显得有点呆。

服务员走到他们桌边。那是一个涂着红色唇膏的年轻女孩，头上别着“胜利”字样的发饰，穿着法兰绒晨衣。

他们点了零度可乐和橙汁。

“那么你现在住在哪里？”穿着拖鞋的服务员离开后，斯玛吉问。

“事实上，就在路口。”安东说，“一套小小的可爱的带阁楼的公寓。过去是个黑工厂或者其他的什么。你也清楚的，用的我爸的钱。好吧，这事儿已经翻篇儿了，但是，老实讲吧，确实给我了许多新的机会。”

他满怀悲伤，没有再说下去。

“你呢？”他提问的时候，服务员走了过来，把杯子随意地撂在他们的桌子上，“你现在住在哪儿？”

斯玛吉想起沃尔沃兹街上外观寒碜的公寓，还有下等酒馆的福米卡餐桌。

“我还在计划。”她说，“日子不好过。”

安东点了点头：“好吧，直说吧，我想见你，是因为我有东西要给你。”他从口袋里掏出一沓纸，放在桌上，“还记得你的作品吗？那座钟楼？好吧，已经卖掉了。就在你离开……锐锋不久。这事儿让我懊悔了很久。包括警察还有其他事。还有媒体上关于你妹妹的报道。你过了一段地狱般的日子。我一直希望能遇见你，后来真的在医院遇见了，好吧，现在你该拿到你应得的分红了。”他用手指了指那张纸，“这不是全部。”他说，“生意不好的时候，挪用了一部分，但还会有一笔。不管怎样，至少现在，我觉得这笔钱够你重新开始了。经营工作室或者干点其他的什么，颜料啊，耗材啊。做你想做的事。”

斯玛吉举起手。“真的吗？你真好，安东。”她说，“但我什么都不想要。我能够自己照顾自己。”她抿了一口橙汁。有点酸，她吸了吸嘴。“另外，我现在想和过去做个了断。”她说，“我想找个新的地方开始新生活——身世清白的新生活。”

安东凑近了些。"这不是施舍。"他说，"这笔钱是你赚的。拿着吧，不管你是自己留着还是给其他人，随便你怎么花，这是你的权利。但你至少先收下。如果你不要，我会过意不去的。"

他把支票推到她面前，她却向后退，眼里透着慌张。她不会回去了。她也不想过去来找她。现在，已经穷途末路了，她真的渴望彻底的自由。

"对不起。"她说着，站起身，"我最好还是走吧。我不该来的。谢谢你的饮料。"

她转身，往出口走去，几乎撞上一位穿着家居服扎着头巾的服务员，她正端着满满一盘樱桃白兰地。酒杯撞翻了，有酒水洒到地板上，那个女孩不禁咬紧嘴唇。

外面，苍白的日子正在迎接她：白色的天空，四处都是匆忙的行人。她不知道自己该去哪里。

这时，她感觉有人拉住了她的胳膊。安东站在她身边。

"对不起。"他说，"我知道不容易。但相信我，我知道那种希望轻装上路重新开始的感觉。但事实上，你懂的，过去并不总是坏的。有时候过去也会带来好的结果。"

他把支票放在她手里："至少收下它。哪怕烧了，用在邪教祭典上，随便你怎么处理，只要你想清楚就行。"

他拍了拍她的胳膊："你会重新振作起来，对吗？"

她点点头。

"好的。"他说，"那么，多保重了。"

他往主街的方向走去。走到最近的路灯附近时，他转过身。

"去参加你妹妹的葬礼吧。"他喊道。

她目送他离开。支票还躺在她的两根手指之间。光滑的脆弱的纸片。她把它翻了过来，打开。姓名栏是空的，但下面有一长串笔迹，是六万英镑。

62

公关公司十分铺张。通往大宴会厅的路上装点着深色的百合花，微笑的侍应生手里端着盘子，摆满了马蒂尼和香槟鸡尾酒。大厅里，穿黑西装的年轻男子端着一盘盘点心：聚光灯下，一碟碟烟熏三文鱼、菊苣叶配慕斯、俄式薄煎饼配鱼子酱熠熠生辉。

墙上的画还蒙着布，但不久就会被掀起。贵客穿梭其间，不时停下来抿一口酒，大笑，飞吻，手挽着同伴窃窃私语。你认出了其中一些脸孔。衣帽间附近的那个女人是晨间节目的主持人，就是你和加雷恩前往工作室之前常看的那个节目的主持人。戴圆眼镜的高个子男人是为《电讯报》撰稿的艺术评论家，他旁边的男人则是深夜电视访谈节目的主持人，他总能让政客们难堪。还有一些人，你感觉你也应该认识，但一时想不起来了。好在公关公司安排了专门的工作人员，在他们来到你身边的时候，小声提示你。你发现你聊天的对象有本地的议员、饮料公司的老板、荷兰国家电视频道的制片人和荷兰国家博物馆的策展人。

你来了二十分钟后，简·海涅用勺子轻轻敲了敲玻璃杯，接着发表了一段简单的演说，介绍本次开幕活动的主题，说明邀请锐锋公司负责他们的视觉呈现的原因。他结束讲话后，给出一个手势，那些早已溜到画作边的身着黑制服的工作人员拉动绳子，作品展示在众人面前。

简的演讲结束后，人群愈发壮大，越来越多的宾客走了过来，向你表达他们的赞赏，和你握手。那位艺术评论家走过来，问你《拿着珍珠手机的女孩》中笔触是用什么技巧表现的，你自信地说出了你追求色彩的层次并运用光线的想法。你甚至纠正他对于维米尔的釉色的认识。你听起来就像专家——为了某个问题，日复一日，年复一年，翻来覆去地思考，直到想清楚了这个问题的方方面面。这时，你满怀欣喜地意识到，这正是你的本来面目。你没有骗人。你没有必要掩饰，也没有夸夸其谈，故作正经。你就是这样工作的。你就是这样生活的。你本来如此。

所有的交流都很匆忙。偶尔你还要暴露在闪光灯下。人们把名片递到你手里。关于未来的项目，有许多宏大的设想。你被邀请去荷兰的其他地方旅行，委员会满口答应下来。接着他们又带你见了市长、一位荷兰版《名人老大哥》的参赛选手，还有一位豪掷百万欧元购买新锐艺术品的艺术收藏家（你后来才知道，她想要买下你创作的康斯太布尔的复刻品，但海克告诉她这幅作品并不出售）。

人群略微散去时，你才意识到，你的脚受伤了，脑袋也疼得要命。你和加雷恩向简还有他的团队告别，他们喜气洋洋，一切进展顺利，媒体保证明天会争相报道，把他们高兴坏了。你们一起在街上溜达，路过红灯区，经过冯德花园那些光秃秃的树。

"你是今晚的红人。"加雷恩说。接着，你们最后一次拐进那条属于你们的街道。

◊

作为你们辛勤工作的回报，简·海涅给你们订了飞往曼彻斯特的商务舱，这样你们就不用在渡口傻等，和北海一月的寒风做斗争了。你们俩赶到机场时，仍旧半睡半醒。飞行的时候，你们都在打盹儿。直到机长和乘务人员开始广播，告诉你们即将起飞。你们才稍微清醒了些。在边检处，你看着加雷恩的护照照片，咯咯地傻笑——他那时才十八岁，满脸粉刺的学生模样。

"平心而论，你和那时很像。"你打趣道。他亲昵地拍了拍你的胳膊。

想到三个月前你们乘船离开时还是陌生人，就感觉古怪。你们现在根本没法想象不在一起的生活。

你在经过护照管理处的时候，遇到了一点麻烦。边检官耗了不少工夫，比对你本人和护照上的照片。昨晚的快乐让你冲昏了头脑，你忘记你的护照是伪造的。你想起来的时候，脸就红了，心也越跳越快，但最后危险解除了。他把护照还给了你，挥手示意通过。

你看见加雷恩正仰着头，盯着电视屏幕，那是一档晨间节目。屏幕底部的字幕不断滚动着："斯塔福德郡有两人被枪杀。警察向部长质询最新的财政决算。新星诉说童年阴影。"

加雷恩转过脸，看着你。"转眼，回到现实生活。"他说。

"糟糕极了，不是吗？"你说。

加雷恩莞尔一笑。"啊哈。"他说着，伸出手，"是好极了。"他吻了吻你的头顶。"跟我来。"他说，"我们一起回家。"

大概是昨天发生的一切让你飘飘欲仙，你站在行李传送带附近时，开始感觉不自然：人们似乎在看你。你看见两人女人正盯着你，窃窃私语。一个骑着小摩托车，系着安全带的小男孩停了下来，指了指你，然后死死地盯住你。

这些反常的信号让你心慌。你担心自己的头脑再次被迫害妄想症控制，把你拖进混乱的旋涡。你从行李传送带上取下第二件行李箱。"千万别在这时候发病，"你对自己说，"保持清醒。一切都会正常。"

排队等出租车的时候，第一位司机先是看了你们一眼，接着加雷恩说"去曼彻斯特"，他便摇了摇头开走了。

"真奇怪。"加雷恩说，"难道是因为我口吃？无……无知的混球。"

你耸了耸肩，做出愤怒的样子。但这太常见了，司空见惯了，你对自己说，坚决屏蔽视线里那些不断出现的盯着自己的脸孔。没有人在看你。

第二辆出租车出现了，你们很快忘了这事儿。你们一起挤在后排座位上，看着高速公路的边沿飞驰而过。等到星期五的傍晚降落在街道上时，你们已经偷偷溜回了曼彻斯特的郊外。

加雷恩的公寓在布里奇沃特运河附近新开发的楼盘里。你进入建筑大门时，门附近的按键区会发出嗡嗡的声响，电梯只能用电子钥匙圈控制。楼道里飘散着新铺的地毯的味道。

"有点塑料味道。"他抱歉地说，"我喜欢老的用旧了的东西。现在，还想着要些类似的东西。"

但你喜欢这地方的纯粹，在加雷恩之前，还没有人住过。悲伤还来不及渗进墙壁，来不及在柔软的家具间藏身，愤怒还来不及爬上楼梯，整幢大楼就像一张崭新的白色画纸，等待着全新的开始。

加雷恩的公寓很小但阳光允足，透过窗户可以看见运河。他赶在你进去前就钻进卧室，整理床铺，你只好站在客厅里，四下打量。这里有一张棕色的灯芯绒沙发、一张小折叠桌、两把椅子，墙上还有一些迷幻气质的喷绘。靠窗的地方有一台古旧的黑胶唱片机，周围有一圈硬纸盒，里面都是唱片。你转身，发现门后最远的那堵墙上装着隔板，隔板大部分地方都摆着唱片。你走了过去，手指抚摩着唱片边缘。你能看出其中有许多老式经典，还有一些相对现代的唱片的黑胶版，显然是限量绝版。你抽出一张《利用你的幻觉2》，打量起来，你记得盒式卡带的封套长什么样，但这个被放大了十倍，你觉得古怪极了。

"这是我的秘密怪癖。"加雷恩说着着走进房间，"我在网上花了不少时间，搜集来了这些。我喜欢封套超过其他东西——这是艺术品。"他停顿了一下，咳嗽一声，"当然，如果要为你的东西腾位置，可以把它们一直封存在储藏室里。当然，前提是，如果你需要的话。"他摇了摇头，"我的意思是，如果你愿意……如果……"

他的脸瞬间绯红，嘴巴一张一合的。你走了过去，吻了上去。你当然愿意。你为什么不愿意呢？你从没有像现在这样渴望过什么。

你点了中餐馆的外卖。你打算在餐桌上告诉他你怀孕的消息，但你刚咽下第一口东西，就发现自己已经精疲力竭了，于是你只好顺从加雷恩的建议，看《星球大战》。卢克·天行者为了搜救欧比旺·肯诺比，遭遇爆炸时，你在沙发上打起了盹儿。你把行李箱留在大厅里，很早就睡了。

第二天早上，加雷恩起床出门去买牛奶和可颂面包做早餐。你溜进厨房，往咖啡机里放了几勺咖啡。烧水的时候，你一边洗那些装过外卖的盘子，一面打量着运河上突突行驶的小船。正在掌舵的女人被清晨的细雨包裹着，看着她，你觉得自己能坐在温暖的厨房里，幸福极了。你的手边有一个冒泡的水壶，而加雷恩马上就要带着早餐回来。你微笑着，思绪跳跃到这一天接下来会发生的事。你决定，坐在起居室的桌前吃早饭的时候就告诉他吧。这有些突然，他一开始会被吓到，但你知道他很快就会高兴起来。你的脑海里浮现出一幅画面，他害羞的脸庞露出神采奕奕的笑容。接着，你们会一边聊天，一边吃完早餐，或许——还会做爱，然后你建议出去走走。就像在阿姆斯特丹一样，你们会发现附近有一座适合遛弯的公园，甚至可以去看展览。你们还会去咖啡馆。你们——尽管有些太着急了——甚至会在巴纳克尔百货的母婴用品处看一看婴儿的衣服。你们会安安静静地吃一顿晚餐，第二天也会这么度过——但会有更多依恋、更多爱、更多的设想。

等到星期一，你们会回办公室，兴致勃勃地重新开始往日的工作，不一样的是，你们拥有过这样一段充实又真诚的时光。

你想象着这一切，陶醉不已——当你听见加雷恩走进前门的时候，你知道，你已经等不及吃早饭了。此刻，你期待着未来。就在他走进厨房的时候，你看了那个在运河边劳作、浑身湿冷的女人最后一眼，深吸一口气。接着你转过身。

他的脸苍白憔悴，眼圈凹了进去，里面充满了阴影。他把一张报纸扔在了柜台上，上面印着你的脸。你拍照的时候看起来容光焕发，一瞬间，你以为开幕式那天晚上大概没有留意到一组新闻工作人员，现在他们正在向全世界发布那晚的新闻。你兴高采烈地笑了。但很快你发现你下巴以下的头发修饰得十分精美，前额没有伤疤，刘海边缘也没有若隐若现的"怪物"两个字。照片下，写着标题："节目主持人海伦·萨里斯：那天我的双胞胎妹妹想杀了我。"

加雷恩看着你。"啊——到底在搞什么鬼？"他说。

63

　　她坐在教堂对面的咖世家咖啡馆里，人渐渐到齐了。有谈话节目主持人、天气预报播报员，还有竞价节目、园艺节目和家装节目里常见的脸孔。他们是你每天都会见到的名人，那种你可以在街上打招呼但其实对现实生活中的他们一无所知的人，在贝丽尔的屋子里，她几乎整个晚上都在看他们的节目。他们陆续出现，假装没有看见人行道上的摄影记者。她透过太阳眼镜打量着这群人，手指插进她刚刚烫好的头发里。她的卡布奇诺已经冷了，但她还坐在这儿，并不打算离开。

　　十二点差五分的时候，钟声敲响，人行道上的人群开始减少，拥向室内。灵柩被拉了出来，后面跟着两个穿黑衣的本特利家的人，你认出来是尼克，后面跟着的是海洛伊斯，她穿着一件可爱的粉裙子和黑色羊毛开衫。贺瑞斯和妈妈跟在他们后面，他们从第二辆车里出来，里面还有一位穿着海军制服的年轻人，他一定是理查德了。妈妈似乎看见了她，与她四目相接，她有那么一瞬间吓得不轻，但在妈妈看来，她的目光只是扫到了一个在远处敲击键盘的男人。

　　就在他们进去之后，钟声停止了。斯玛吉蹬开高脚凳，站起身。她穿着新鞋子，所以有些不自然。它们太高了——不像她穿了许多年的那些鞋子——但这星期早些时候，她在慈善二手店的橱窗里看见它们的时候，她觉得这鞋子正适合参加海丽的葬礼。这种趾高气扬让她有勇气靠近。

她走了进去，教堂门嘎吱响着。有人回过头，但没有人认出她是谁。一个穿着黑西装的男人递给她一张印着海丽头像的程序单——就是车祸之后她在头版上看到的那张照片。封面上印着"海伦·萨里斯，15.04.80 - 03.09.13"。

斯玛吉溜到后排的长椅上。教堂在她面前张开血盆大口，拱形穹顶高耸就像喉咙。一个男人站在小小的讲台上，从她的位置，已经认不清脸了。他正在领读一首诗，但她的心思完全不在这儿。她在前排搜索着母亲那头盔似的卷发，同时一直把几缕金发拨到额前，这样人们就不会辨出她的容貌，产生怀疑了。

他们起身唱歌，又坐下来聆听一位大胡子牧师的布道，但她什么都听不到。那些字句太遥远了，仿佛在很远很远的隧道里回荡着。从那晚开始，海丽就从这个世界上消失了。斯玛吉不该听从安东的建议。来这儿是个错误。

之后，在牧师的引导下，来宾前往几条街外的酒店歇息片刻，不对外开放的火化仪式将在伊令举行。显然，家属们希望每个人都能参加，他们会将打算去的人集中起来，义务载他们去。斯玛吉从教堂的边门溜了出来，这样就可以避开从主道涌向街道的人流了。她准备逃走，就在这时——

"看到你啦。"一个熟悉的声音响起，"你这个淘气鬼。你去哪儿啦？"

斯玛吉转过头，发现海洛伊斯正站在她身后，双臂交叉，对她怒目而视。

"你走了，都没有和我说再见。"海洛伊斯说，"这太没有礼貌了。"

"我……我很抱歉。"斯玛吉说着，小心翼翼地打量着周围，"我不是故意没礼貌的。只是我急着离开。"

"不，你才不是。"海洛伊斯说着，拿起门边架子上的宣传页，"你不过是做了你想做的事，就和其他大人一样。你这个大自私鬼。顺便说一句，你的头发蠢极了。"

（"她说得没错，你知道。"一个声音对你说，"瞧瞧你，你这个大傻瓜，披着羊皮的狼。这儿没有人欢迎你。"）

斯玛吉四下打量，但一个人都没有，只有沉重的木门半开着。你几乎虚脱了，因为它们又回来了：那些像鲨鱼一样在你的思想里潜伏着的声音，又一次出现了。熟悉的恐惧在你的血液里涌动。

"你为什么这么做？"海洛伊斯问。

"你说什么？"

"到处乱看，好像旁边有人一样。"

（"骗子。你这个大骗子。"）

斯玛吉眨着眼睛，用手捋了捋头发："我以为有人在和我说话。就是这样。这大概是我的幻觉。"

海洛伊斯严肃地点了点头。"有时候我也这样。"她说，"我认识一个不停喊'短裤'的男孩，还认识一个名叫汤姆林森的先生，他想和我玩'猫头鹰和小喵喵'游戏。他有时会逗得我咯咯直笑。"

斯玛吉盯着她，接着就听到高跟鞋的声音。

"海洛伊斯？"妈妈喊道，"海洛伊斯？噢，总算找到你了。你不要到处乱走！"

她看到了斯玛吉，愣了一下才认出来。

"你好，妈妈。"斯玛吉说。

（"你好，马默杜克女士。"）

妈妈眨着眼睛，停下脚步。"艾丽诺，"她说着，声音就像她头顶的大理石纪念碑插屏一样冰冷，"给我看那封不可思议的信啊，你带了吗？"

斯玛吉张开嘴，但无力辩解。

"我想，你没带吧。"妈妈说着，噘着嘴，"我们在小卖部等了两个小时。我觉得是浪费时间，不过贺瑞斯要等下去。"

教堂的另一头传来模糊的重击声，像赞美诗掉到地上了。妈妈回过头，又重新看了看斯玛吉，看着她新染的头发和细高跟鞋。

"你居然有勇气来这儿，我有些吃惊。"她说。

斯玛吉顿时怒火中烧。"为什么不来？"她的声音比想象中洪亮许多，主门附近的人不禁转过脸来。

（"你快走啊，这事儿就随它去了。"）

妈妈抱着胳膊。"好吧。"她说，"这儿不欢迎你。你和海伦似乎早就断绝了关系。你们已经很多年没有联系了，除了在最后那段苦日子，你陪在医院里。"她眯起眼睛，"你明白，你什么都得不到。遗嘱里根本就没有提到过你。"

斯玛吉举起她的程序单，上面印着海丽的脸。

"我是为她来的！"她说着，指着上面的照片和名字，"因为她是我的双胞胎妹妹。因为很久以前……我是她，而她是我。"

（"哇哦，瞧你这傻样。"）

妈妈翻着白眼，斯玛吉头顶上的光线透过彩色玻璃落了下来，她的脸被点缀上斑驳的粉色和蓝色："我们还要纠缠这些？纠缠这些……疯言疯语吗？我告诉贺瑞斯，只有蠢货才信你。我知道——我就知道——关于那封信的蠢话绝不可能是真的。好像海伦真的会写那么一封蠢信似的。他有的时候就是太善良了，才会相信你。"

"贺瑞斯也许是想知道事情的真相。"斯玛吉说着，有些迟疑，"或许他已经厌倦了去收拾幕后残局。"

"收拾幕后残局？"妈妈反驳道，把她的程序单塞进手袋，狠狠地合上，"我和贺瑞斯之间没有秘密。"

"并不这样，你们心知肚明。"斯玛吉说。

"胡说八道。"妈妈说。

教堂里的安宁被这些话打破了。正厅的另一头，本来在打扫的教堂管理人停下了手里的活儿。

"一切还好吗？"他朝这边喊道。

"是的，很好。谢谢关心。"妈妈换上了她礼貌的声音回应道。她低下头，发现海洛伊斯还在，她看着她，眼睛瞪得圆圆的。

"海洛伊斯宝贝，去找爸爸他们吧。"她说着轻轻拍着外孙女的胳膊，"快去！"

"现在你听我说。"她用阴森可怕的嘶嘶声说，海洛伊斯被吓跑了，"我不想再听你说谎了，我不想再被你灌迷药了，从现在开始。"

斯玛吉走近些，那头盔似的完美发型已经无法掩饰她的颤抖。她脖子上的筋绷得紧紧的。她从没见过妈妈这样：妈妈害怕了。那个和他们一起在沙滩上旋转着笑着尖叫着的女人，那个站在台阶上面无表情地看着警察开车带走自己女儿的女人，竟然陷入了彻底的恐惧。"噢，妈妈，"她平静地说，"你在害怕什么？"

妈妈惊讶地看着她，眼睛里闪烁着怀疑。在她的目光深处，浮现出曾经的艾丽的表情——脆弱而迷失。斯玛吉感到一阵哀怜。

"你经历了什么，妈妈？"她说着，伸出手，握住她的手，比她想象中要小，黑色皮手套里的手指纤细而脆弱，"是爸爸的事吗？还是在那之前？"

她感觉思维的火花闪过，头脑深处仿佛燃起了一盏灯。还能回忆起什么？如果还有什么清晰的记忆，如果她能够回忆起什么……但她的记忆里只有那只小小的粉红色的玻璃杯，里面装着一排整齐的假牙。

"你没有必要都藏在心底。"斯玛吉说，"如果你能聊聊经历的那些事，或许会有帮助。"

（"你在开玩笑吗？"那个声音嘲讽道，"我建议打电话给消防队，喷她一身泡沫！"）

妈妈看着你，眼睛逐渐潮湿。那有棱纹的喉咙似的教堂屋顶似乎越变越大，就像打了一个哈欠。接着她噘了噘嘴，厉声笑了起来。

"哈哈！"她说，"你和我说怎么做会有帮助？真是笑话。好吧，我有些新闻要告诉你。我们不需要帮助。我们不需要这些。我们可没有那么脆弱。我们可不需要自我认知团队治疗一类的垃圾。因为一切都结束了，你为什么回来？你现在该去寻找出路，迈开步子，一步一步，千万别回头。没错，我们对此心照不宣。"

一个穿黄褐色外套的男人经过，妈妈听着他低声的安慰，挤出一丝苍白的微笑。他走开的时候，她看了斯玛吉一眼，她的脸很快就恢复了僵硬冷酷的线条。

"噢，好吧。"她说，"我们会节哀顺变的，非常谢谢你。我们会好好生活。恢复正常，对的，就是这样。你和其他人也一定能够做到的。"

（"你和其他人也一定会抬起你们的屁股，跳起弗拉明戈。"）

这些声音让斯玛吉眯起了双眼，恨不得马上转身离开这个高大而阴郁的地方。她竭力去思考。在妈妈的怒火之下，隐瞒了一些事。她的大脑飞速转着，试着在她们的对话里找到百密一疏的破绽。

妈妈露出得意扬扬的微笑，整理了下肩上的手提包。她四下打量着，只见尼克、海洛伊斯，贺瑞斯还有理查德正向走道走来。透过窗外斑驳的光线，理查德显得十分高大，和他爸爸一样长着圆脑袋和短小的下巴。

"现在，抱歉了——"妈妈操起她过去在银行常用的掐断投诉电话时的语调。

"不，等一等。"斯玛吉说着。她鼓起最大的勇气，向前一步："你不是一直都过得很好，不是吗？"

妈妈皱了皱眉头。"你是什么意思？"她问。

"从前，"斯玛吉说，"在爸爸去世之后，那时我们生活得并不好。我们没有恢复正轨。你被毁了。你总是拉着窗帘，躺在床上。我们得自己找吃的。"她的眼前浮现出一只空面包盒，小手摸索着发霉面包的一角，蠢蠢欲动，"你那时很痛苦，妈妈。你需要帮助。"

她抱着自己的双臂："这些都是你杜撰出来的，不是吗？被忽视的童年。卖火柴的小女孩。好吧，我承认，在很多地方，这样的说辞是有效的，但我没空听你说这些。今天我要送我的女儿下葬。这就是故事的结局。"

"埋葬两个女儿。"斯玛吉说着，指向教堂门外等候的灵车，"棺材里躺着两个人。"

妈妈狠狠地瞪了她一眼："是吗？我很久之前就已经把你埋葬了。"

斯玛吉咽了咽口水。"没错。"她说，"是的。从你没能发现我们调换了身份的那天起，你就已经把我埋葬了——她成为了我，而我成为了她。现在你要把她也埋葬了。我们在六岁的时候就已经被你变成了死人。"

妈妈的目光迅速越过她的肩膀，但其他人正聚在一起聊天，看着尼克的苹果手机，只有海洛伊斯走到一旁，呆呆地望着墙壁上过分华丽的纪念饰版。

妈妈深深地吸了一口气："好吧，你真的想知道真相？"

（"这是圈套！别听她的，她会杀了我们！"）

"是的，"斯玛吉说，"没错，我想知道。"

妈妈犹豫了片刻。她又一次打量四周。

"这里不合适。"她说，"跟我来。"

64

头昏脑涨，情绪来回翻滚。你感觉燥热，很快又觉得冷，没过多久又像热锅上的蚂蚁了。

一开始你寄希望于特鲁迪的假身份，编出许多生平细节。如果没有这些，你怀疑自己会深陷泥沼，彻底沦陷。于是你试着把故事处理成某种巧合，就像那些名人嘴里的混账话。那人碰巧和你长得很像。就是那个人。你争辩道，这当然可能，这个世界上有七十亿人，肯定会有人长得像你。实际上，你们见过这种事——不是吗？——是荷兰当地的电视台，一个人物访谈节目，两个长得一模一样的人面对面。

你从烤箱门上方的架子上取下一个茶壶，然后去擦盘子里的水。你以为如果按照你写好的星期六早晨的剧情演下去，就能控制全局。你以为，只要不驯服于生活，就可能将现实扭转到正确的轨道上。

但加雷恩没有陪你演下去。他站在那儿，脸像石头一样冷酷，下巴的肌肉不断跳动着。过了一会儿，他伸出手，指了指报纸。你倾斜身体，读着他手指的那行文字。那个婊子真是糊涂，只提到你的"怪物"文身。

你张开嘴，试着胡编乱造些什么，但那些话都粘在你的喉咙里。你仿佛已经提前听到了单薄、脆弱、虚伪的声音。他不该得到这样的回应。

你把盘子和茶壶放在一边。你转身看着他。你的脑袋里嗡嗡直响，眼前的景象一时模糊一时清晰，就像有人在摆弄你头脑中的焦距旋钮，但你还是用尽全力迎上了他的目光。

"好吧，"你说，"她说的就是我。对不起，我撒谎了，我只是——"可他根本不想听下去。他转身，大步走出厨房。你快步追了过去。

"加雷恩，请等等。"你喊道。你把一只手放在他肩膀上，但被他甩开了。你跟着他，一直走到起居室。

"请等等。"你重复道，"我能解释这一切。请给我机会。"

他转身，面对你，光线从他身后的窗户射过来，他的脸被蒙上了阴影。他曾经对你说过，他生气的时候不喜欢说话，因为一旦情绪激动，口吃就会加重，这时他宁愿保持沉默。那时，你开玩笑，如果是这样，吵架就容易解决了，但现在你才发现，他的沉默令人窒息。恐惧让你的心隐隐作痛。

你开口，将一切和盘托出，虽然忽略了许多细节。但没错，你告诉了他。你做到了。你真的做到了——说出了她该说的话。或者至少其他人是这么看的。但那已经是很多年前的事了。那时的你和现在的你根本不一样。你度过了一段地狱般的日子。你迷失太久了——你告诉过他——你病了，还有你现在已经痊愈了。那已经是很久以前的事了。你已经开始新生活。他会相信你的。

他看着你，身后是雨中静静流淌的运河。你感觉太阳穴发热。那深埋在你身体里的结隐隐颤动。

他眨了眨眼。"你告诉我——我，你曾经生过病。"他缓缓说，"你告诉我——我，你的家人不懂你。你说他们把你抛弃了。而且一直以来——"他眯起眼睛，"我猜你的真名甚至都不是特鲁迪，对吗？"

"现在是了。"你急忙说道，"现在是我的名字了——特鲁迪。我就是特鲁迪。"

但他摇了摇头，不再看你。

"要我怎么继续相信你？"他说，"我怎么才能相信你说的话呢？"

你没有说话，而是闭上眼睛，试图在你的身体里找到什么坚实的东西来击碎他的怀疑。

"一路走来，很不容易。"你终于说道，"我的家已经被毁了。在我四岁的时候，爸爸自杀了。我妈妈也……怎么说呢，也有她的心魔。"

"那又怎样？"加雷恩说，"我的——我的爸爸患了癌症。你也没有见我追着人跑想要杀人。"

"事情不是这样的。"你说，"我没有追杀任何人。那只是一次意外。因为我病了，因为他们不知道该拿我怎么办，于是他们选择了最糟的那个结果。在我们很小的时候，的确会遭遇一些事，你也明白。如果你愿意听我解释——"

但加雷恩把你的话当作耳旁风，快步走出房间。有一瞬间，你恐慌极了，以为他是往大门方向去了，但他没有，只是拐进了卧室。你蹑手蹑脚地跟着他，眼冒金星。

"求你了，加雷恩，"你说，"请相信我。"

你的声音听起来虚弱，充满恐惧，你的胃里一阵翻腾。经过浴室的时候，你在洗手池上方的镜子里看到自己的样子：脸上布满红疹，像是生病了。

卧室里，床还是弄皱了，就在一个小时前，他还在你身上扭动身体，呻吟着，此刻，他转过脸看你。他散发着你从未见过的冷漠气质，就像一道墙立在你们之间。你被吓到了，恐惧开始膨胀，真相呼之欲出。你把手放在肚子上。

"我还要告诉你一件事。"你抢在他之前开口了，他一旦开口，你和他之前的墙将永远不会消失了，"我怀孕了。"

他就像路上偶遇的某个陌生人一样看着你。

"你——你怀孕了，是什么意思？"他说，"你难道没有吃药？"

"这是意外。"你说，"我以为我不会怀孕的。我过去没有遇到过这种事。"

他的脸变得苍白。

"你必须相信我。"你重复道，就像念着那些编造出来的咒语的孩子，希望愿望可以成真。

咒语没有用。加雷恩摇了摇头。他举起双手。这一次，他大步穿过走廊，往前门去了。

"加雷恩，等等！"你喊道。但没有用，现在你的话空洞，毫无力量。他身后的门关上了，回应你的只有嘘声。

◇

你待在公寓里，从一个房间晃荡到另一个房间。你看着浴室镜子里的自己。你猛地坐在沙发上。你舒展身体，躺在床上。你回忆着发生的一切。你回忆着，一遍又一遍，回忆你说的话，想你本可以换种说法，想你本该说些其他的。

你和空气说话。一开始你的声音像是祈求，接着是受伤，最后是愤怒——在经历了这些之后，他却不能给你更多的信任，这让你愤怒极了，他竟然不能陪在你身边，竟然不会为你经历的一切感到悲伤。这些本该是他为你做的。应该有人为你做这些。他妈的为什么没有一个人愿意为你这么做？一时间你甚至为那令窗户颤抖的歌声感到愤怒。这世界属于那些冷血的杂种，你讨厌沙发，讨厌转盘，为什么你要接受它们？为什么他就不能让这些东西见鬼，好好地爱你？为什么就没有人能让你消停一阵子？这些家具对你不再被爱的事实无动于衷。你的声音变成了小声的咕哝：动物般的满怀悲伤的嘶声。

可他还是没有出现。你打开电视，又关掉，絮絮叨叨的声音让你受够了。你一连几个小时看着报纸上海丽的脸。你发现你们长得不一样——她的脸颊更加圆润，她的眼角有点歪。

时光匆匆而过，却又停在了某个瞬间。烤箱的计时器停在了 15：23，这一分钟变成了你的许多年，然后转眼就是一个小时之后了，冬日的苍白光线即将彻底消失。加雷恩离开后，公寓就像被切断缆绳，沿着运河，随波逐流。你的脑袋隐隐作痛。你摸了摸前额，又湿又黏。墙壁一会儿向你冲来，一会儿退回去，在你的视线边缘跳着圆圈舞。

天啊，他在哪儿？

天黑了，你坐在起居室的桌边，凝视着夜幕降临。你的头脑里一片混沌，几乎停滞了，灯泡的保险丝一闪一闪的。你只知道，绝不能离开。你必须接受面前的事实。你身体里的念头纠缠在一起，不肯放过你。胸前流淌着某种原始的冲动，这一切都希望你留下。自从你离开公寓之后，生活从没有像此刻这般紧握着你不放，你根本无力挣脱。

你听见钥匙插入锁孔的咔嗒声，不得不在桌旁装作已经睡着的样子。

"嘿。"加雷恩说着，走进房间，"没想到你还在这儿。"

你张开嘴，却一个字也说不出来。于是你又闭上嘴，只是直直地仰视他。他似乎从你身边飘过，随即不见踪影。

他指了指带回的塑料袋。

"我买了一些吃的，如果你饿了，"他说，"可以做鸡蛋饼，够两个人吃了。"

你耸了耸肩。他走进厨房，准备晚餐。他端着盘子经过时，你还坐在桌前。

你默默地吃着东西，每吃一口，都小心翼翼地看他一眼。最后，你们俩同时打破沉默。

"刚刚，"他正准备开口，你就点头示意，让他继续说下去，"我很抱歉……我一时半会儿接受不了这么多事。你也知道，我不擅长处理人与人之间的关系。我总是独来独往。"

"报纸上的事。"你说，"不是全部，只是一面之词。事情很复杂——"

"是的，"加雷恩说，"我在外面闲逛的时候也想通了。我应该给你说出真相的机会。"

你点点头："你去哪儿了？"

"就在附近。"他说着，挠了挠头，"很奇怪。我居然在必胜客里待了很久，大概是因为可乐可以续杯。"

冷笑话把两人都逗乐了。

"你也知道，我需要时间去消化这些。"他继续说，"我得一个人想明白。"

"你的意思是？"你说完，然后皱着眉，试探道，"为我们俩，是吗？"

加雷恩长舒一口气。他四下打量了片刻，又重新看着你。"我也不知道。"他说，"我觉得我们都得静静。我们得慢慢来。我觉得现在就住在一起不是一个好选择。我需要时间好好调整一下。"

你松了一口气。你点点头。没问题，你完全理解。不管他需要什么，你都能理解。你明天就去找地方住。如果他需要，你今晚就走。

他挥了挥手，没有这个必要。你没有必要这么做。你当然可以等到有住处了再搬走。他关心你。他希望照顾你——如果你希望的话，还会照顾你们的孩子。他现在只是需要一些空间。他需要一点点时间才能重新信任这个世界，才能准备好把你的生活和他的生活完整地融为一体。

噢，当然还有一件事。

"不能再对我隐瞒。"他说，"不要再有什么事情败露，我没法再来一次了。"

你点头微笑。你握住他的手。

"当然，"你说，深情地凝视着他的眼睛，"我保证，不会再有秘密。"

他点了点头，回应你，然后站起来收拾盘子。

"我爱你。"你说。这一刻你明白，你会信守诺言，抓住每个幸福的机会，让美梦成真。

"我知道。"他静静地说，"这句话，我明白，一定是真的。"

65

斯玛吉爬进送葬的轿车，坐在皮革装饰的车座上。妈妈坐进来的时候，从主干道上传来车辆启动和呼啸而过的声音。

"其他车都会跟着第三辆车。"她说。

斯玛吉点点头，直直地盯着停在正前方的海丽的灵柩。她强忍住情绪，攥着手提包。直到他们也感觉到热了，不得不走到教堂外的小路上，她才意识到教堂里正在举行火化仪式，她感觉寒冷，还有空虚。甚至回到温暖的车里，她的手指还像冰一样冷。她的脑袋里已经有许多声音在小声絮叨，吵吵嚷嚷，随时准备大战一场。

"好了吗？"司机说着，钻进车里，弹了弹外套，做出一个老练的手势。

妈妈点了点头，车启动了，紧跟着灵车，汇入正午的车流。

斯玛吉坐着，等着她开口，但过了很久，她依然沉默。车静静驶过伦敦西部的街道。车窗外，买东西的人来来往往，有人伸出手臂自拍，有人把三明治包装扔进快满了的垃圾箱。每一次拐弯，海丽灵柩上的外国进口鲜花就会颤抖着点点头，拐了一个又一个弯，终于就要到 A4 区了。

（"老家伙告诉我，'跟着领导，最好别在路上东游西荡'。"那声音小鸟般哼哼着。）

斯玛吉紧紧咬住嘴唇，忍住那令人作呕的冲动，才没笑出声来，她得处理好手头的正事。妈妈用余光瞟了瞟她，她正认真地思考着什么，嘴唇仿佛在嚅嚅着无声的字句。她也很坐立不安。她取下手套，放进手提包。接着她又打开包，取出粉饼，花了几分钟的时间从不同的角度凝视自己的脸，修饰了眼睛下面的皮肤。就在车队开上复式车行道的时候，妈妈深吸了一口气。

"我想说的是……"她刚开口就咽了回去。她把身子倾向司机。

"你能把广播打开吗？"

"当然可以，女士。"他说，"谈话节目还是音乐？"

"你随便选一个吧。"妈妈说。

司机按下按钮，车里充满了伦敦广播频道的电流声。一个男人正在絮絮叨叨，抱怨朗伯斯区的停车管制。

"接下来我对你说的话，我不会重复第二遍。"妈妈压低声音，广播里怒气冲冲的声音盖过了她的声音，"如果你想告诉其他人——理查德、尼克、海洛伊斯，或者任何人——我会全盘否认。如果你打算告诉媒体，我会去法院起诉你。你懂我的意思吗？"

（"我能靠自己穿过荒原，放开你的脏手。"）斯玛吉摆了摆手，执意听妈妈说下去。

"你懂我的意思吗？"她又强调了一遍，此刻灵车正好在荷加斯环岛附近停了下来，本特利一家正跟在灵车后面。

斯玛吉不耐烦地点点头，表示自己听懂了。广播里一个女人正在密集地播报一次现象级的暴涨的消息，她的脑袋里还充斥着低语和窃笑。（"松紧短裤……耷拉胯间……来和我一起踩甜瓜……"），她拼尽全力才能抓住她渴求的真相。

"真相是，我知道——"妈妈一边说，一边看着便携镜中的影子，仿佛自己在和自己说话，自己对着自己表演，"我知道你们交换了身份。没错，我知道你变成了艾丽，她变成了海伦。一开始大概没有发现，但很快就意识到了。就在贺瑞斯搬来不久，我就开始怀疑了，怀疑很快就被证实了。你们的举止有细微差别。还有你们的脸型。你们忘记我对你们多么熟悉。你们忘记了，是我一直为你们梳洗打扮，把你们养大。我当然知道你们谁是谁。"

斯玛吉看着司机脑后清晰的银灰色发际线。她脑袋里的声音消失了。广播的音量也猛地小了许多。但她还是没能听懂所有的话。她转身看着妈妈，欲言又止。时间一分一秒地过去。直到环岛的信号灯变了颜色，车队继续向前行驶，灵柩上的花朵开始颤动。

"你说你知道我们交换了身份？"她缓缓问道。

"我知道。"妈妈说着，伴随着理直气壮的啪嗒声，便携镜合上了。

（"你是示巴女王[1]，我赌五英镑。"）

斯玛吉紧绷着脸，好像这样能看得更清楚些，但世界仍是老样子，和她刚才看到的没有任何差别。愤怒的鼓点越来越密集。

"如果你知道了，为什么什么都不说？"她问，"为什么你不及时制止？"

妈妈眨了眨眼："因为我……当我真的确定时，已经太晚了。如果你们要调换回来，一切都会付诸东流。艾丽本来就有些功能失常——遇见类似的事，她的反应总是比你激烈——而贺瑞斯也会发现，我……我不能这么做。"

他们离开主干道，拐进一条沿街都是树木的住宅区，妈妈转过脸，从斯玛吉这边的窗户向外望去。她闭上眼，看起来就像蜥蜴一样冷酷，不可

---

1 示巴女王，《圣经》记载的第一位女王。

捉摸。

"为了面子，你就牺牲了我？"斯玛吉说着，声调不禁提高，"就因为你不肯承认你错了。"

"嘘。"妈妈看了一眼司机，"你声音小点。并不是这样。"她强忍住情绪，看着汽车上方的米黄色内饰，"好吧，你根本搞不清状况。很早之前，就已经无药可救了。从你爸爸去世起——甚至在那之前。你知道的，他不是一个随和的人，时好时坏，离经叛道，永远在追寻新的事物，感觉像中了邪。你不知道怎么和他相处，他这种人……十分特殊。"

"我真的不懂吗？"斯玛吉平静地说。（"你喜欢吃洋葱吗？"）

但妈妈根本没有听。"你之前在教堂里提到……你的苦处。"她望着轿车顶说，"好吧，我也承认。我没觉得这是什么值得炫耀的事。而且，实际上，有一阵子……我也很不开心，我希望一切能快些过去。"她慌忙打开手提包的搭扣，掏出手帕，用手帕的角落擦了擦眼睛，她的手势古怪而做作。她的双手——很奇怪，竟然没有戴手套——还像从她刚和阿卡拉在一起时一样，炫耀似的涂着红色指甲油。她的皮肤仍旧透明，还看得见底下的血管和筋，但这世界还是留下了它们的痕迹。她突然明白，妈妈老了。

"接着贺瑞斯出现了，他善良、单纯、情绪稳定。"妈妈继续说道，"我有了转机。我要兼顾许多事，我渴望改变。我希望给自己一个机会。我错了吗？"

她冷笑了一声，广播正在播放推销廉价汽车保险的广告歌，本特利一家跟着灵车穿过一对红砖柱。斯玛吉呆坐着，一动不动。

"现在，你明白了吗，如果贺瑞斯发现我连自己的孩子都分不清，我该怎么办？"她继续说道，"哪个当妈妈的会和我一样？一旦败露了，他还会留在我身边吗？"她把手帕叠好，重新塞进手提包，"是的，没错。这么做似乎很自私。这么做或许是错的，但在那个时候，我别无选择。为了幸福，我愿意做任何事。经历了那些事后，我只希望生活能恢复平静，哪怕只是一小会儿。实话实说，如果再来一次，我还是会做出这样的选择。没错，我不后悔。"

妈妈抱着胳膊，凝视着斯玛吉，她的下巴抬得高高的，仿佛在蔑视她，想要激起她的不满。但这架势起了反作用。开往火葬场的路上，树荫投下斑驳的光影，妈妈就像一个玩灌铅筛子的赌徒，虚张声势，却已溃不成军。斯玛吉再次见到妈妈眼中的绝望，和之前在教堂见到的一模一样。

显然，在严厉的外表之下——扣得严丝合缝的上衣，涂得一丝不苟的唇彩——禁锢着一个被其他人的选择左右的小女孩。

（"快点，给我一把小提琴。"那个声音嘲弄道。）

斯玛吉感到一阵悲伤，她伸出手，抚摩妈妈的肩膀。妈妈低下头，不情愿接受她的安慰，当然，只是一小会儿。很快她就抬头，躲开斯玛吉的手。

斯玛吉皱了皱眉："你怎么了？"

"你也已经这样生活很久了。"妈妈说，从包里取出手套，重新戴在手上，"毕竟，不是什么了不起的变化。希望你能继续这样生活。希望你继续接受这样的家庭。也希望你很快能忘记发生过的事。"

司机关闭发动机，打开门，广播安静了。坐在车里，隐约可以听到鸟儿的歌唱和远处主干道的市井声。

"你真的这么认为吗？"斯玛吉问。

"当然。"妈妈说着，啪地合上提包，"毕竟，只是改名字而已，不会改变你的本质。你当然还是你，而海伦——艾丽——仍旧是艾丽，不管我们怎么称呼你们，不管玩多少次变身游戏，都不会改变这个事实。说真的，过去这么久了，我没发现有什么影响，你还是你。"

斯玛吉目瞪口呆地看着自己刚刚伸手安慰过的女人。直到这一刻，她终于意识到，她和她没法交流。两人之间隔着万丈深渊。"好吧，妈妈。"

她平静地说，"你从来都不了解我们。"

妈妈也望向她。有那么一瞬间，她的目光微微一闪。接着，一位殡葬师走了过来，为她打开车门。她下了车，留下斯玛吉呆望着空荡荡的座位。

过了一会儿，她也下车了，一眼就看见贺瑞斯、理查德和尼克从后面的车里出来。妈妈正站在牧师边，歪着头和他交谈着，勉强挤出一丝微笑。她站在这儿，就像个局外人——他们也是——斯玛吉冷冷地意识到，他们本来如此。于是她脑中的某扇门将这一切永远地封存，成为昨天的一部分。

她看了海丽的灵柩最后一眼。此刻花朵一动不动，十分肃穆。"再见了，海丽。"她低声说。

她转身，离开这儿，沿着来时的路，穿过树木。

她身后传来啪嗒啪嗒的脚步声。

"你现在就要走了吗？"海洛伊斯说着，猛地冲过去，挡住她的路。

"是的，"斯玛吉说，"我想，是时候了。"

海洛伊斯严肃地点了点头。"一切都变了，对吗？"她说，"就像《欢乐满人间》里演的那样？"

"差不多。"斯玛吉回答。

她凝视着小女孩，想起了什么："听着，海洛伊斯，你妈妈告诉我一个秘密。就在你家的阁楼上，有一幅妈妈的爸爸画的画。"

"是哔哔吗？"

"不，不是哔哔。是在哔哔之前的那个爸爸。画的是烟花。你现在还不能把这件事告诉任何人，但是某一天，等到一切都好起来了，你就可以去找这幅画了，叫你爸爸把它拿出来，挂在你可以看到的地方。你会记得的，对吗？"

海洛伊斯又点了点头："是的，我会的。"

一位身穿法衣的人走了过来。

"你要留下来祷告吗？"牧师笑着问。

"不，"斯玛吉说，"我想还是算了。"

他低下头做祈祷状。"我能理解。"他说，"我想萨里斯女士一定会感谢你能陪她走过这一程。失去一个孩子，多么可怕啊。"

（"她的屁股都翘到天上了！"）

"是的。"斯玛吉说。她回过头，打量着小教堂。现在贺瑞斯陪在玛格丽特身边，他胖乎乎的手指抚摩着她的肩。尼克和理查德在灵柩附近走来走去。很快，他们就会在城里的高档酒店召开发布会，接受人们的吊唁，人们带着悲伤的笑容，举止体面。她很高兴自己不会出现在那儿，见证这一切。

"再见，海洛伊斯。"她对面前稍稍有些分神的小女孩，小女孩正若有所思地吮手指，"别忘了啊。"

"我不会的。"海洛伊斯嗫嚅着，摆了摆她闲着的那只手，"再见。"

斯玛吉转身，沿着车道走着。她脑袋里的声音又炸开了，是幸福的欢呼。（"虎口脱险！""西蒙和加芬克尔！""下星期二见！""亲爱的，你棒极了！""上帝做证，我再也不会挨饿了！"）这次，她没有设法屏蔽它们。

她走到拐角。R68 公共汽车正经过，眼看着要下雨了。她把手伸进口袋里，想找把伞，却翻出一张纸——安东给的支票，已经有些磨损了，皱了，不过好在姓名栏还是空白的。她脑袋里的声音开始哼起轻柔舒缓的调子。她准备出发上路。

66

第二天就是星期一，上午过了一半，你才去公司上班。习惯了阿姆斯特丹的逍遥日子，适应原先的作息变成了挑战。何况，你们俩都不想上班。经过了这个周末，你们俩开始神经衰弱，过分敏感——星期天一整天，你们就像走钢丝似的陪伴着彼此，关于海丽的事，你们就聊了好几个钟头，你们肩并肩躺在加雷恩的床上，度过了两个不眠之夜。终于你们再也受不了了，你们起床，去了起居室，打开电视机，调小音量。直到荧幕上出现海丽的脸，你才把它关掉，主持人正在讲述《咖啡时间》的新主持人在直播观众来电的节目中情绪失控的来龙去脉，这位主持人在谈论家庭暴力话题，提到她在少女时期差点被孪生妹妹谋杀。舆论一致认为这位双胞胎妹妹是怪物。荧幕黑了，房间也随之暗了下来，熟悉的声音又在碎碎念了，你觉得自己的伤再也无法痊愈了，你将永无翻身之日。

首当其冲的是在阿姆斯特丹侥幸躲过的晨吐猛地袭来。星期天，你在浴室的抽水马桶前弓着身子，站了好久，直到胃差点被吐出来。

这天早上，你第三次起身往浴室跑时，他冲你抱歉地笑了笑。

"啊——怀孕就是这样吗？"他说着，递给你一杯茶，只看了它一眼，你又想吐了，"会一直这么吓人吗？"

"啊。"你说着，抓住厨房的门框，好让自己不再摇晃，"还好。我觉得已经算幸运的了。"

事实上，接下来的四十八小时并不好。除了恶心，你还感觉忽冷忽热。一拨接着一拨的热流涌进你的身体，激起一阵阵战栗，你感觉自己要热昏过去了。你知道这是情绪压力的结果，你感觉一切可能马上就要毁灭，加雷恩随时都可能要你离开。尽管如此，你还是情不自禁地想，怀孕对于你的影响远远大于对他的影响。你从来没有被情绪带来的生理反应这样折磨过。

你答应现在暂时不公开你们的关系，你们到工作室附近，你会先在外面溜达几分钟，让加雷恩先进去，没有人会怀疑你们是一起来的。你等在外面的时候，你从窗户里发现有一辆警车停在路边：你的头发打结了，眼眶红红的，还有黑眼圈。天啊，加雷恩现在居然没有把你甩了，你糟透了。

你进工作室的时候，所有人都望向你。你没有看到加雷恩，倒是看到两位新员工：一个看起来朝气蓬勃的扎着马尾辫的年轻男孩，还有一个头发蓬松的女孩。他们的表情一模一样——恐惧里透着一丝轻蔑，仿佛你是一只刚刚在地毯上撒尿的危险的狗。你很好奇他们刚刚知道了什么新闻。

你得找个去处，于是径直走向安东的办公室。你没有敲门，就推门进去了——他们的目光让你不愿多等待一秒。

安东在里面，还有两个警察，加雷恩靠着对面的那面墙站着，别扭极了，就像得了肺病一样双颊绯红。他们看向你。

"噢，特鲁迪，"安东说，"我们正等你呢。这两位男士正在调查一个伪造护照的网站，想问你几个问题。"

你试着望向加雷恩的眼睛，他却躲闪了。你这才意识到，大事不妙。已经毁了。你们之间，再也没有可能了。

你根本来不及思考，拔腿就跑。等你反应过来时，已经站在街上，脚步砸在人行道上，砰砰直响，经过一个又一个门道、一个又一个灯柱。你听见身后有人在喊，但你没有回头看，只顾着往前跑：拐了一个弯，再拐一个弯，紧接着又是一个。你的肺在烧，脑袋像浸在水里，但你还在向前跑，为了自由，为了尊严，为了摆脱前半生的枷锁。这次绝不能让他们抓到你，绝不能被他们送回去。

窄小的街道通往宽敞的大道和广场。你来到了市中心，从顾客和游客身边经过，撞上路标和垃圾桶。你听见怒吼和喘息，你没有停下。这些都算不了什么。和你要逃离的那些比起来，这些都算不了什么。你决定试试运气，现在你决不放弃。他们不能剥夺你的任何东西。他们都该下地狱。他们都该去他妈的。但他们没法控制你。海丽也没法控制你。你正在创作自己的故事，你正在为自己而活。甚至不是为了加雷恩，也不是为了工作，你知道自己为什么而活。你要守护这一切。

你不知道自己究竟跑了多久，直到精疲力竭，靠在垃圾桶上干呕。你惊恐地四下张望，但身后并没有人。没有穿着深蓝色制服的男人对你穷追不舍，没有听到《争吵》中的那句歌词"站住！小偷！"。背街小巷里只有你一人，两侧高耸的玻璃建筑仿佛随着你的每一次呼吸来回摆动。你眼冒金星。等到那些星星消失了，你摸了摸身体，思考起来。计划。你需要一个计划。你得找地方先安顿下来，再从长计议。一个安全的地方。你灵机一动。没错，去贝丽尔那儿。你可以去那儿。

你朝街道尽头走去，直到看到几条街外老消防所高大的土红色外墙，才松了一口气。你找到路了。你左转。步行不到十五分钟，你就到贝丽尔家了。只要你到了，她就会请你坐到餐桌边，你会把一切都告诉她。即使你还心存恐惧，伤痕累累，浑身是病——即使你知道你和加雷恩之间的事很快就会公之于众——但至少你不是一个人。贝丽尔会带着她独有的冷静思维倾听你讲述的一切，关于加雷恩，关于怀孕，还有你和海丽之间的过节，甚至那个电视节目——

你突然停下脚步，一个拎着购物袋的女人突然撞到你的背。

"当心！"她说。你眯起眼睛，转过身。"等等，你是……？"

"滚开！"你说着，心虚地大步逃走了。因为你知道你不该去贝丽尔家。你再也回不去了，不可能再坐在桌边品茶了。贝丽尔每晚都会看电视，不会错过新闻还有那些流言的。你会知道特鲁迪——也包括你口中的那个伊丽莎——都不是真的。她会和其他人一样把你当作谋杀未遂的罪犯，光是想象她对你冷若冰霜的样子就已经够你受的了。你永远回不去了。

去其他地方吧，得快点，因为你的脚步已经有些蹒跚。如果你不能马上找地方坐下，恐怕就会昏倒。作在路口拐弯，巴纳克尔百货公司的玻璃大门耸立在你面前，只见赶下午场的顾客们悠闲地走进中庭。是的，就是这儿：你曾在这里的咖啡馆喝东西、画画。你可以进去，点杯喝的——你还有钱，还有银行卡，前提是混蛋们没有冻结你的账户。你要去咖啡馆，也许就坐在那儿——那个熟悉的老地方，过去当你的灵感遇到阻碍的时候，你会低头望着中庭发呆，直到灵感找上你。你终于知道下一步该做什么了。

你快步穿过洁净的大门。你停下来打量了一下自己，接着往电梯走去，一路低头不去理会路人的目光，但就在这时，一阵撕裂般的剧痛向你袭来，仿佛要把你的肚子扯开。你蜷缩着，感觉身体里有潮湿的东西沿着双腿流了出来。人群像母鸡一样叽叽喳喳地低语着，将你包围起来，痛苦不断累积。人们朝你的耳朵喊着什么，可你听不清。有什么在你身体内部撕扯着，摧毁你的未来，掏空了你的一切，接着就流到了巴纳克尔百货公司的假大理石地板上，直到你的视线开始模糊，直到你彻底空了：一个空壳，一具尸体，一摊烂泥。最后，你不过是一摊污迹。

67

　　房地产中介带着她，进了屋子，他站在那儿自顾自地吹着口哨，阳光从布满蜘蛛网的窗户透了进来，将他的西装衬得光亮极了。她四下打量着。和她期望的一样：裸露的砖头砌出来的工作间，宽敞极了，一个有年头的木工工作室。你甚至能在地板上看到木屑。在最大的房间里有一个水池，角落里还有一个简单的浴室。这地方需要彻底打扫一遍，还需要添置一些家具，好在她已经有谱了。她已经清楚画架应该放在哪里，知道只要站在窗边低头就可以望见铺着鹅卵石的街道。

　　"不是很漂亮。"中介说，"但至少很宽敞。当然，值得一提的是，你可以看见河以北的风景。拐角有一家塞恩斯伯里商店，包你满意。"

　　"完美。"她说，"我现在就要。"

　　中介看着她。

　　"什么？现在吗？"他问。

　　"就是现在。"她说着，"六个月也好，一年也好。随便你签多长时间。不过如果你现在有合同，我马上就可以签。"

　　"好吧，是我的错。"他说，"没有人这么爽快。你还没有看楼顶呢。请在这儿稍等片刻，我这就回车里，给公司打电话，让他们把所有文件都准备好。"

他急匆匆地向楼梯间走去。

"你确定了？"他转身问道。

她点点头。

"好吧，你在这儿等着。"

她留了下来，在屋子里走来走去，手指在粗糙的砖墙上扫来扫去。水池上方的钉子上，挂着一面带裂缝的镜子，她看着镜子里属于自己的那张脸，她知道将在工作室里诞生的第一幅作品会是什么样子了。她感到一阵熟悉的刺痛，她知道该从哪里下手了。（"准备收获吧。"那声音兴奋地喊道。）她轻轻笑了，她也这么觉得。

过了一会儿，她走出楼梯间，走到大门外。中介正坐在车里，对着电话，眉飞色舞。隔着窗户，他冲着她使了许多意义不明的眼色。街道对面，一辆货车停了下来，一个男人和一个女人卸下一些东西，从背后看像是巨大的纸做的鹦鹉。

其中一个人发现她正在打量。

"来看房子的，对吗？"他问。

"我已经准备搬进去了。"

男人放下那只鸟的头，用严肃的大理石般的眼睛看着她，向她走了过去，伸出手。

"阿摩司。"他说，"那是我的搭档黛儿。"

"你好。"她说着，握了握他的手。

"噢，那只鸟叫罗格。下星期他会在布莱顿演出。"

她笑了："我看出来了。"

阿摩司双手插进口袋。

"你也是艺术家？"

"可以这么说，"她耸了耸肩，"至少我这么认为，哈哈。"

阿摩司笑了，露出摇摇晃晃的牙齿。

"我也这么觉得。"他说，"看到有人搬进来真高兴。黛儿和我是第一批搬进这条街的，过去的几年里，不少人走了。我们希望把这里变成第二条帕特森步行街，就像他们在艾斯丁顿弄的那样，在那儿的租金还没有涨到天上之前。"

她点点头："噢，我明白了。"

"你知道帕特森步行街吗？"阿摩司说，"噢，下次他们周末开放时，我们带你去吧。有一些朋友把工作室开在那儿。"

"棒极了。"她说，"我会喜欢的。"

"阿摩司！"黛儿喊道，她扛着巨大的羽毛翅膀有些行动不便。

"我们得走了。"阿摩司说着，做了一个鬼脸，"很高兴遇见你，嗯……"

"艾丽。"她说，"艾丽·萨里斯。"

"很高兴遇见你，艾丽。"他说着，连蹦带跳地去了街道的另一边。

她目送他们把翅膀搬进工作室。她把手搭在木工工作室的木质门框上，倒刺摩擦着她的皮肤。清爽的微风吹过。头顶上，飞机在天空中画出一条微笑的弧线。是的，她想，很高兴终于遇见了你。

致　谢

书的封面上只印着我的名字，但许多人贡献了他们的才华和思想。首先是我出色的代理人卡洛琳·哈德曼女士，自始至终，她都给予我信任，并为我找到了优秀的布鲁姆斯伯里出版公司出版这本书，其中的艰辛不言而喻。我还要感谢她的搭档乔·斯文森，还有玛氏公司的合作代理人和其他同事，包括其他在世界各地给予我帮助的同事们。

我的编辑们，海伦·贾农思·威廉斯、莉亚·贝瑞斯福德还有埃拉西亚·凡·海瑞斯伯格为整部小说付出颇多，他们是我前进的动力源泉，为我提供了深刻的见解。尤其是海伦，如果没有她的关心和督促，就不会有《抢走我名字的人》这本书。布鲁姆斯伯里山版公司各位编辑和制作团队以及遍布世界各地的市场和设计团队以热情、专业和创造力，支持我走到现在。

我要感谢本书最初的读者——史蒂夫、艾米丽、奥尔和戴安娜——他们都做出了宝贵的贡献。没有你们，小说会逊色许多。

接下来，还要感谢那些协助我完成调研的人。感谢妈妈、爸爸、帕特还有理查德，他们从医学的角度给我了很多建议。同样地，还有一些朋友和同事不厌其烦地解答了我关于警务程序、救济金系统和与双相情感障碍症病人生活经历的提问。能够结识这么多专家，无疑给了我巨大的帮助。如果有任何失误，一定是我处理不当。

　　和过去一样，我要感谢我的朋友和家人，我投入了大量的时间和精力，才让关于海伦和艾丽的一切变成我笔记本硬盘中的几千个字节。感谢史蒂夫自始自终的陪伴，就在我坐在这儿写下这篇文字时，他还为我端来了一杯茶，谢谢你。

安·摩根

译后记

2015年秋天，我拿到这本书的英文原稿。彼时，我刚刚结束在欧洲的访学，回国继续攻读文学博士学位。我还记得，那时北区宿舍通往光华楼的路上有金色的银杏叶飘落，但此刻，当我在书桌前抬起头，窗外的樱花早已繁花落尽，报送初夏消息的绣球花已陆续开放。

我想，译者首先是手艺人，要像打磨镜子一样打磨自己的母语，尽量精准地呈现出原文的本来面目。但就像每个打磨镜子的匠人无可避免地成为第一个照镜子的人一样，译者也是特殊的读者，而我也不可避免地在这本书中"照见"了自己的影子：在成长的过程中，我曾是姐姐，倔强、傲慢、渴望认同，也曾是妹妹，温顺、软弱、善于迎合。但故事的最后，无论是姐姐还是妹妹，都不再盗用别人的名字，因为历尽艰辛之后，女孩终于长大，成为了自己。

几年前，我偶然读到一句十分美丽的德国谚语："Es gibt keine sinnlosen Treffen. Jeder Mensch in unserem Leben ist entweder ein Test, eine Strafe oder ein Geschenk."（世间没有无意义的相遇。每个走进你生命的人，要么是一场测试，要么是一次惩罚，要么是一件礼物。）然而，当我真的经历了若干偶然的相遇和注定的别离时，才发现，许多人事是无法用一句话说清的——或者需要一整夜的促膝相谈，或者和本书作者安·摩根女士一样，需要几百页的叙述。但我想告诉故事中青春期的海伦和青春期的自己：那些说不清的事，一开始，你以为是一场测试，后来，觉得是一次惩罚，最后却发现，原来是一件礼物——这大概也是安·摩根在故事的最后想告诉各位读者的。

　　最后，感谢赖天成和丛龙艳二位编辑，他们为促成本书中文译本的出版付出了颇多心血，没有他们，本书无法付梓。感谢我的父母、导师，他们在我漫长的求学路上，给予了极大的宽容和信任。感谢一直支持我的男朋友，愿你我永远是彼此的礼物。

刘媛
2016.5.29于复旦北区

图书在版编目（CIP）数据

抢走我名字的人 / （英）安·摩根著；刘媛译 . –
北京：北京联合出版公司，2016.8
ISBN 978-7-5502-8383-1

Ⅰ . ①抢… Ⅱ . ①安… ②刘… Ⅲ . ①长篇小说－英
国－现代 Ⅳ . ① I561.45

中国版本图书馆 CIP 数据核字（2016）第 193421 号

BESIDE MYSELF
Copyright © 2016 by Ann Morgan
Published by arrangement with Hardman & Swainson, through The Grayhawk Agency.

抢走我名字的人

作　　者：[英]安·摩根

译　　者：刘　媛

责任编辑：崔保华

特约编辑：丛龙艳

装帧设计：崔晓晋

北京联合出版公司出版

（北京市西城区德外大街 83 号楼 9 层　　　100088）

北京鹏润伟业印刷有限公司印刷　　新华书店经销

字数：210 千字　　880mm×1230mm　1/32　　印张：12

2016 年 10 月第 1 版　2016 年 10 月第 1 次印刷

ISBN 978-7-5502-8383-1

定价：42.00 元